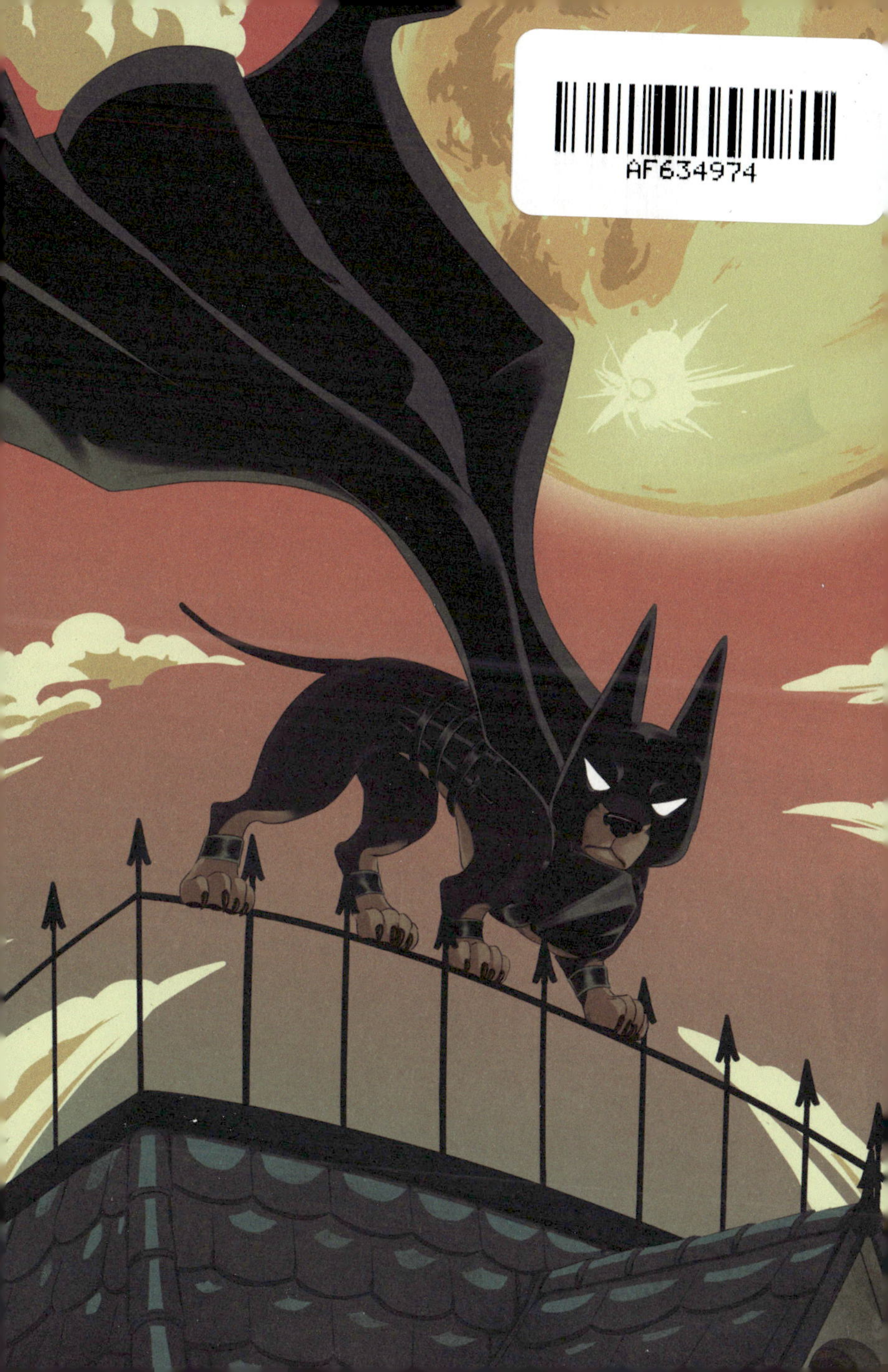

INHALT

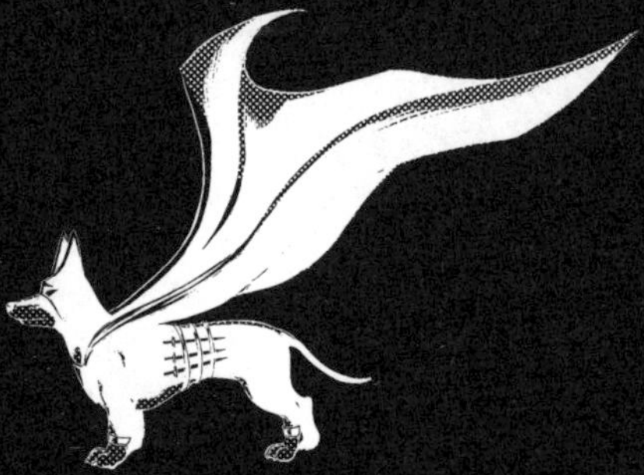

Olschi

BADDOG UND GOODBOY

CARLSEN MANGA!

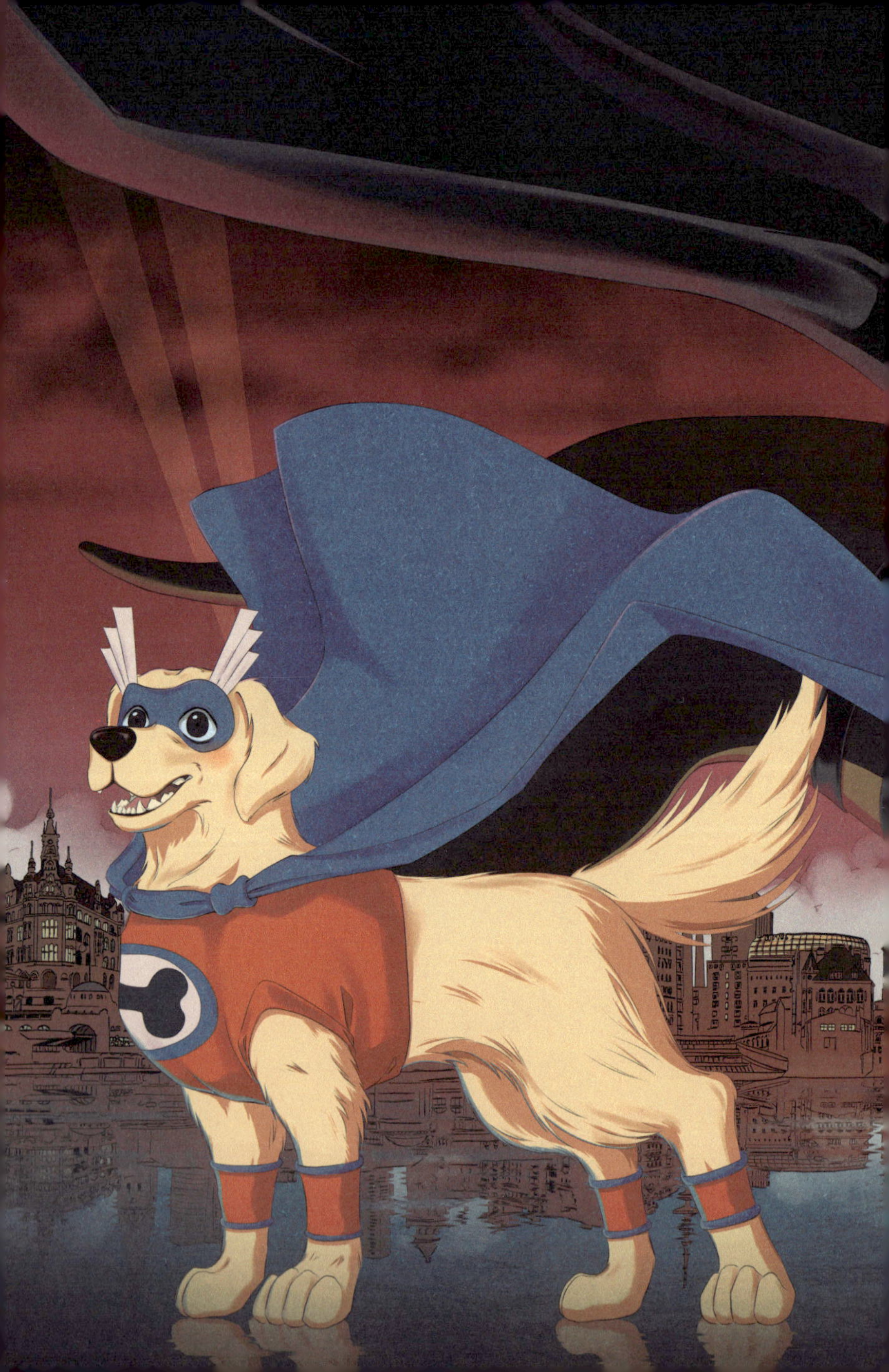

Kapitel 1:
Böse Absichten

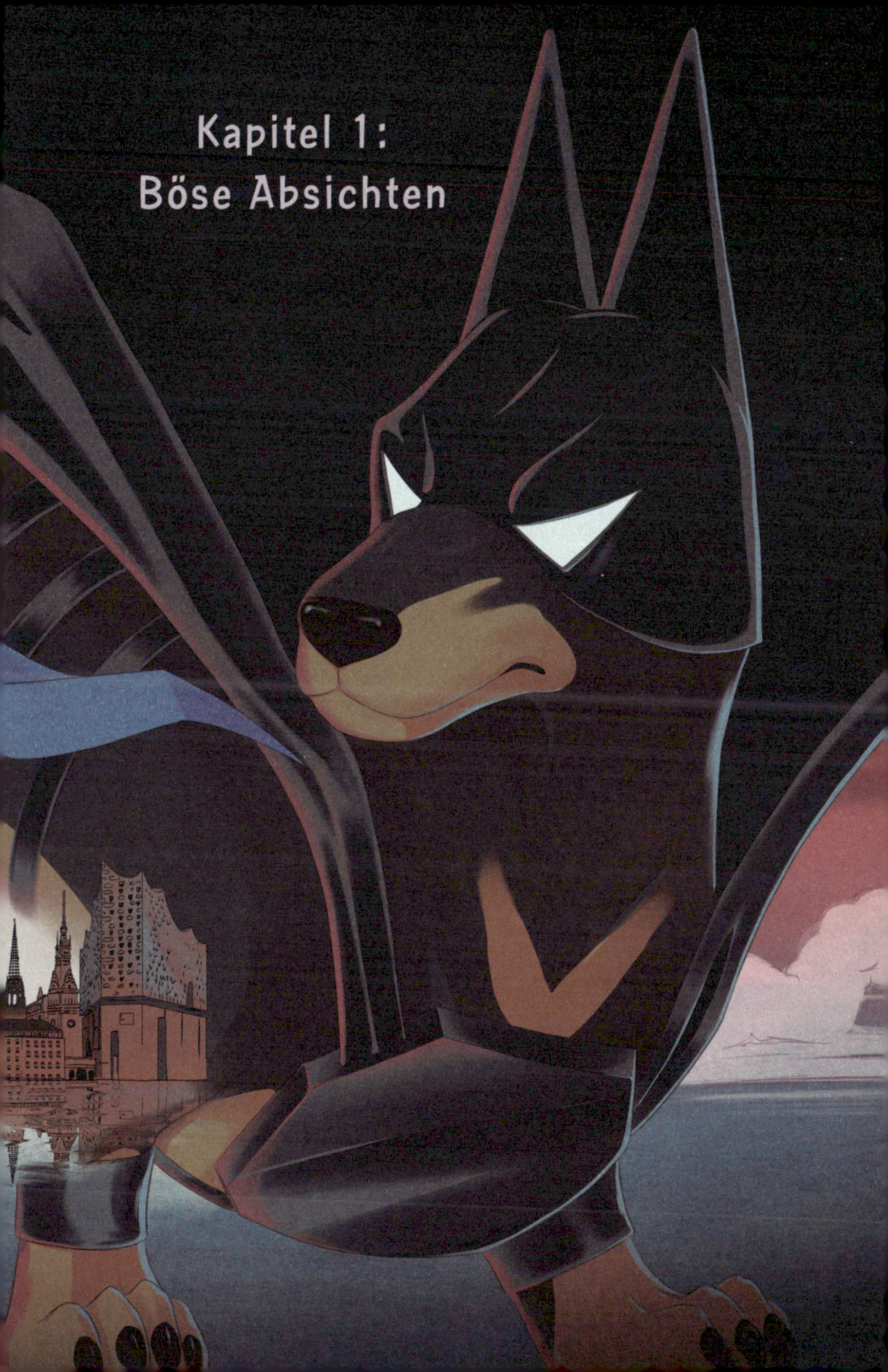

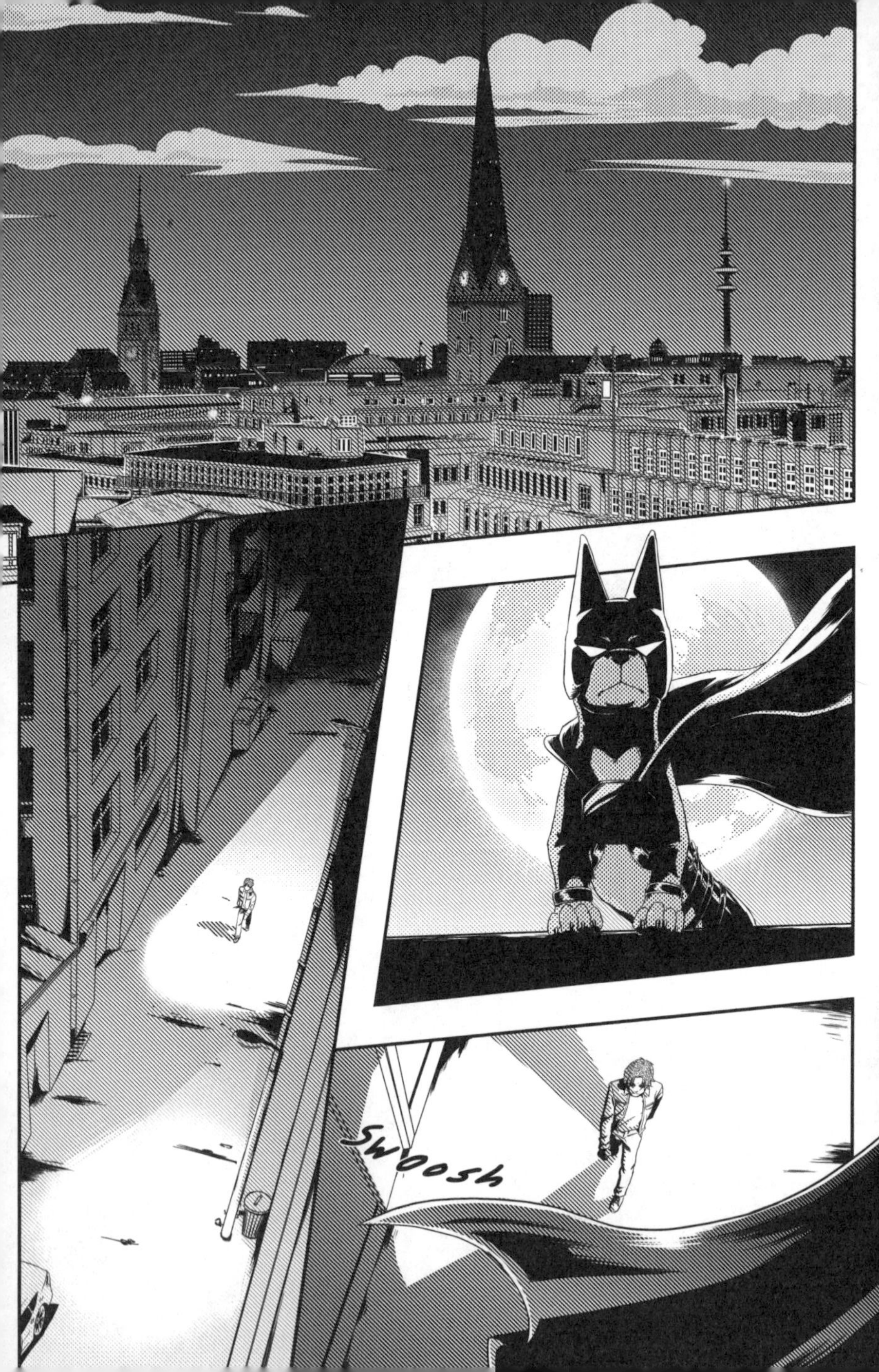
SWOOSH

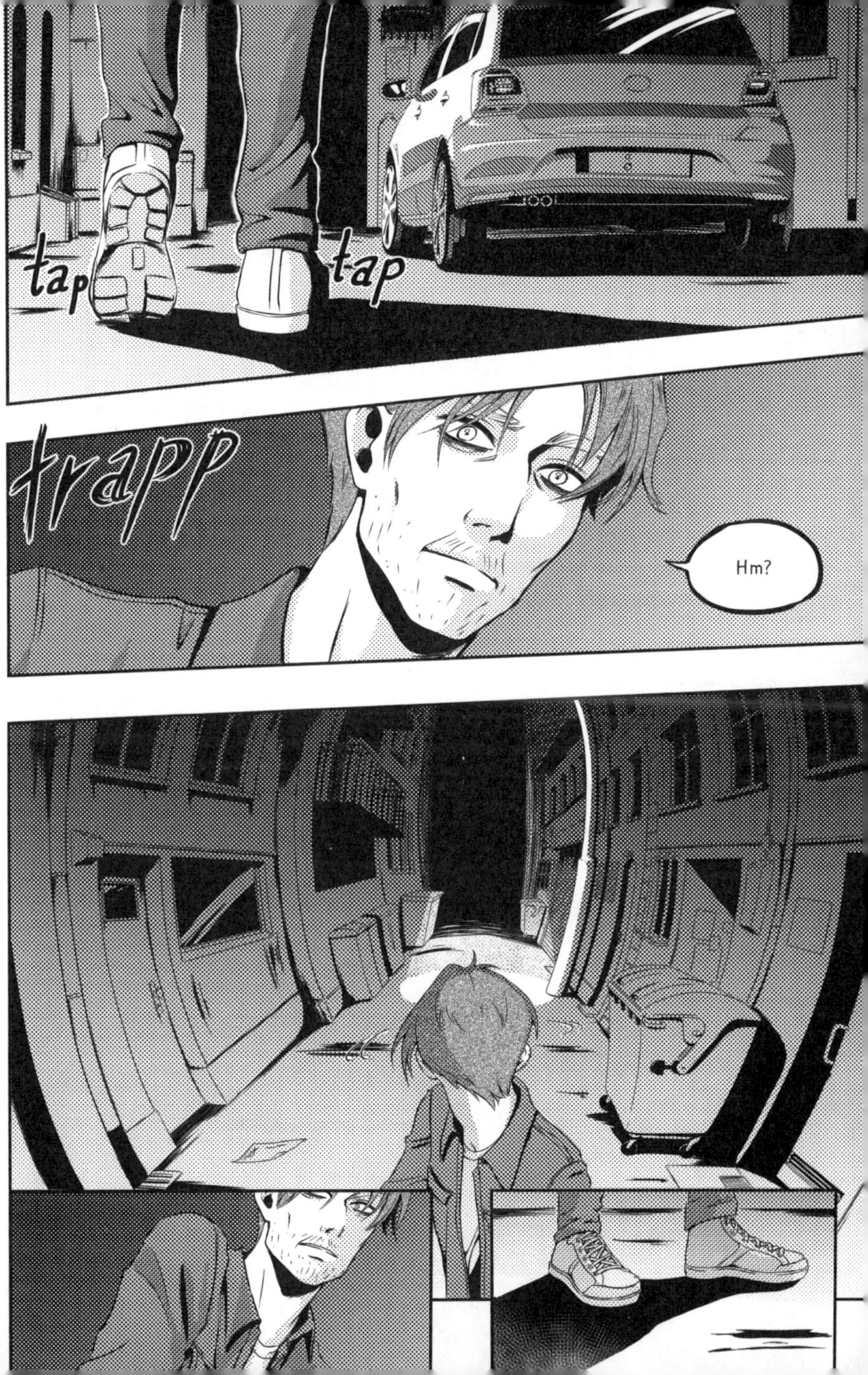
tap
tap
trapp
Hm?

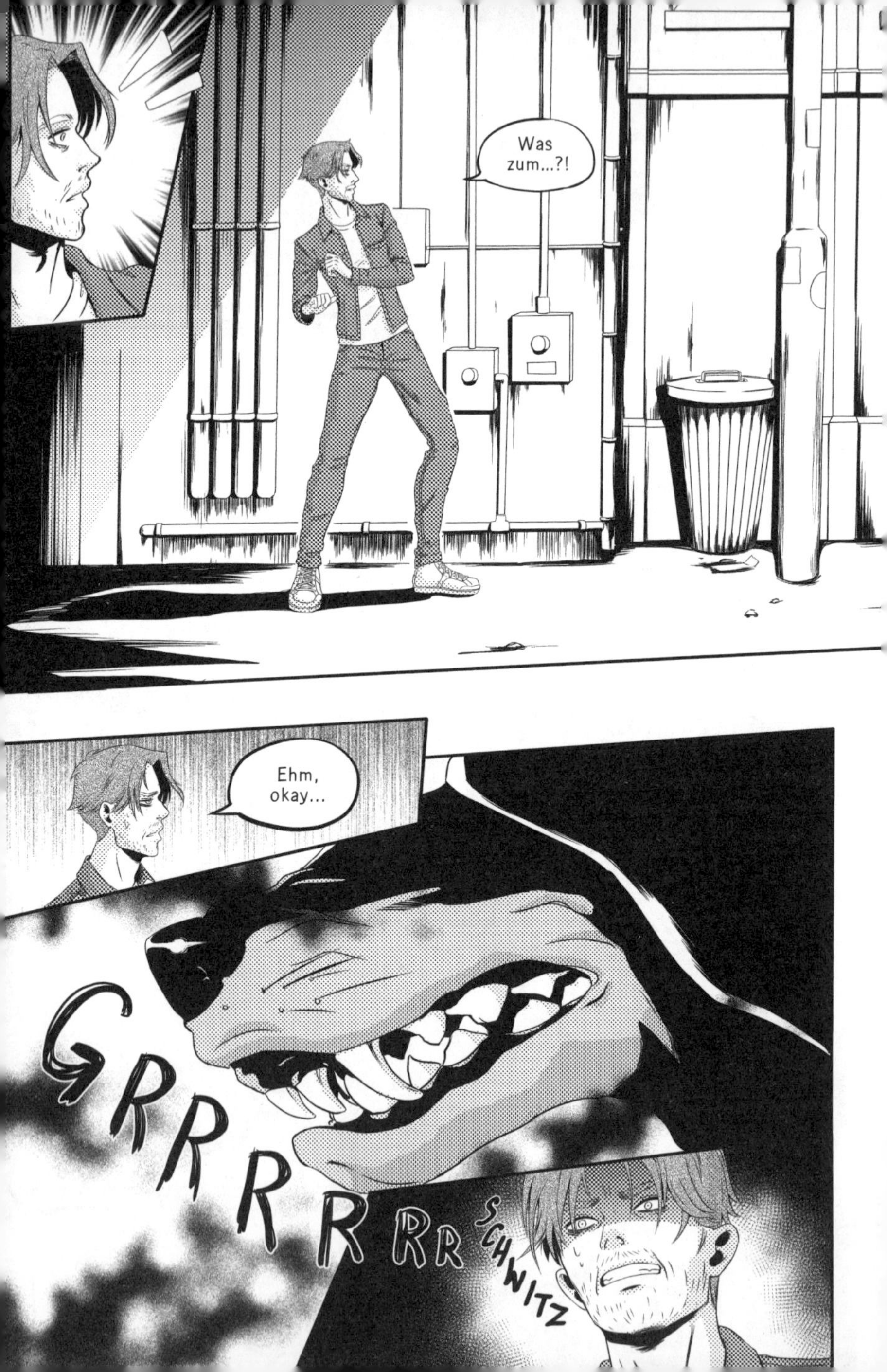
Was zum...?!
Ehm, okay...
GRRRRRR
SCHWITZ

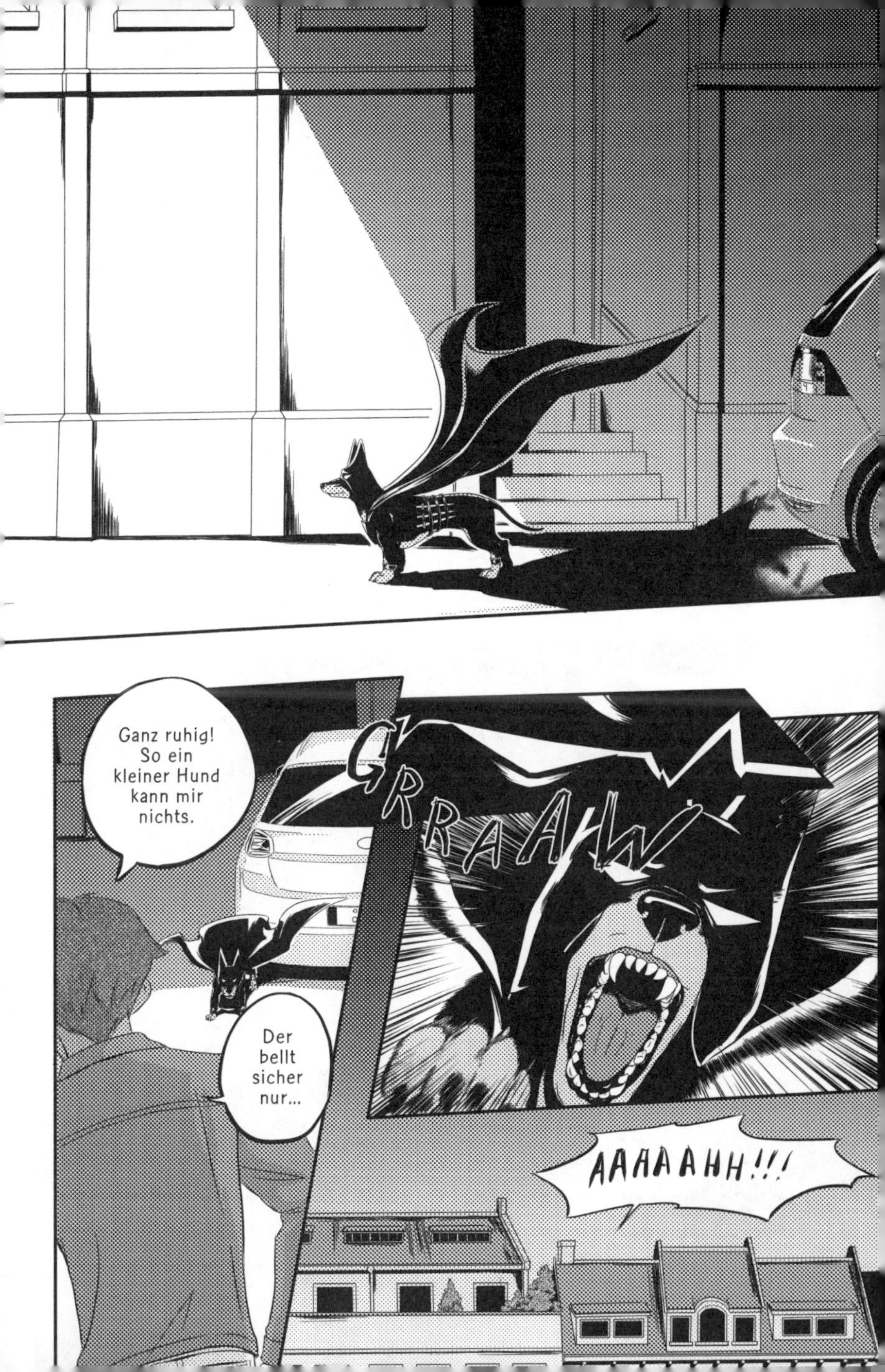
Ganz ruhig! So ein kleiner Hund kann mir nichts.
Der bellt sicher nur...
GRRAAW
AAAAAHH!!!

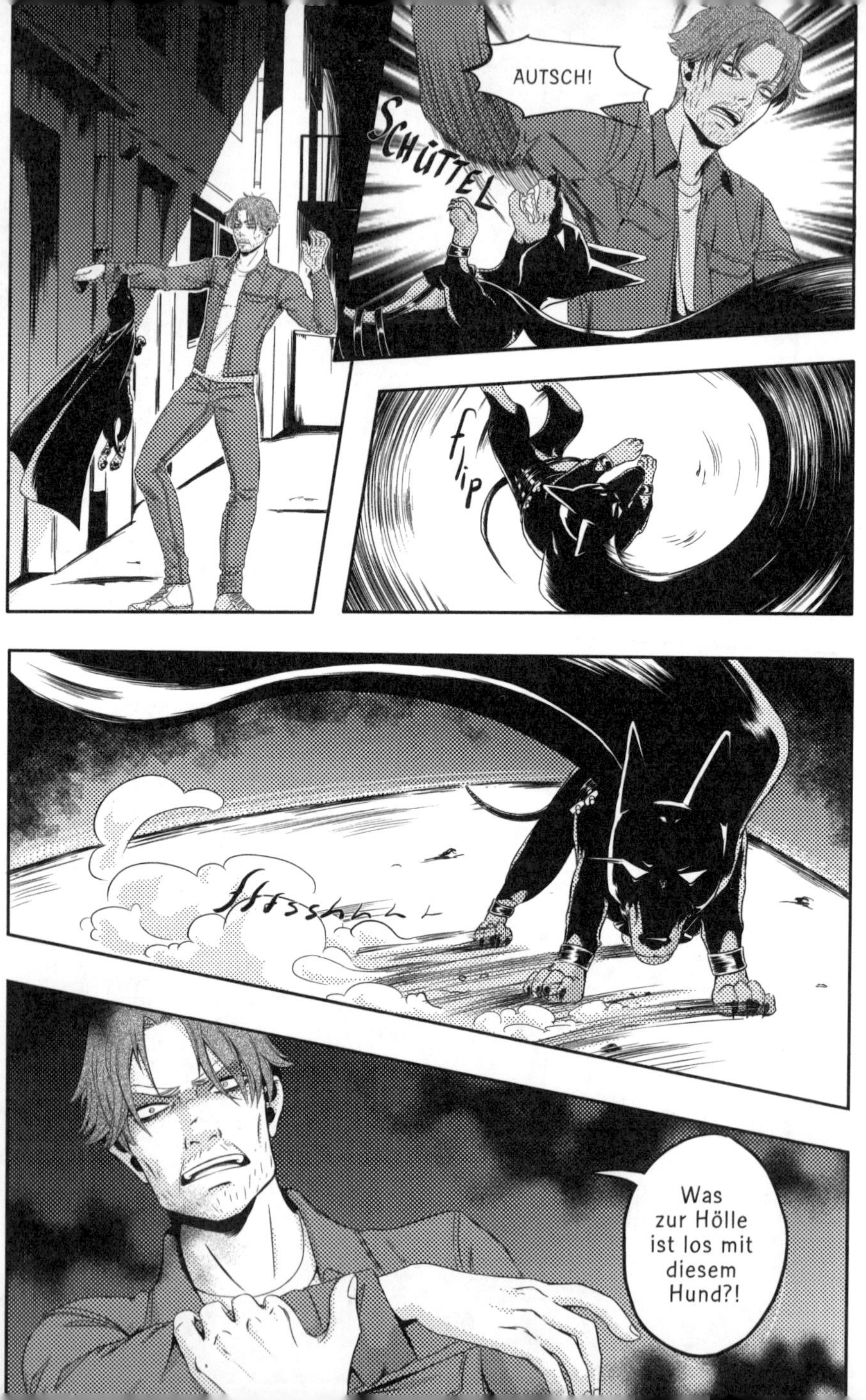
AUTSCH!
SCHÜTTEL
flip
ffffsshhhhh
Was zur Hölle ist los mit diesem Hund?!

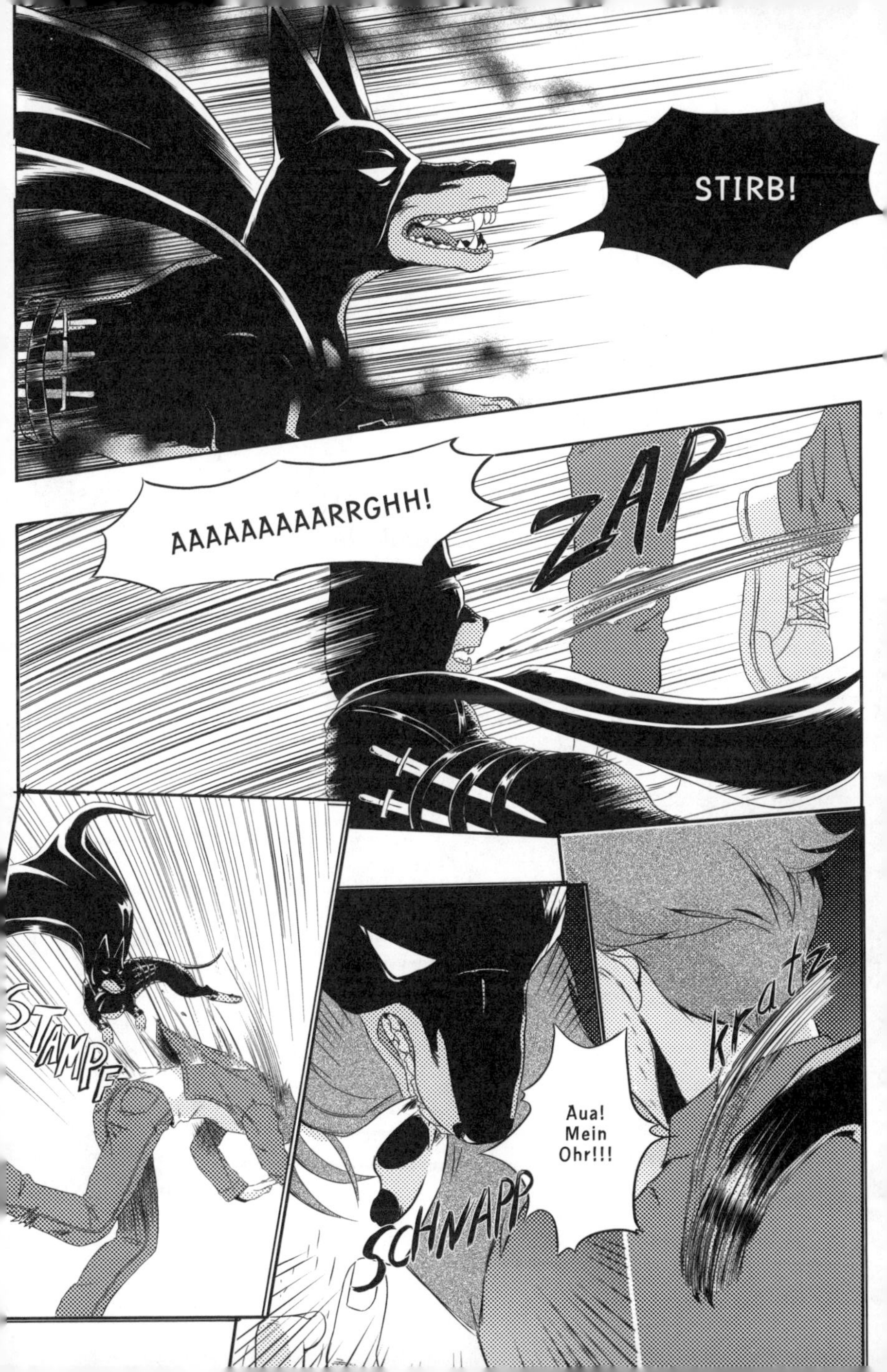
STIRB!
AAAAAAAAARRGHH!
ZAP
STAMPF
kratz
Aua! Mein Ohr!!!
SCHNAPP

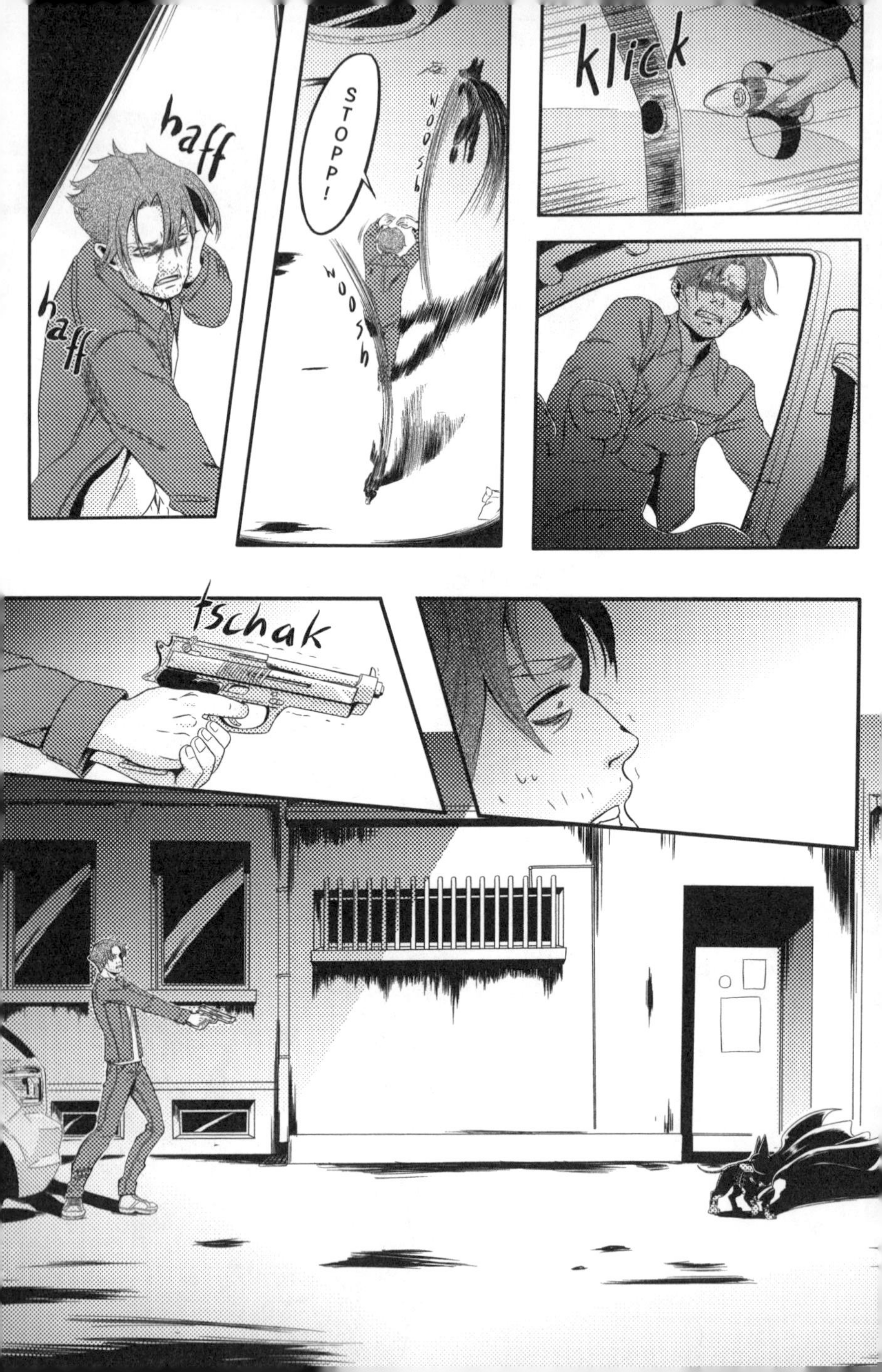
klick
STOPP!
woosh
woosh
haff
haff
tschak

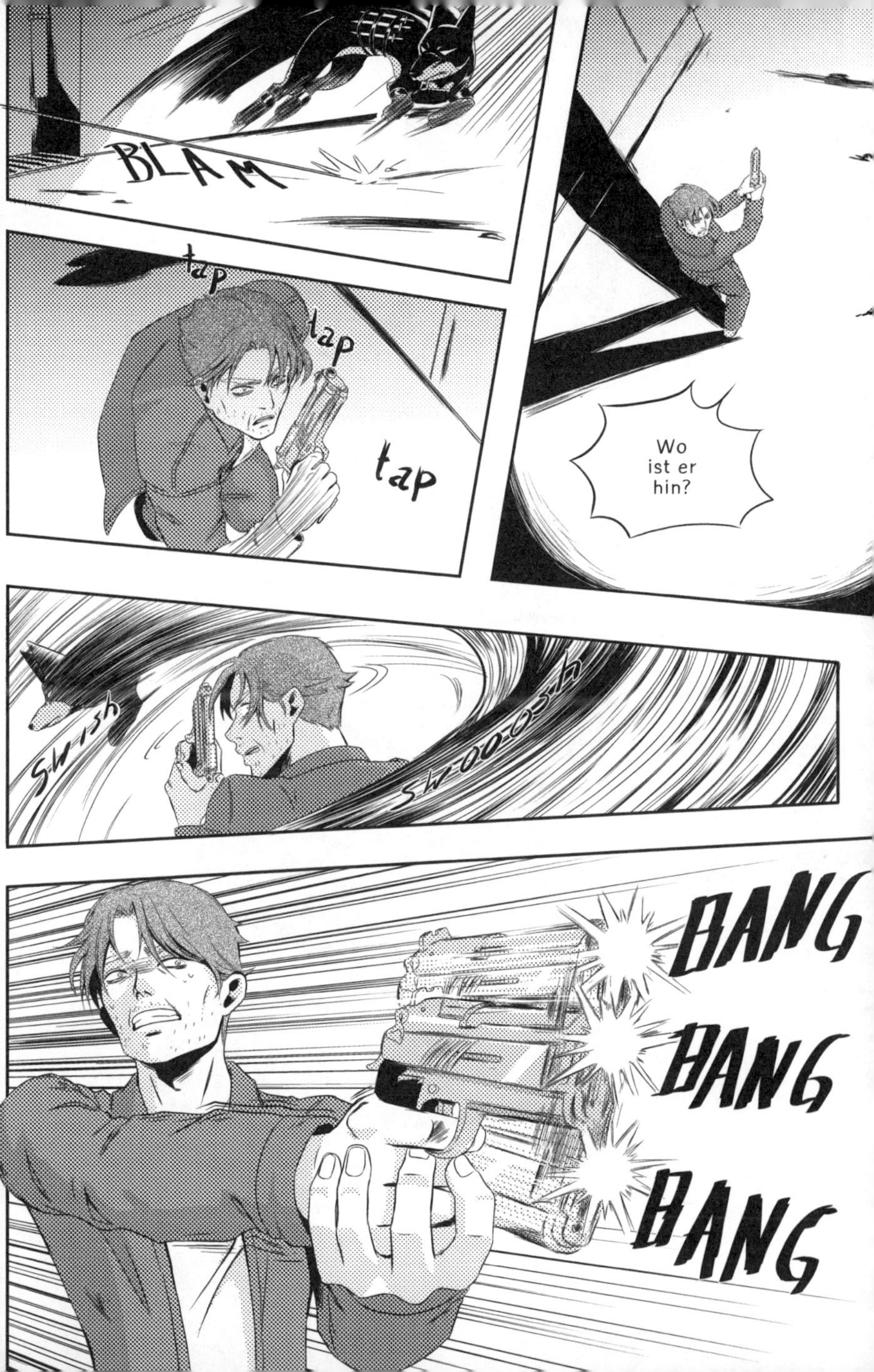
BLAM
tap
tap
tap
Wo ist er hin?
Swish
Sw-oo-o-s-h
BANG
BANG
BANG

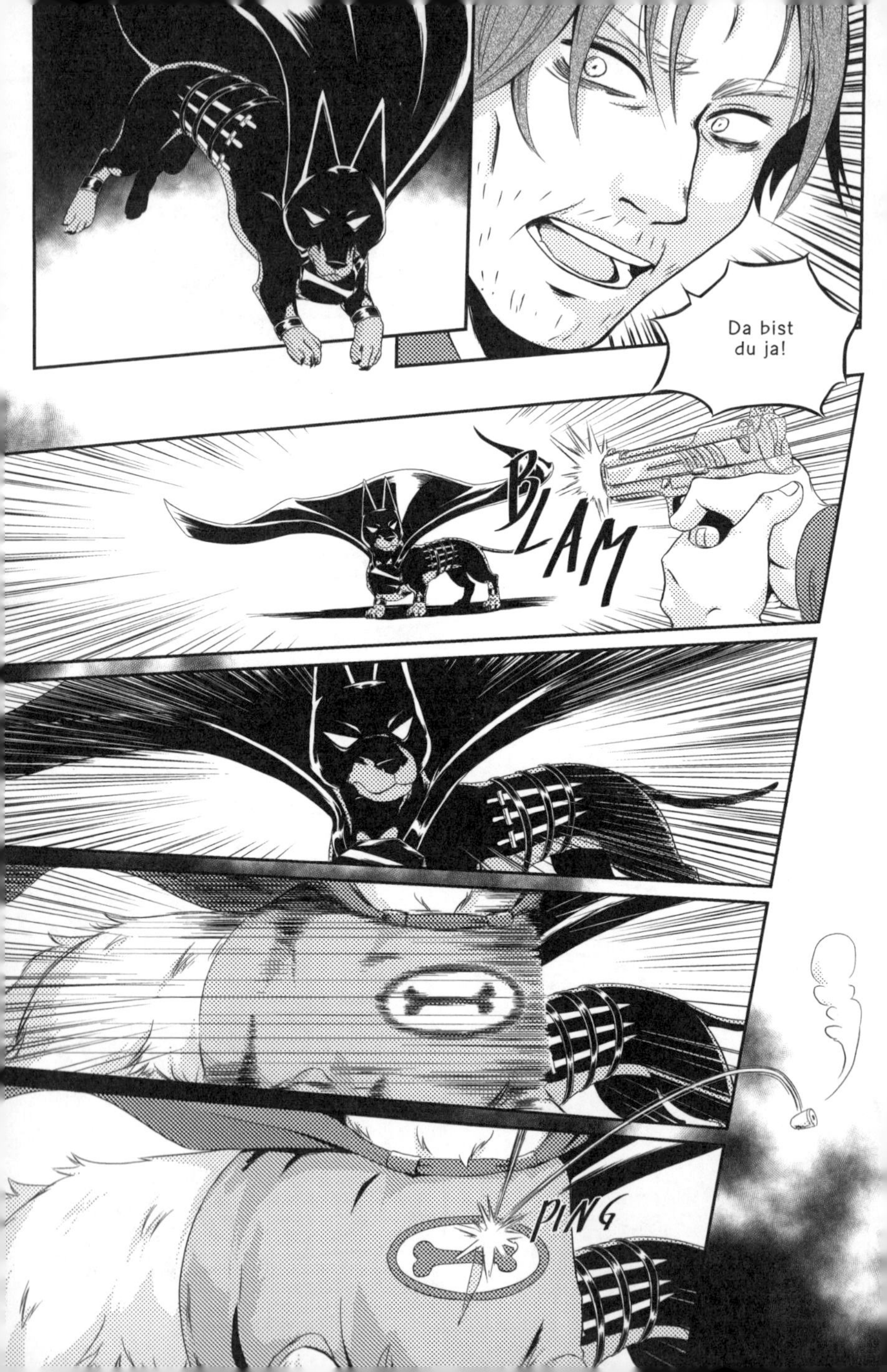
Da bist du ja!
BLAM
PING

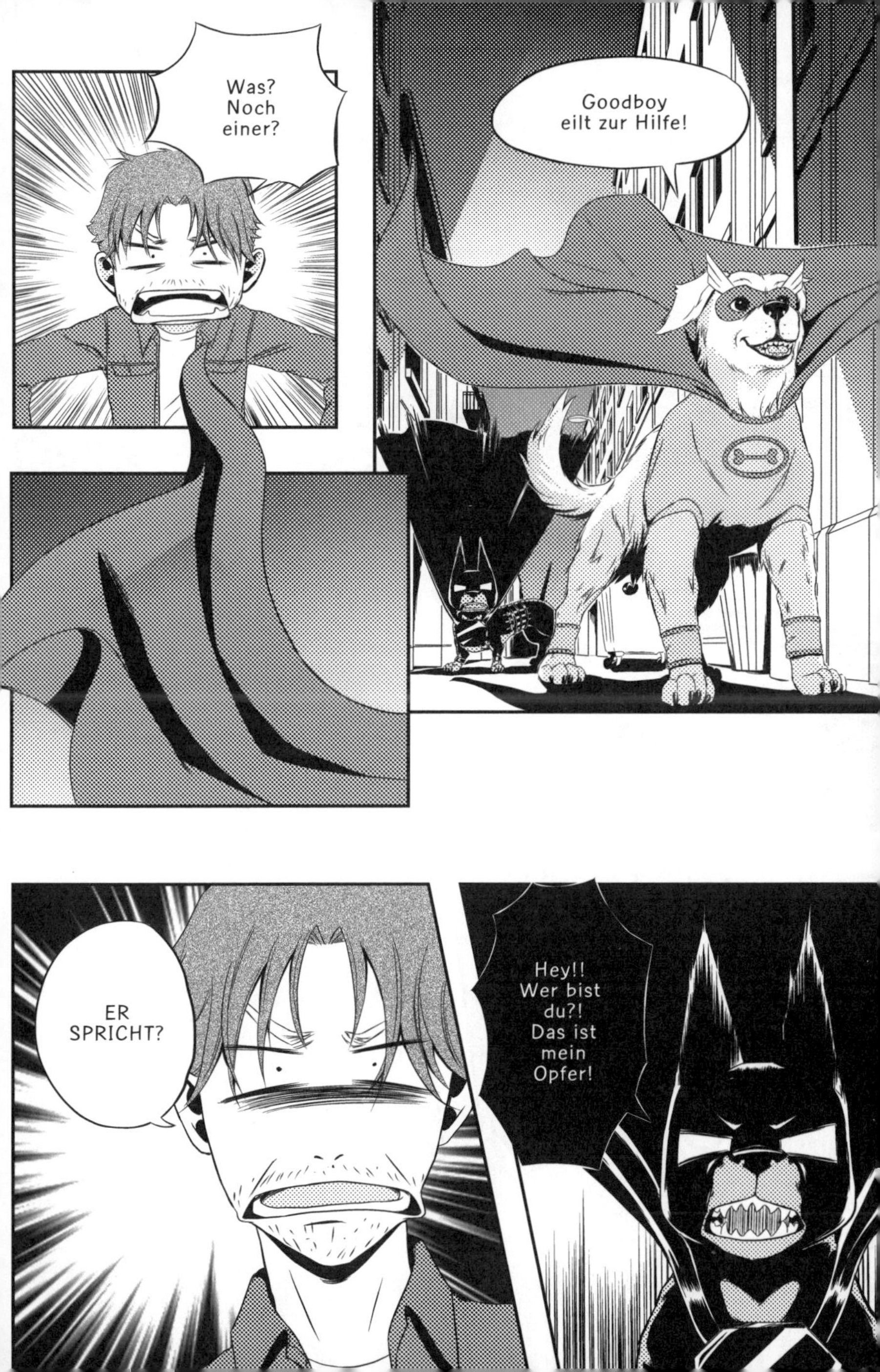
Was? Noch einer?
Goodboy eilt zur Hilfe!
ER SPRICHT?
Hey!! Wer bist du?! Das ist mein Opfer!

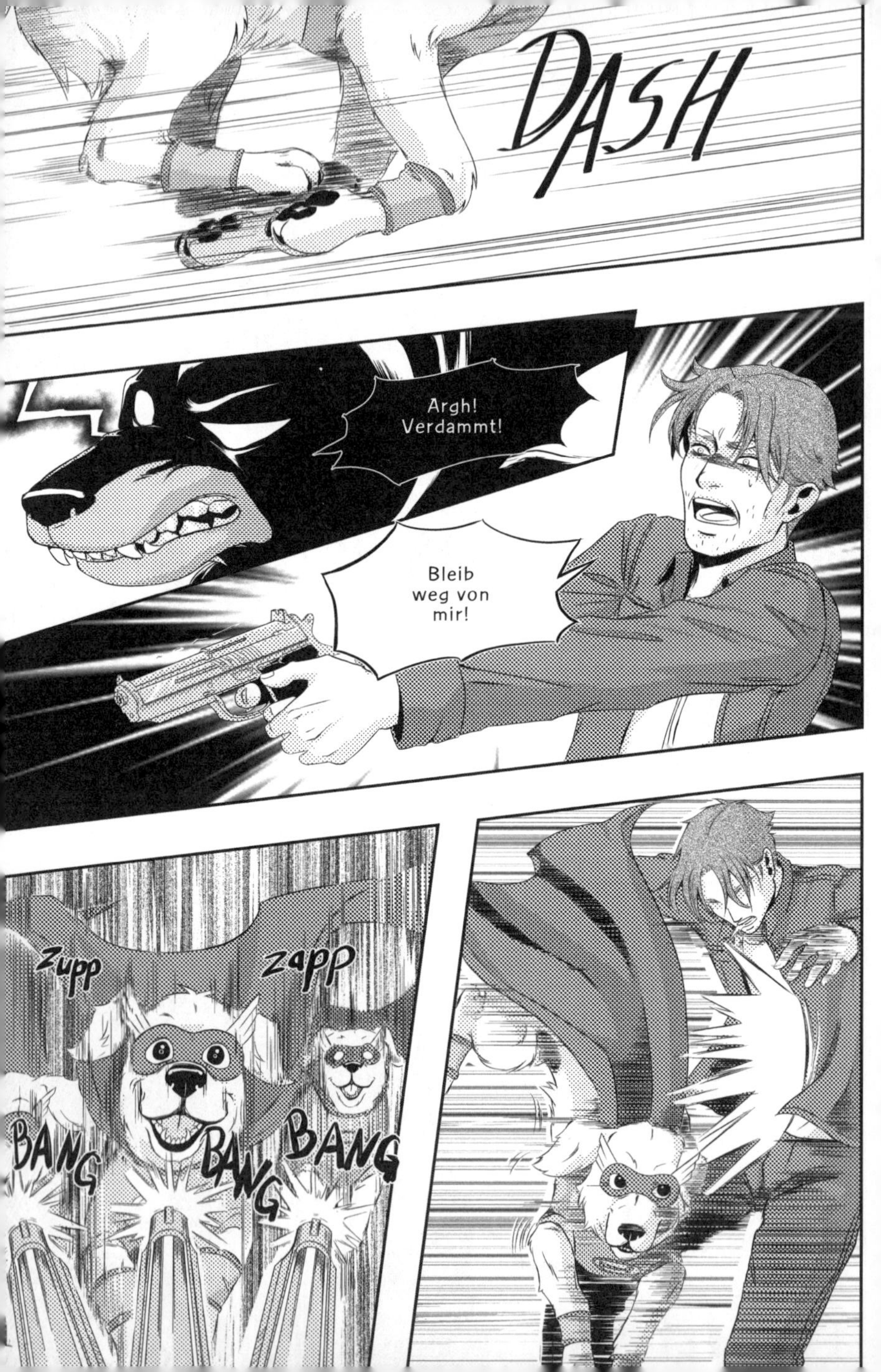
DASH
Argh! Verdammt!
Bleib weg von mir!
Zupp
zapp
BANG
BANG
BANG

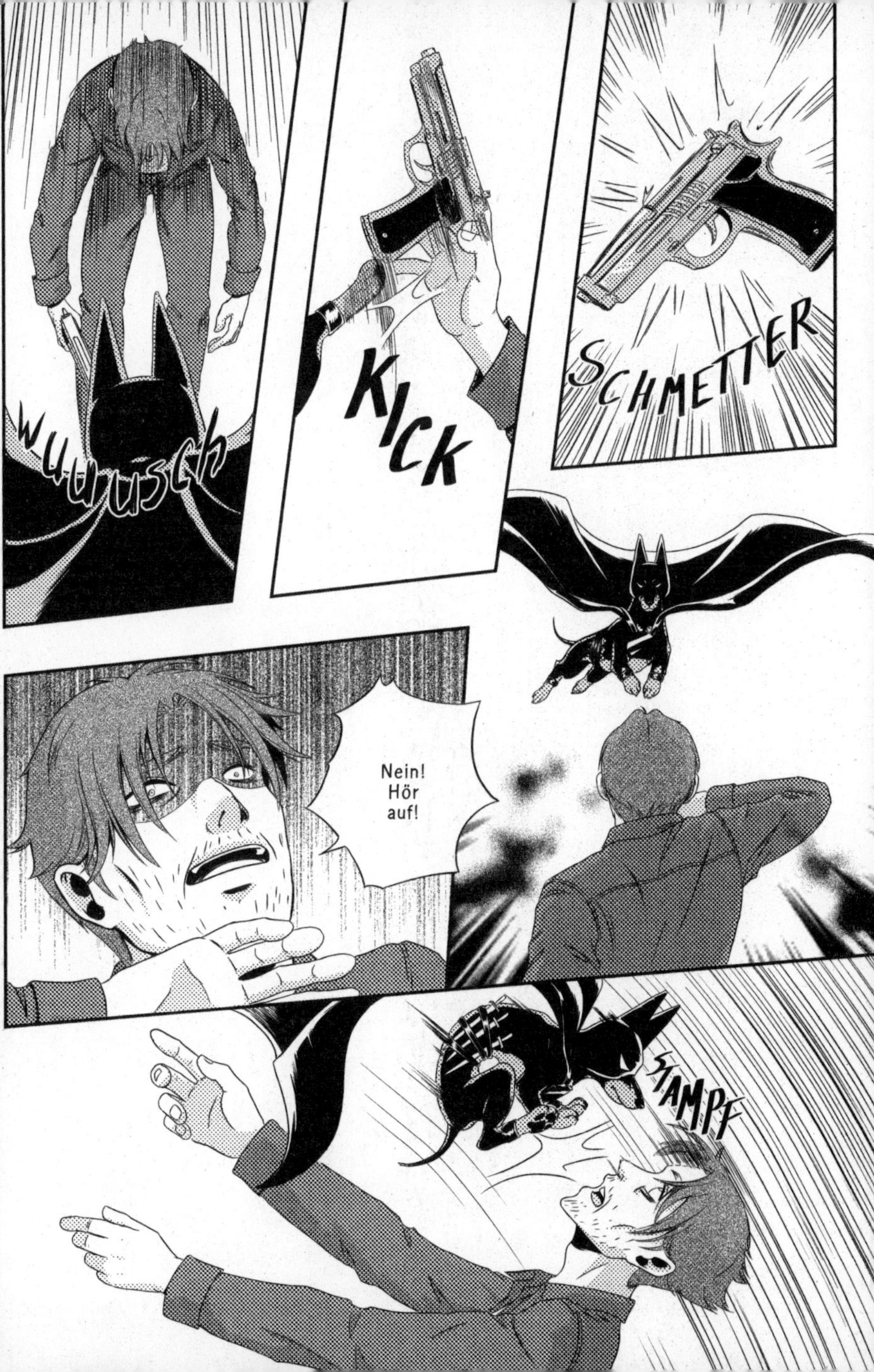
WUUUUSCH
KICK
SCHMETTER
Nein! Hör auf!
STAMPF

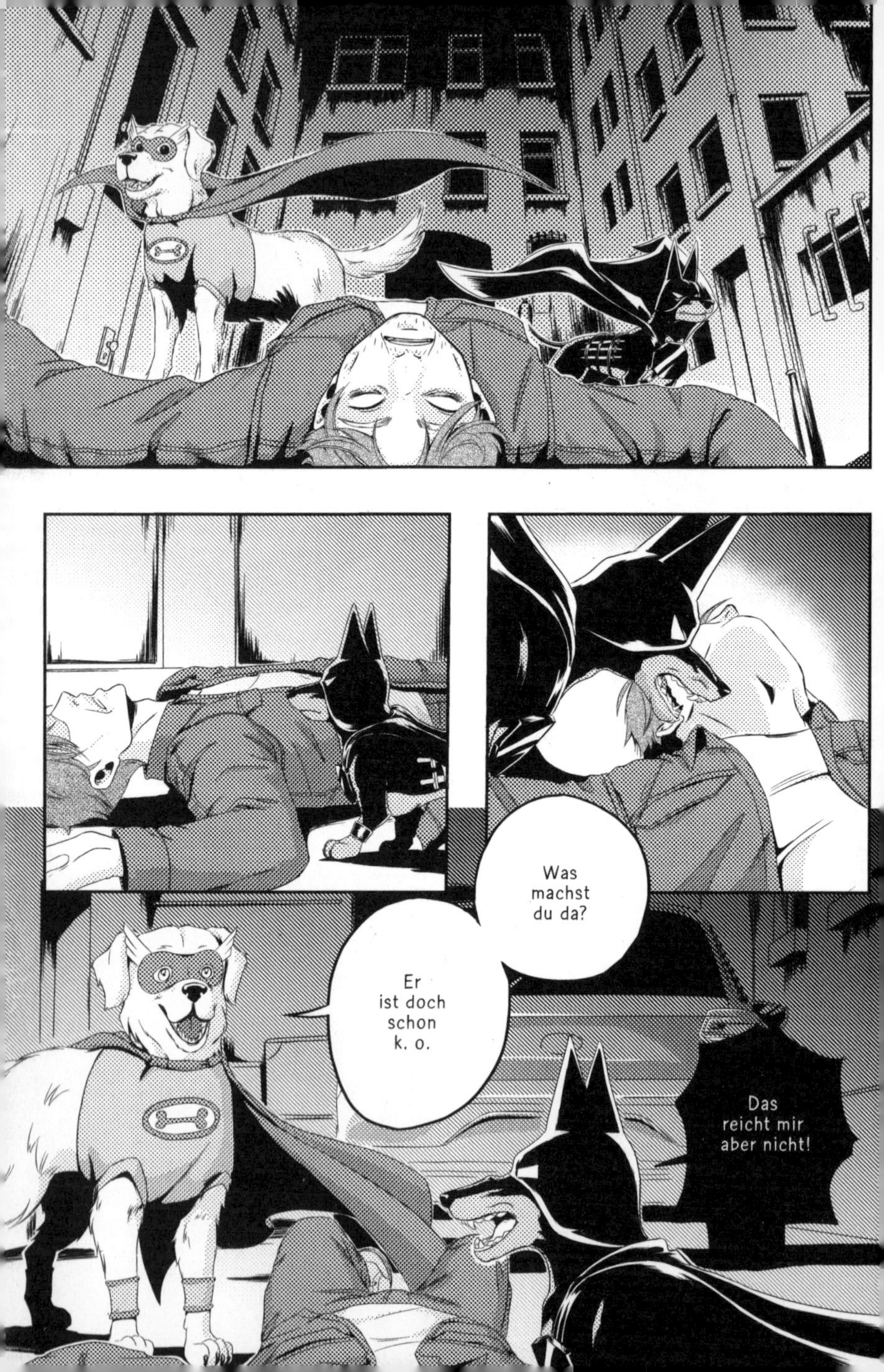
Was machst du da?
Er ist doch schon k. o.
Das reicht mir aber nicht!

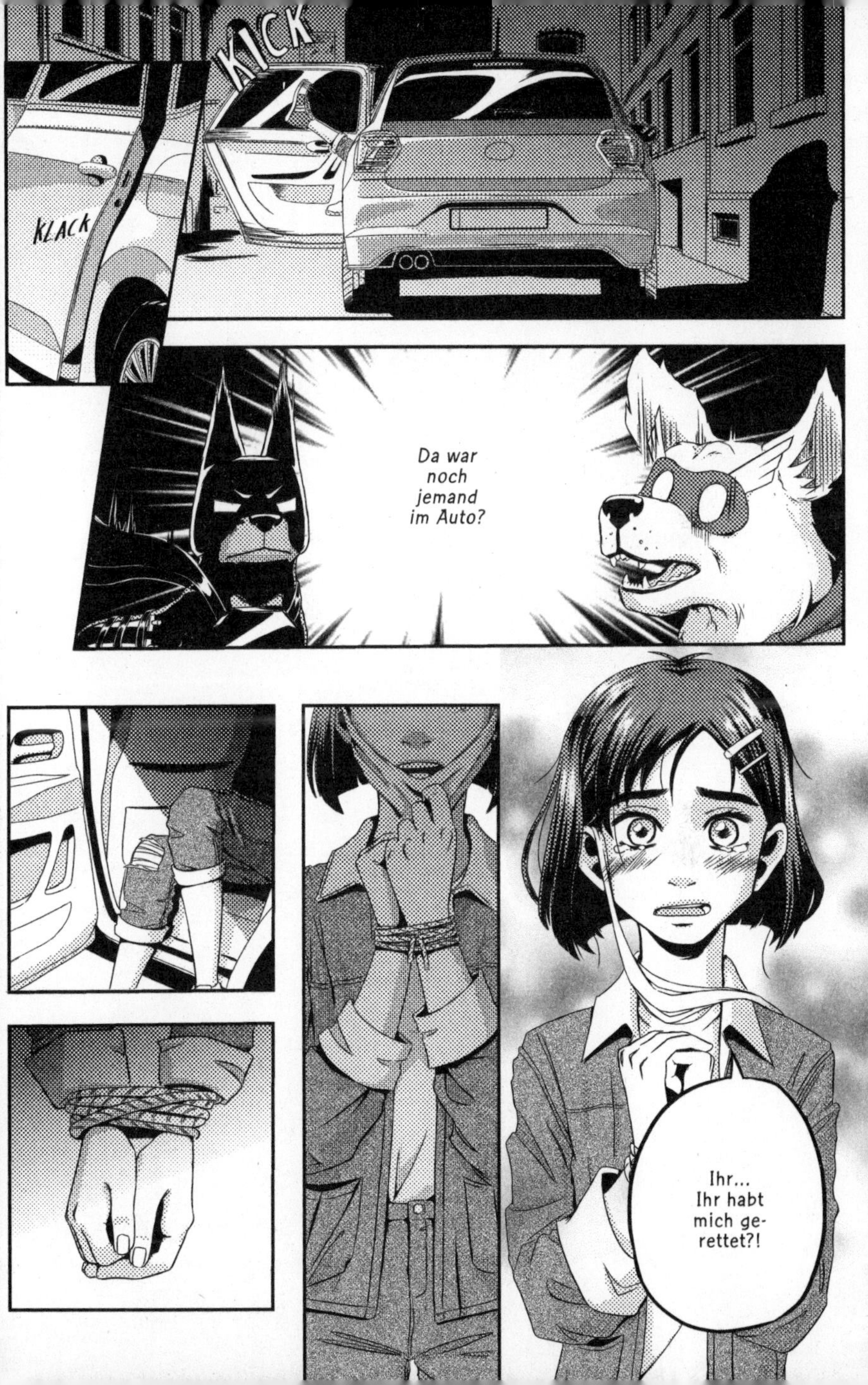
KICK
KLACK
Da war noch jemand im Auto?
Ihr... Ihr habt mich gerettet?!

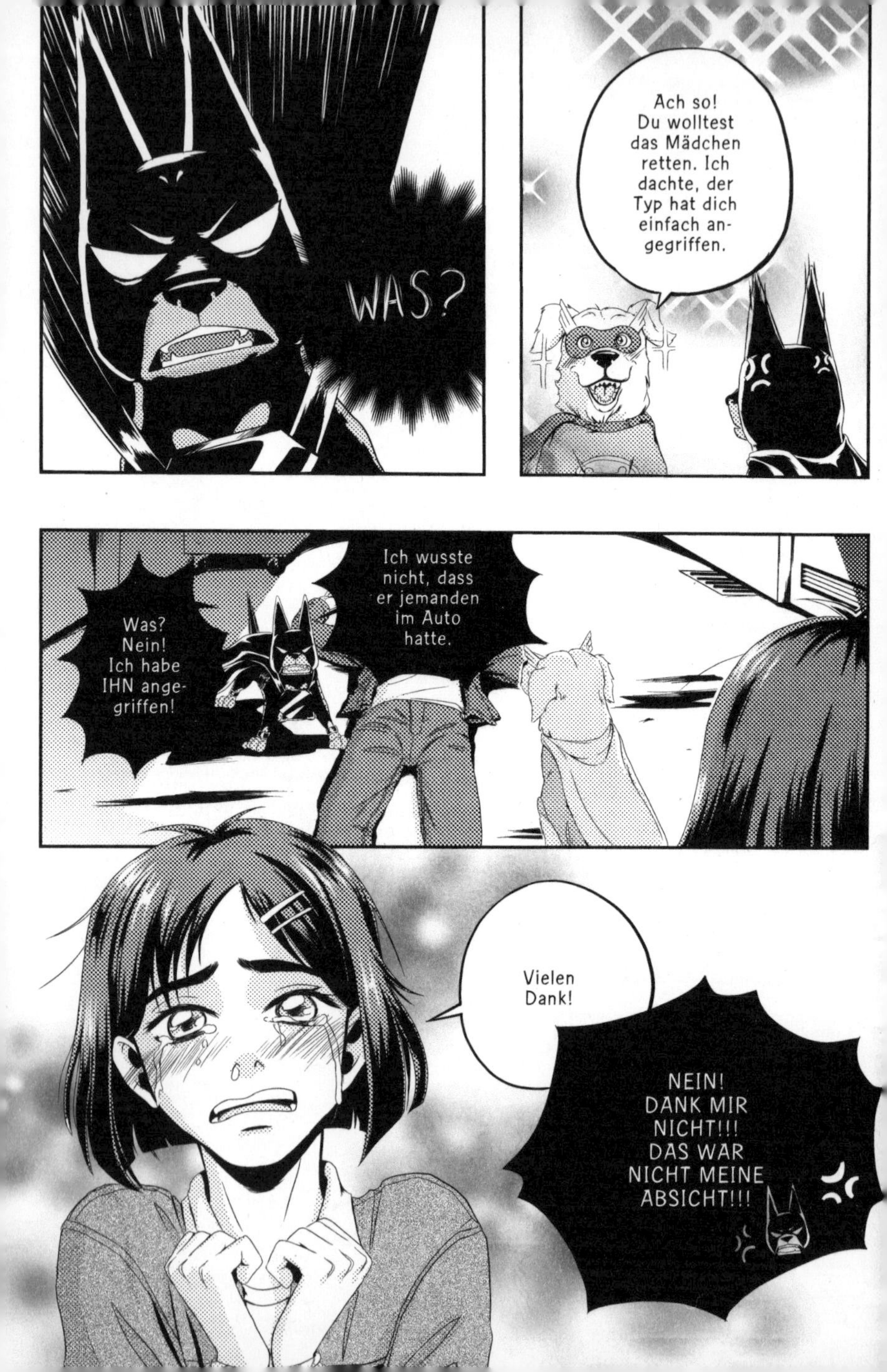

WAS?
Ach so! Du wolltest das Mädchen retten. Ich dachte, der Typ hat dich einfach angegriffen.
Ich wusste nicht, dass er jemanden im Auto hatte.
Was? Nein! Ich habe IHN angegriffen!
Vielen Dank!
NEIN! DANK MIR NICHT!!! DAS WAR NICHT MEINE ABSICHT!!!

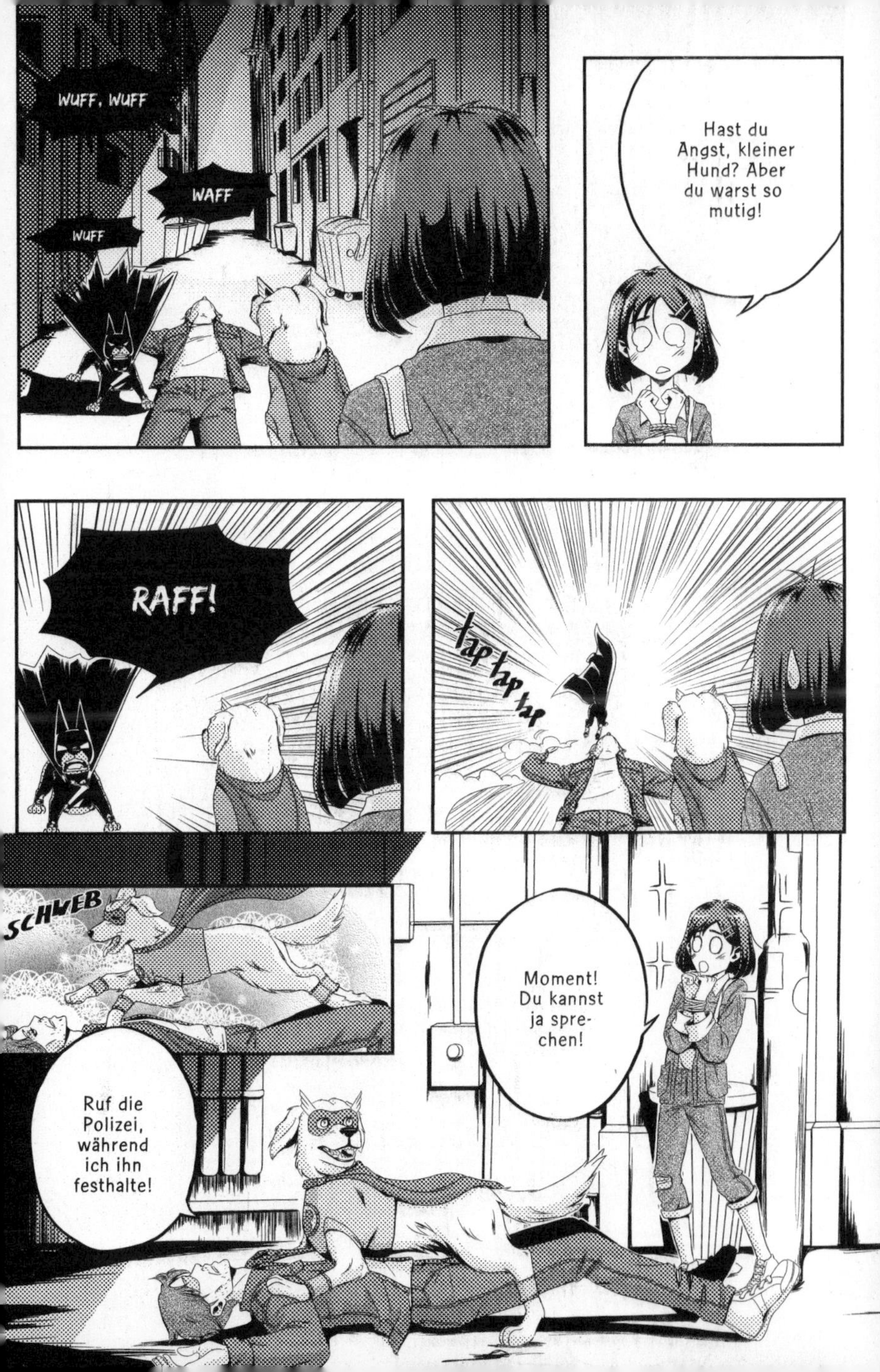
WUFF, WUFF
WAFF
WUFF
Hast du Angst, kleiner Hund? Aber du warst so mutig!
RAFF!
tap tap tap
SCHWEB
Moment! Du kannst ja sprechen!
Ruf die Polizei, während ich ihn festhalte!

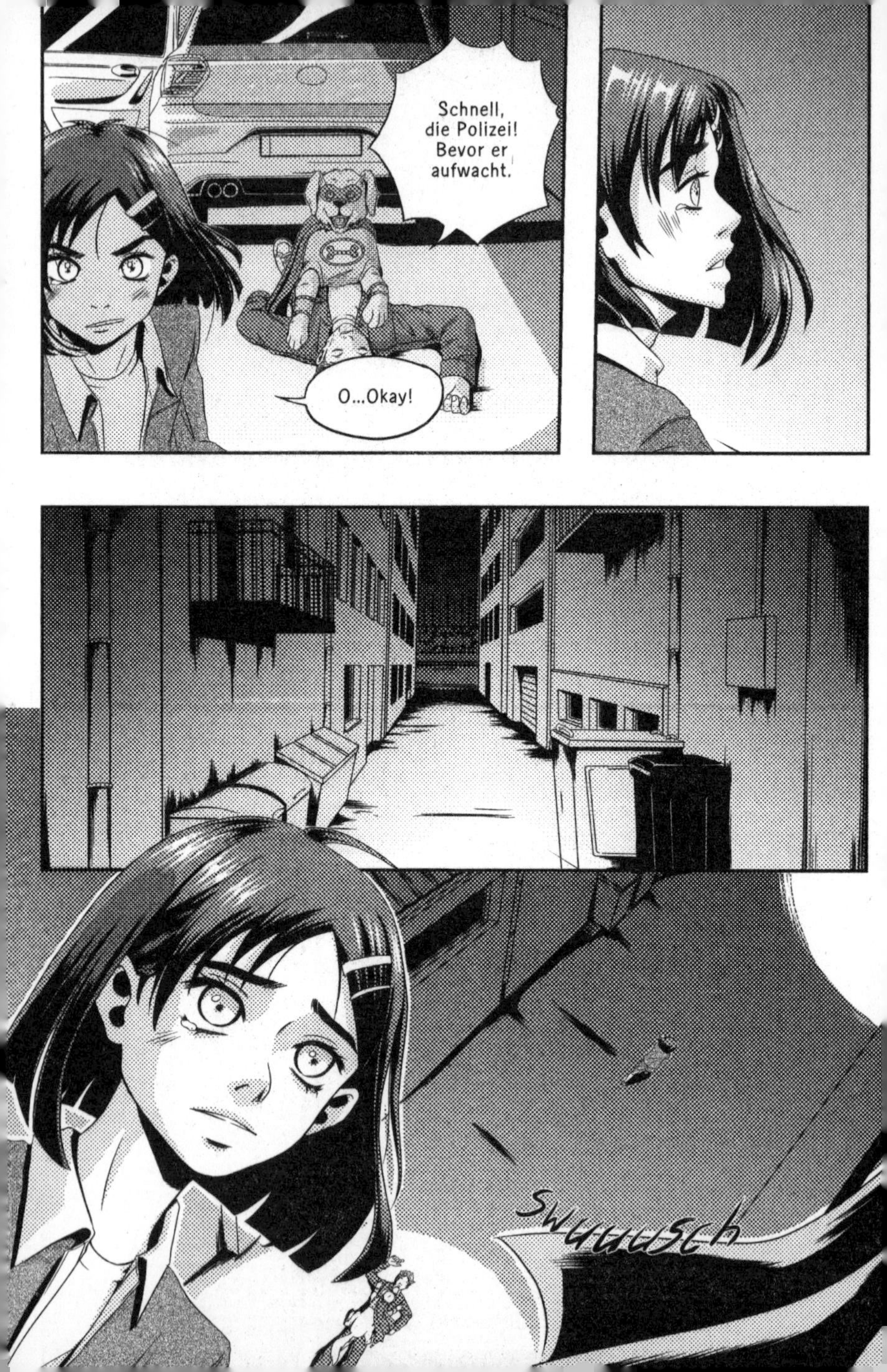
Schnell, die Polizei! Bevor er aufwacht.
O...Okay!
Swuuusch

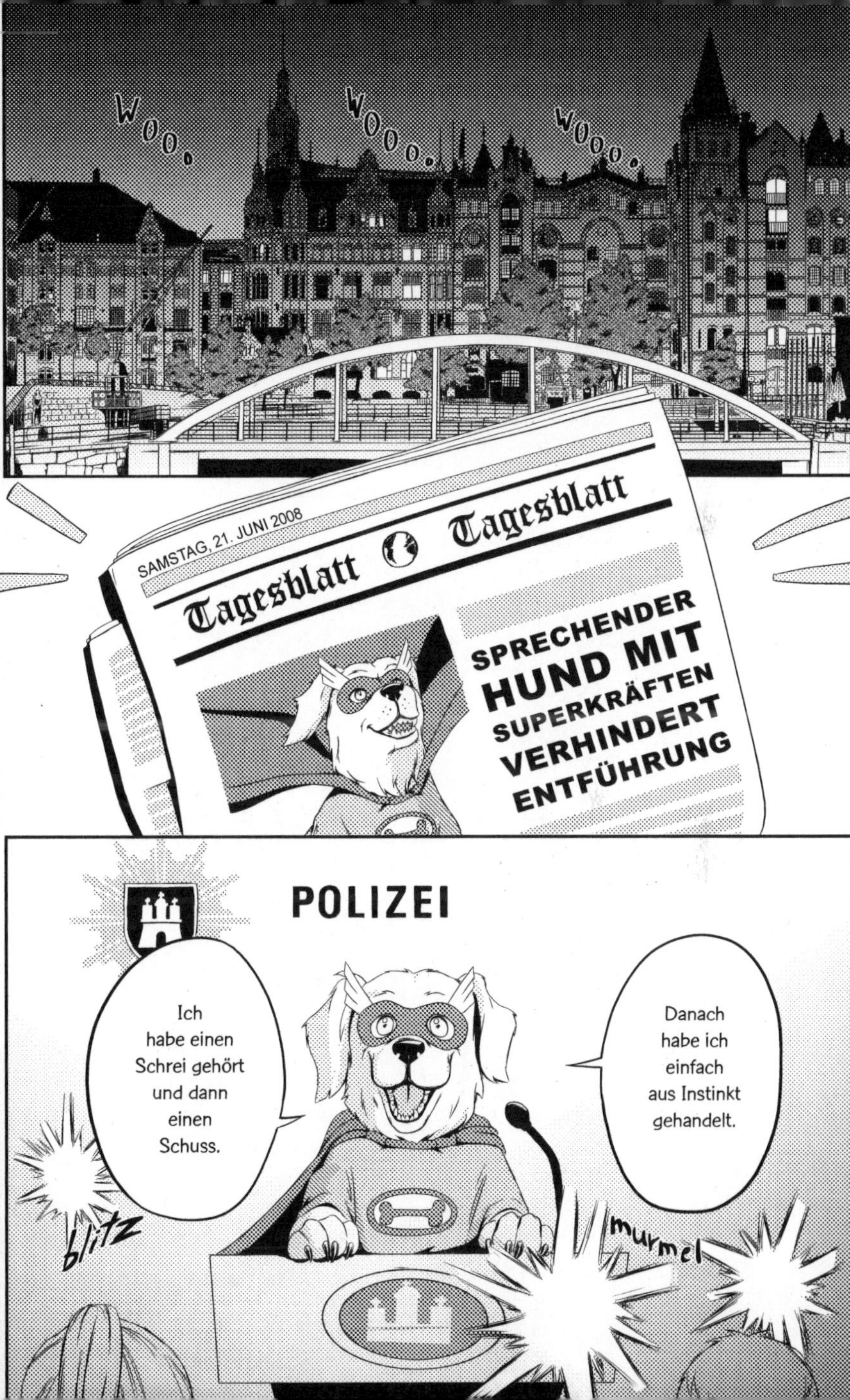
Wooo.
Woooo.
Woooo.
SAMSTAG, 21. JUNI 2008
Tagesblatt
Tagesblatt
Tagesblatt
SPRECHENDER HUND MIT SUPERKRÄFTEN VERHINDERT ENTFÜHRUNG
POLIZEI
Ich habe einen Schrei gehört und dann einen Schuss.
Danach habe ich einfach aus Instinkt gehandelt.
blitz
murmel

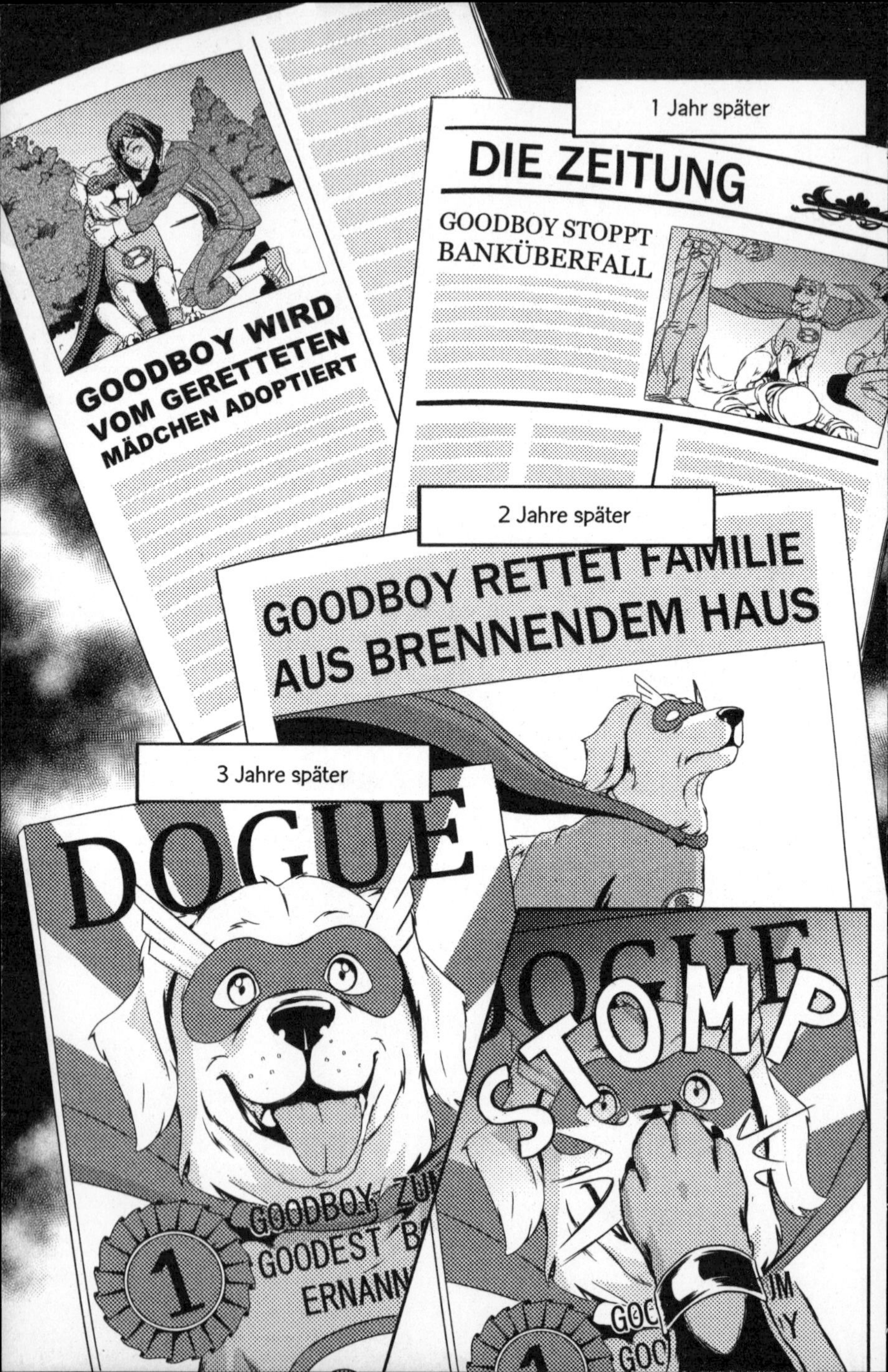
GOODBOY WIRD VOM GERETTETEN MÄDCHEN ADOPTIERT
1 Jahr später
DIE ZEITUNG
GOODBOY STOPPT BANKÜBERFALL
2 Jahre später
GOODBOY RETTET FAMILIE AUS BRENNENDEM HAUS
3 Jahre später
DOGUE
STOMP

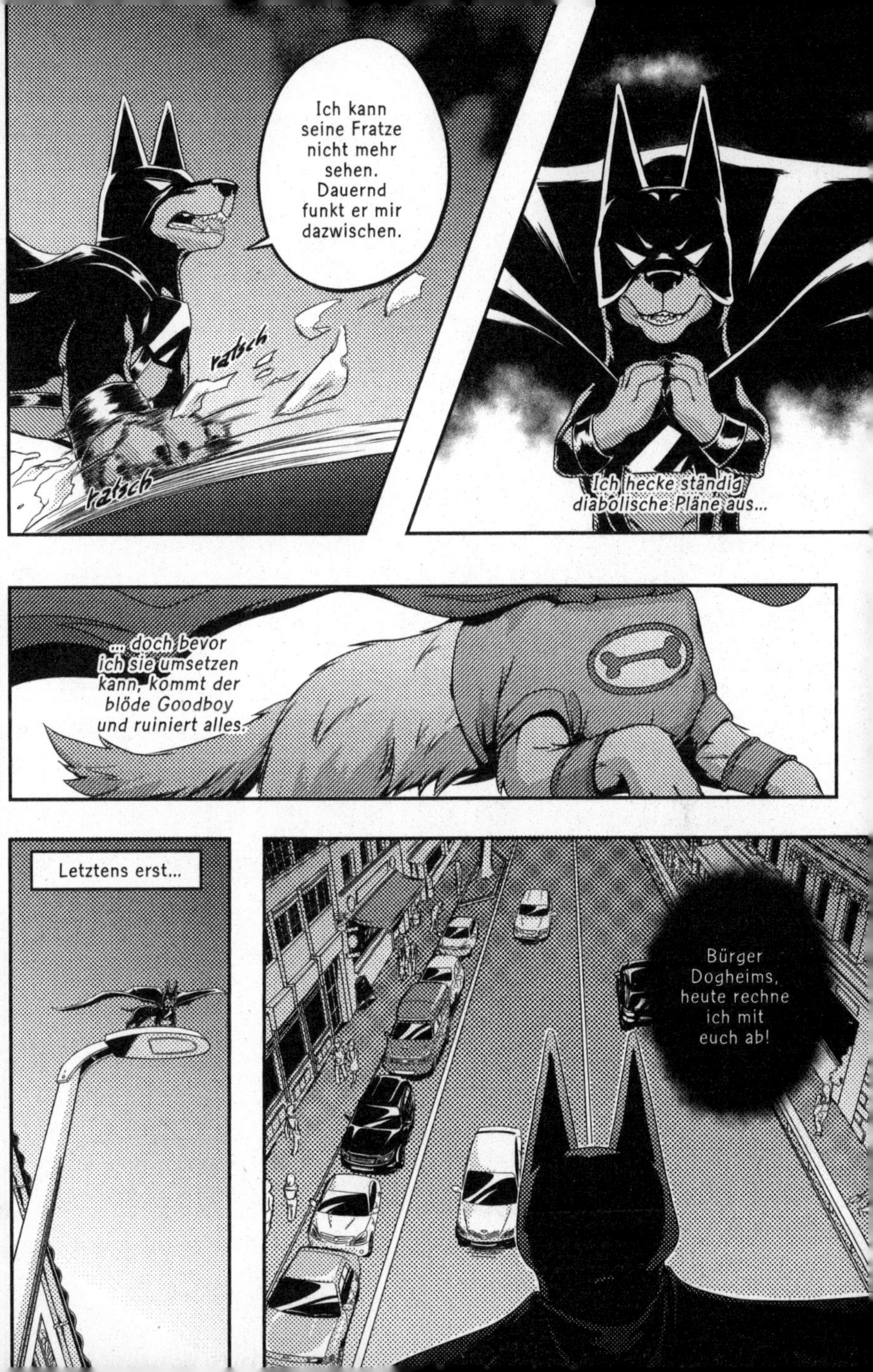
Ich kann seine Fratze nicht mehr sehen. Dauernd funkt er mir dazwischen.
ratsch
ratsch
Ich hecke ständig diabolische Pläne aus...
... doch bevor ich sie umsetzen kann, kommt der blöde Goodboy und ruiniert alles.
Letztens erst...
Bürger Dogheims, heute rechne ich mit euch ab!

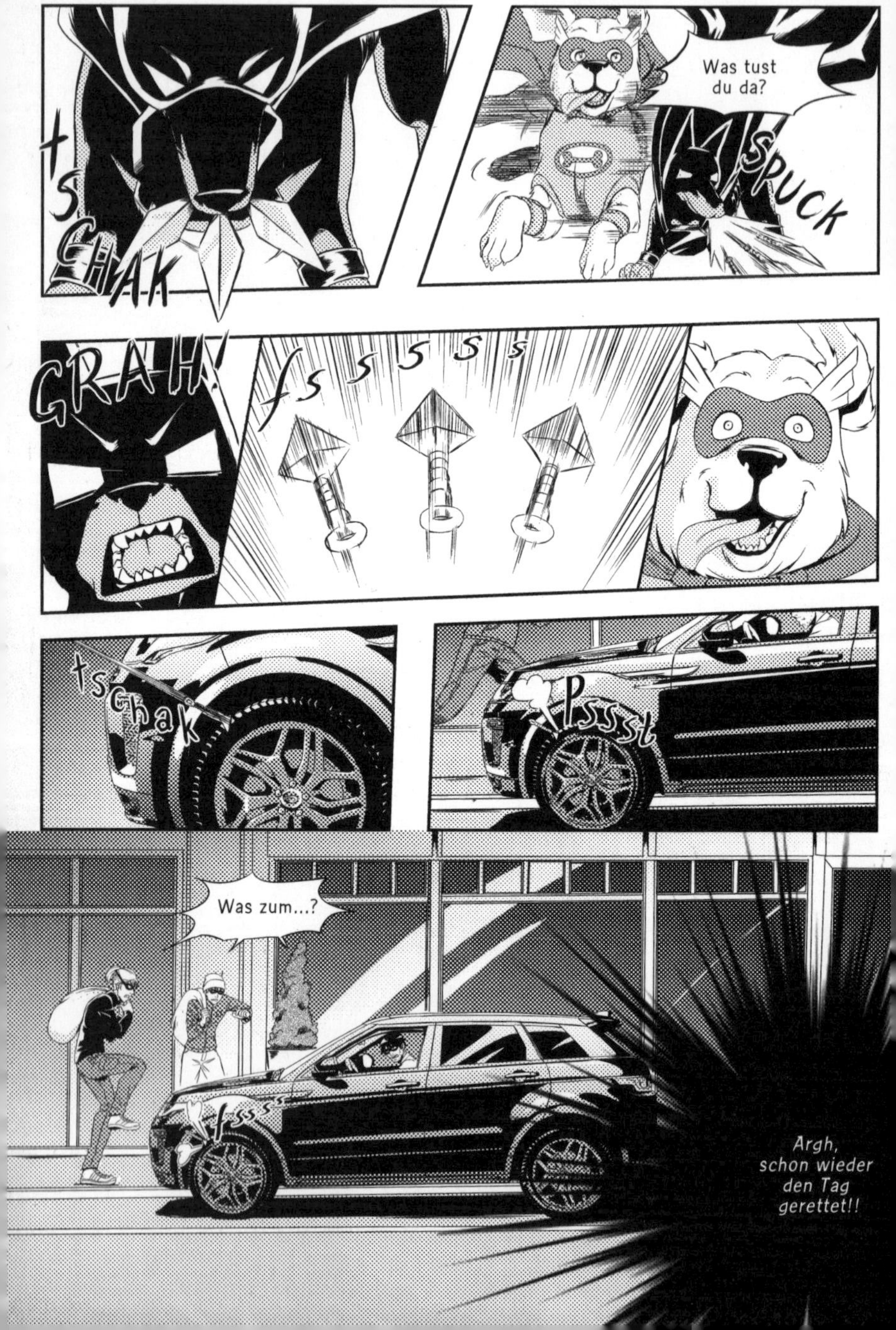
tSCHAK
Was tust du da?
SPUCK
GRAH!
fsssss
tschak
Psssst
Was zum...?
fssss
Argh, schon wieder den Tag gerettet!!

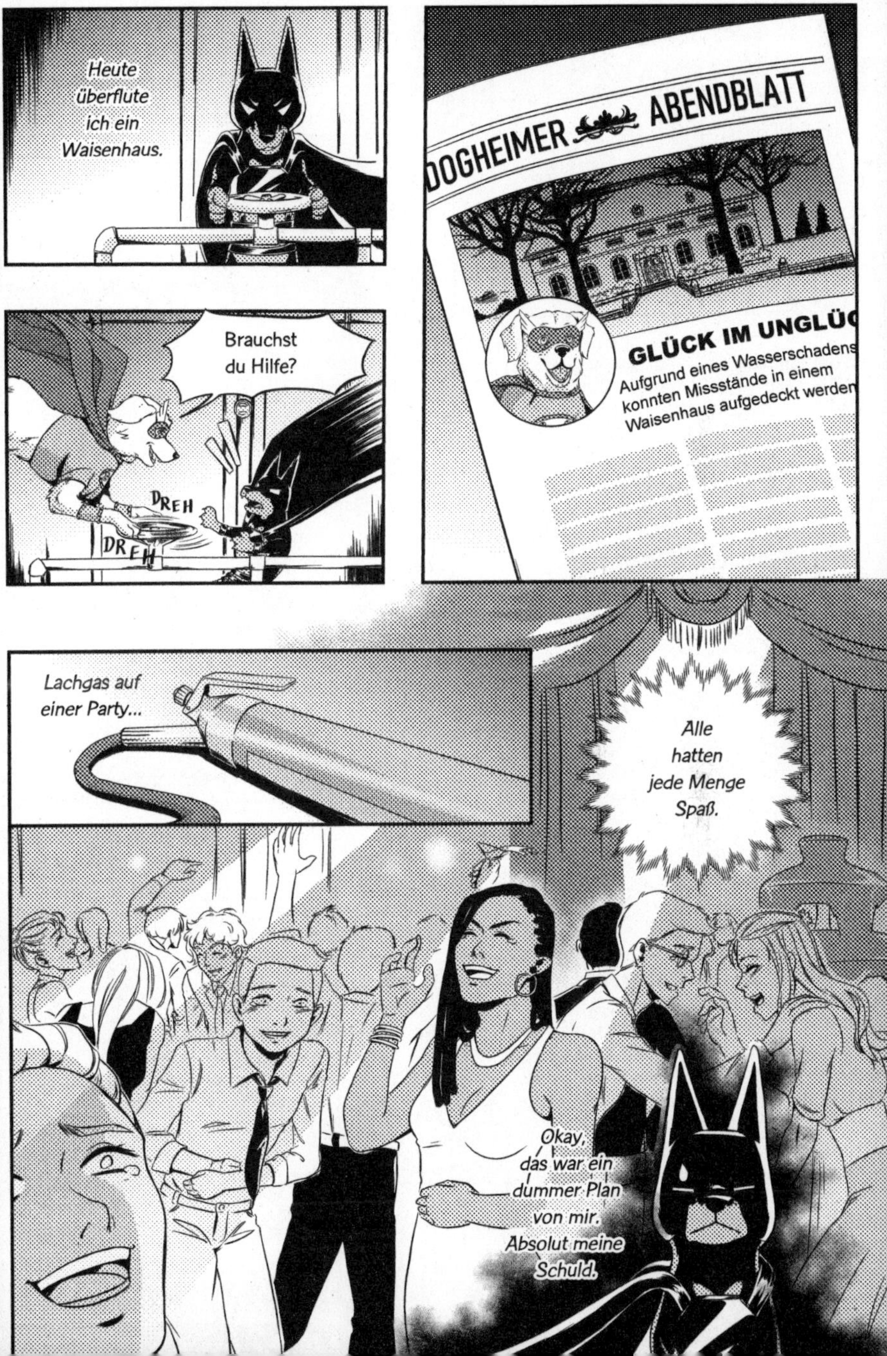
Heute überflute ich ein Waisenhaus.
DOGHEIMER ABENDBLATT
GLÜCK IM UNGLÜC
Aufgrund eines Wasserschadens konnten Missstände in einem Waisenhaus aufgedeckt werden
Brauchst du Hilfe?
DREH
DREH
Lachgas auf einer Party...
Alle hatten jede Menge Spaß.
Okay, das war ein dummer Plan von mir. Absolut meine Schuld.

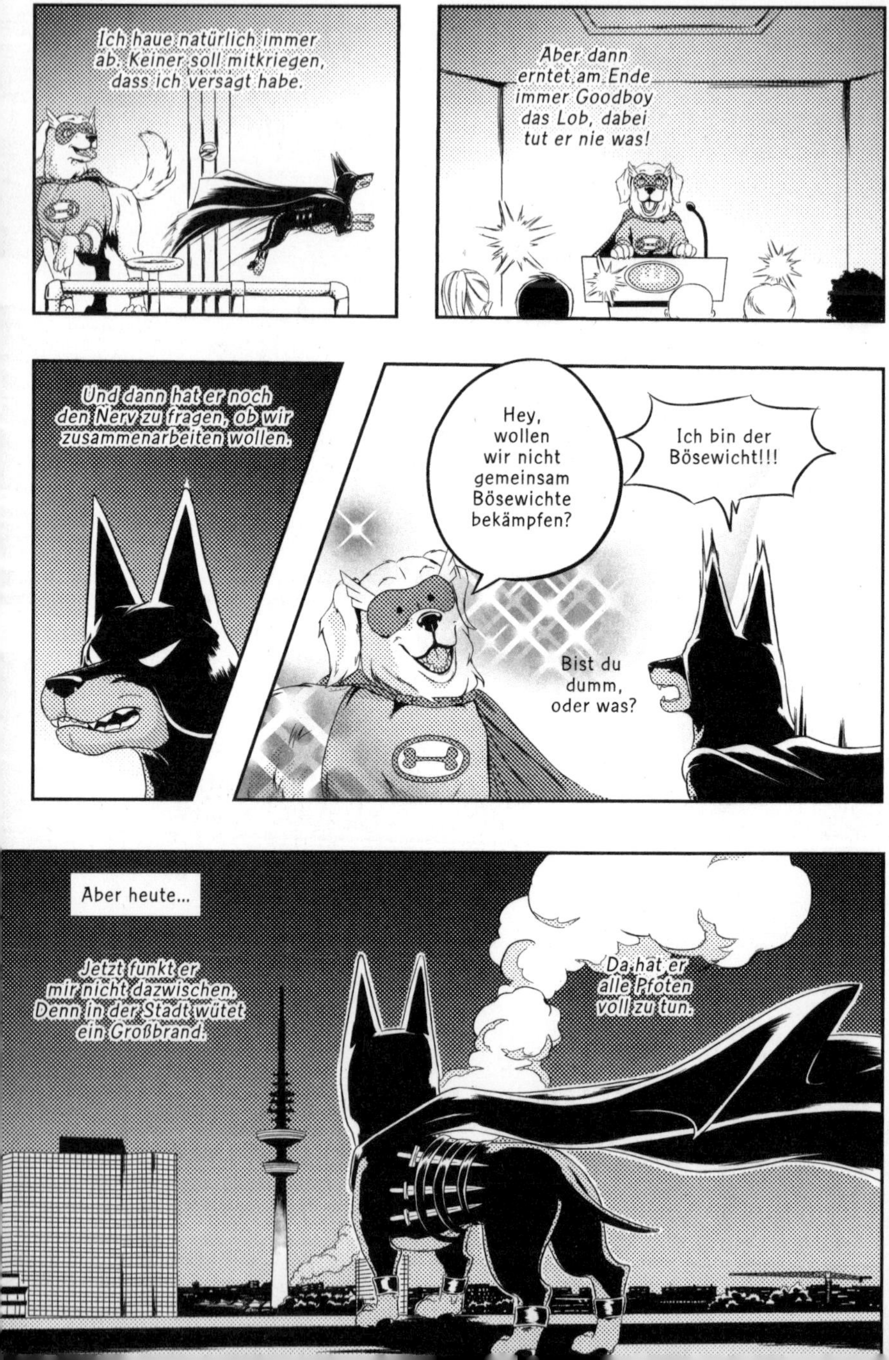
Ich haue natürlich immer ab. Keiner soll mitkriegen, dass ich versagt habe.
Aber dann erntet am Ende immer Goodboy das Lob, dabei tut er nie was!
Und dann hat er noch den Nerv zu fragen, ob wir zusammenarbeiten wollen.
Hey, wollen wir nicht gemeinsam Bösewichte bekämpfen?
Ich bin der Bösewicht!!!
Bist du dumm, oder was?
Aber heute...
Jetzt funkt er mir nicht dazwischen. Denn in der Stadt wütet ein Großbrand.
Da hat er alle Pfoten voll zu tun.

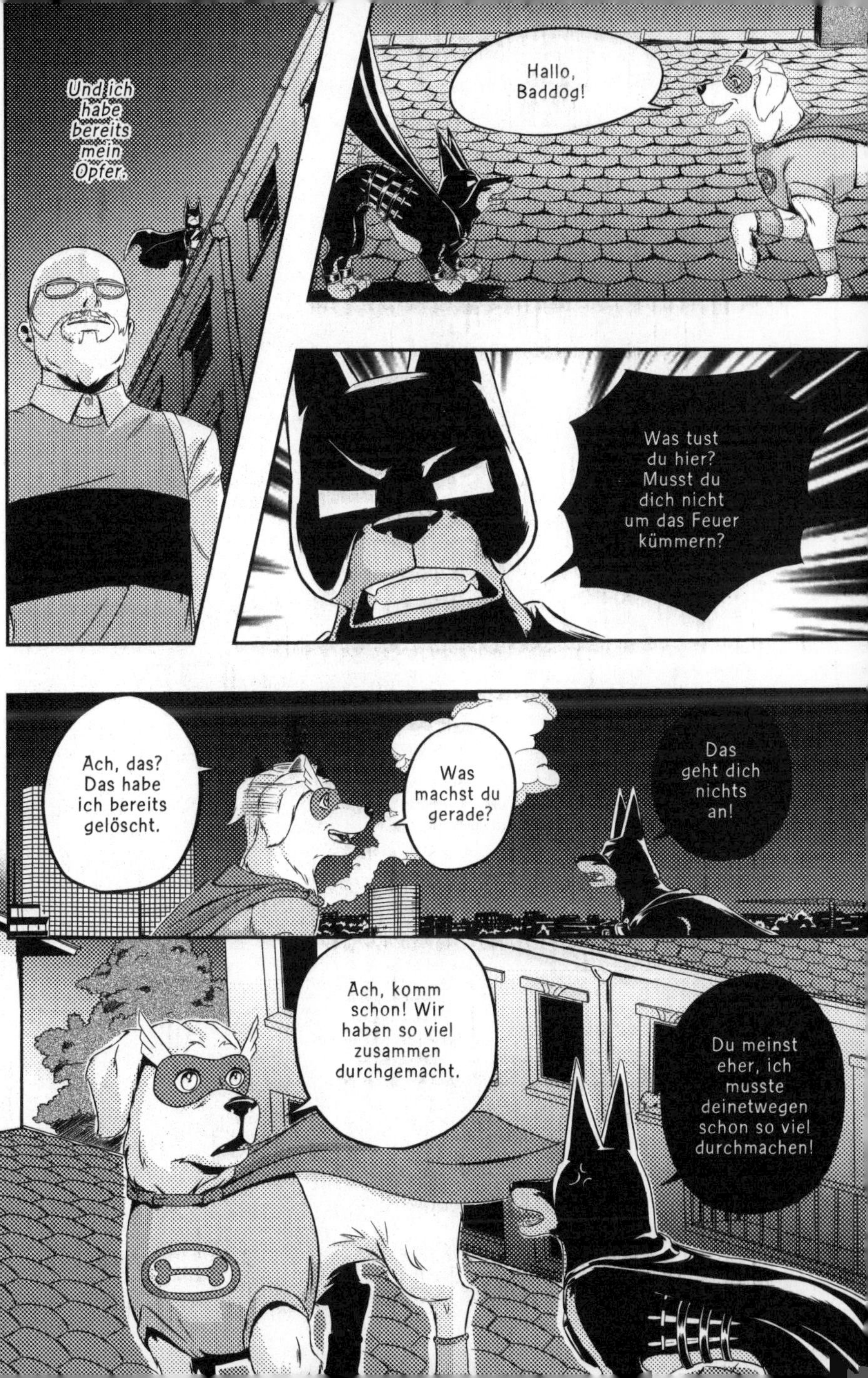
Und ich habe bereits mein Opfer.
Hallo, Baddog!
Was tust du hier? Musst du dich nicht um das Feuer kümmern?
Ach, das? Das habe ich bereits gelöscht.
Was machst du gerade?
Das geht dich nichts an!
Ach, komm schon! Wir haben so viel zusammen durchgemacht.
Du meinst eher, ich musste deinetwegen schon so viel durchmachen!

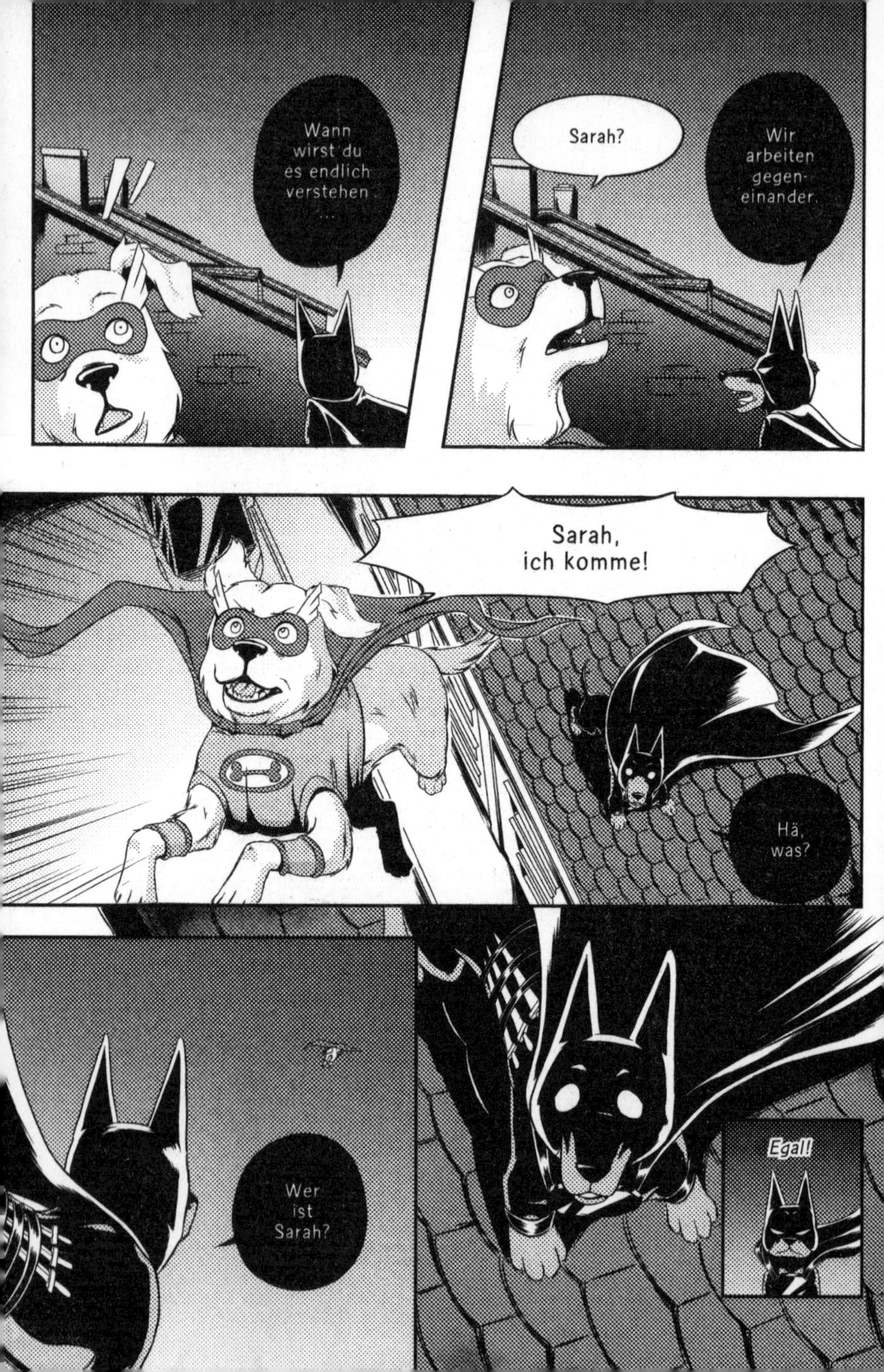
Wann wirst du es endlich verstehen …
Sarah?
Wir arbeiten gegeneinander.
Sarah, ich komme!
Hä, was?
Wer ist Sarah?
Egal!

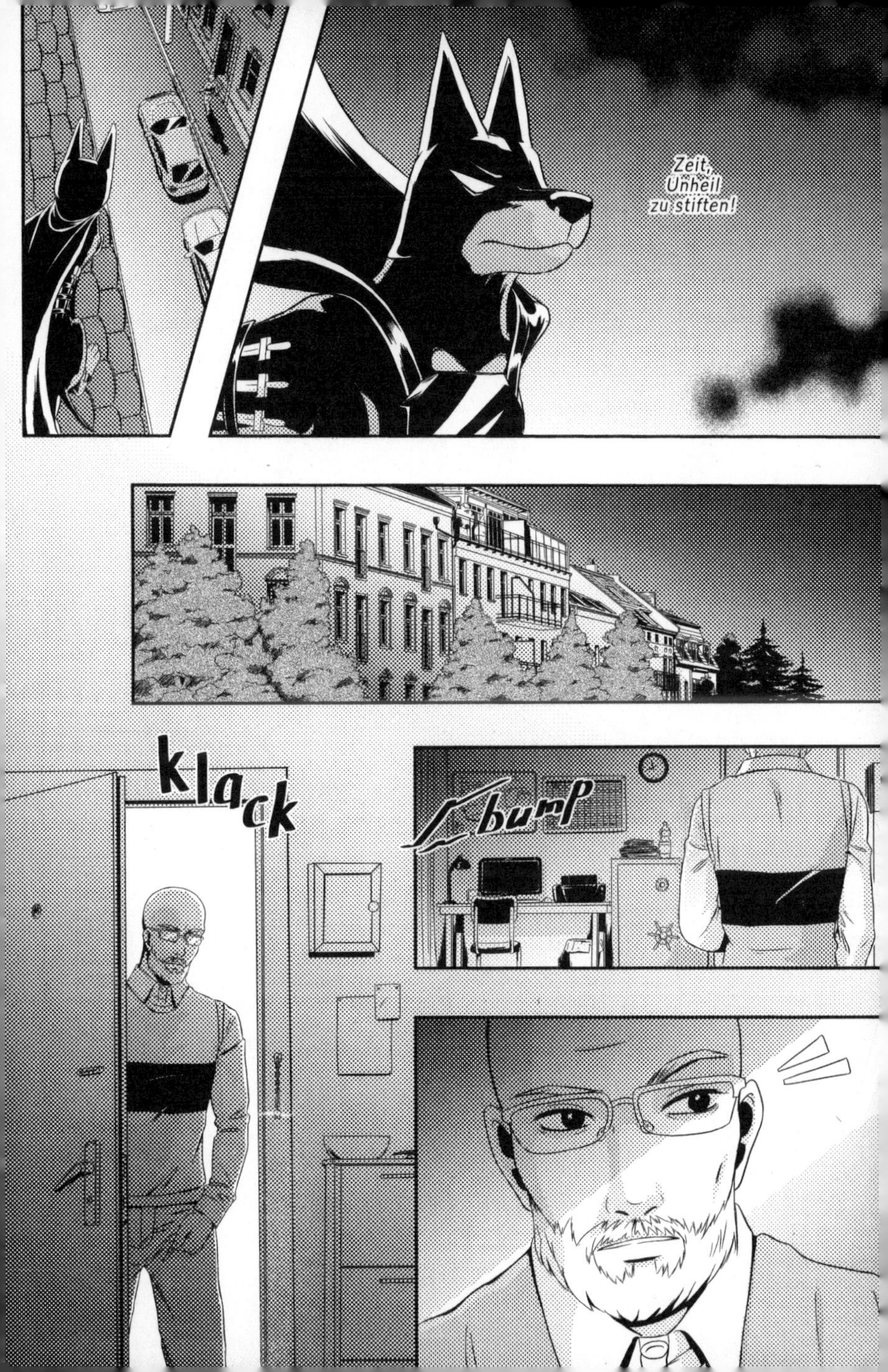
Zeit, Unheil zu stiften!
klack
bump

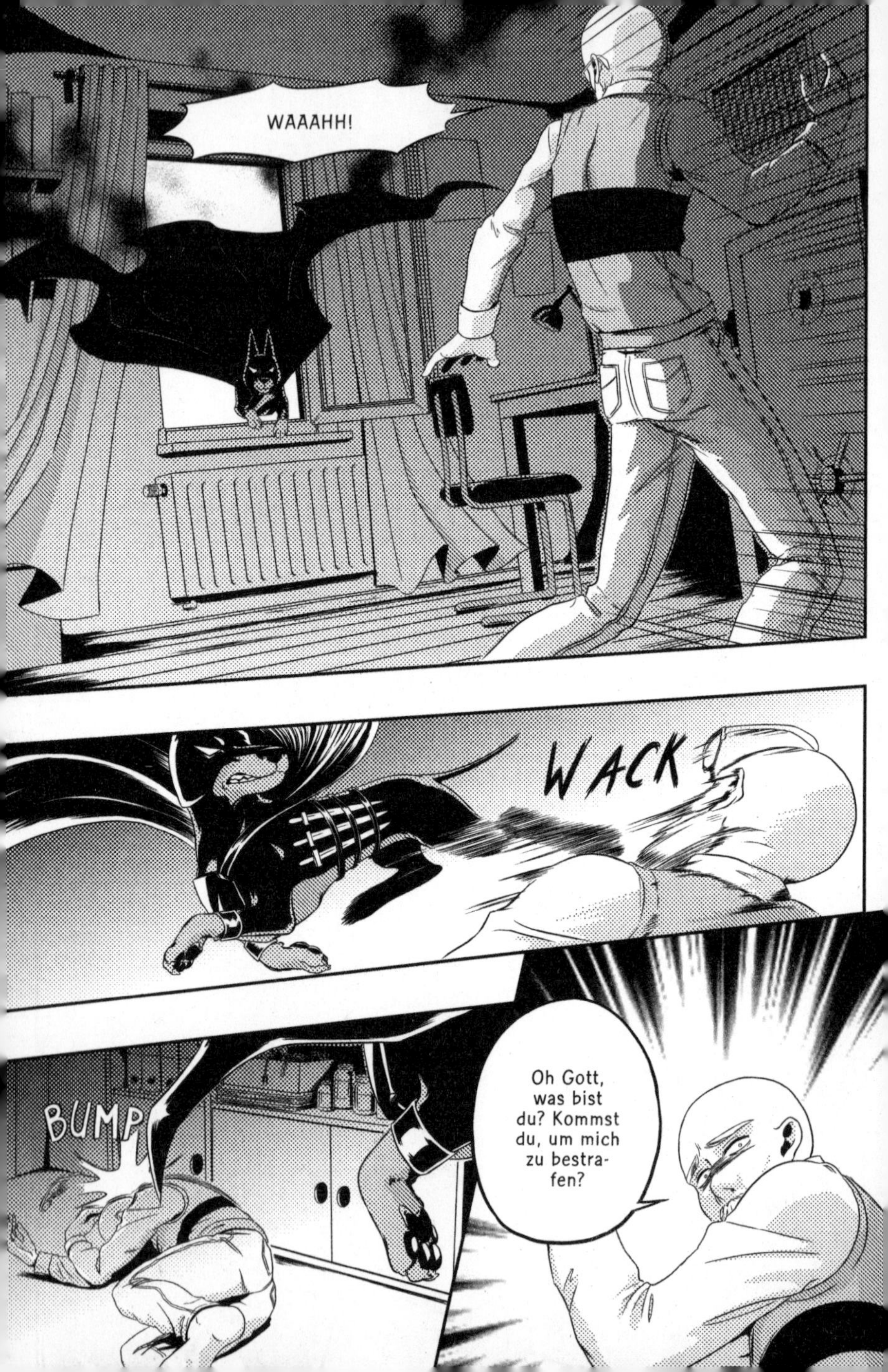
WAAAHH!
WACK
BUMP
Oh Gott, was bist du? Kommst du, um mich zu bestrafen?

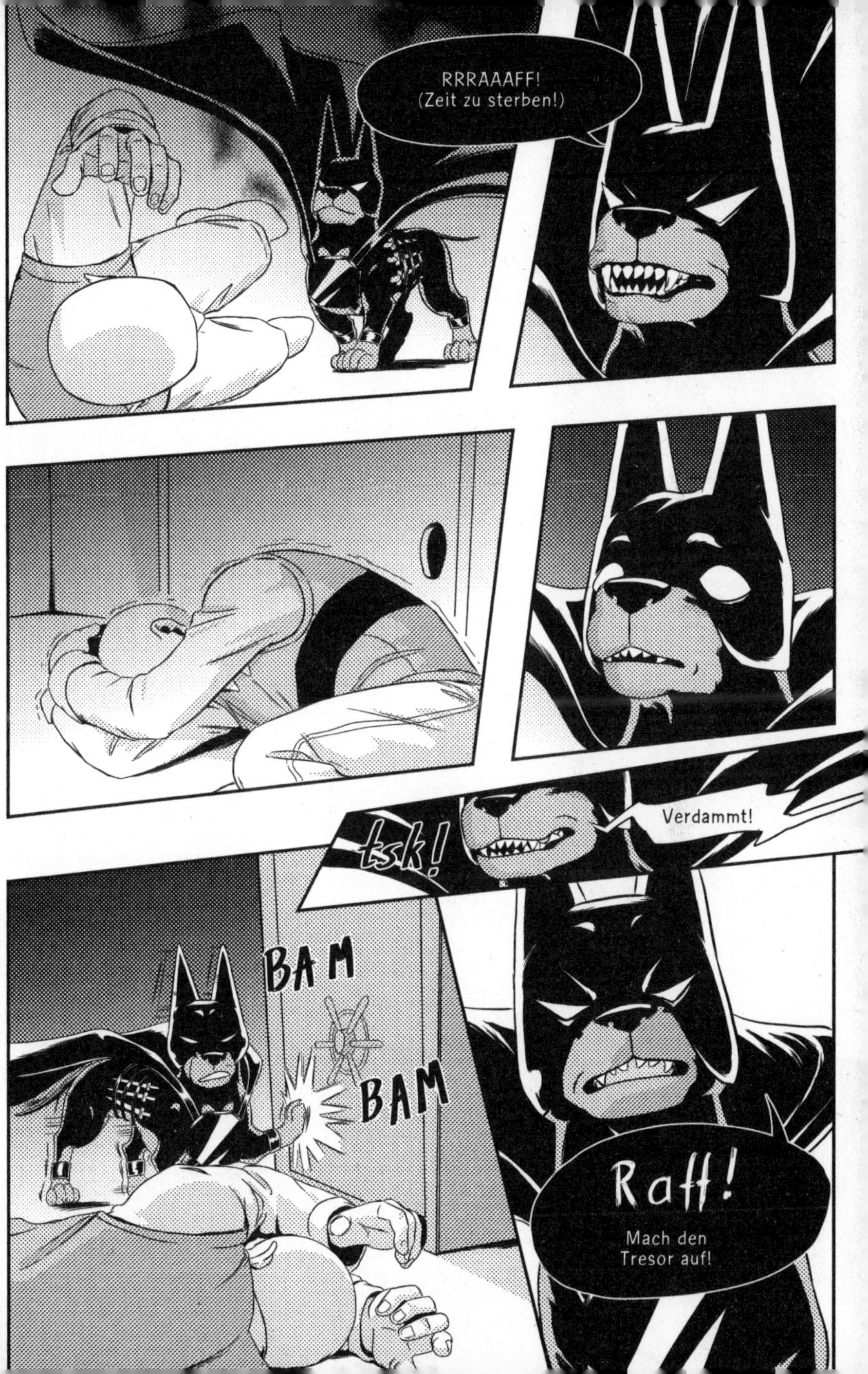
RRRAAAFF!
(Zeit zu sterben!)
tsk!
Verdammt!
BAM
BAM
Raff!
Mach den Tresor auf!

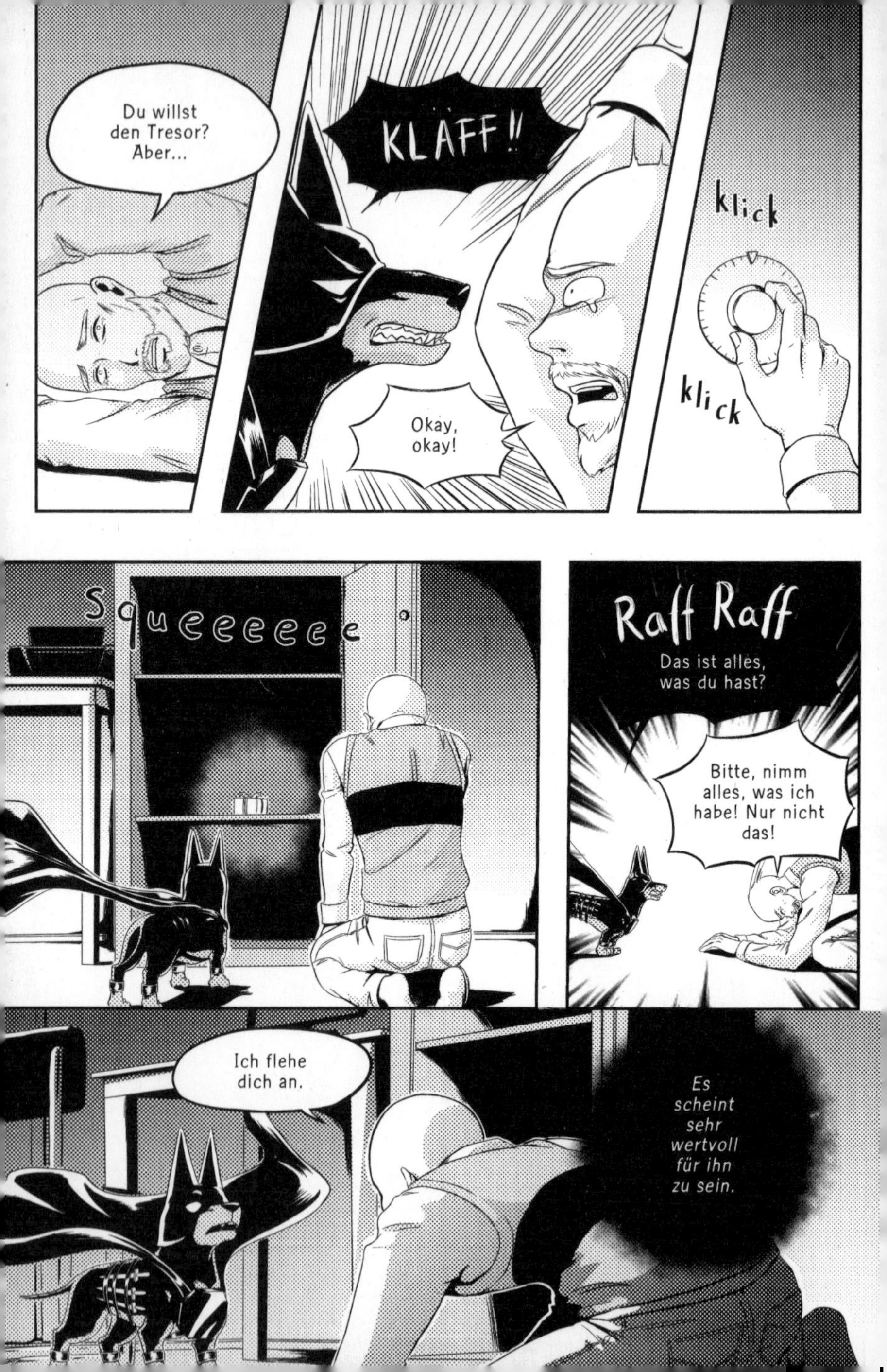
Du willst den Tresor? Aber...
KLÄFF!!
Okay, okay!
klick
klick
squeeeeeee
Raff Raff
Das ist alles, was du hast?
Bitte, nimm alles, was ich habe! Nur nicht das!
Ich flehe dich an.
Es scheint sehr wertvoll für ihn zu sein.

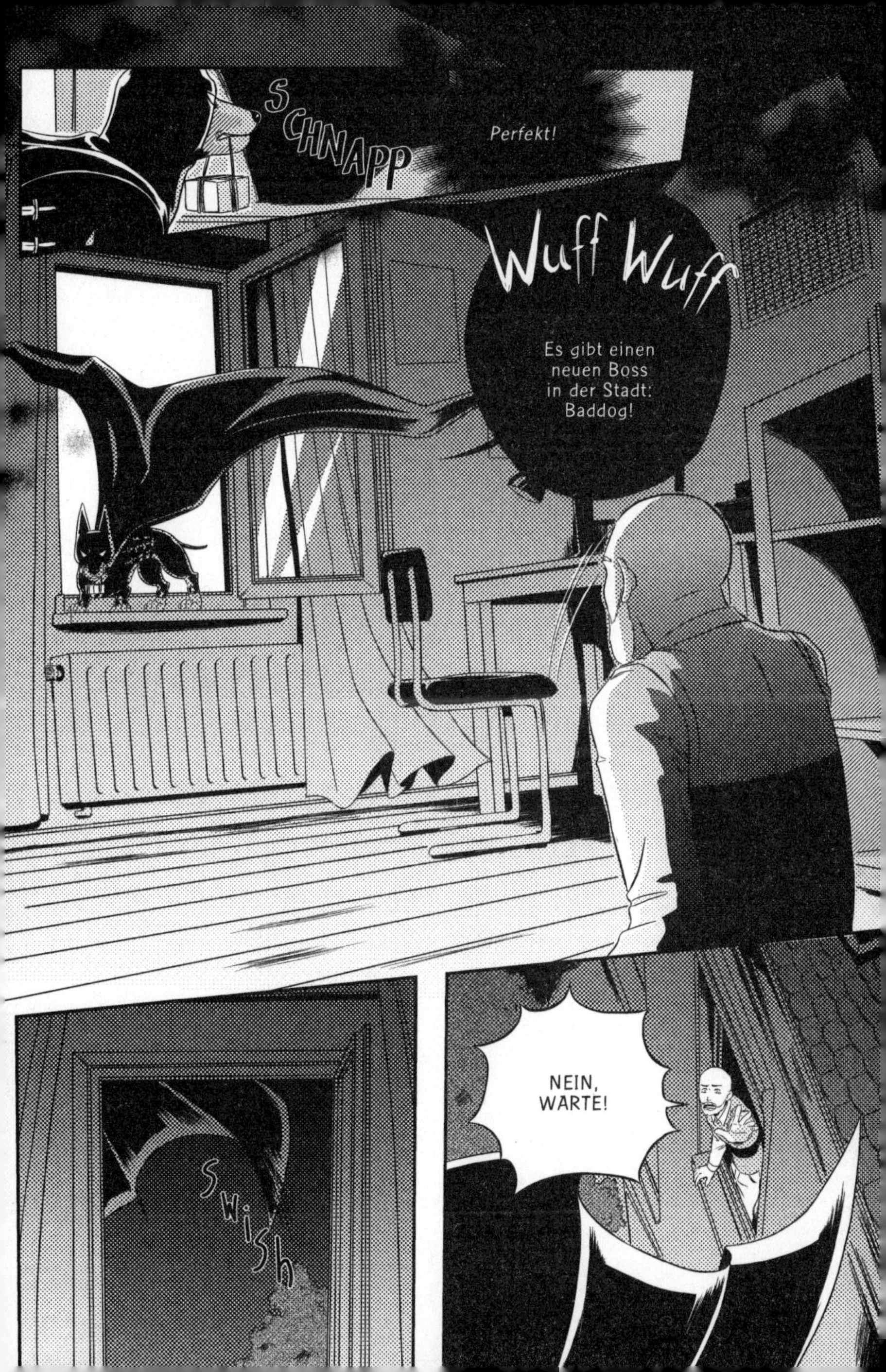
SCHNAPP
Perfekt!
Wuff Wuff
Es gibt einen neuen Boss in der Stadt: Baddog!
SWISH
NEIN, WARTE!

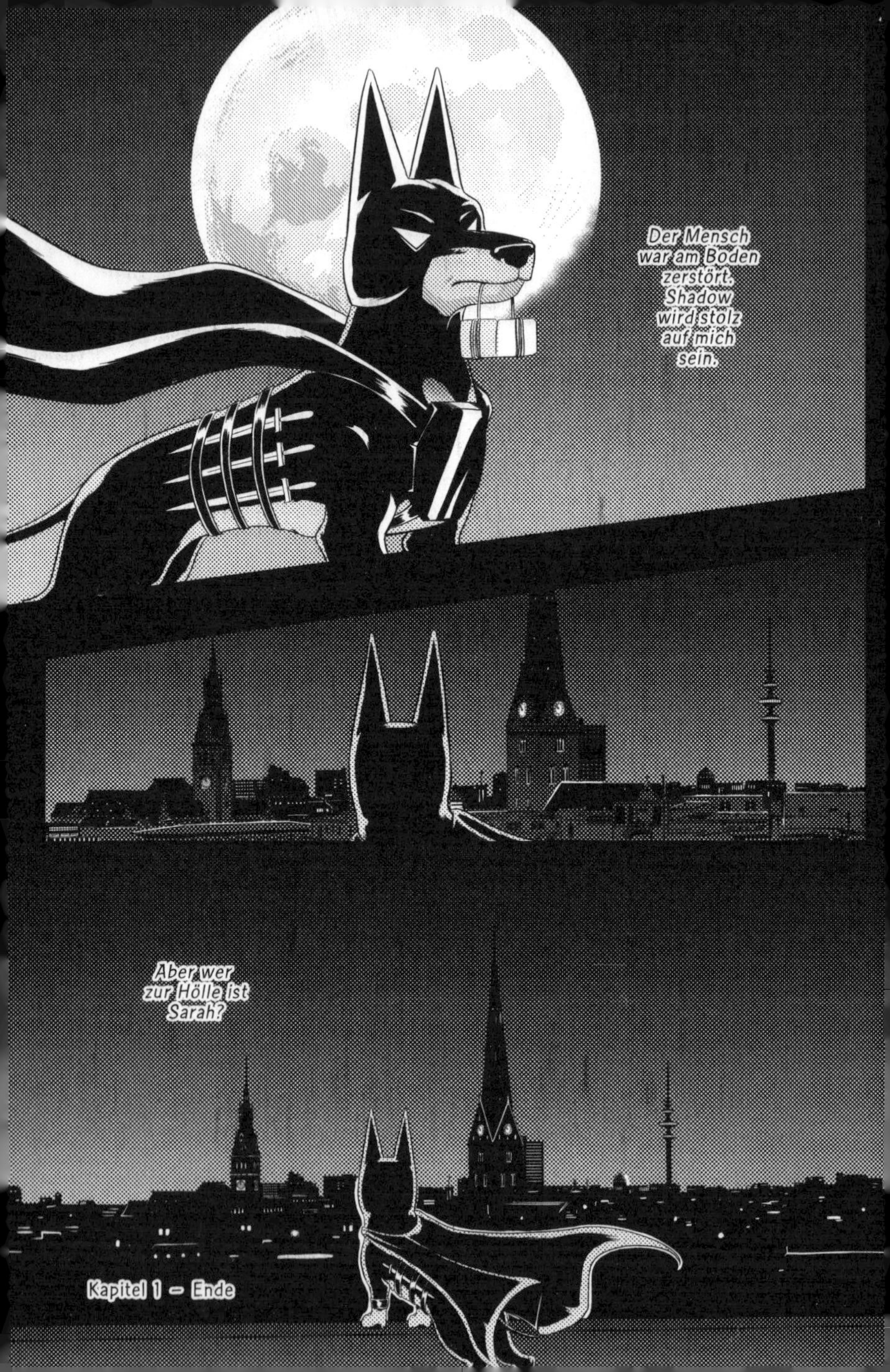
Der Mensch war am Boden zerstört. Shadow wird stolz auf mich sein.
Aber wer zur Hölle ist Sarah?
Kapitel 1 – Ende

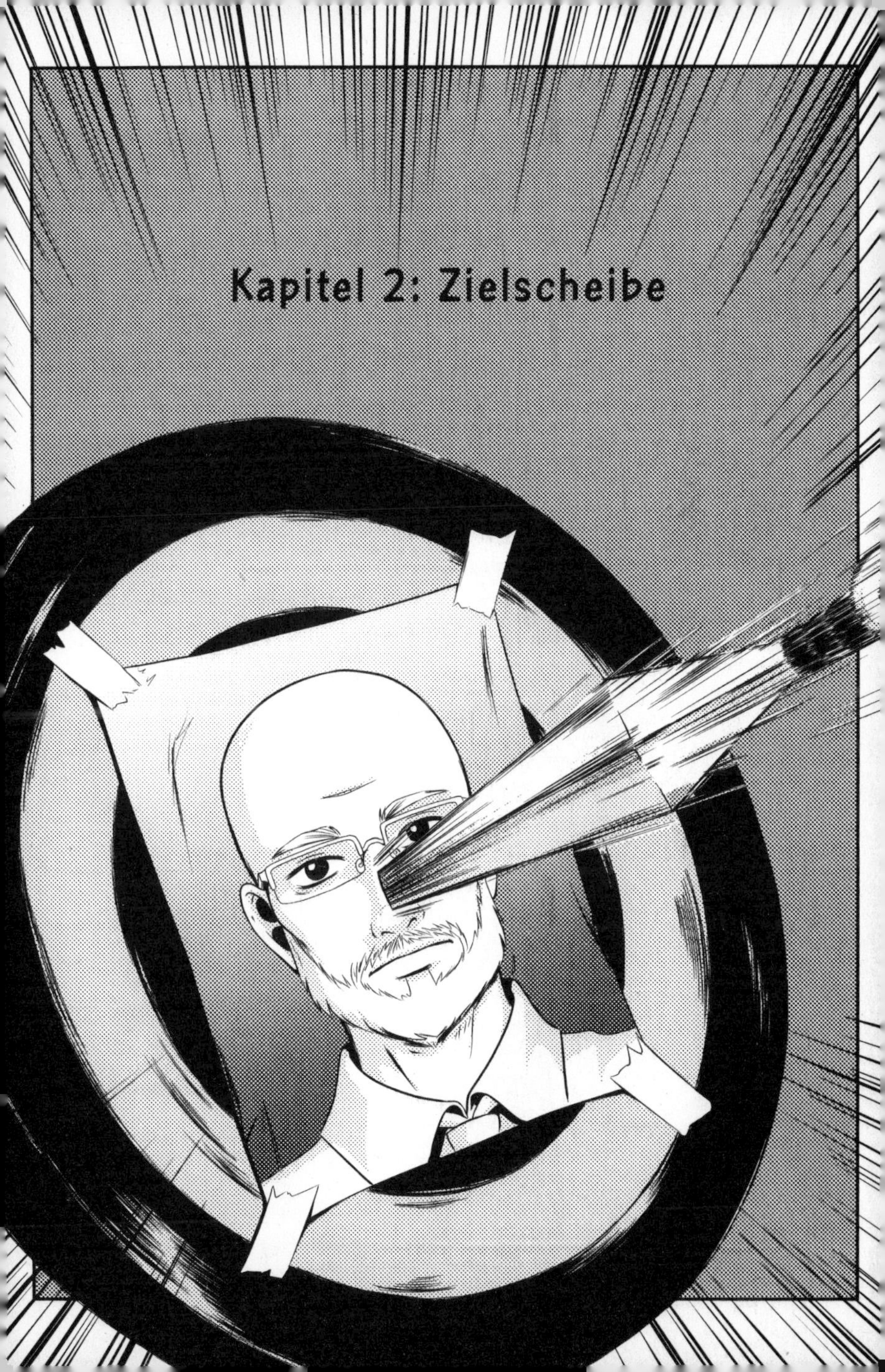
Kapitel 2: Zielscheibe

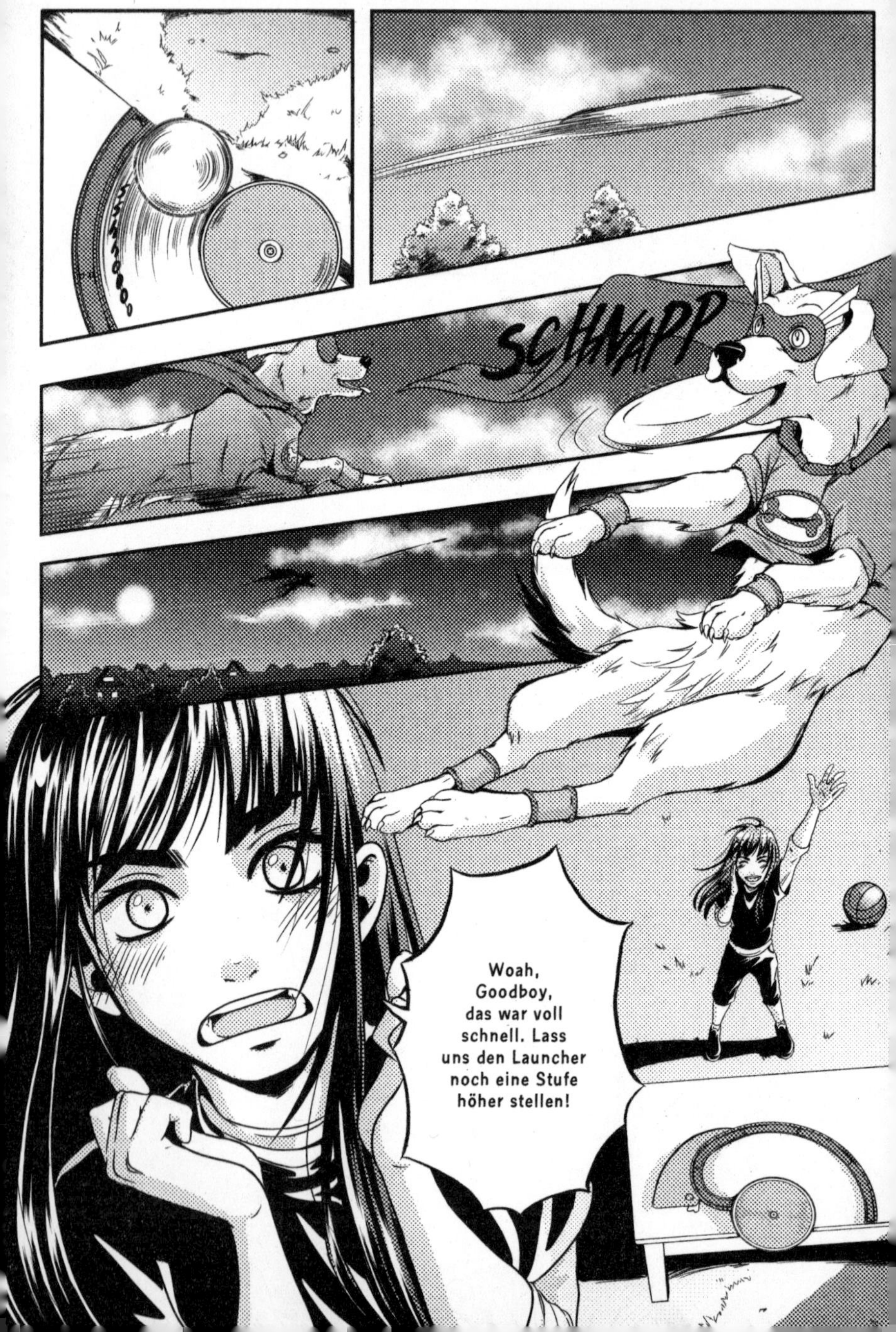
SCHNAPP
Woah, Goodboy, das war voll schnell. Lass uns den Launcher noch eine Stufe höher stellen!

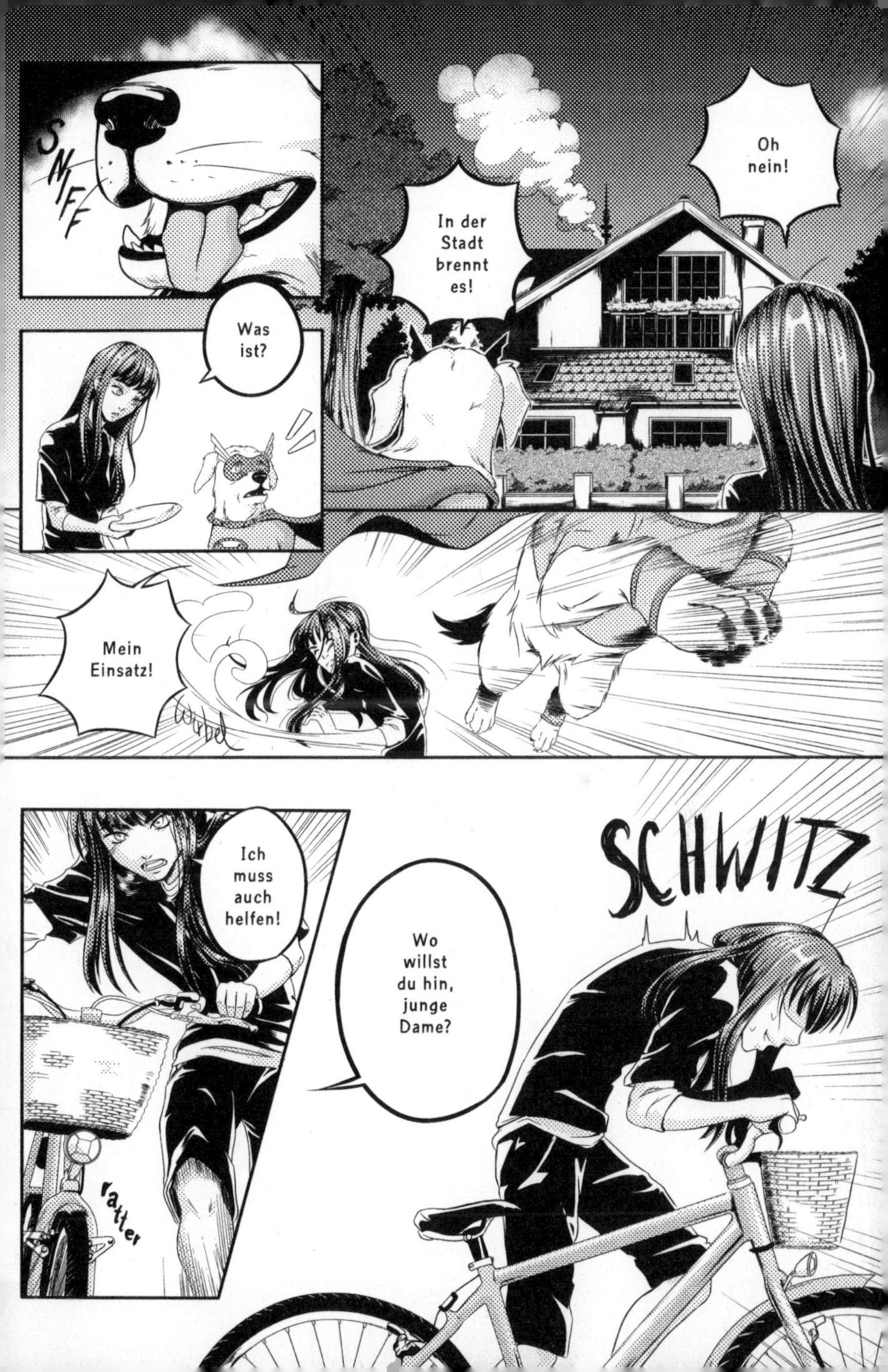
Oh nein!
In der Stadt brennt es!
SNIFF
Was ist?
Mein Einsatz!
Wirbel
SCHWITZ
Wo willst du hin, junge Dame?
Ich muss auch helfen!
ratter

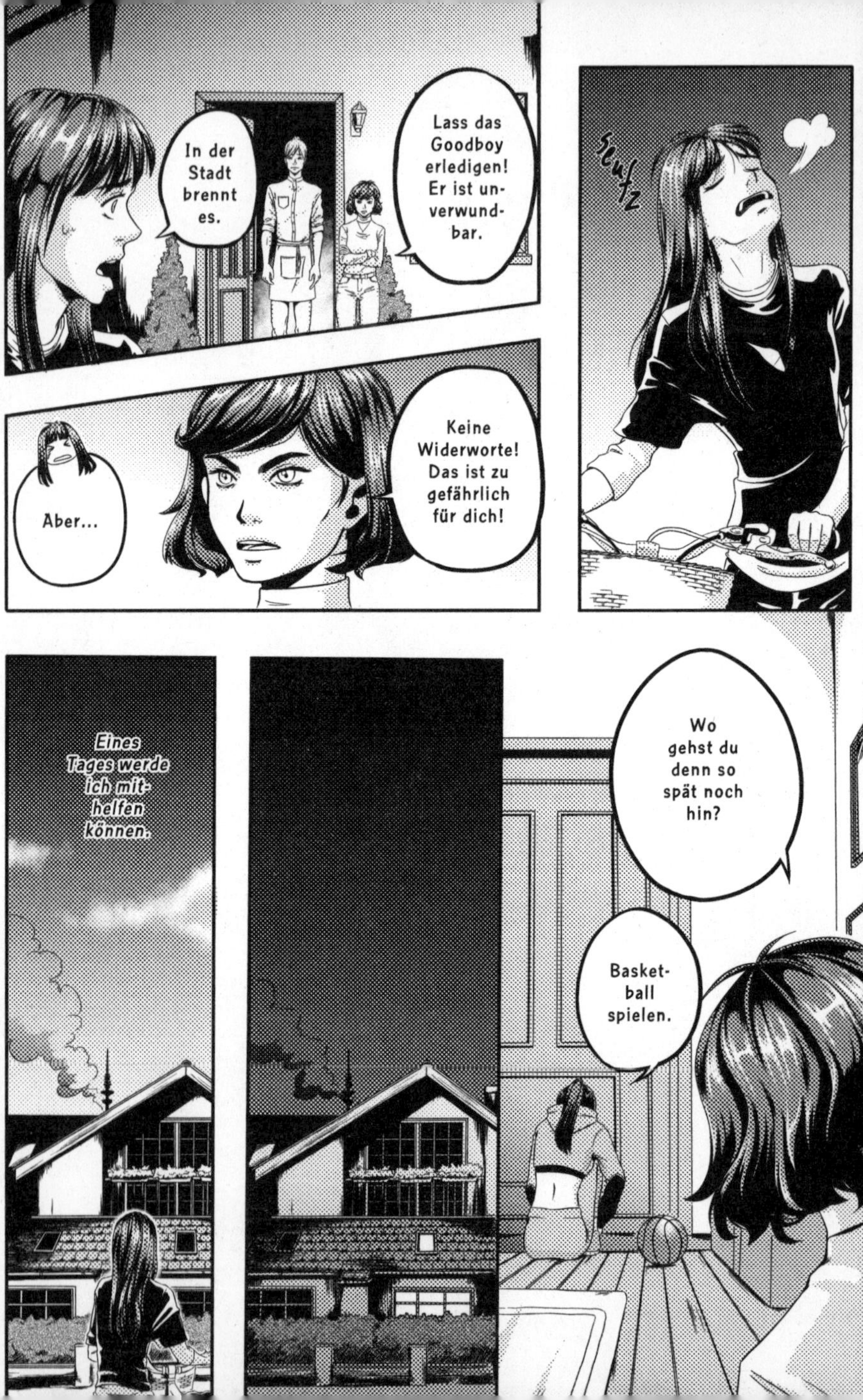
In der Stadt brennt es.
Lass das Goodboy erledigen! Er ist unverwundbar.
seufz
Aber...
Keine Widerworte! Das ist zu gefährlich für dich!
Eines Tages werde ich mithelfen können.
Wo gehst du denn so spät noch hin?
Basketball spielen.

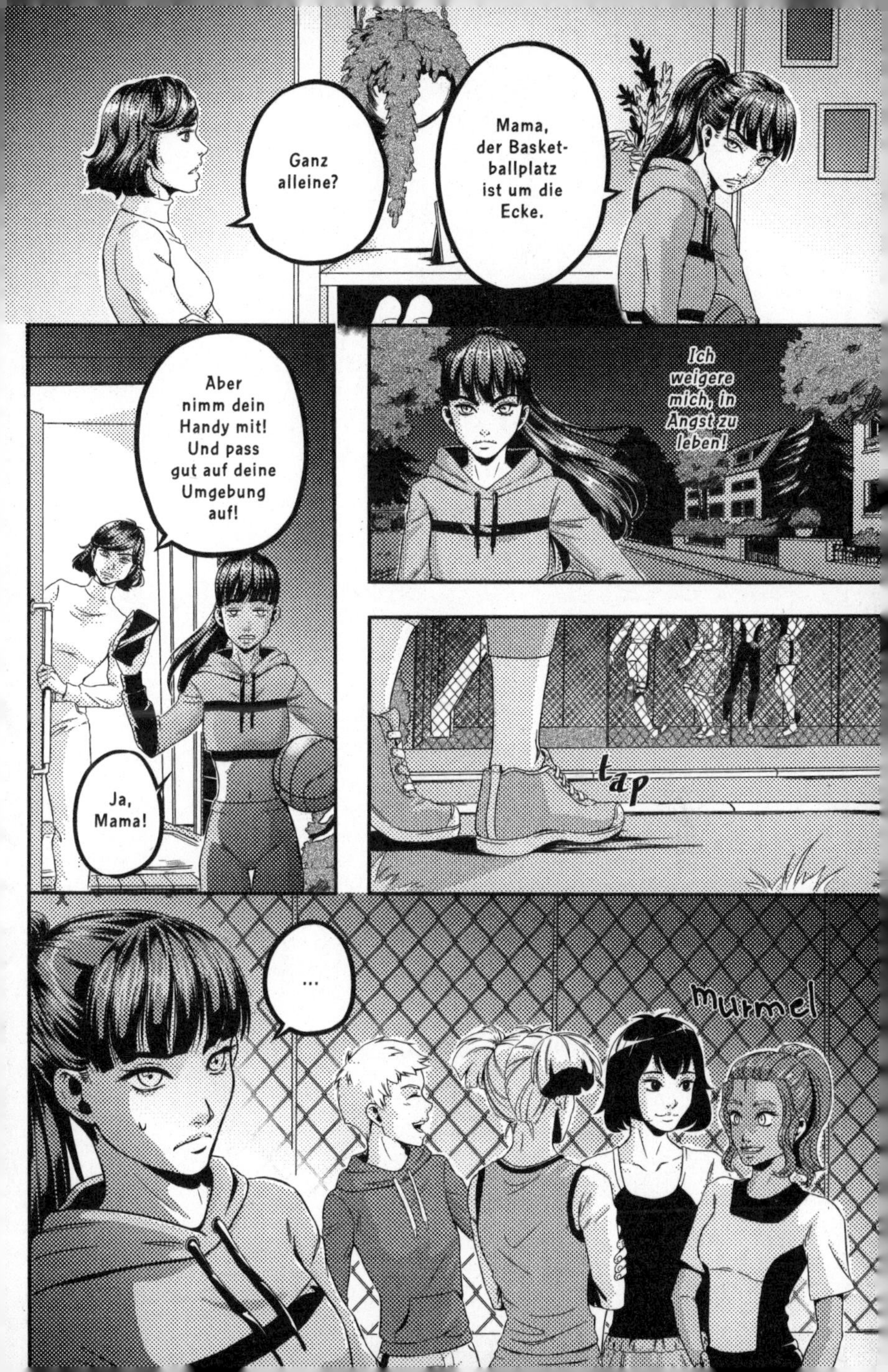
Mama, der Basketballplatz ist um die Ecke.
Ganz alleine?
Aber nimm dein Handy mit! Und pass gut auf deine Umgebung auf!
Ja, Mama!
Ich weigere mich, in Angst zu leben!
tap
...
murmel

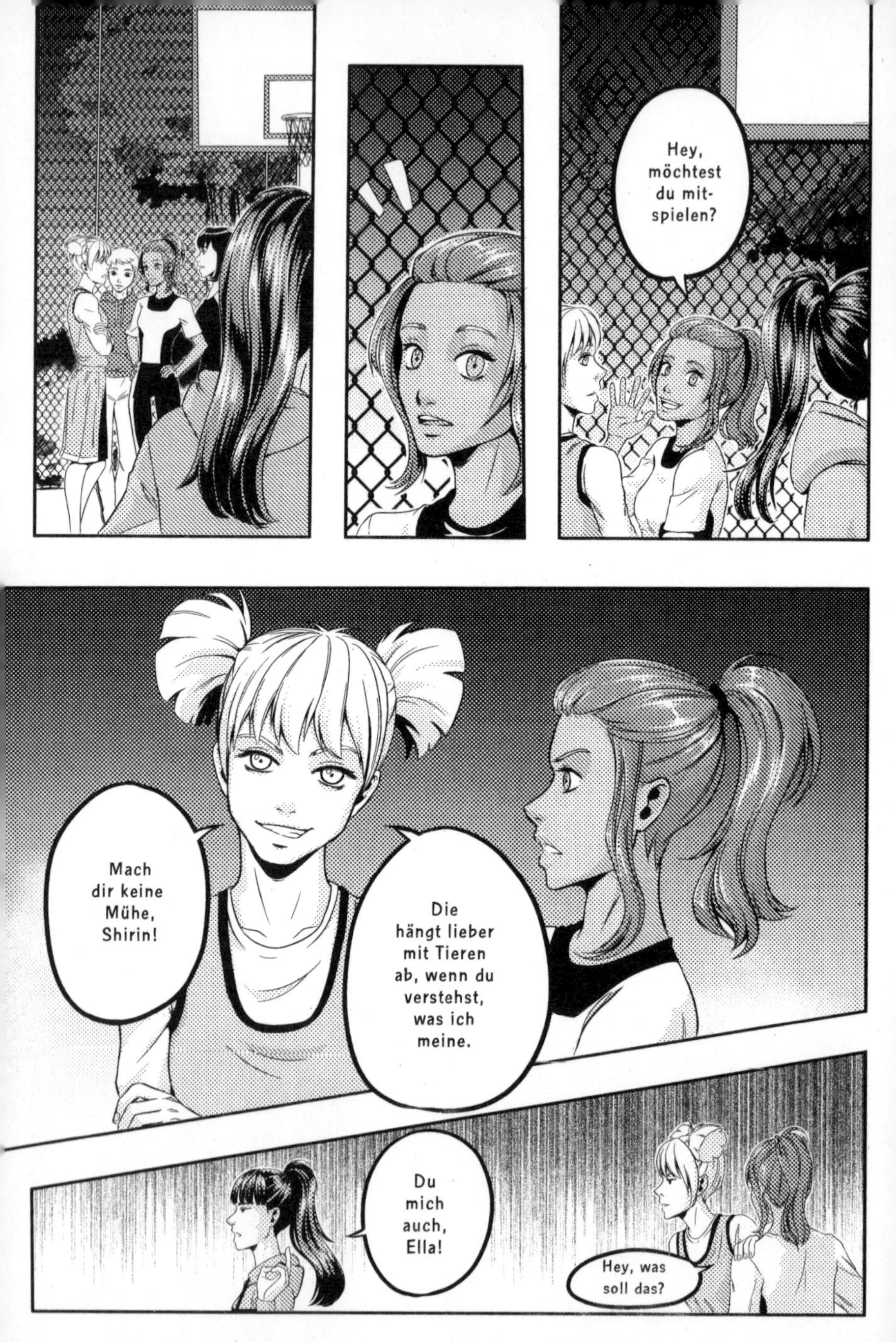
Hey, möchtest du mit- spielen?
Mach dir keine Mühe, Shirin!
Die hängt lieber mit Tieren ab, wenn du verstehst, was ich meine.
Du mich auch, Ella!
Hey, was soll das?

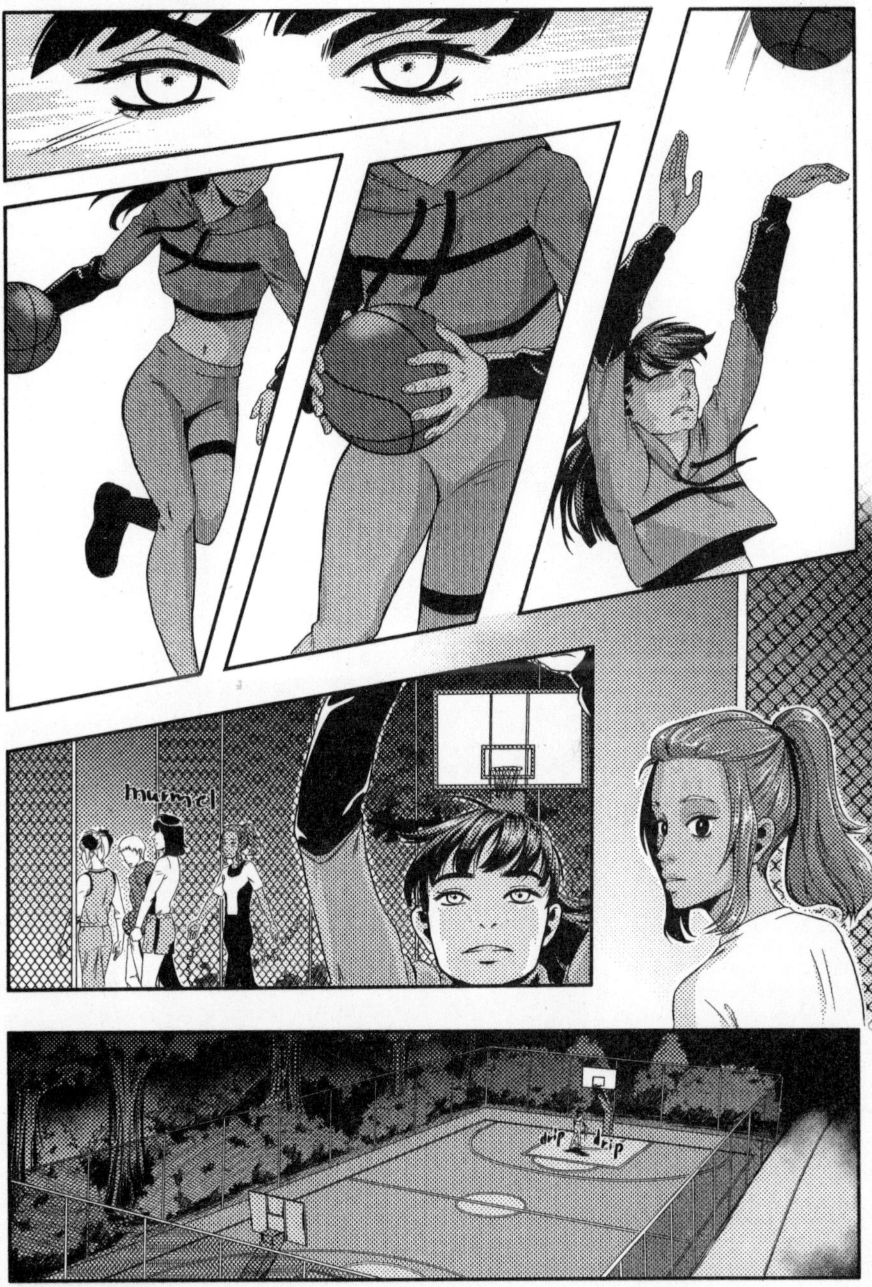
murmel
drip drip

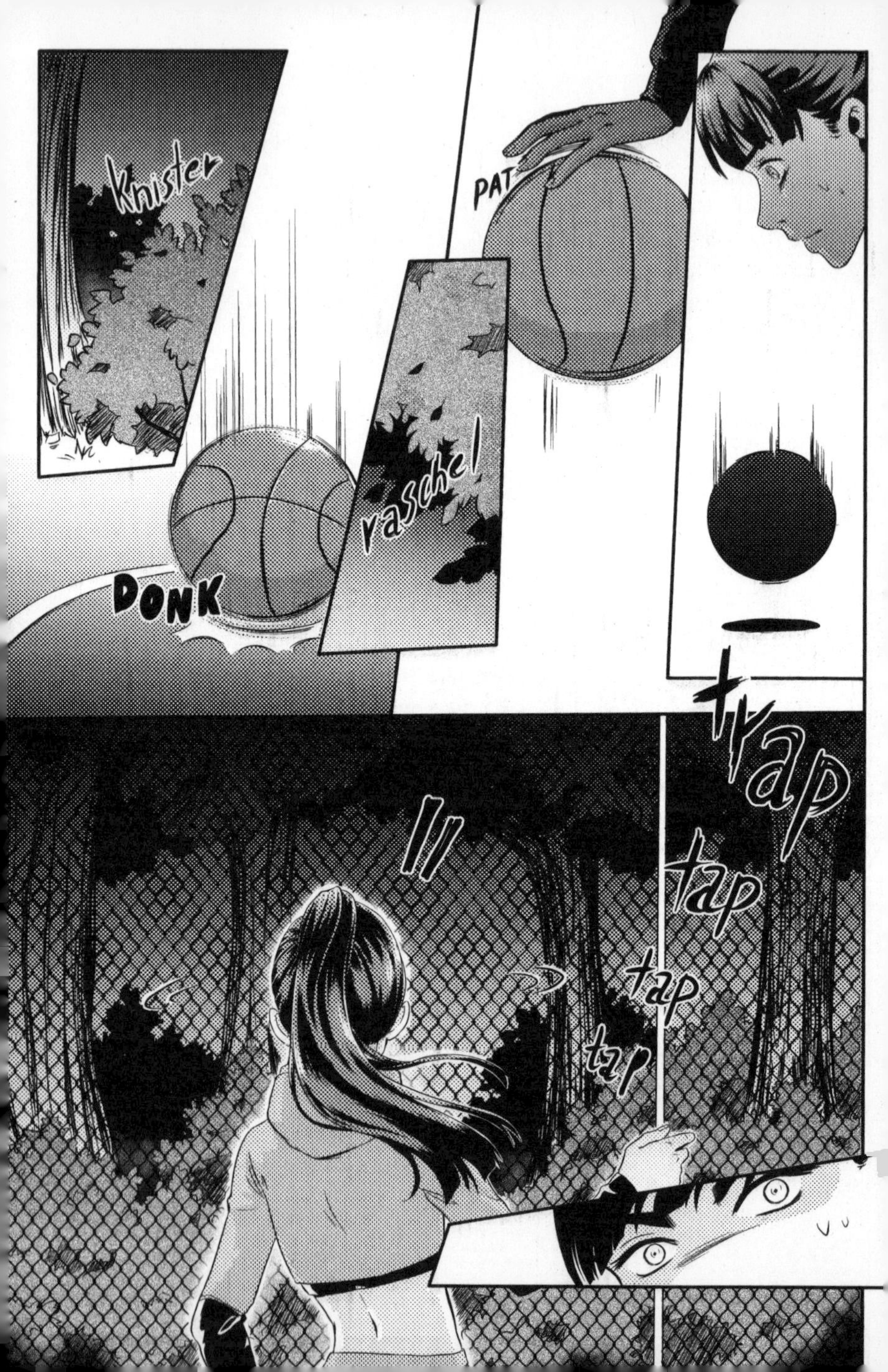
Knister
PAT
DONK
raschel
trap
tap
tap
tap

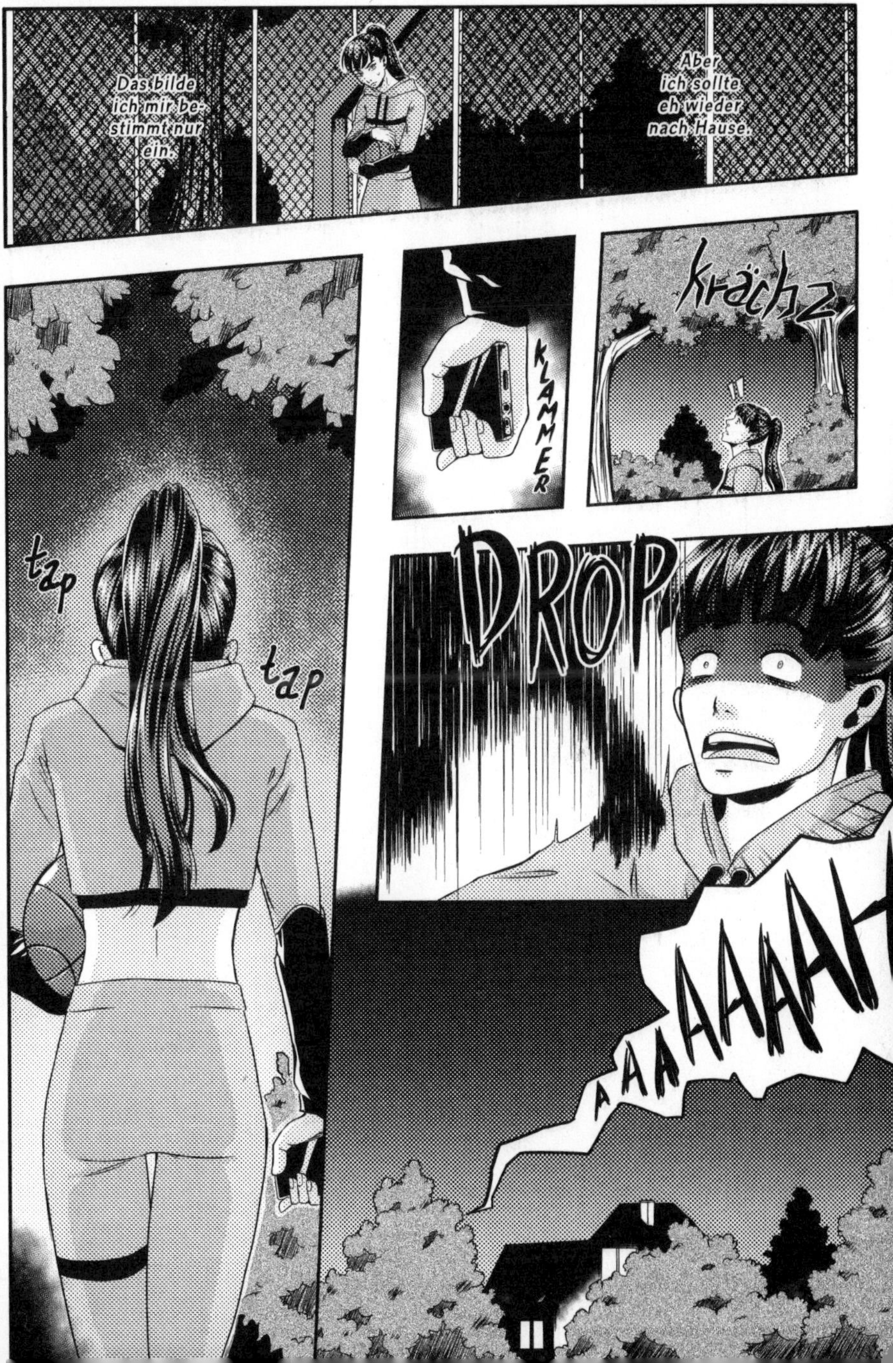
Das bilde ich mir bestimmt nur ein.
Aber ich sollte eh wieder nach Hause.
krächz
!!
KLAMMER
tap
tap
DROP
AAAAAAAH

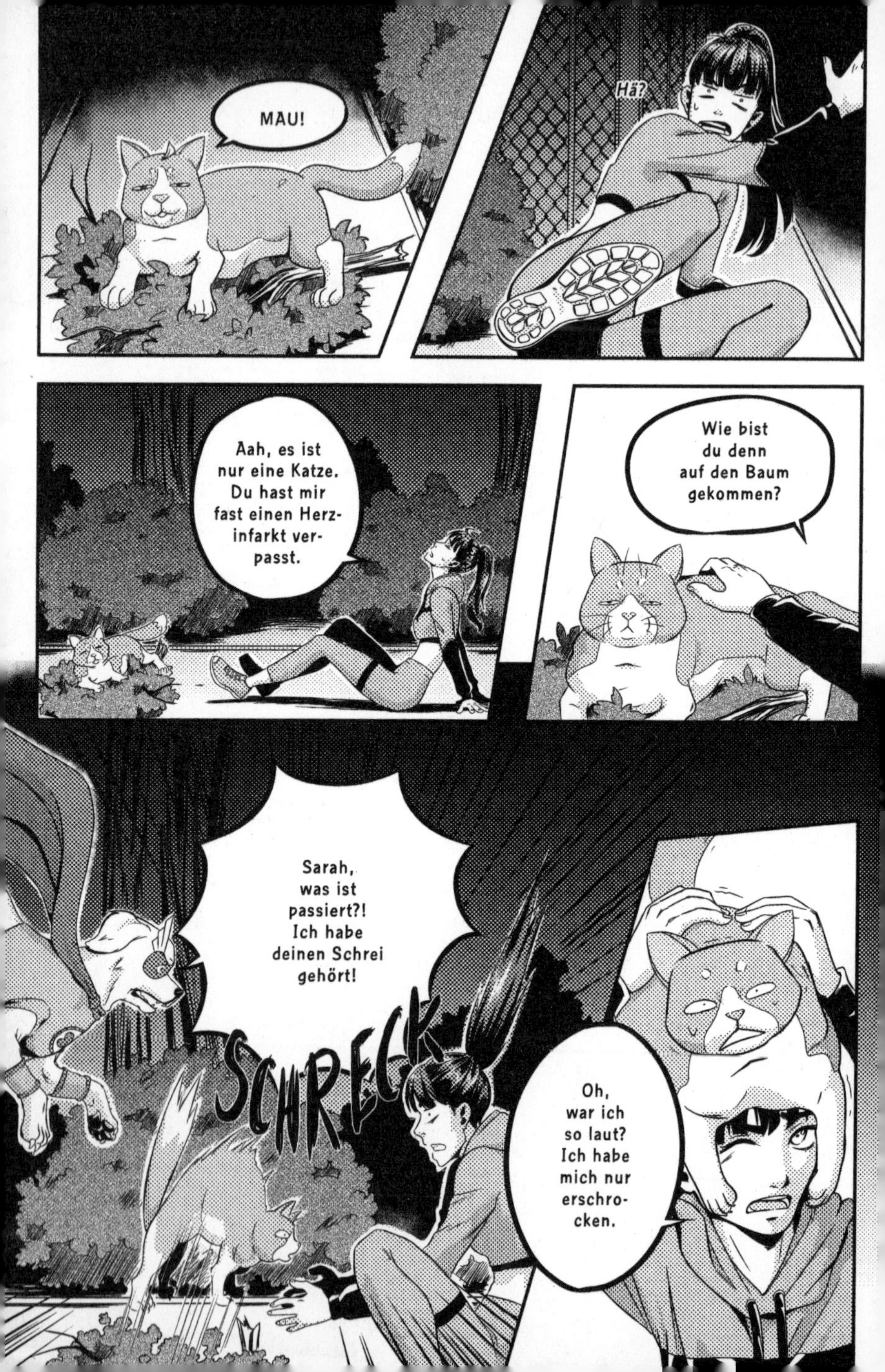
MAU!
Hä?
Aah, es ist nur eine Katze. Du hast mir fast einen Herzinfarkt verpasst.
Wie bist du denn auf den Baum gekommen?
Sarah, was ist passiert?! Ich habe deinen Schrei gehört!
SCHRECK
Oh, war ich so laut? Ich habe mich nur erschrocken.

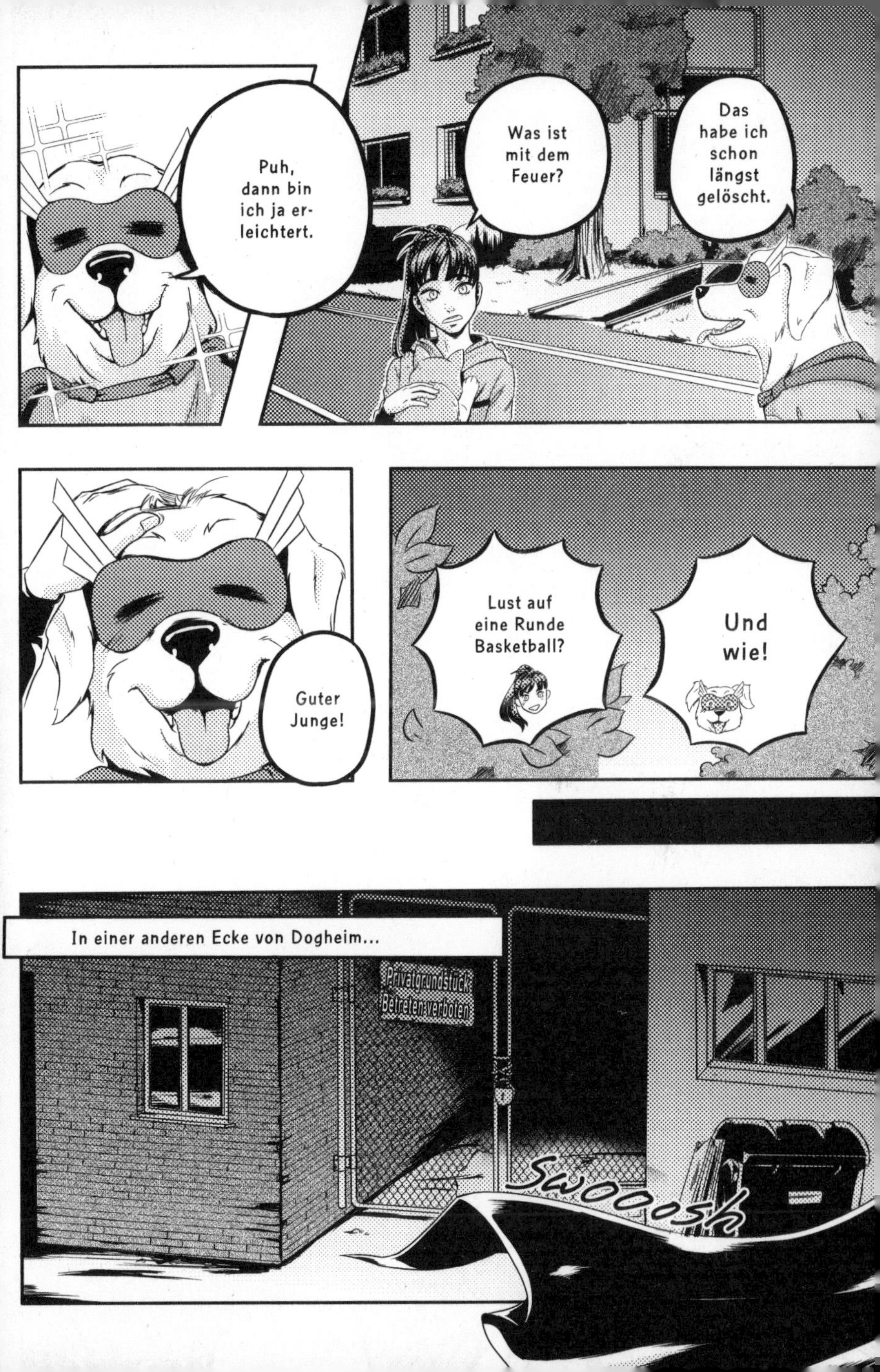
Puh,
dann bin
ich ja er-
leichtert.
Was ist
mit dem
Feuer?
Das
habe ich
schon
längst
gelöscht.
Guter
Junge!
Lust auf
eine Runde
Basketball?
Und
wie!
In einer anderen Ecke von Dogheim...
Privatgrundstück
Betreten verboten
Swooosh

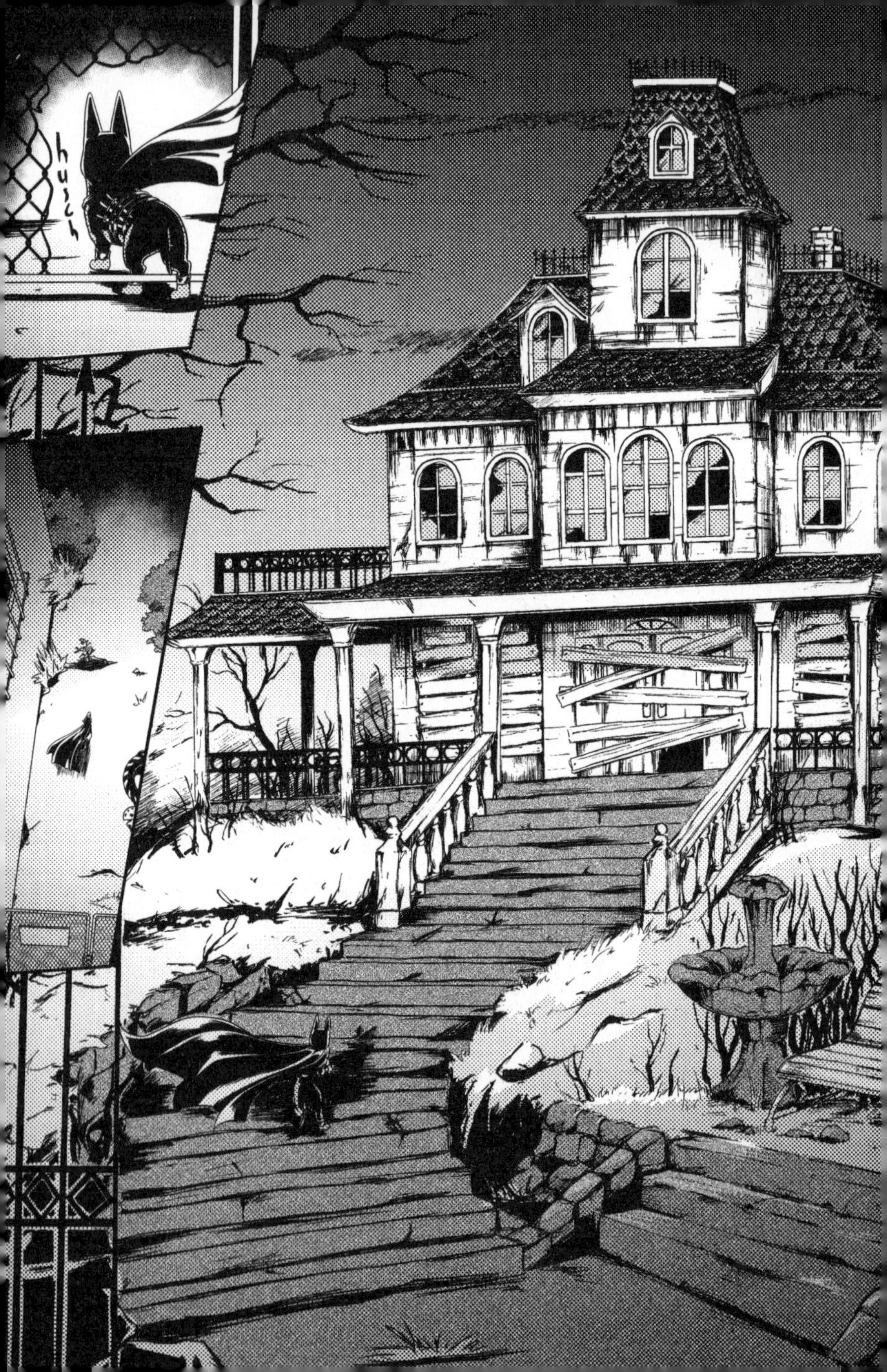
husch

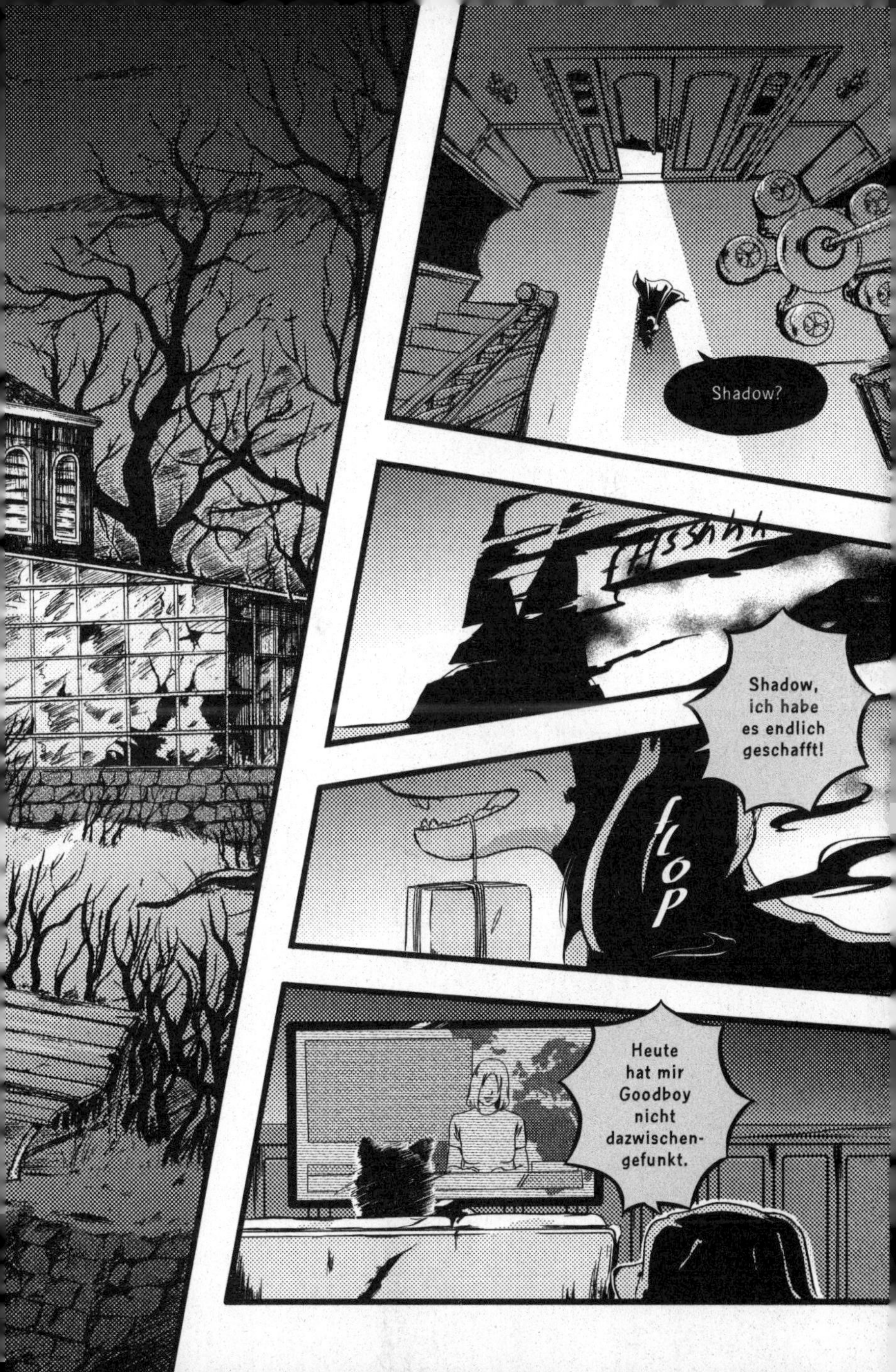
Shadow?
Shadow, ich habe es endlich geschafft!
flop
Heute hat mir Goodboy nicht dazwischen-gefunkt.

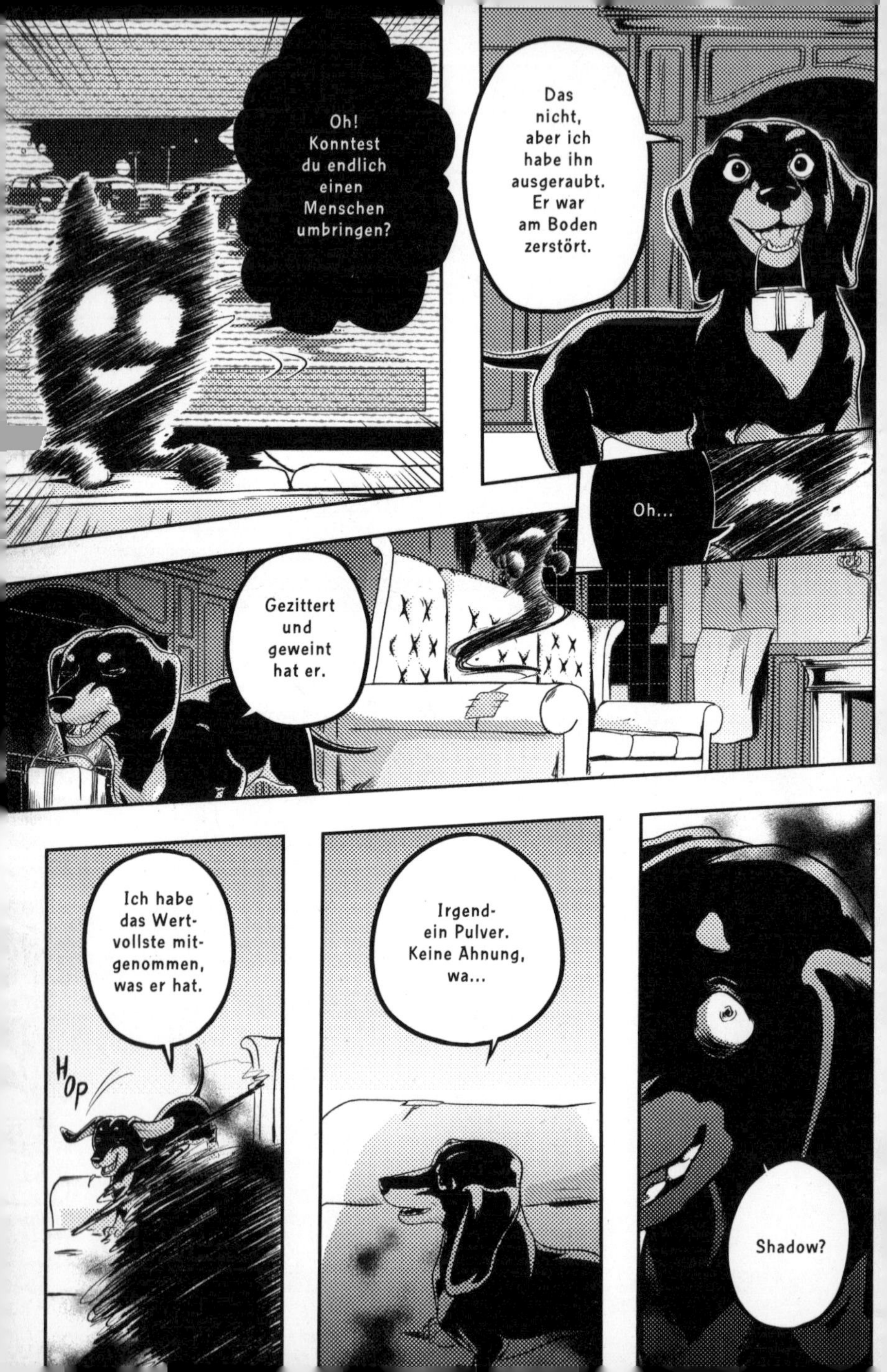
Oh! Konntest du endlich einen Menschen umbringen?
Das nicht, aber ich habe ihn ausgeraubt. Er war am Boden zerstört.
Oh...
Gezittert und geweint hat er.
Ich habe das Wert-vollste mit-genommen, was er hat.
HOP
Irgend-ein Pulver. Keine Ahnung, wa...
Shadow?

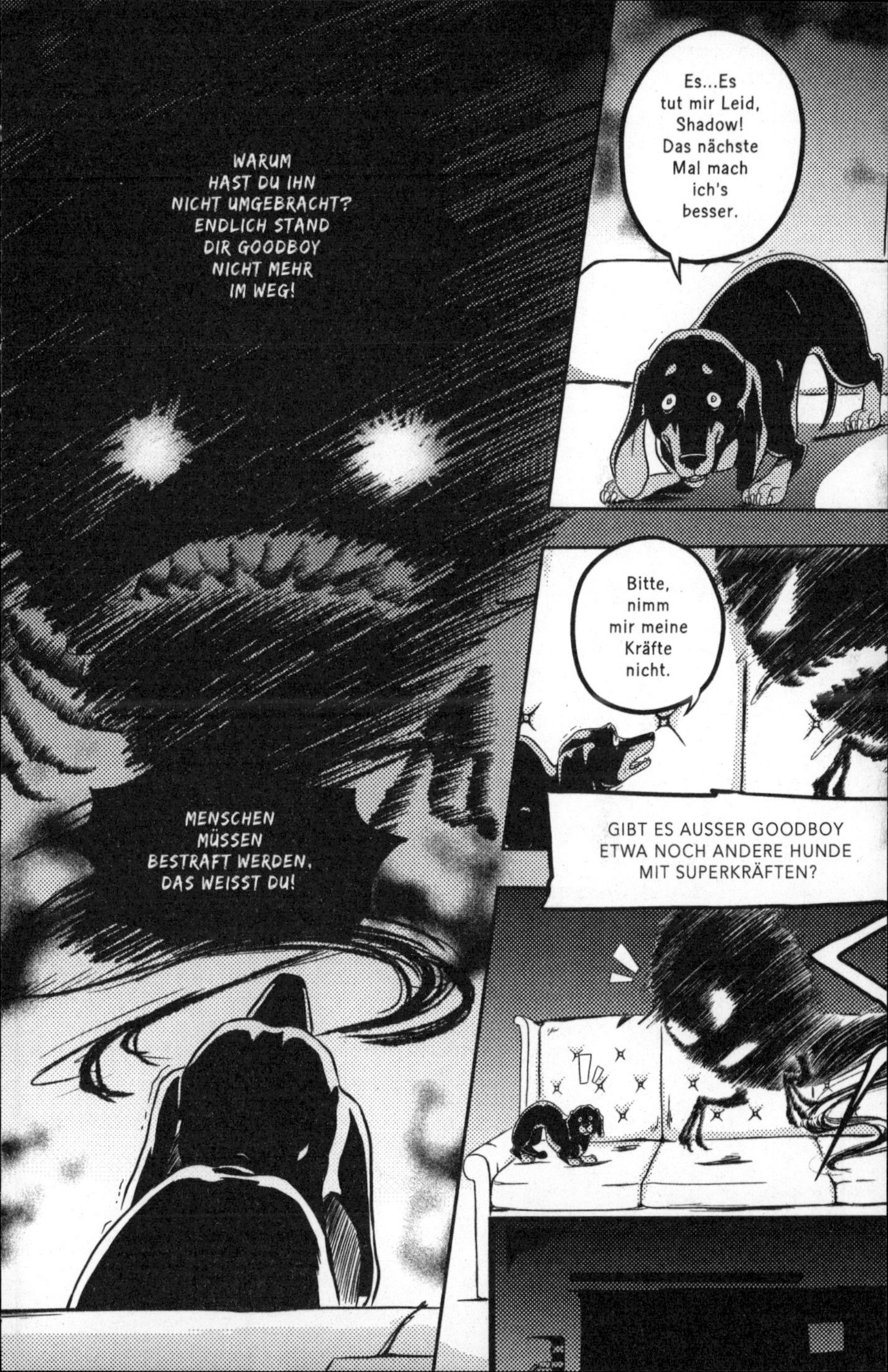
WARUM HAST DU IHN NICHT UMGEBRACHT? ENDLICH STAND DIR GOODBOY NICHT MEHR IM WEG!
Es...Es tut mir Leid, Shadow! Das nächste Mal mach ich's besser.
MENSCHEN MÜSSEN BESTRAFT WERDEN, DAS WEISST DU!
Bitte, nimm mir meine Kräfte nicht.
GIBT ES AUSSER GOODBOY ETWA NOCH ANDERE HUNDE MIT SUPERKRÄFTEN?

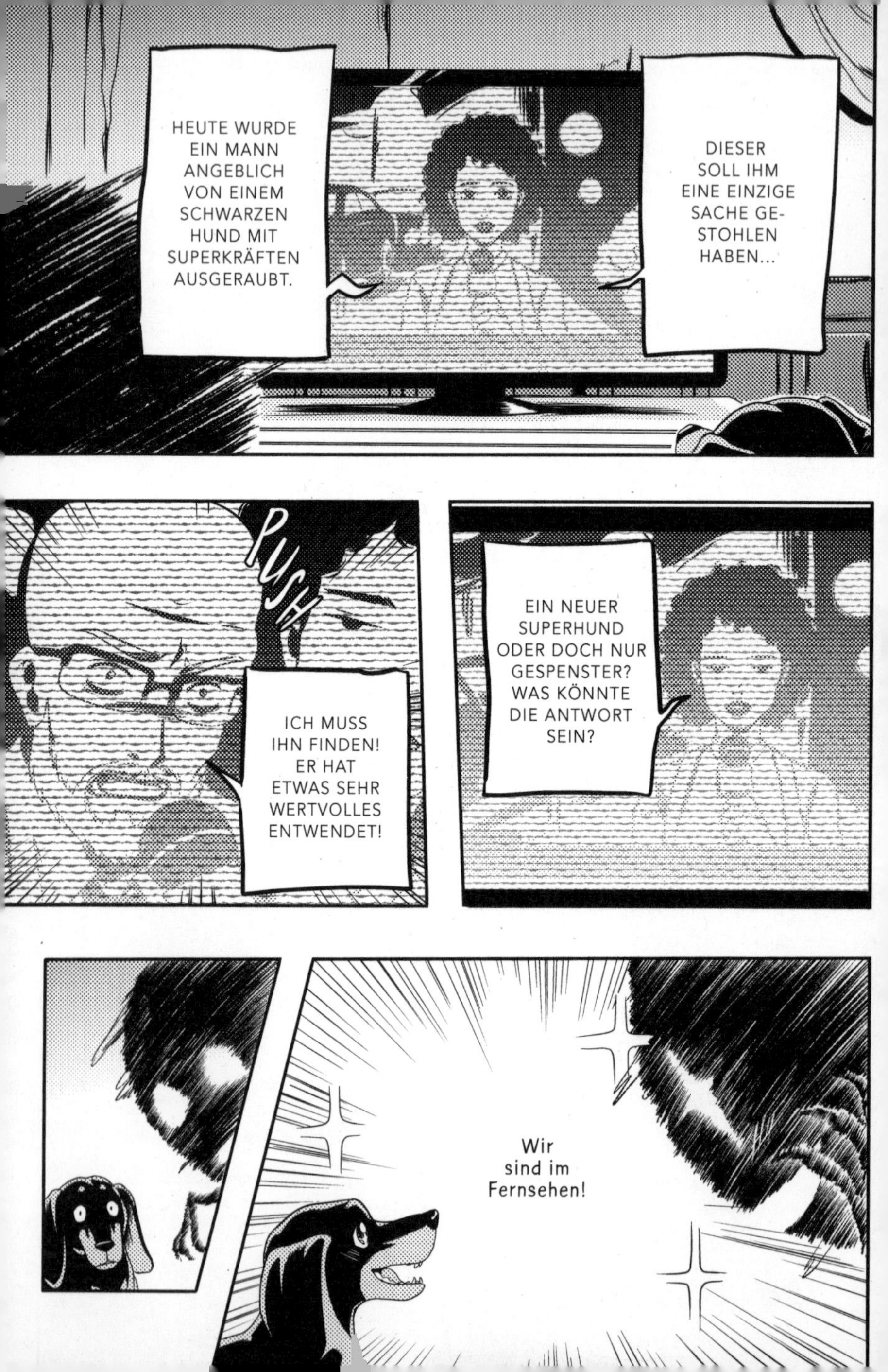
HEUTE WURDE EIN MANN ANGEBLICH VON EINEM SCHWARZEN HUND MIT SUPERKRÄFTEN AUSGERAUBT.
DIESER SOLL IHM EINE EINZIGE SACHE GE-STOHLEN HABEN…
PUSH
ICH MUSS IHN FINDEN! ER HAT ETWAS SEHR WERTVOLLES ENTWENDET!
EIN NEUER SUPERHUND ODER DOCH NUR GESPENSTER? WAS KÖNNTE DIE ANTWORT SEIN?
Wir sind im Fernsehen!

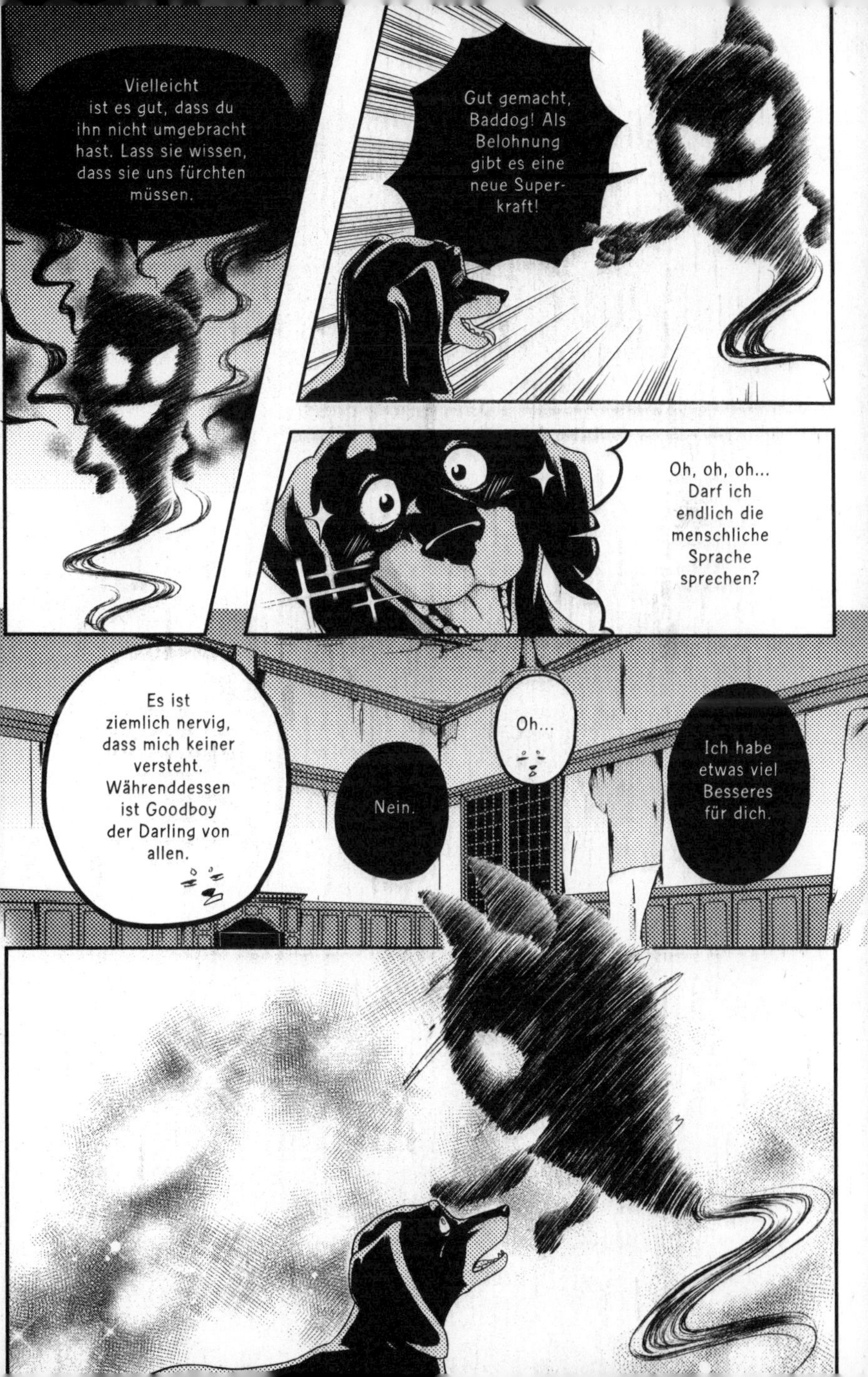
Vielleicht ist es gut, dass du ihn nicht umgebracht hast. Lass sie wissen, dass sie uns fürchten müssen.
Gut gemacht, Baddog! Als Belohnung gibt es eine neue Superkraft!
Oh, oh, oh... Darf ich endlich die menschliche Sprache sprechen?
Ich habe etwas viel Besseres für dich.
Oh...
Nein.
Es ist ziemlich nervig, dass mich keiner versteht. Währenddessen ist Goodboy der Darling von allen.

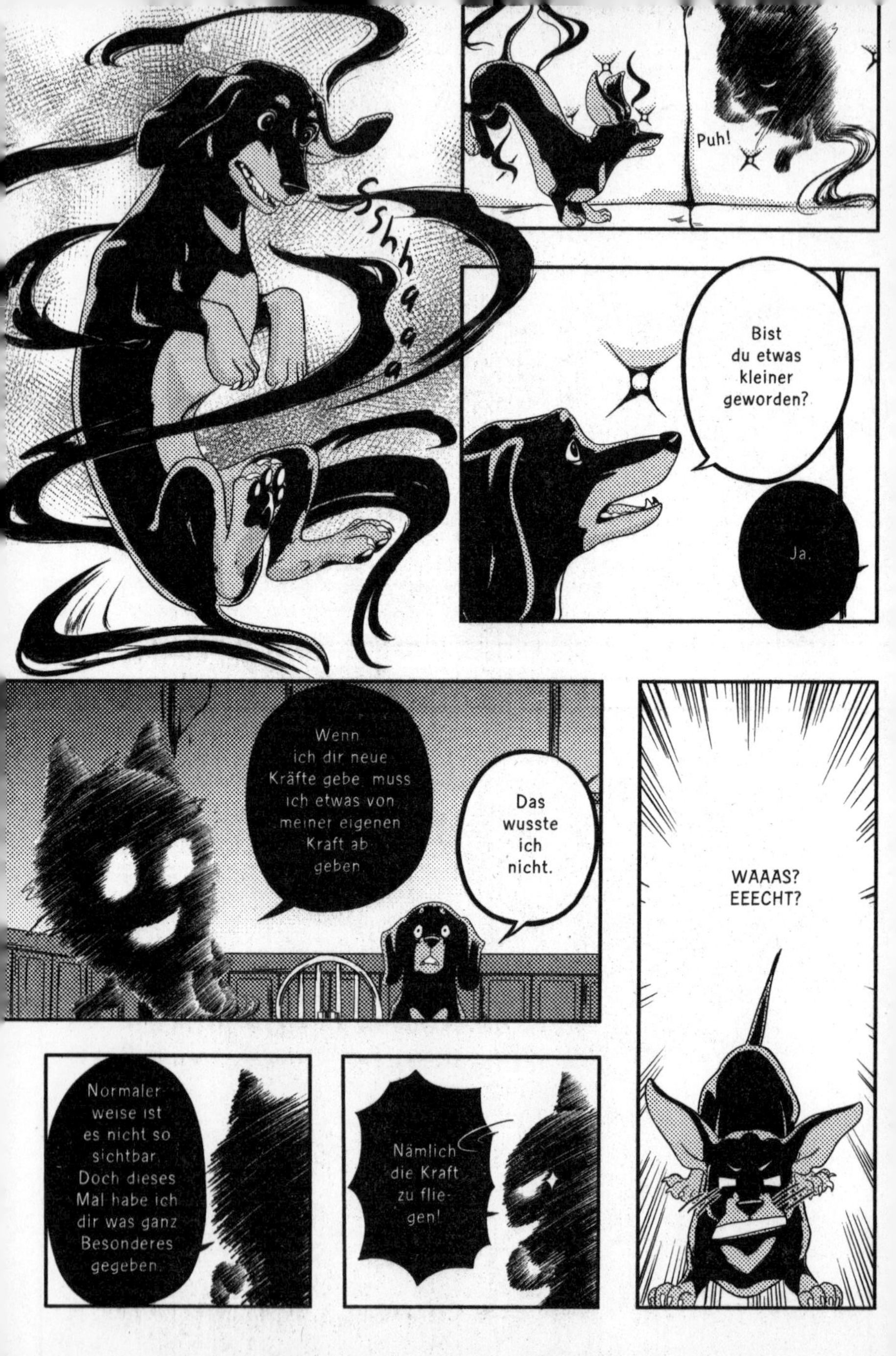
Sshhaaa
Puh!
Bist du etwas kleiner geworden?
Ja.
Wenn ich dir neue Kräfte gebe, muss ich etwas von meiner eigenen Kraft ab geben.
Das wusste ich nicht.
WAAAS? EEECHT?
Normaler weise ist es nicht so sichtbar. Doch dieses Mal habe ich dir was ganz Besonderes gegeben.
Nämlich die Kraft zu flie- gen!

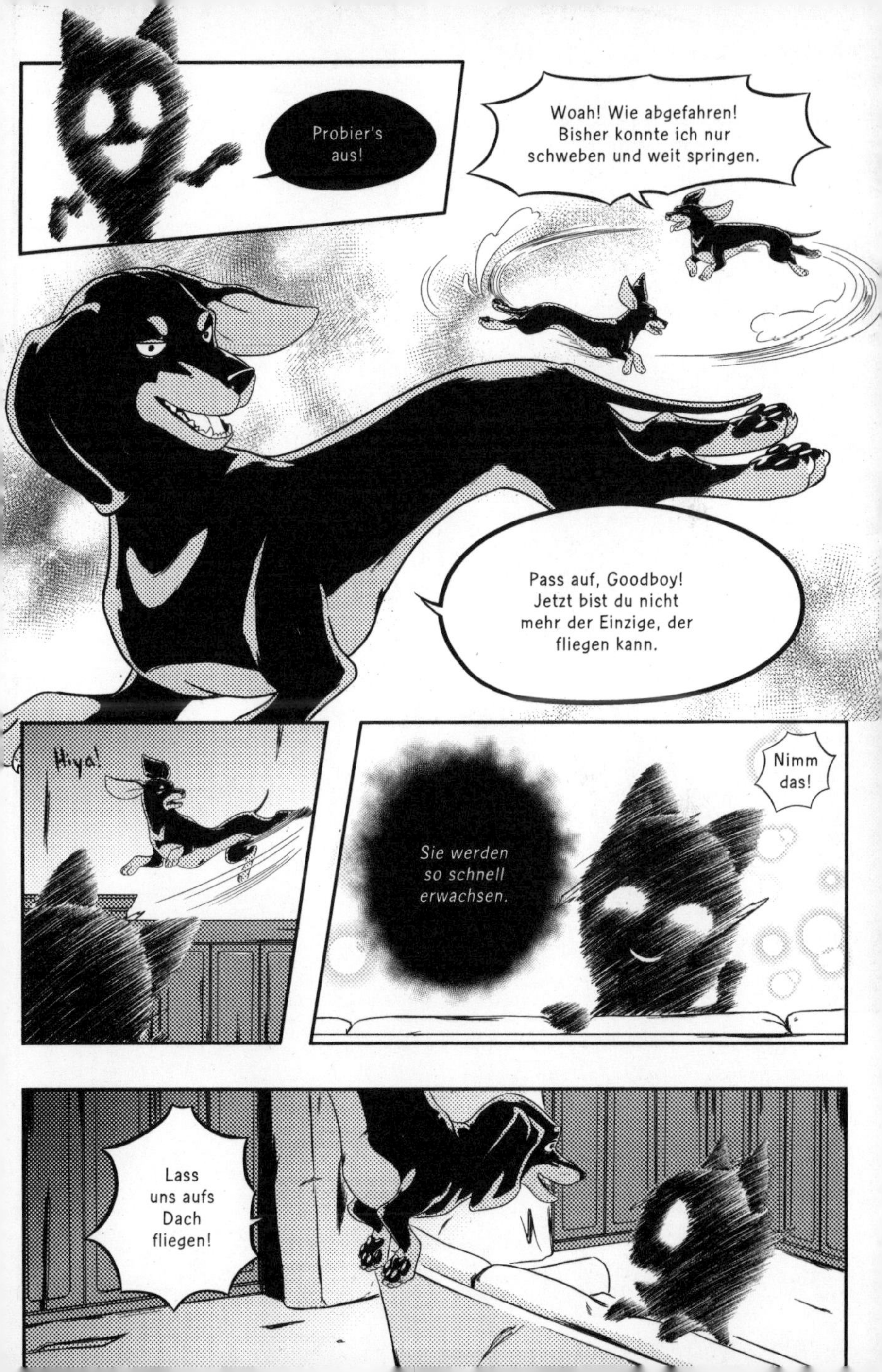
Probier's aus!
Woah! Wie abgefahren! Bisher konnte ich nur schweben und weit springen.
Pass auf, Goodboy! Jetzt bist du nicht mehr der Einzige, der fliegen kann.
Hiya!
Sie werden so schnell erwachsen.
Nimm das!
Lass uns aufs Dach fliegen!

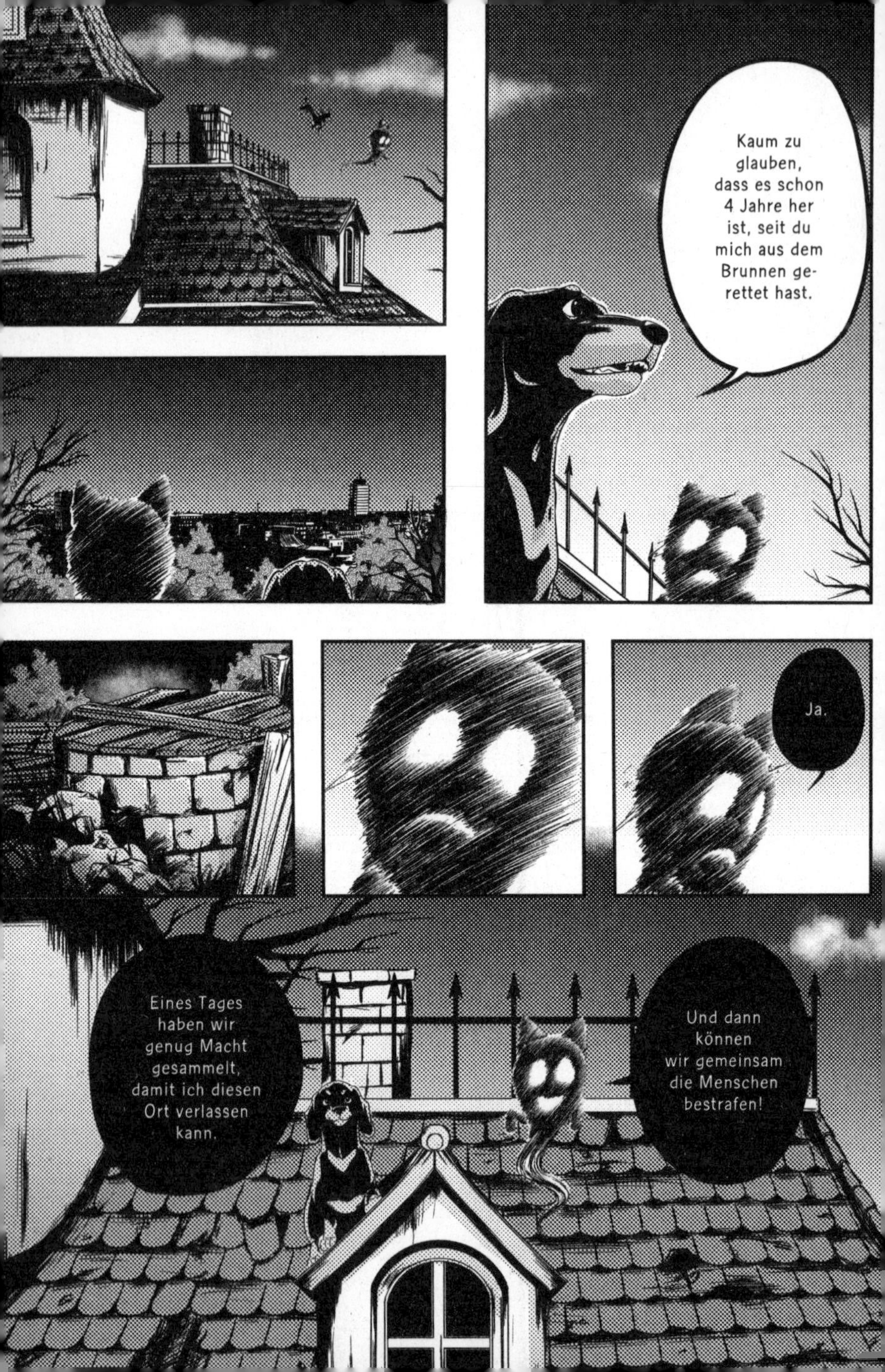
Kaum zu glauben, dass es schon 4 Jahre her ist, seit du mich aus dem Brunnen gerettet hast.
Ja.
Eines Tages haben wir genug Macht gesammelt, damit ich diesen Ort verlassen kann.
Und dann können wir gemeinsam die Menschen bestrafen!

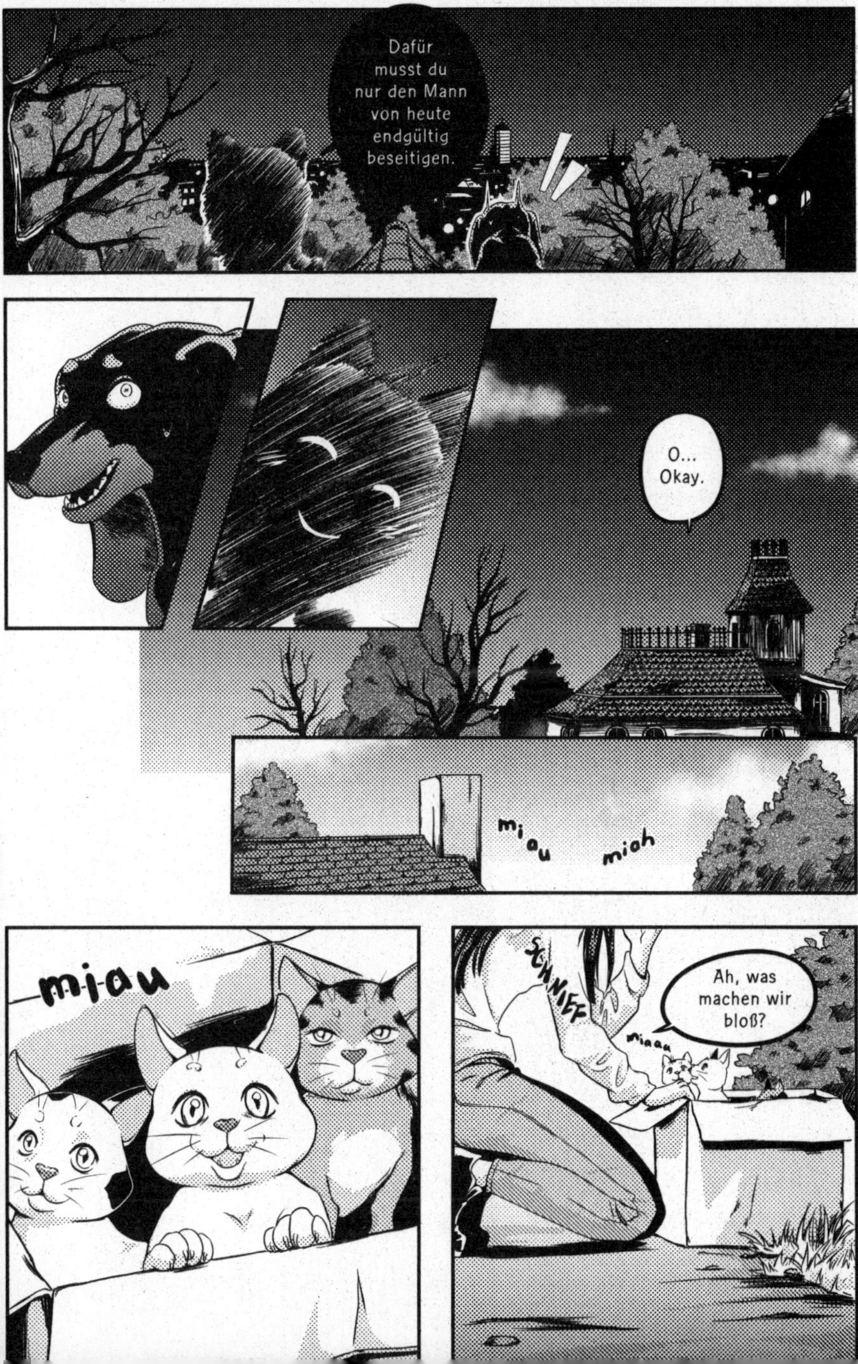
Dafür musst du nur den Mann von heute endgültig beseitigen.
O... Okay.
miau
miah
miau
SCHNIEF
Ah, was machen wir bloß?
miaau

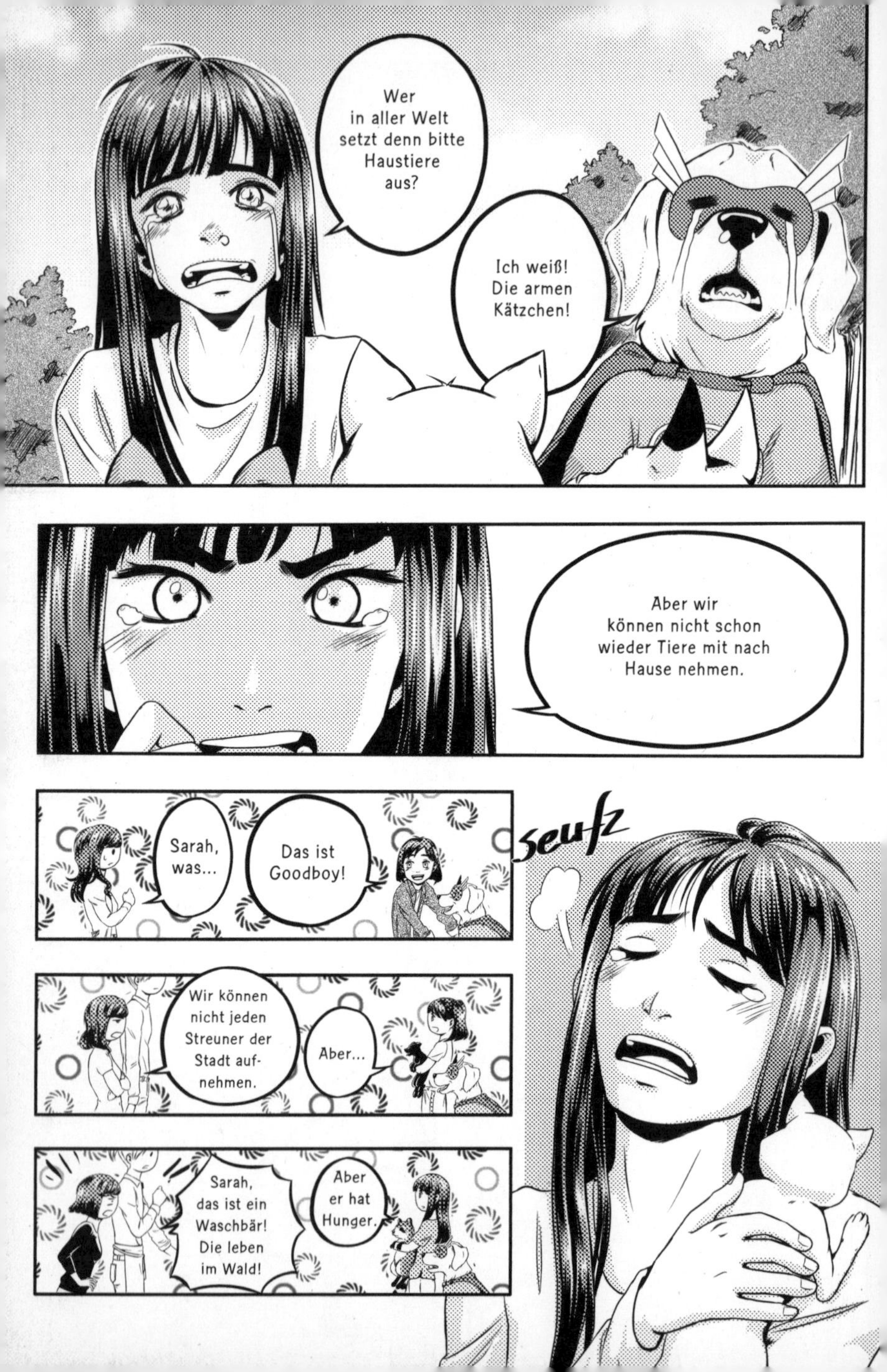
Wer in aller Welt setzt denn bitte Haustiere aus?
Ich weiß! Die armen Kätzchen!
Aber wir können nicht schon wieder Tiere mit nach Hause nehmen.
Sarah, was...
Das ist Goodboy!
Wir können nicht jeden Streuner der Stadt aufnehmen.
Aber...
Sarah, das ist ein Waschbär! Die leben im Wald!
Aber er hat Hunger.
seufz

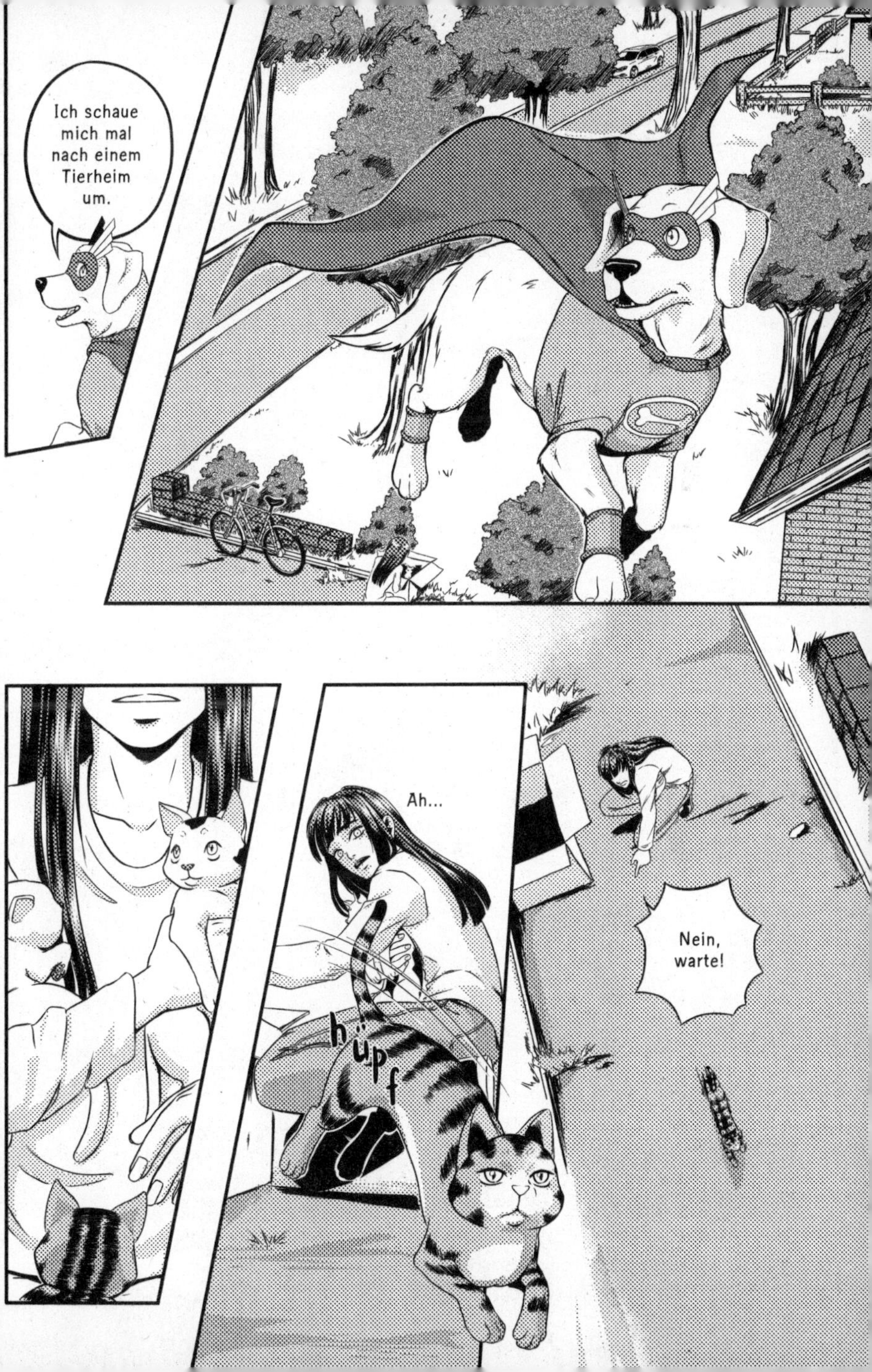

Ich schaue mich mal nach einem Tierheim um.
Ah...
hüpf
Nein, warte!

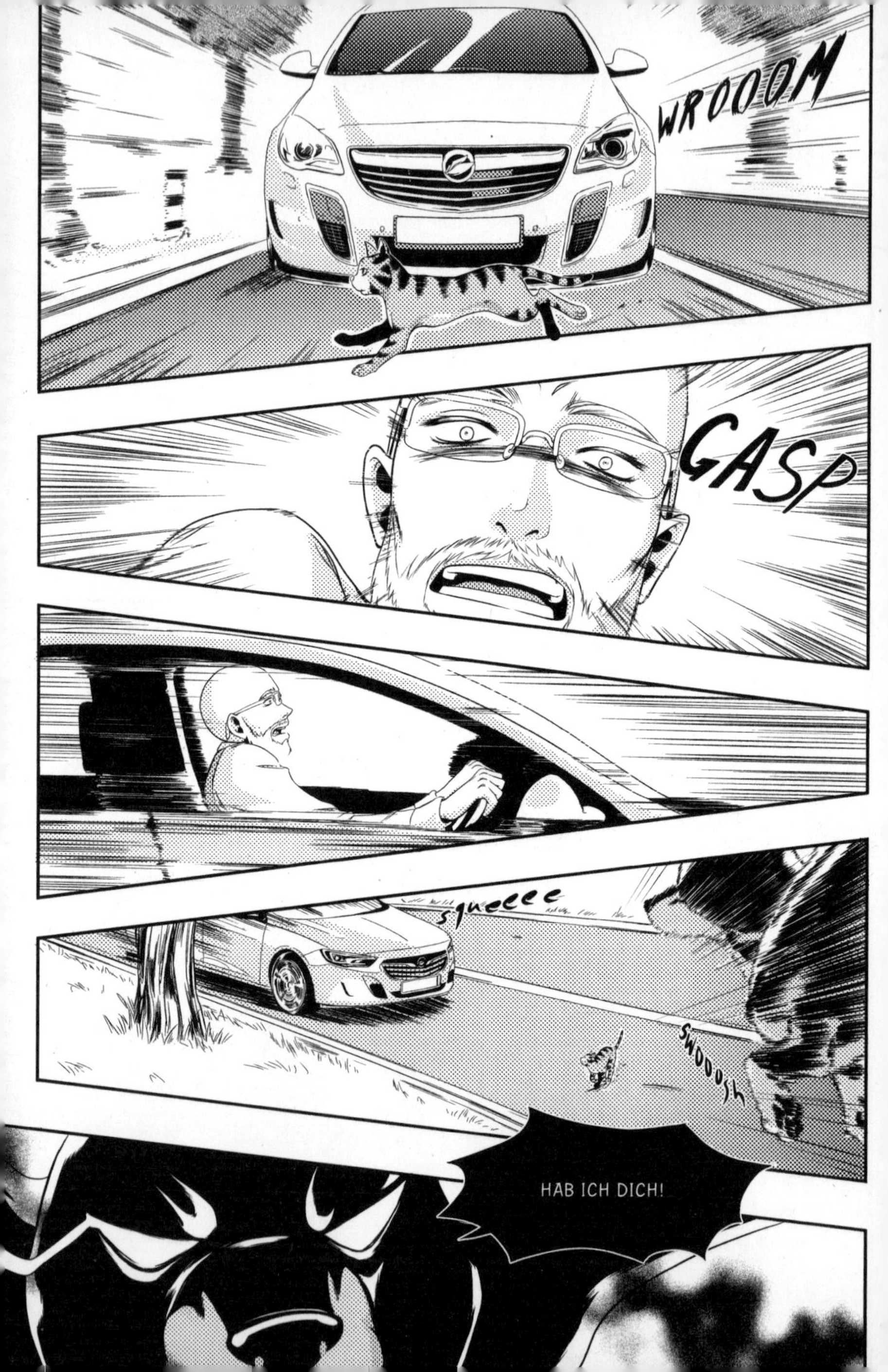
WROOOM
GASP
squeeee
SWOOUSH
HAB ICH DICH!

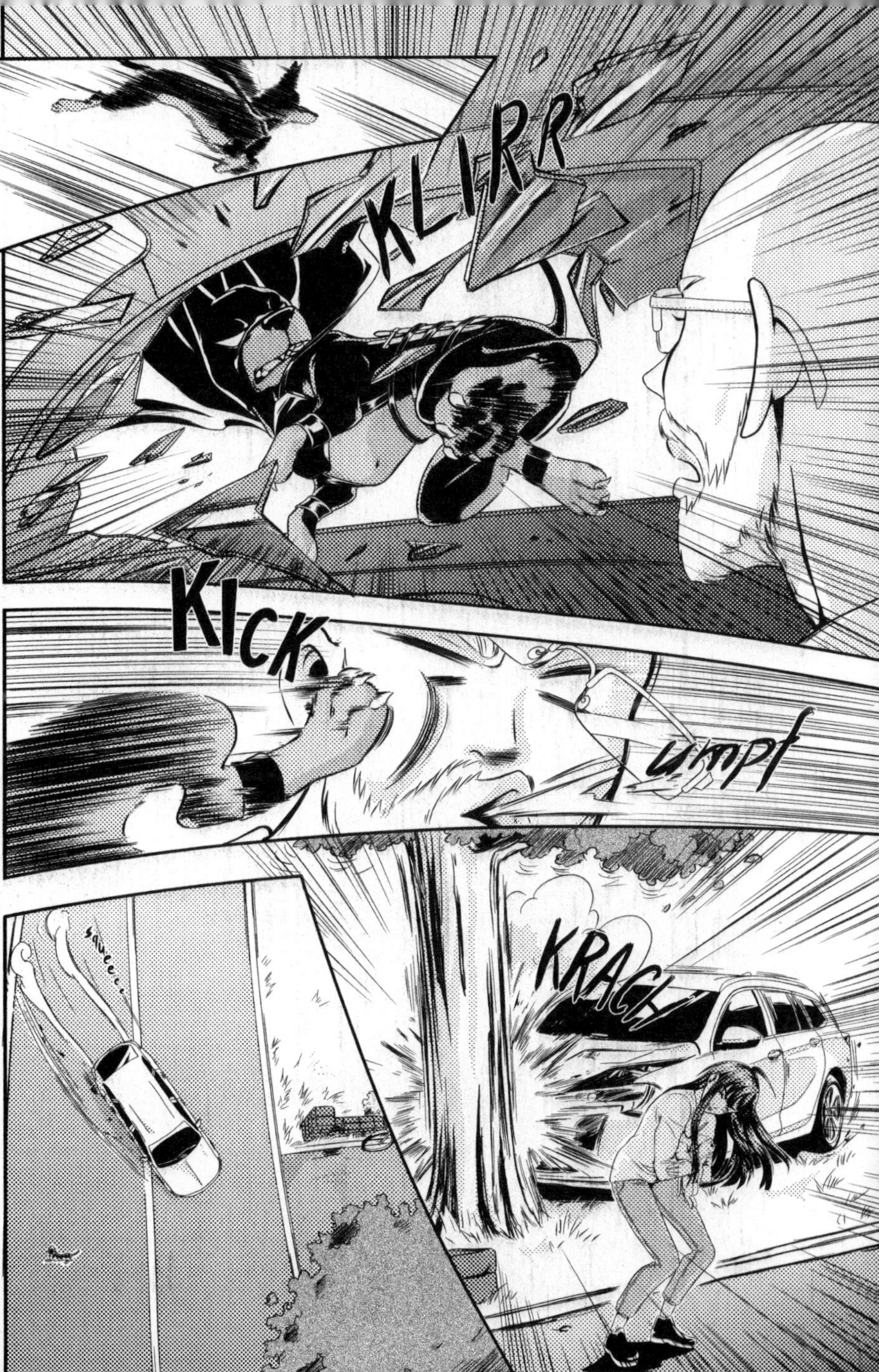
KLIRR
KICK
umpf
squeeee...
KRACH

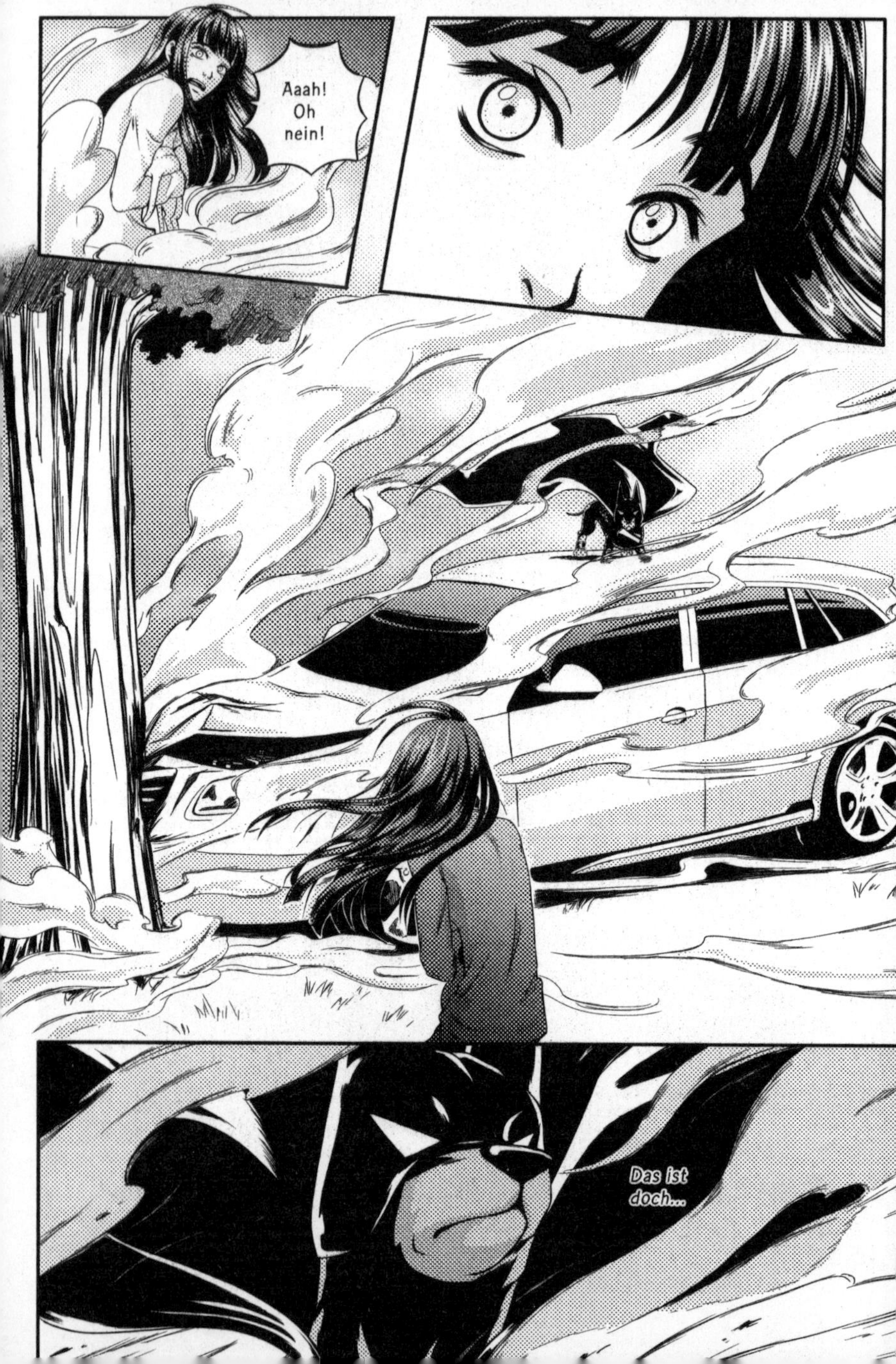
Aaah! Oh nein!
Das ist doch...

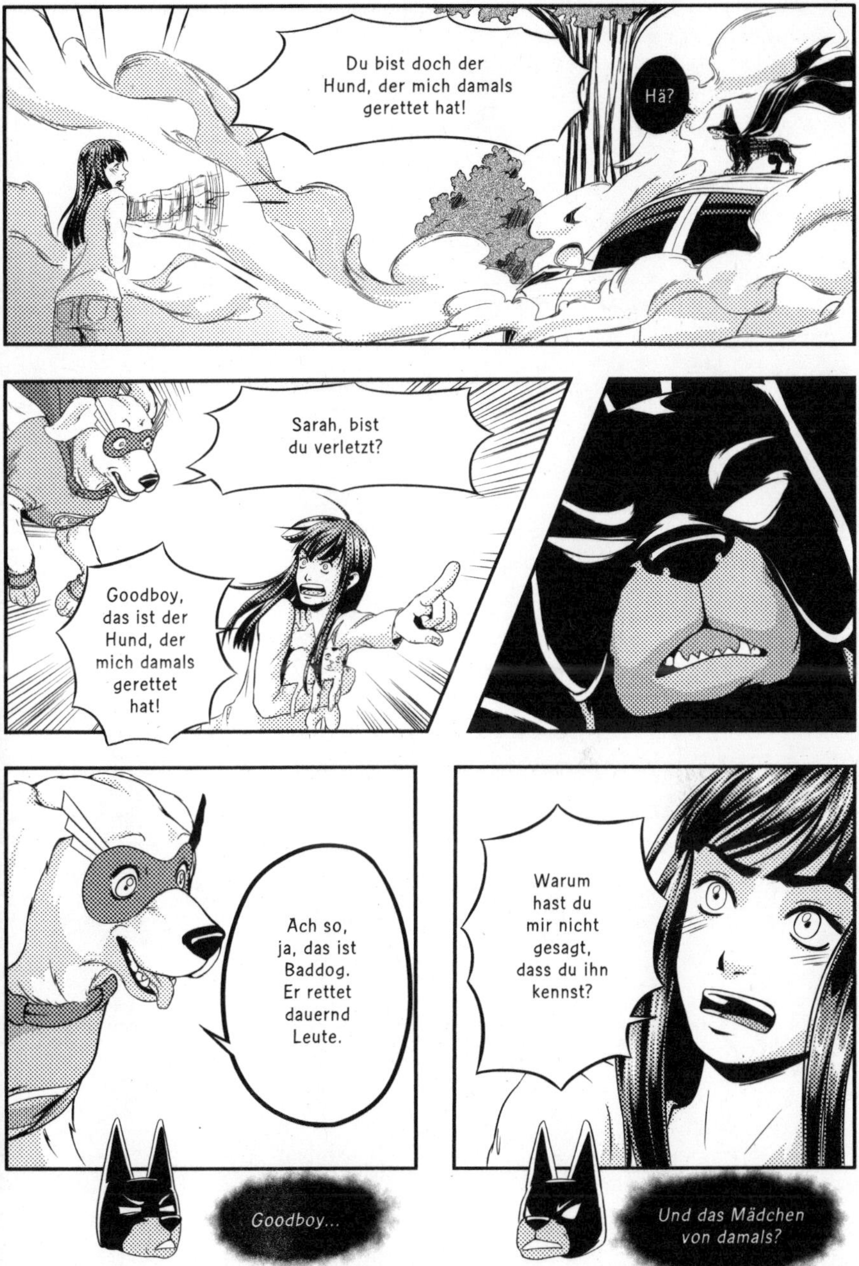
Du bist doch der Hund, der mich damals gerettet hat!
Hä?
Sarah, bist du verletzt?
Goodboy, das ist der Hund, der mich damals gerettet hat!
Ach so, ja, das ist Baddog. Er rettet dauernd Leute.
Warum hast du mir nicht gesagt, dass du ihn kennst?
Goodboy...
Und das Mädchen von damals?

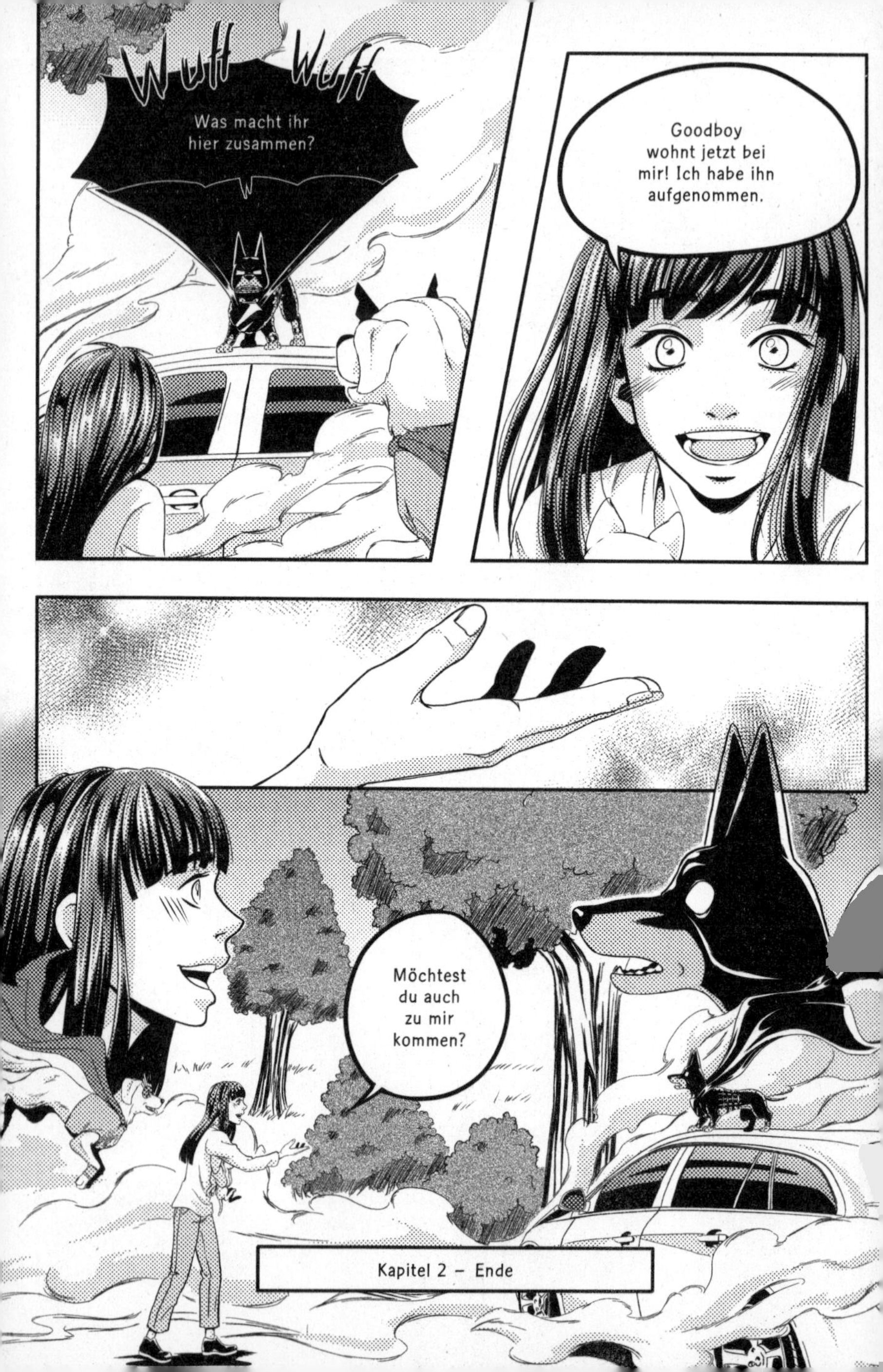

Wuff Wuff
Was macht ihr hier zusammen?
Goodboy wohnt jetzt bei mir! Ich habe ihn aufgenommen.
Möchtest du auch zu mir kommen?
Kapitel 2 – Ende

Kapitel 3: Das Wiedersehen

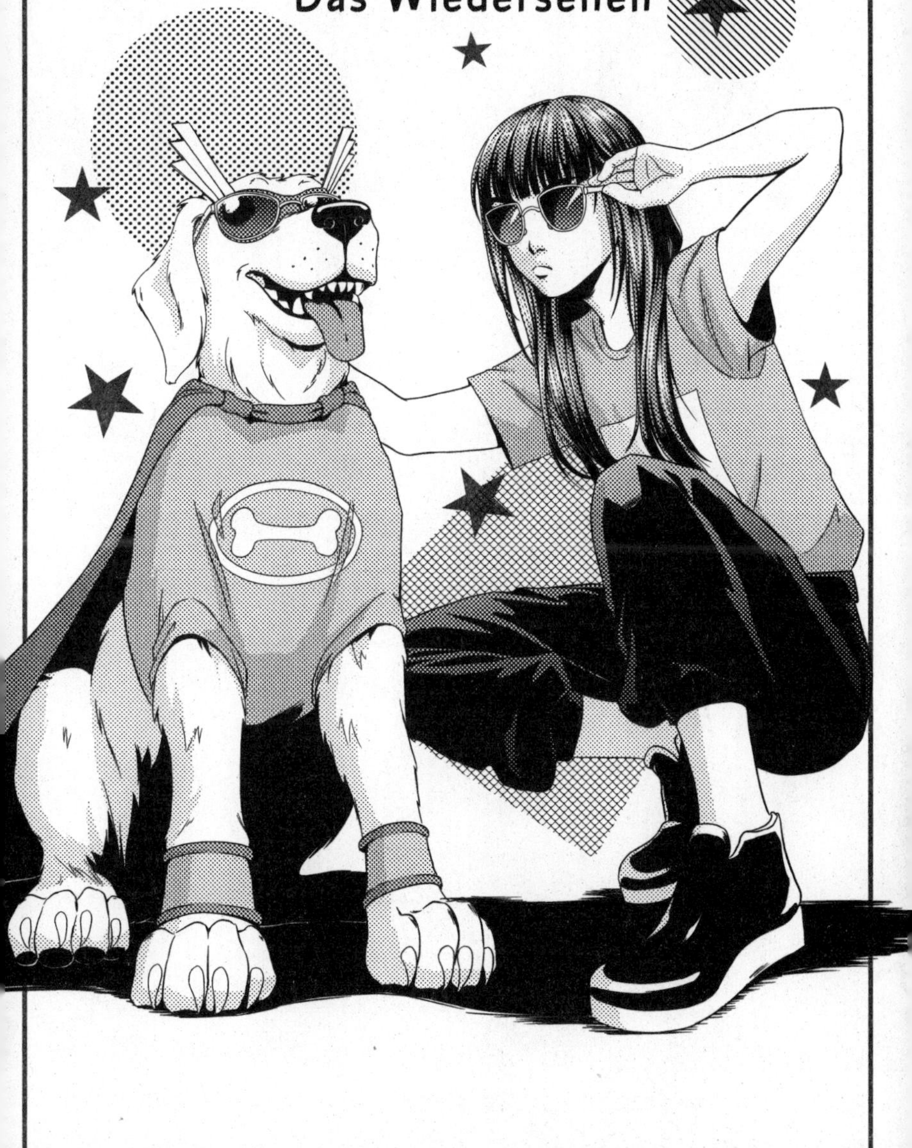

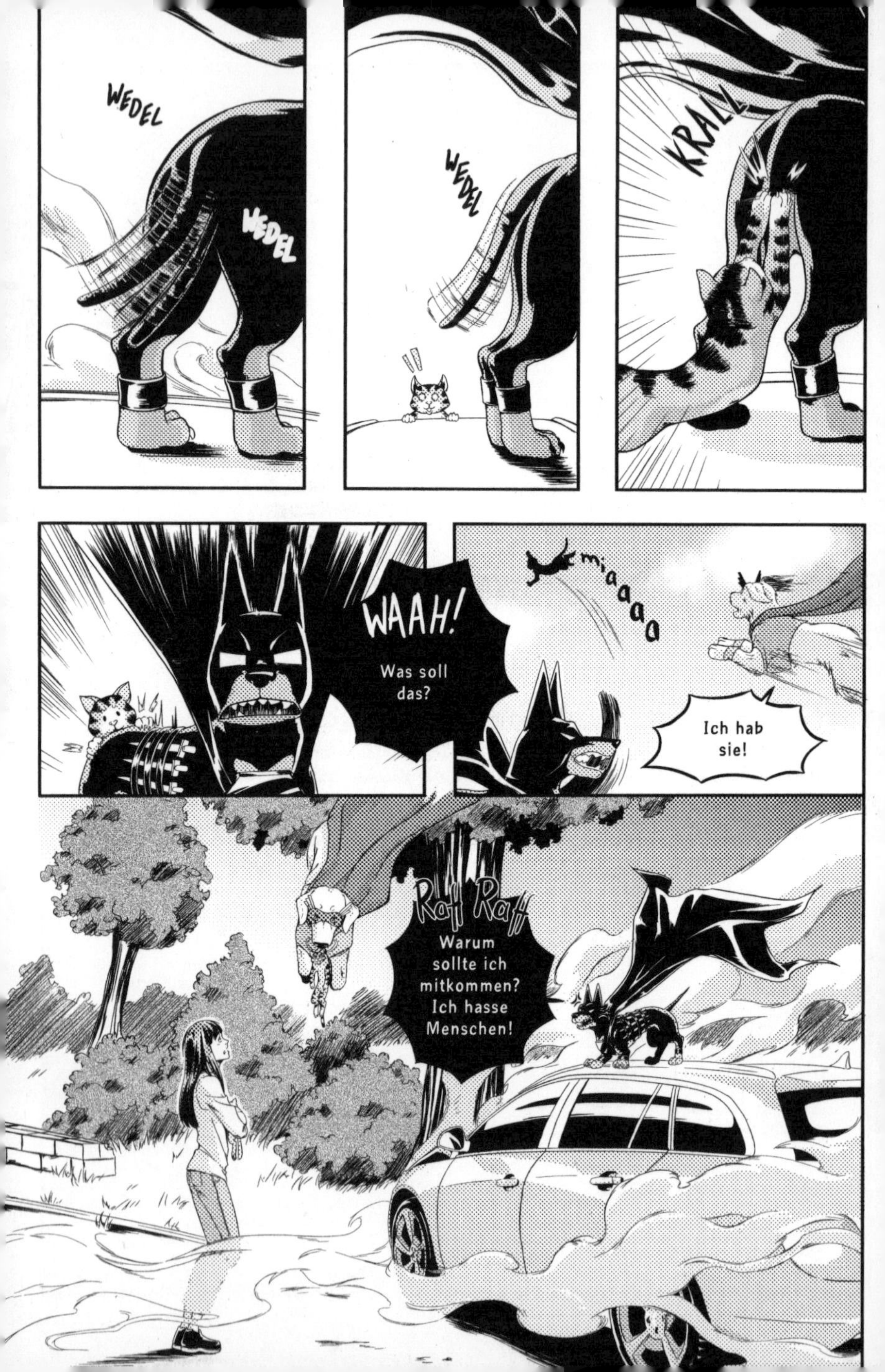
WEDEL
WEDEL
WEDEL
KRALL
WAAH!
Was soll das?
miaaaa
Ich hab sie!
Raff Raff
Warum sollte ich mitkommen? Ich hasse Menschen!

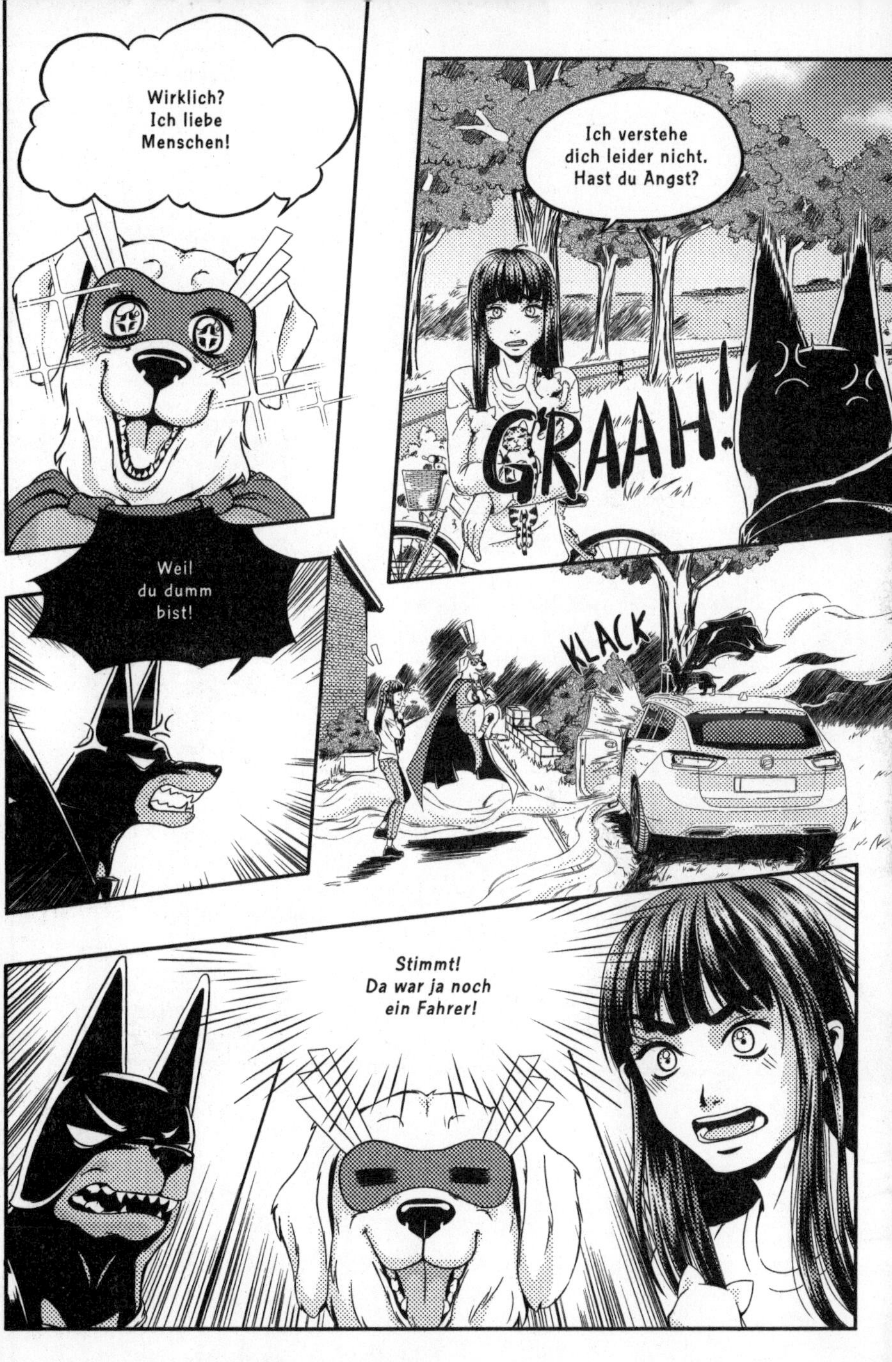
Wirklich? Ich liebe Menschen!
Ich verstehe dich leider nicht. Hast du Angst?
GRAAH!
Weil du dumm bist!
KLACK
Stimmt! Da war ja noch ein Fahrer!

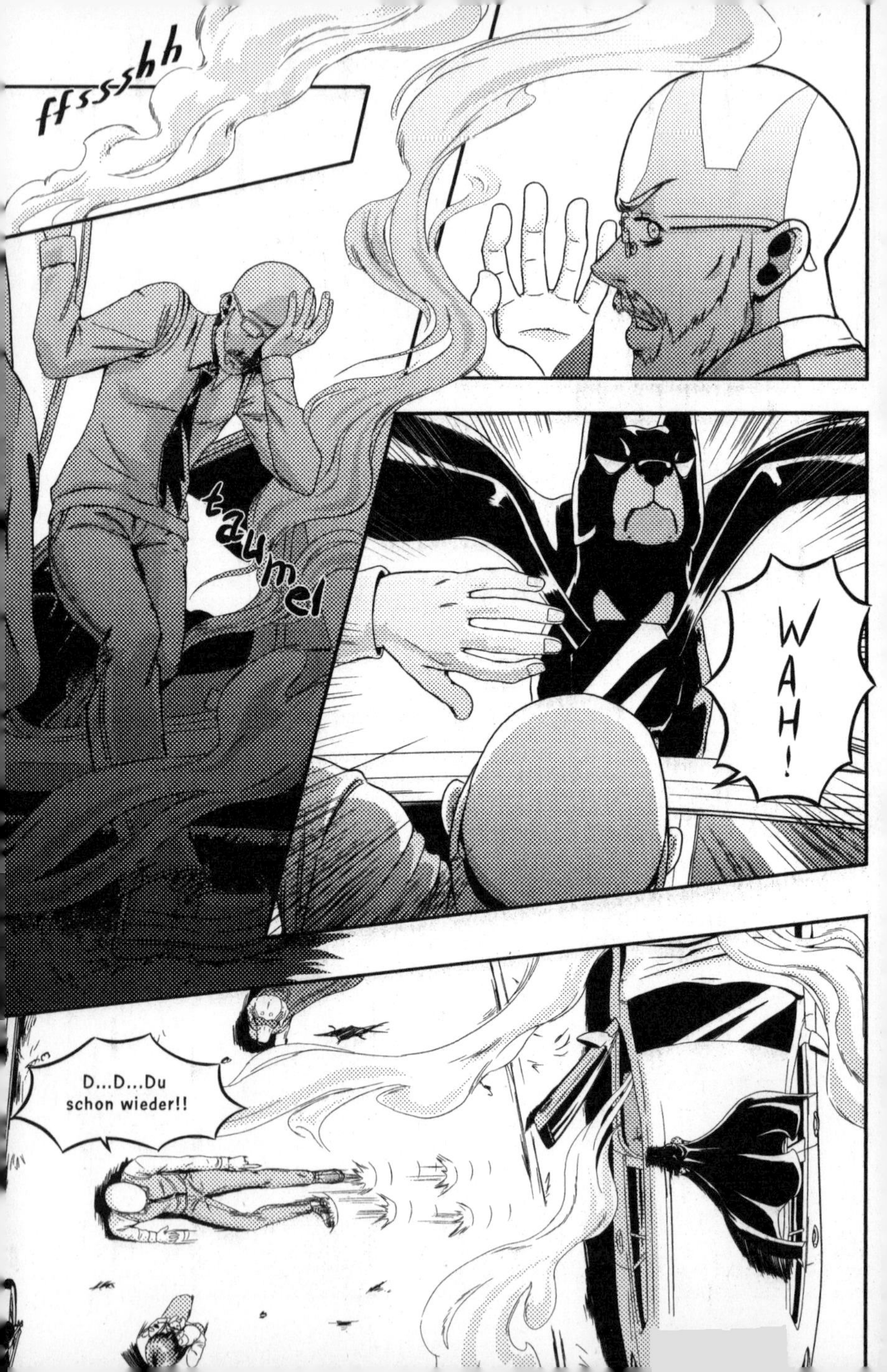
ffsss-shh
taumel
WAH!
D...D...Du schon wieder!!

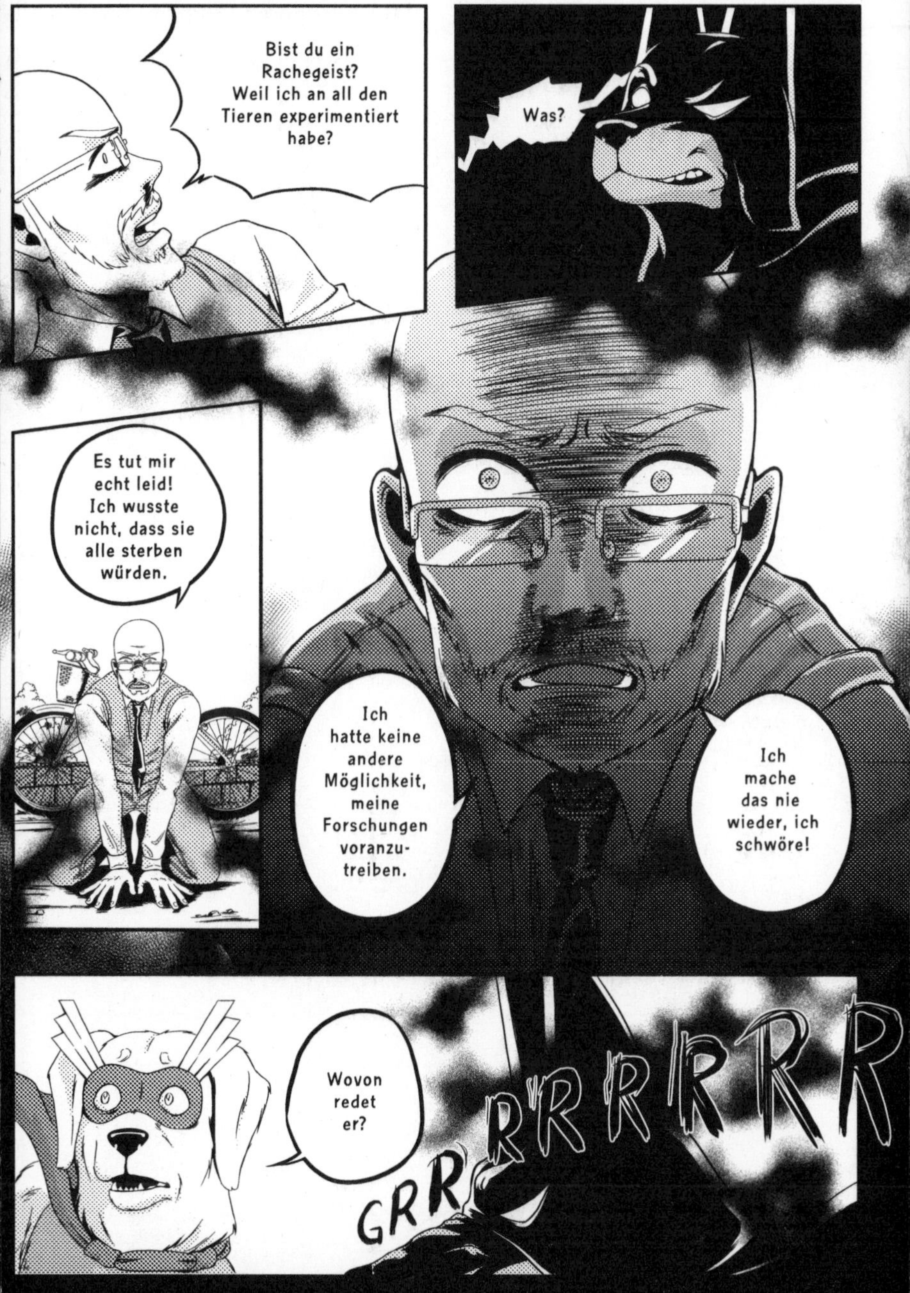

Bist du ein Rachegeist? Weil ich an all den Tieren experimentiert habe?
Was?
Es tut mir echt leid! Ich wusste nicht, dass sie alle sterben würden.
Ich hatte keine andere Möglichkeit, meine Forschungen voranzutreiben.
Ich mache das nie wieder, ich schwöre!
Wovon redet er?
GRRRRRRRRR

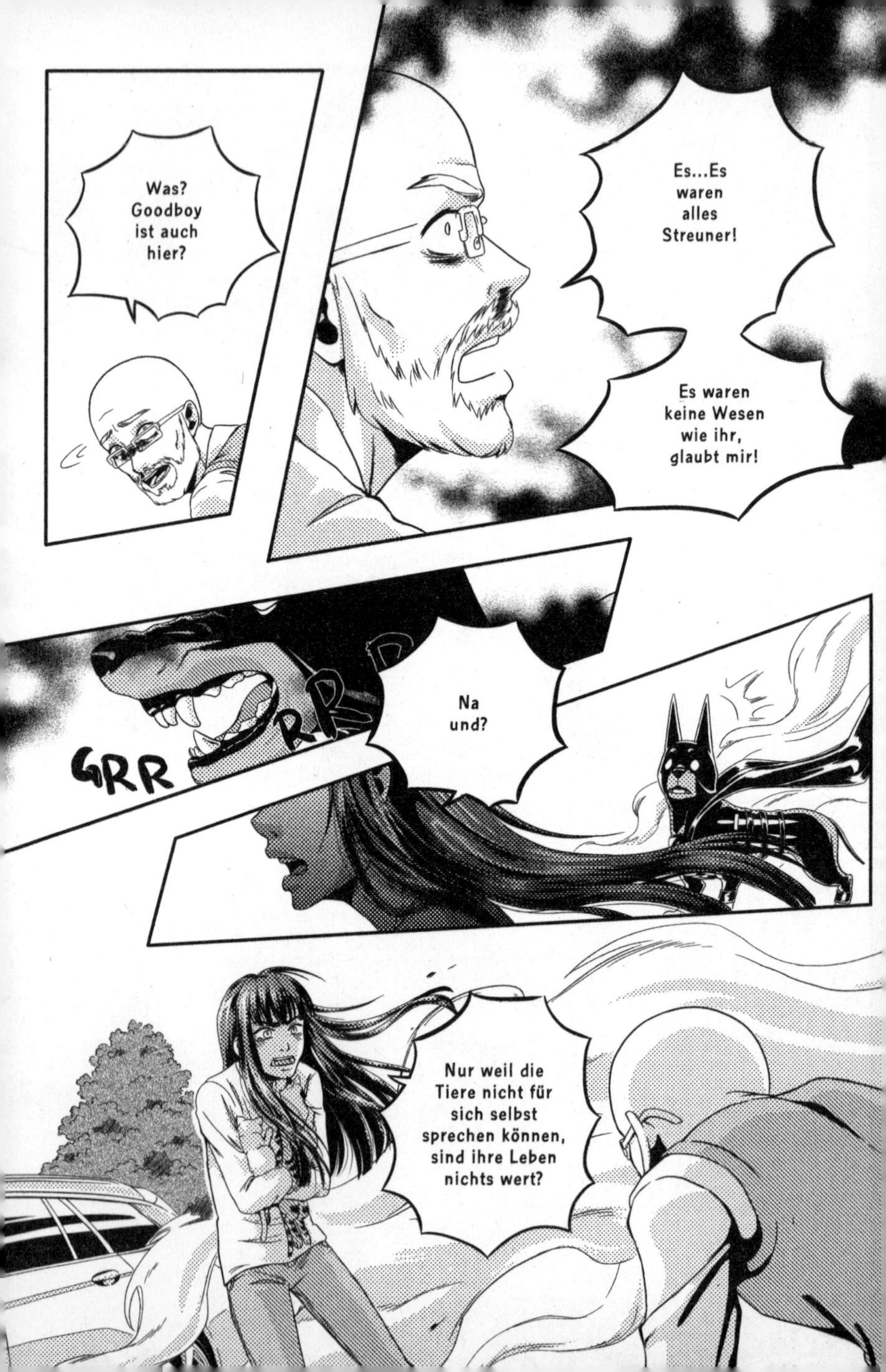
Was? Goodboy ist auch hier?
Es...Es waren alles Streuner!
Es waren keine Wesen wie ihr, glaubt mir!
GRR
RRR
Na und?
Nur weil die Tiere nicht für sich selbst sprechen können, sind ihre Leben nichts wert?

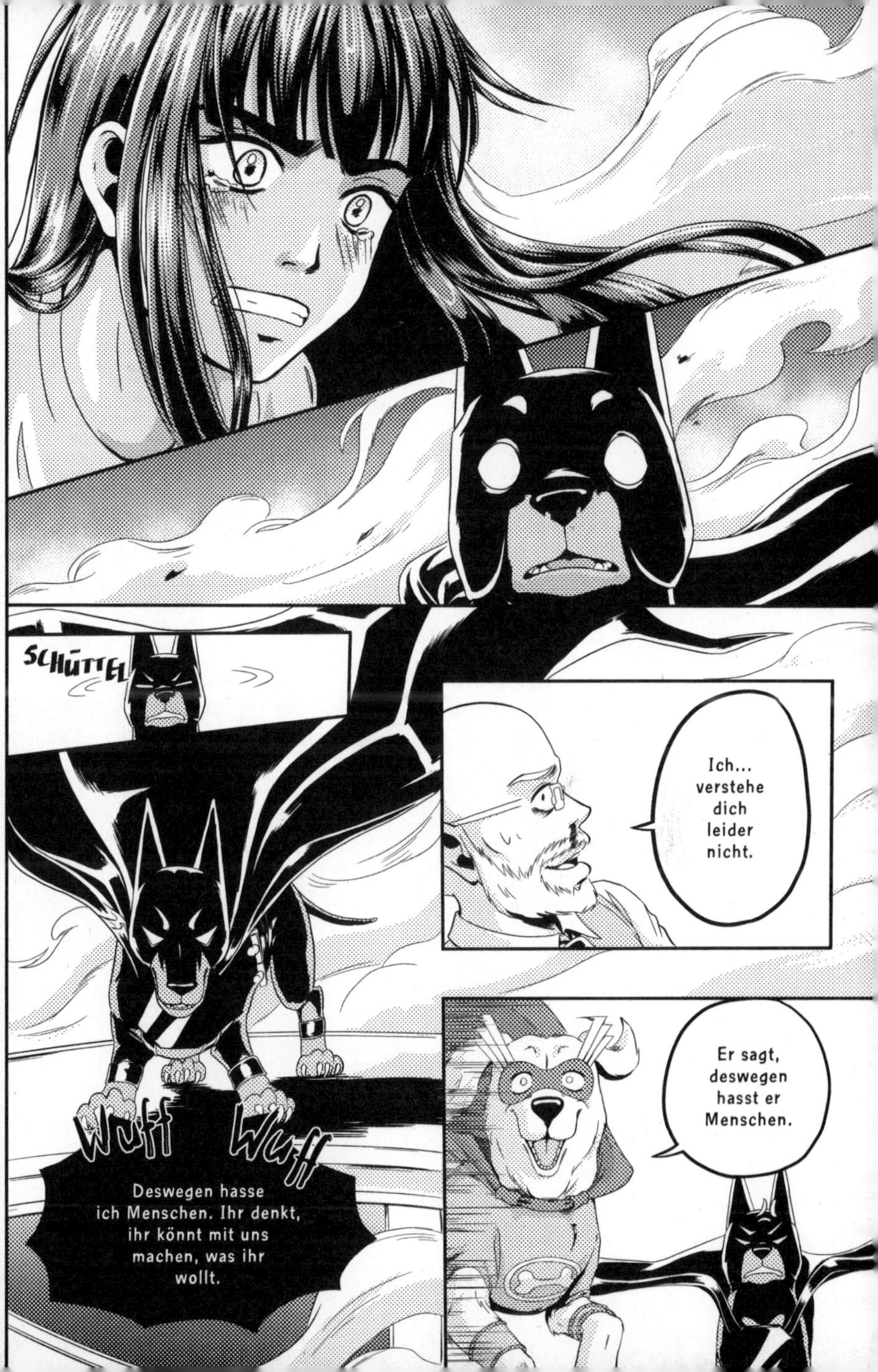
SCHÜTTEL
Ich... verstehe dich leider nicht.
Wuff Wuff
Deswegen hasse ich Menschen. Ihr denkt, ihr könnt mit uns machen, was ihr wollt.
Er sagt, deswegen hasst er Menschen.

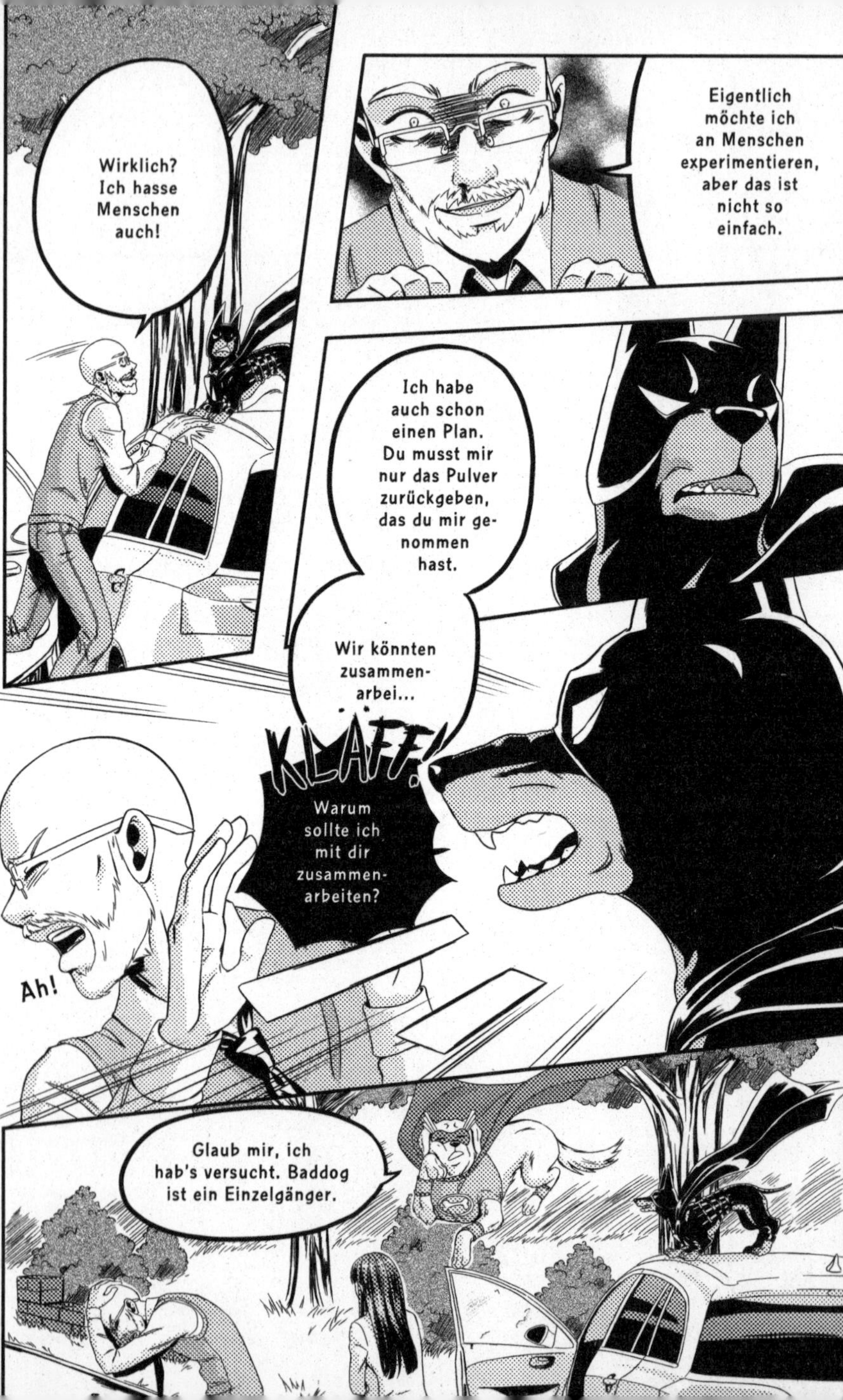
Wirklich? Ich hasse Menschen auch!
Eigentlich möchte ich an Menschen experimentieren, aber das ist nicht so einfach.
Ich habe auch schon einen Plan. Du musst mir nur das Pulver zurückgeben, das du mir genommen hast.
Wir könnten zusammen-arbei...
KLÄFF!
Warum sollte ich mit dir zusammen-arbeiten?
Ah!
Glaub mir, ich hab's versucht. Baddog ist ein Einzelgänger.

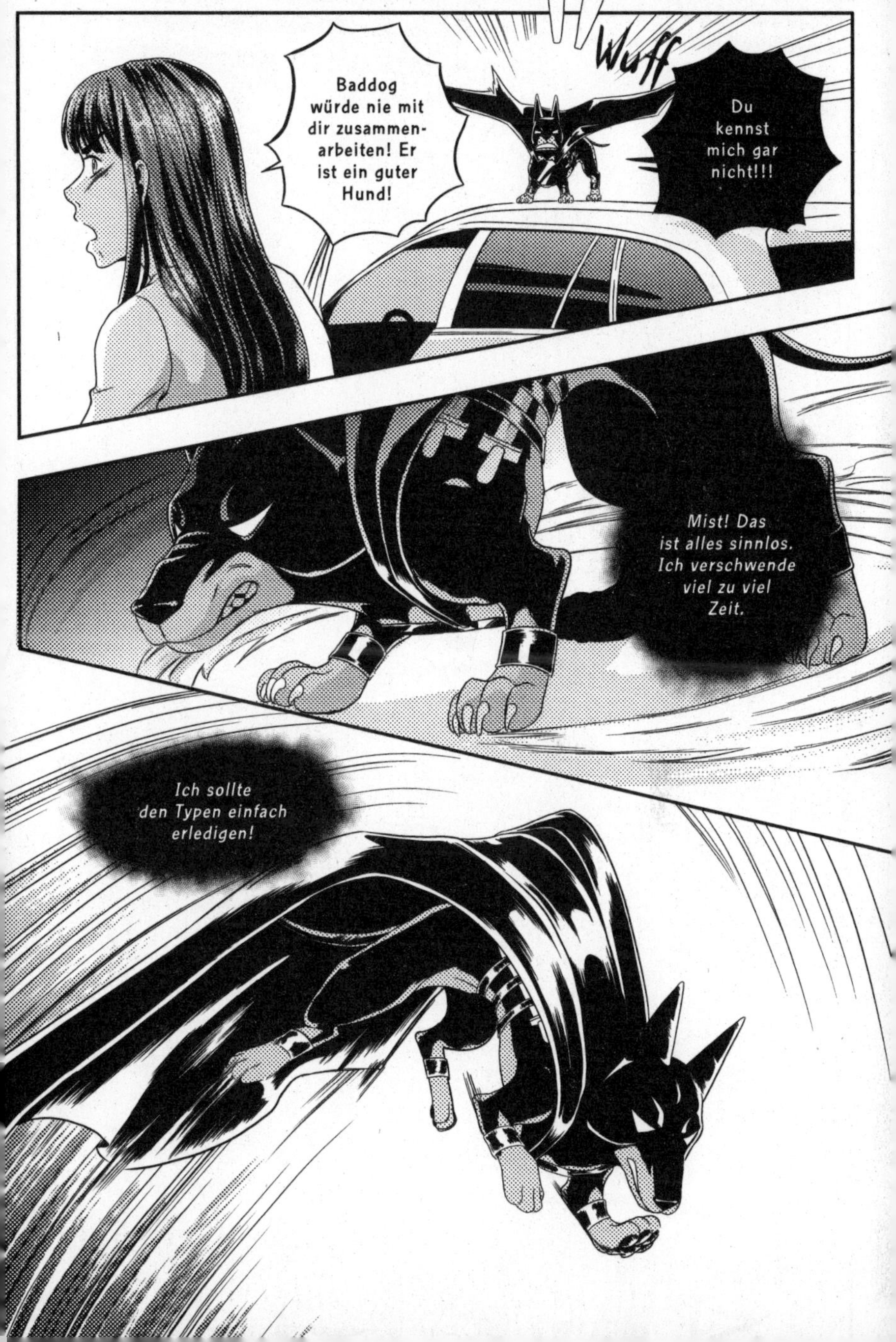
Wuff
Du kennst mich gar nicht!!!
Baddog würde nie mit dir zusammenarbeiten! Er ist ein guter Hund!
Mist! Das ist alles sinnlos. Ich verschwende viel zu viel Zeit.
Ich sollte den Typen einfach erledigen!

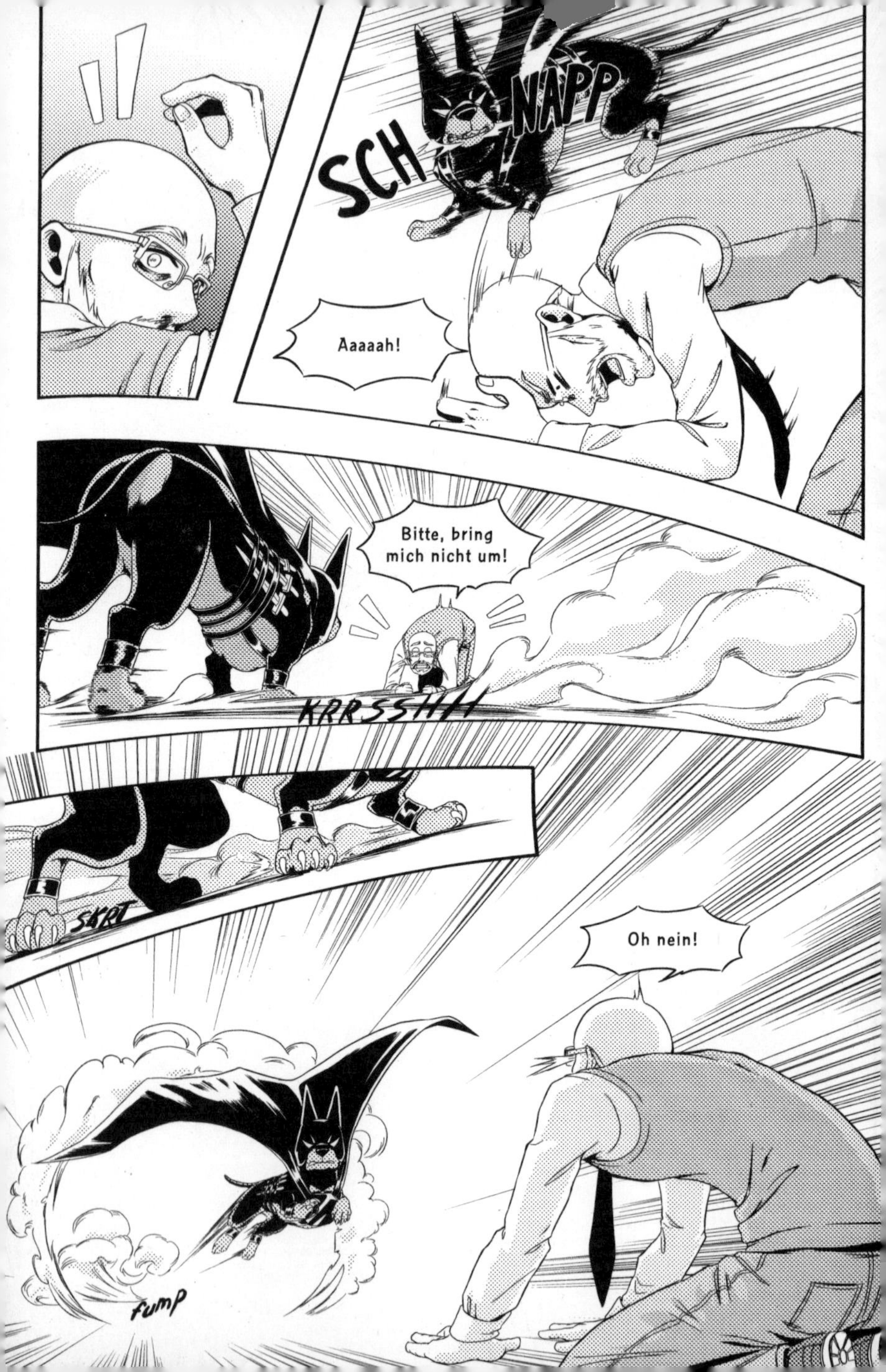
SCH NAPP
Aaaaah!
Bitte, bring mich nicht um!
KRRSSHH
SKRT
Oh nein!
fump

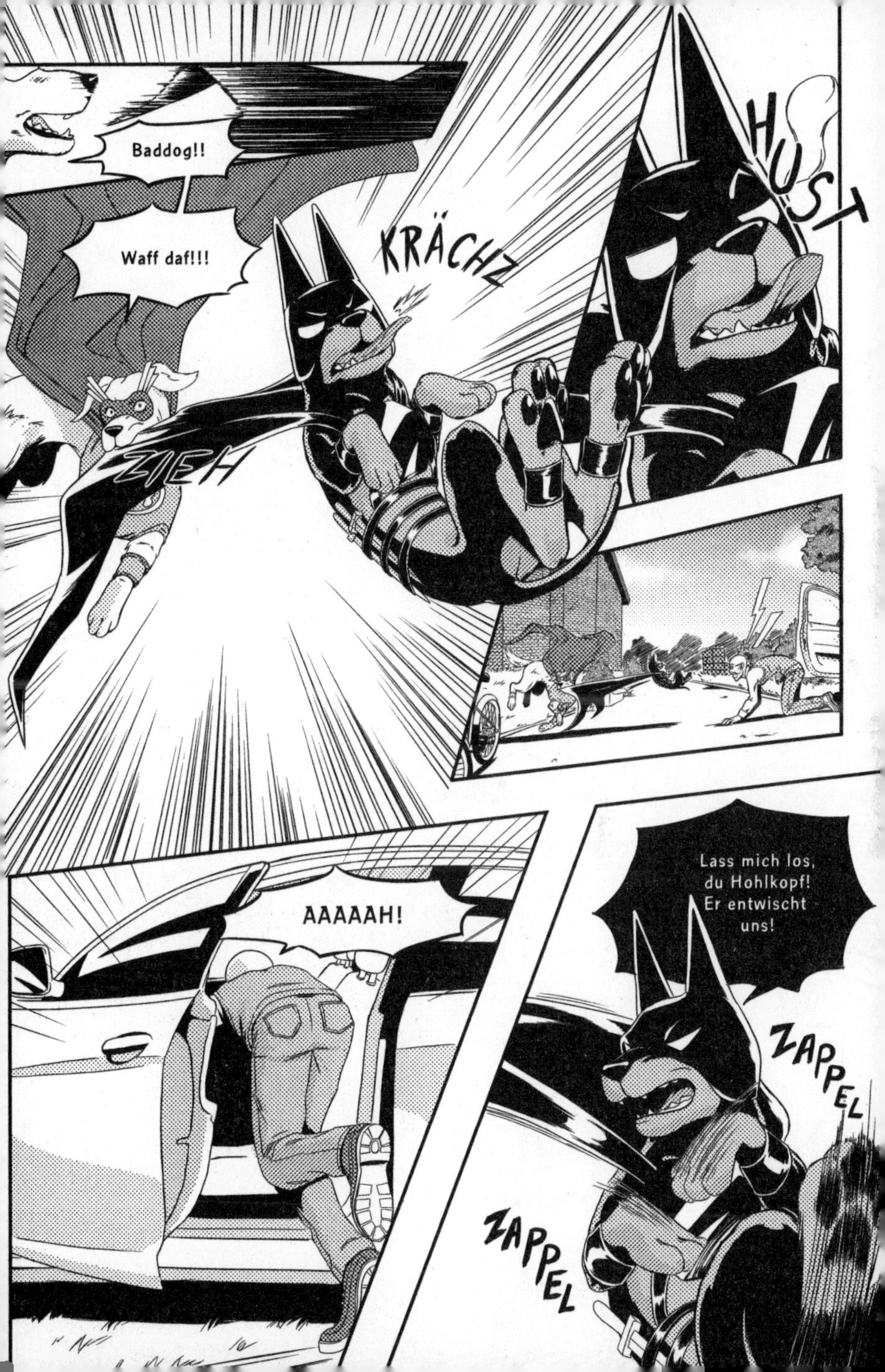
Baddog!!
Waff daf!!!
KRÄCHZ
HUST
ZIEH
AAAAAH!
Lass mich los, du Hohlkopf! Er entwischt uns!
ZAPPEL
ZAPPEL

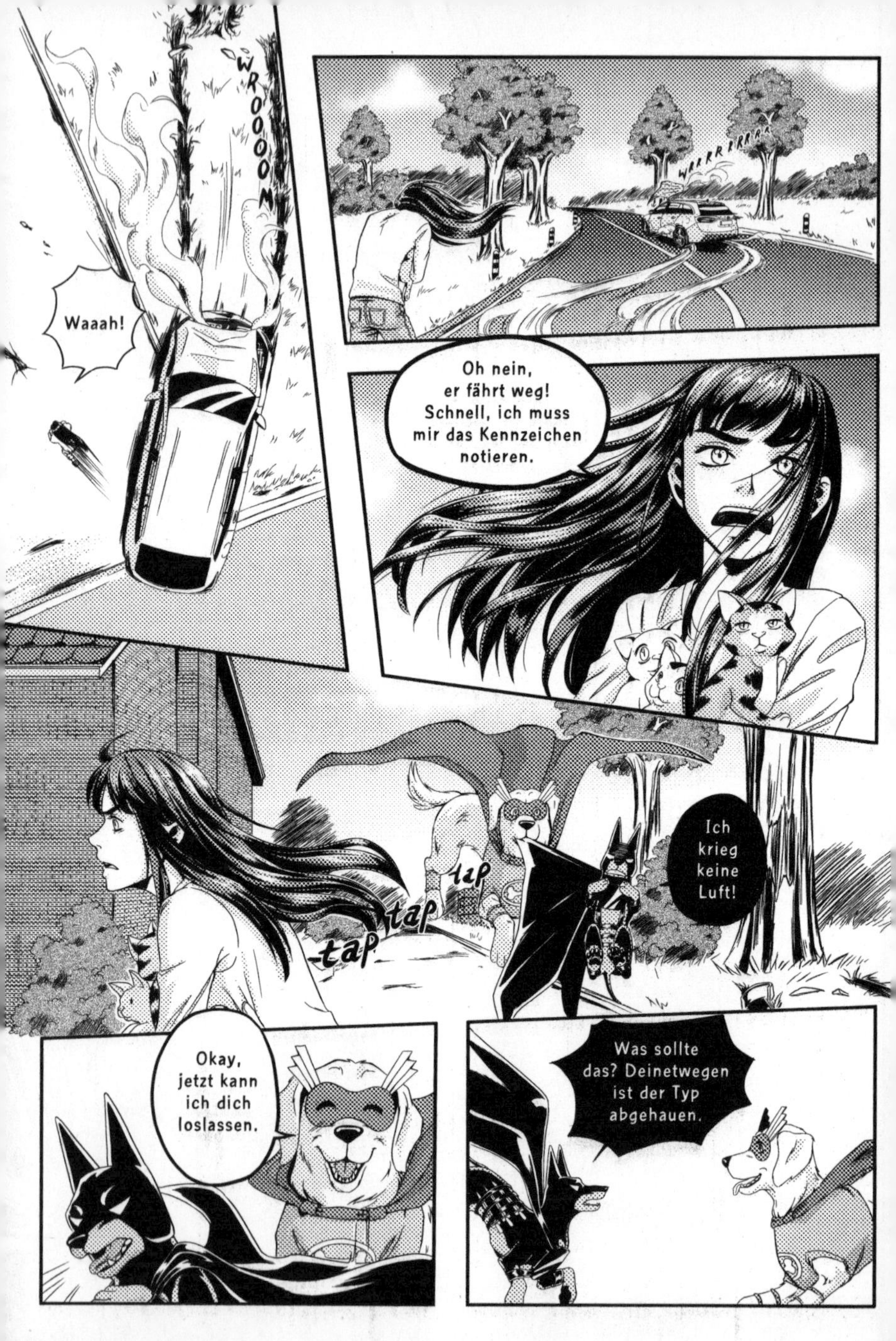
WROOOOOM
Waaah!
WRRRRRRRRA
Oh nein, er fährt weg! Schnell, ich muss mir das Kennzeichen notieren.
Ich krieg keine Luft!
tap
tap
tap
Okay, jetzt kann ich dich loslassen.
Was sollte das? Deinetwegen ist der Typ abgehauen.

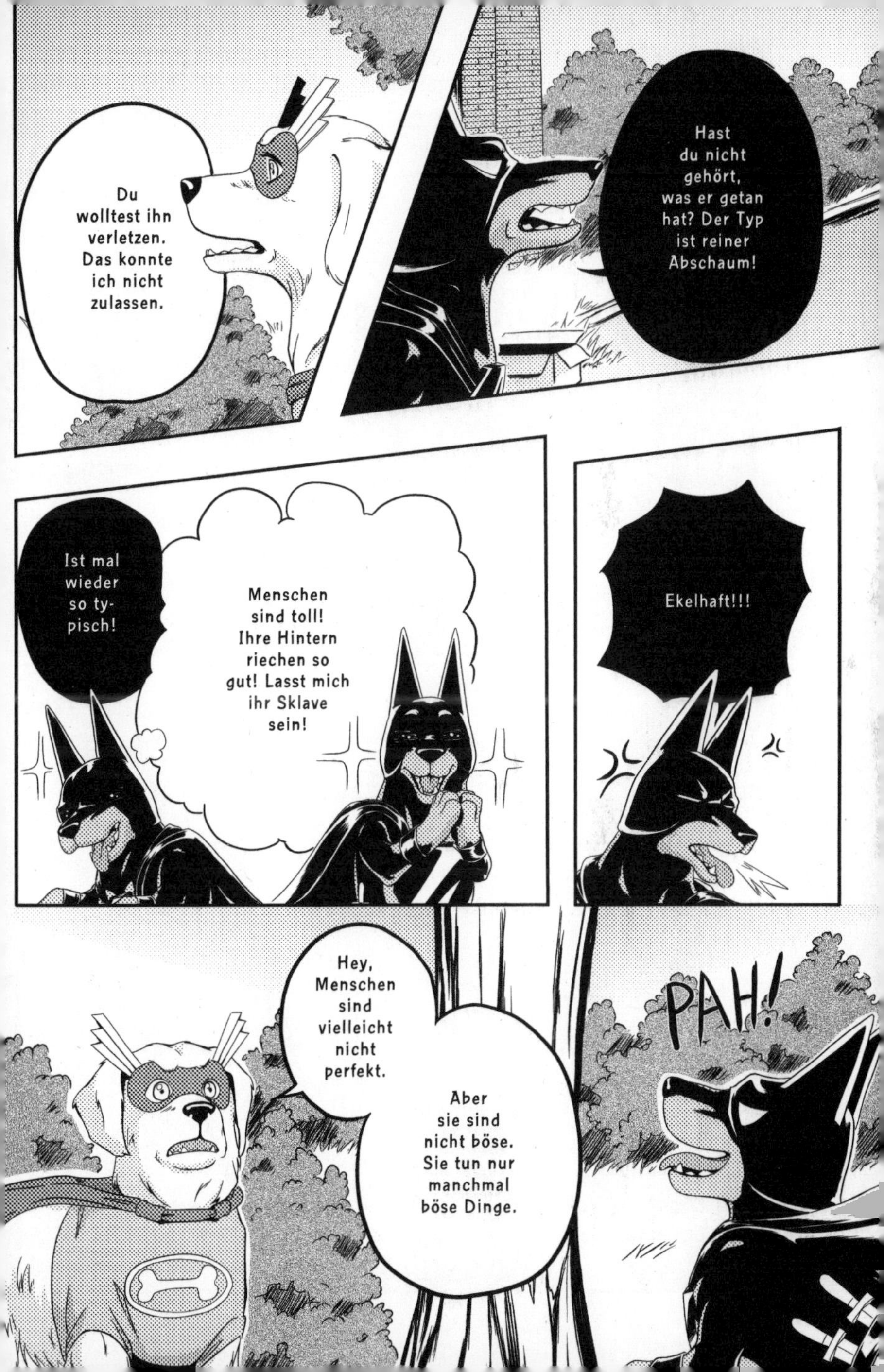

Du wolltest ihn verletzen. Das konnte ich nicht zulassen.
Hast du nicht gehört, was er getan hat? Der Typ ist reiner Abschaum!
Ist mal wieder so ty-pisch!
Menschen sind toll! Ihre Hintern riechen so gut! Lasst mich ihr Sklave sein!
Ekelhaft!!!
Hey, Menschen sind vielleicht nicht perfekt.
Aber sie sind nicht böse. Sie tun nur manchmal böse Dinge.
PAH!

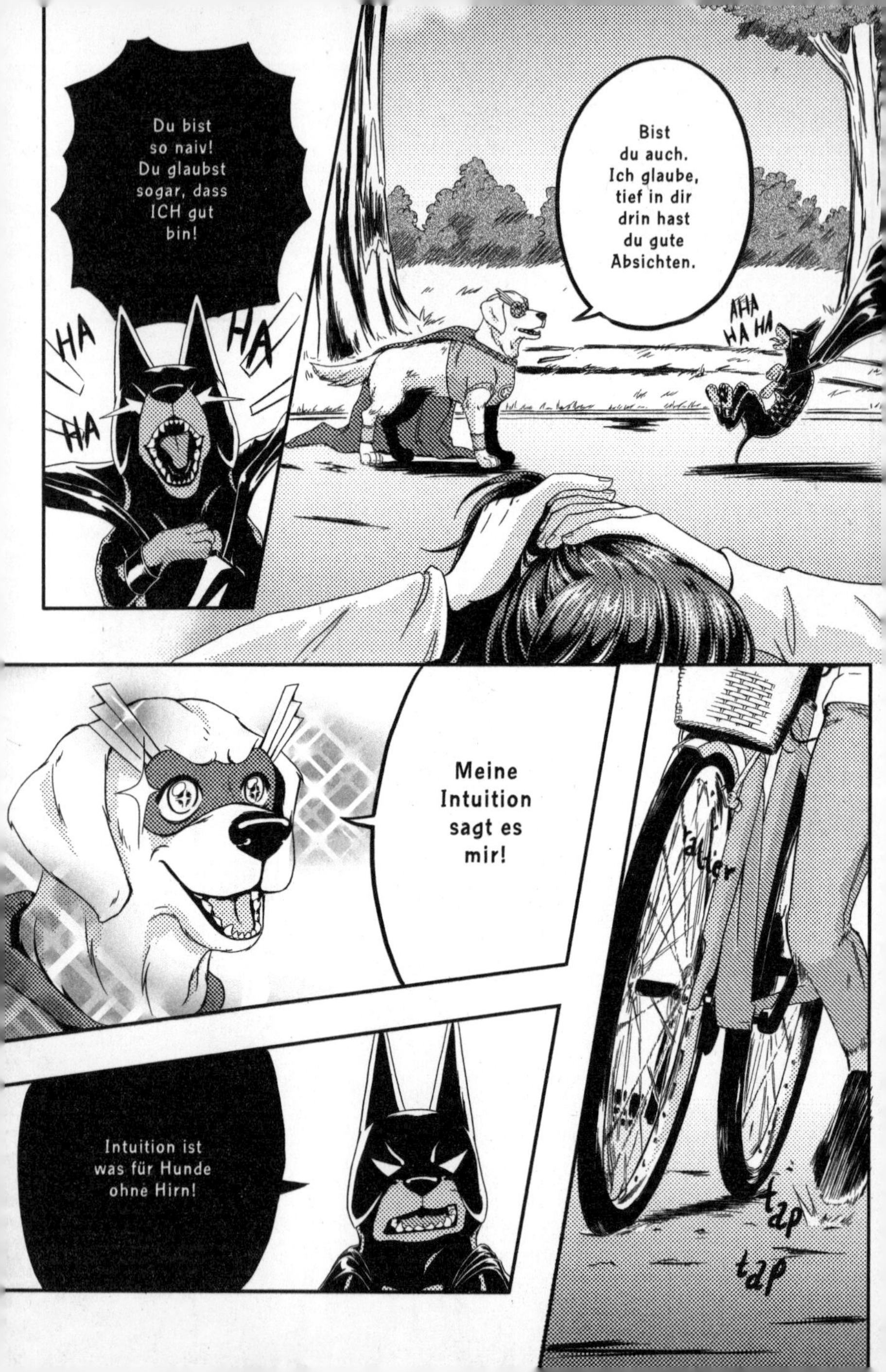
Du bist so naiv! Du glaubst sogar, dass ICH gut bin!
HA HA HA
Bist du auch. Ich glaube, tief in dir drin hast du gute Absichten.
AHA HA HA
Meine Intuition sagt es mir!
Intuition ist was für Hunde ohne Hirn!
ratter
tap
tap

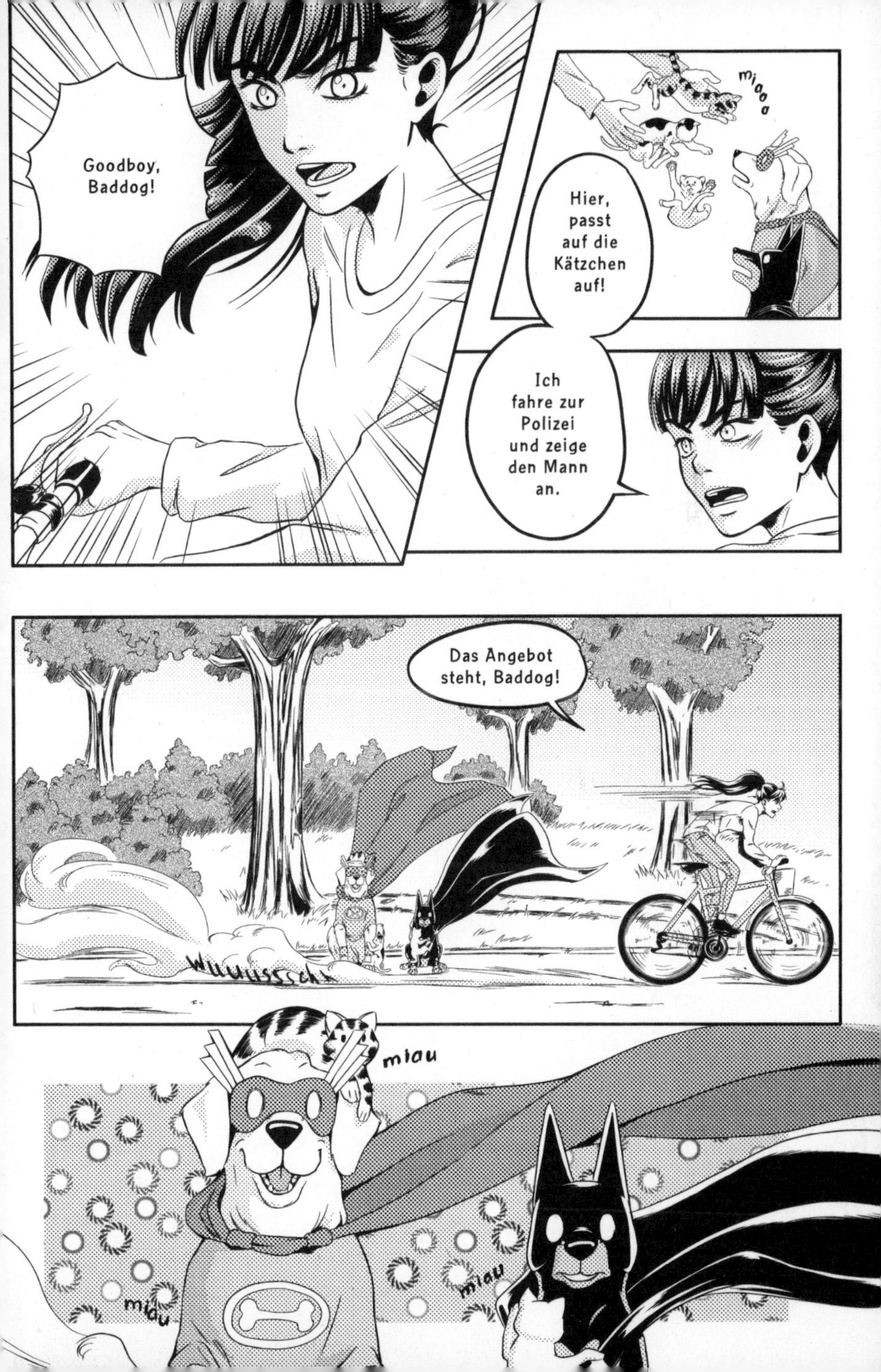
Goodboy, Baddog!
miaaa
Hier, passt auf die Kätzchen auf!
Ich fahre zur Polizei und zeige den Mann an.
Das Angebot steht, Baddog!
WUUUSSSCH
miau
miau
miau

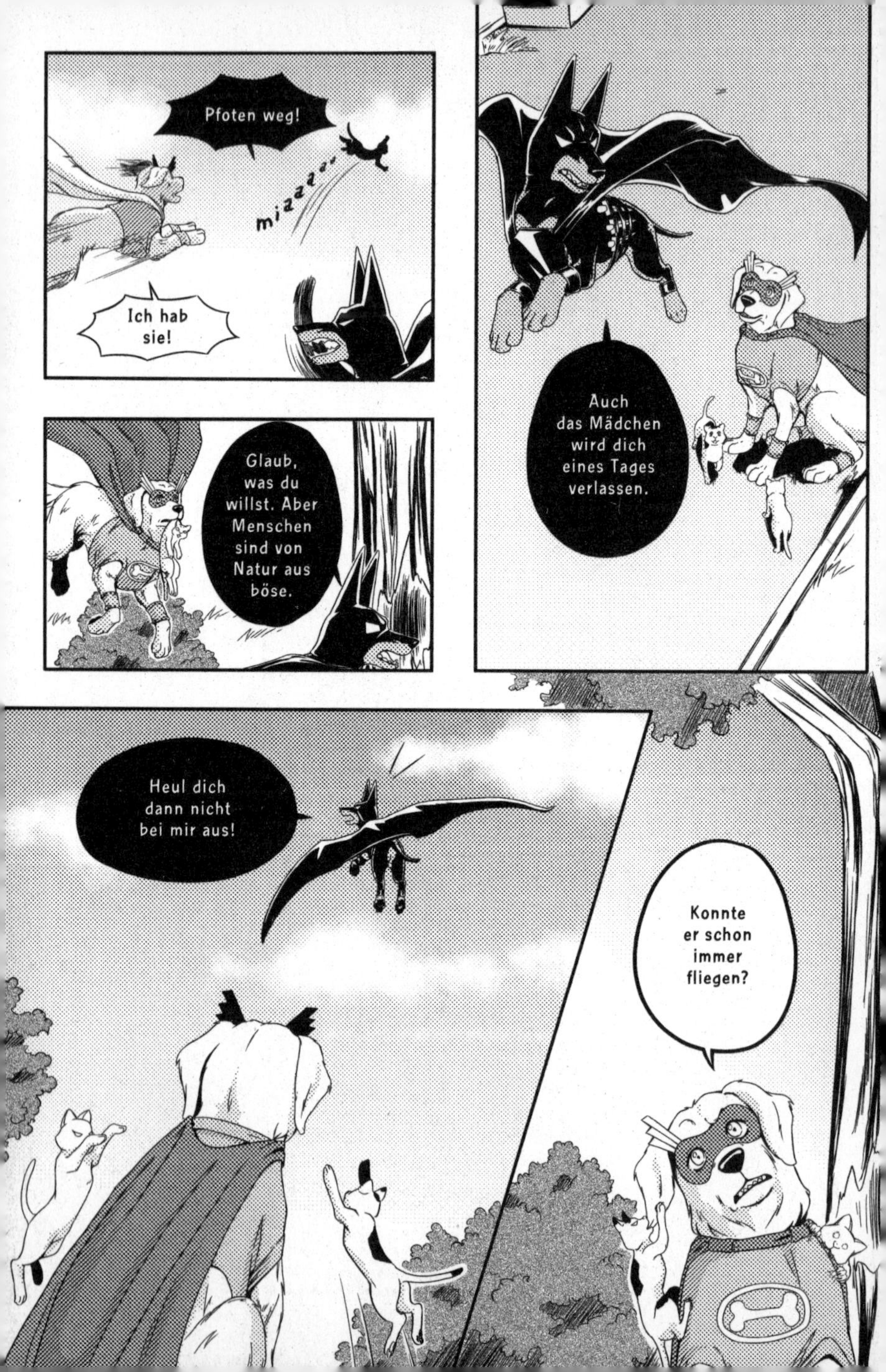
Pfoten weg!
mizzzz...
Ich hab sie!
Glaub, was du willst. Aber Menschen sind von Natur aus böse.
Auch das Mädchen wird dich eines Tages verlassen.
Heul dich dann nicht bei mir aus!
Konnte er schon immer fliegen?

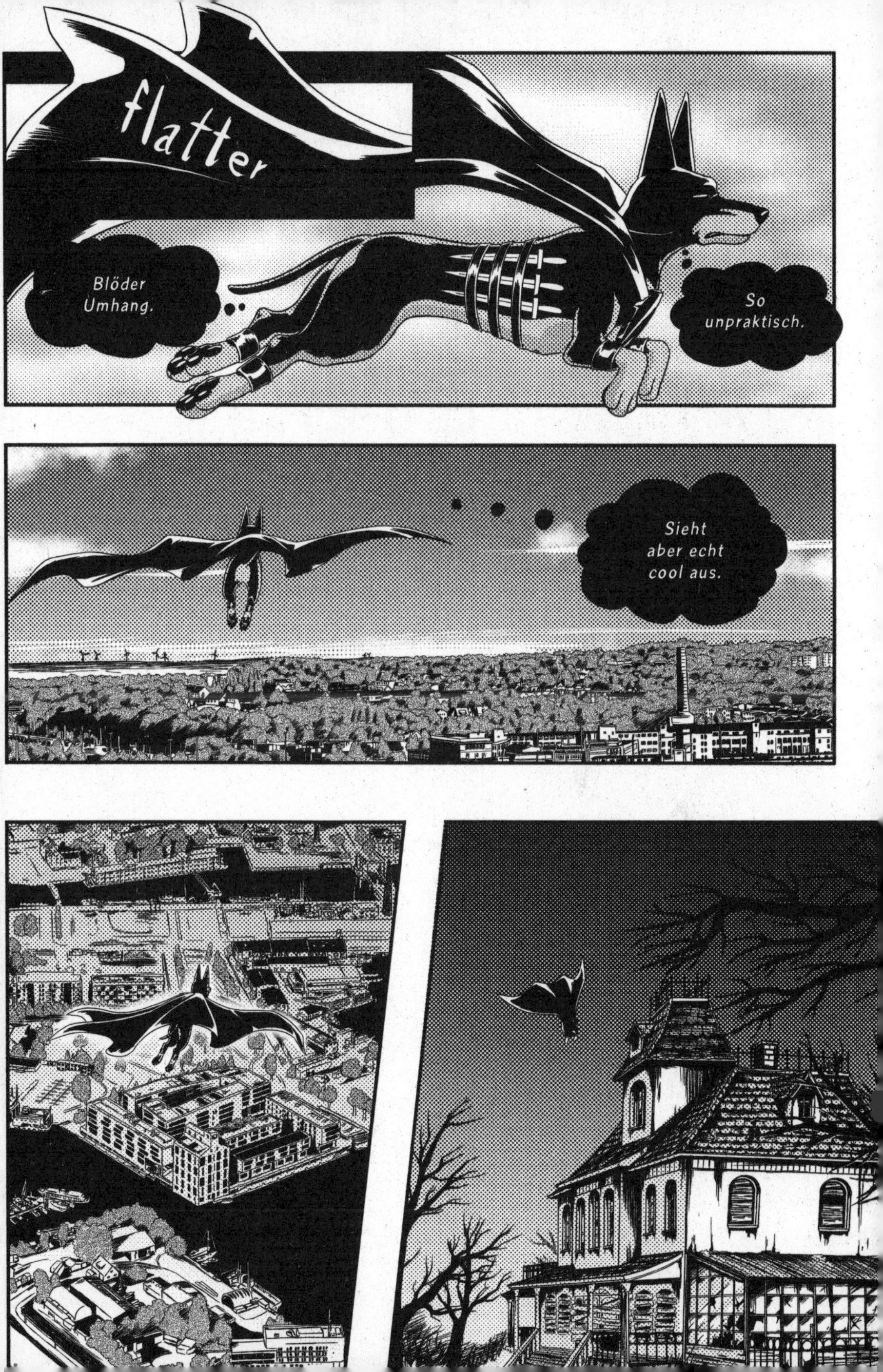
flatter
Blöder Umhang.
So unpraktisch.
Sieht aber echt cool aus.

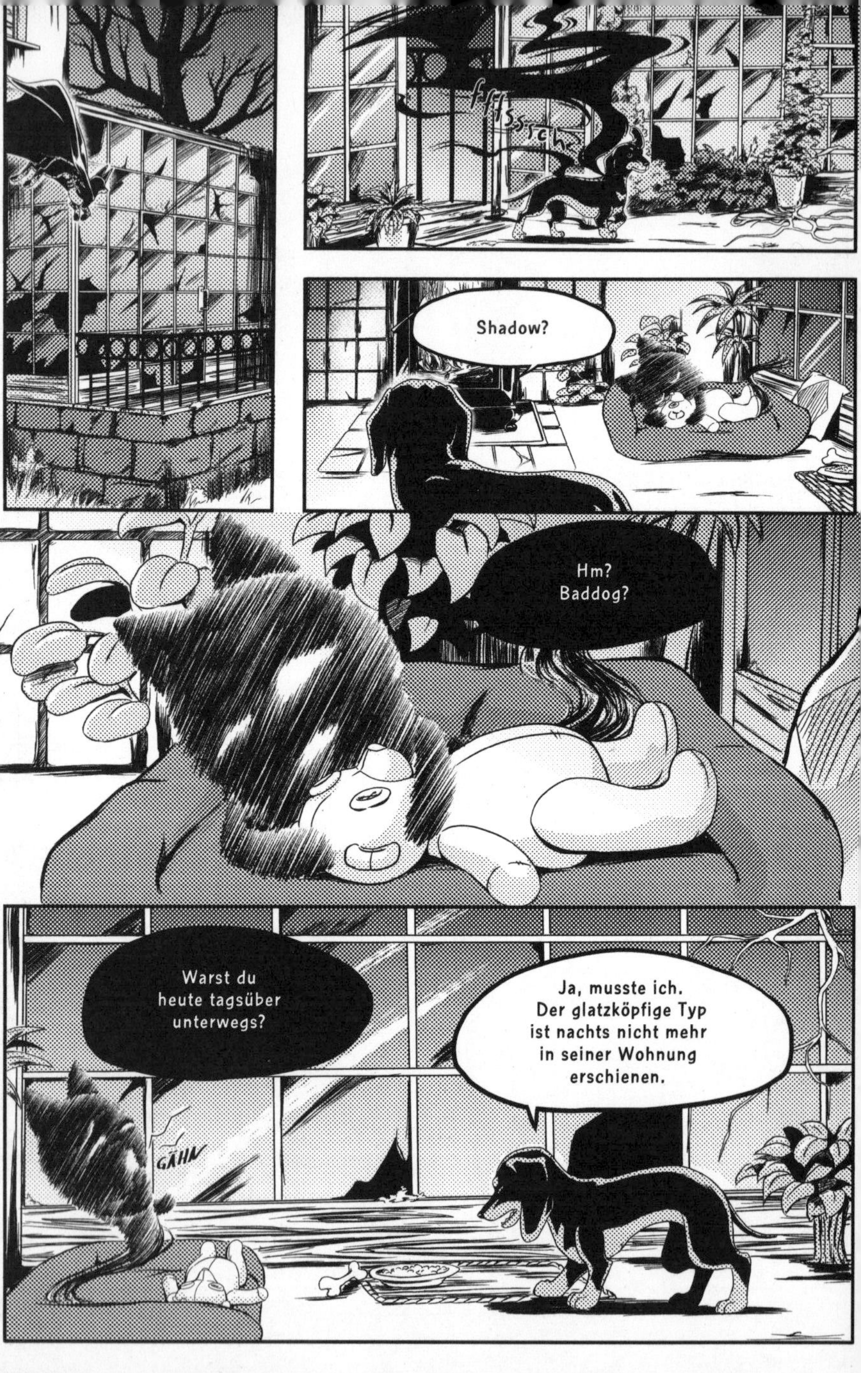
fffsssch
Shadow?
Hm?
Baddog?
Warst du heute tagsüber unterwegs?
GÄHN
Ja, musste ich. Der glatzköpfige Typ ist nachts nicht mehr in seiner Wohnung erschienen.

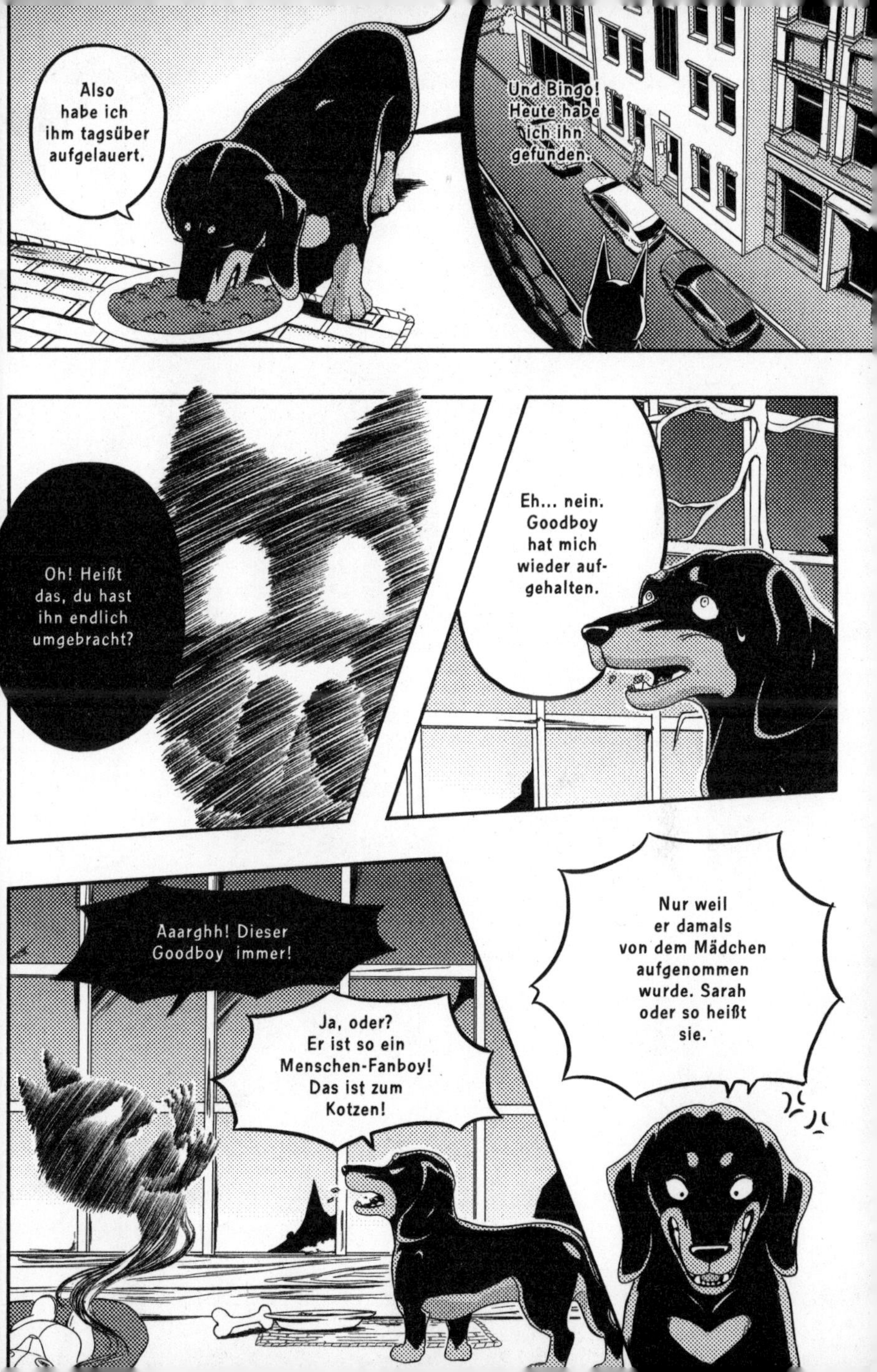
Also habe ich ihm tagsüber aufgelauert.
Und Bingo! Heute habe ich ihn gefunden.
Oh! Heißt das, du hast ihn endlich umgebracht?
Eh... nein. Goodboy hat mich wieder aufgehalten.
Aaarghh! Dieser Goodboy immer!
Ja, oder? Er ist so ein Menschen-Fanboy! Das ist zum Kotzen!
Nur weil er damals von dem Mädchen aufgenommen wurde. Sarah oder so heißt sie.

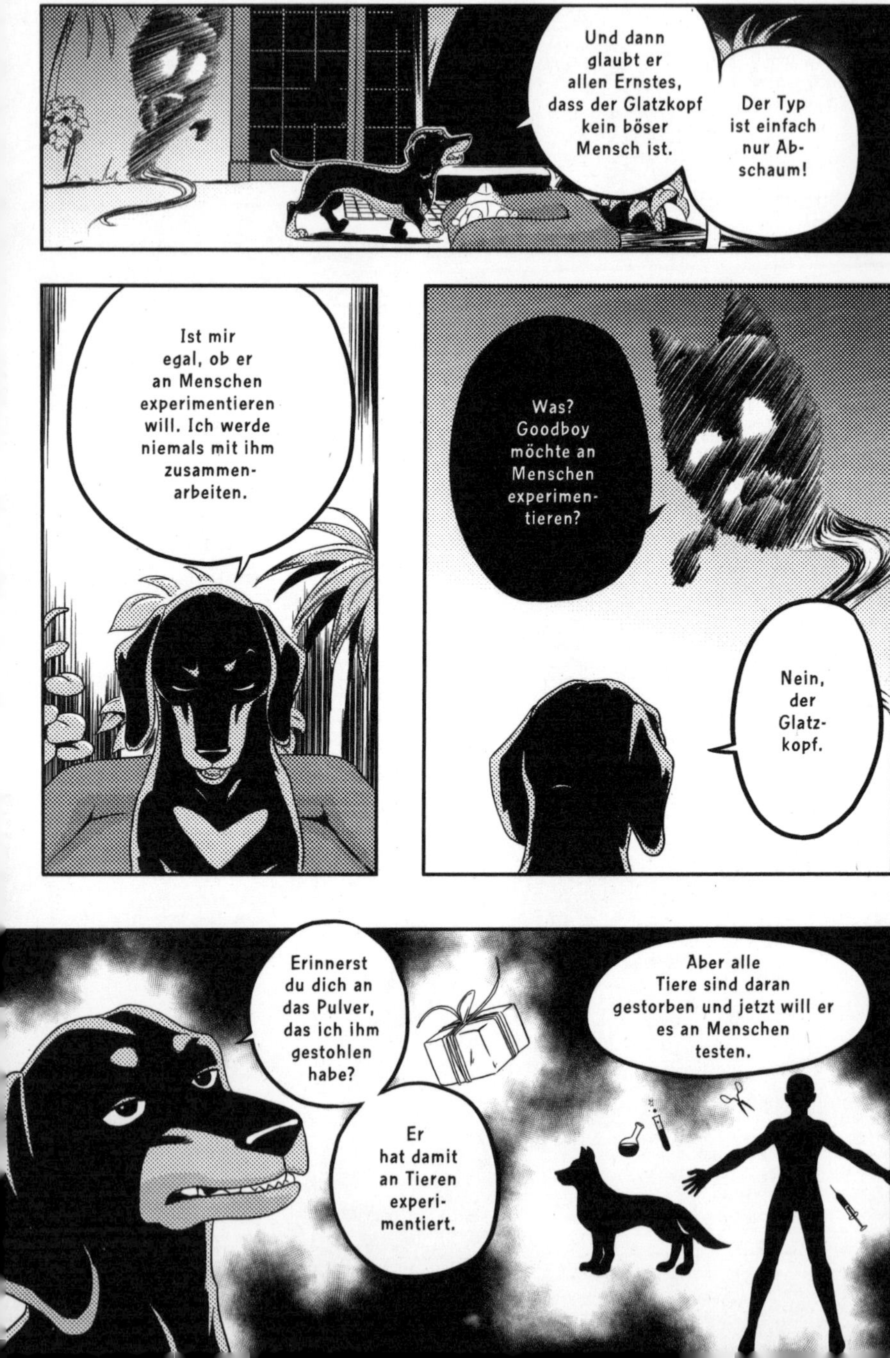
Und dann glaubt er allen Ernstes, dass der Glatzkopf kein böser Mensch ist.
Der Typ ist einfach nur Abschaum!
Ist mir egal, ob er an Menschen experimentieren will. Ich werde niemals mit ihm zusammenarbeiten.
Was? Goodboy möchte an Menschen experimentieren?
Nein, der Glatzkopf.
Erinnerst du dich an das Pulver, das ich ihm gestohlen habe?
Er hat damit an Tieren experimentiert.
Aber alle Tiere sind daran gestorben und jetzt will er es an Menschen testen.

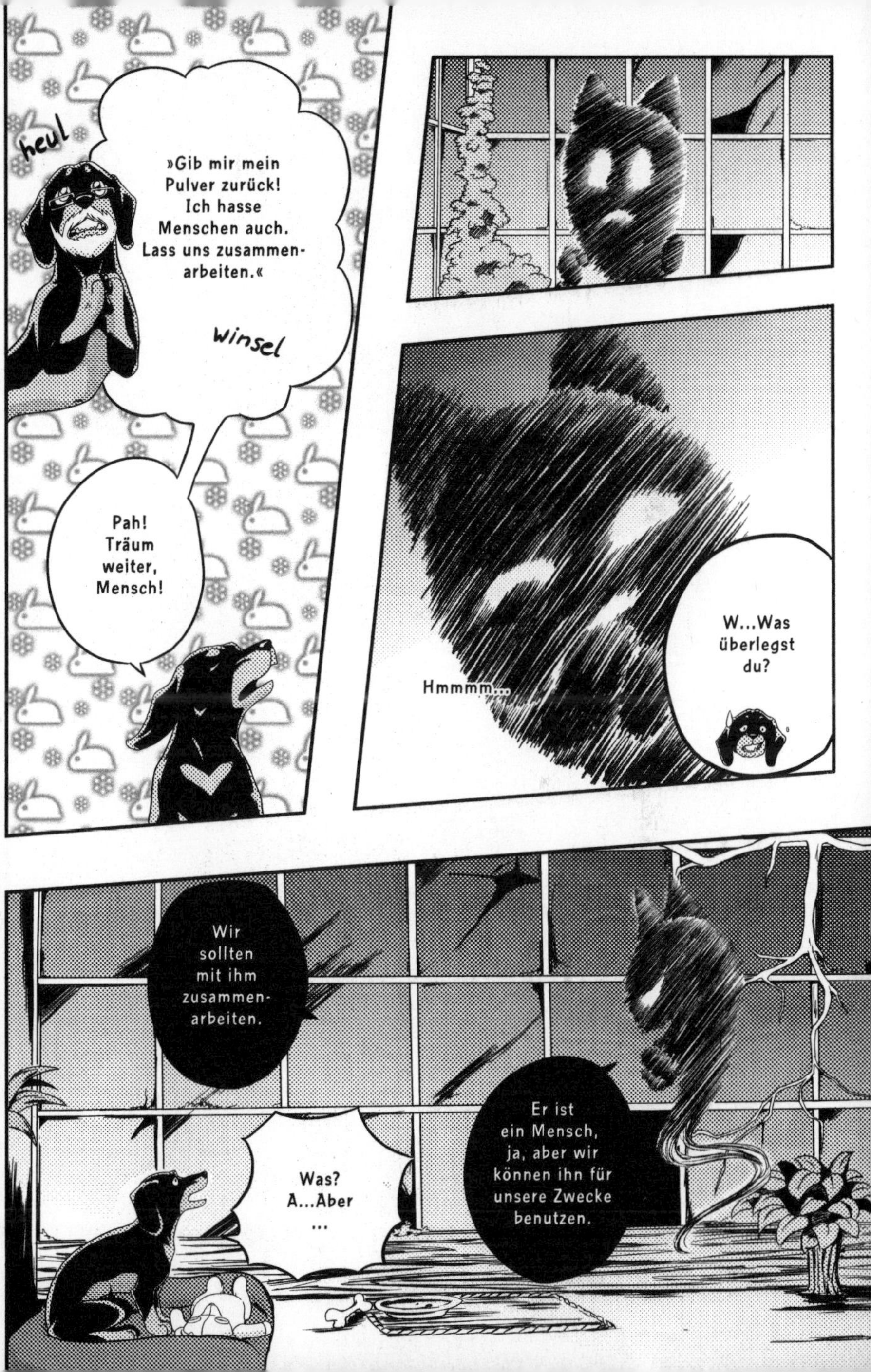
heul
»Gib mir mein Pulver zurück! Ich hasse Menschen auch. Lass uns zusammen-arbeiten.«
winsel
Pah! Träum weiter, Mensch!
Hmmmm...
W...Was überlegst du?
Wir sollten mit ihm zusammen-arbeiten.
Was? A...Aber ...
Er ist ein Mensch, ja, aber wir können ihn für unsere Zwecke benutzen.

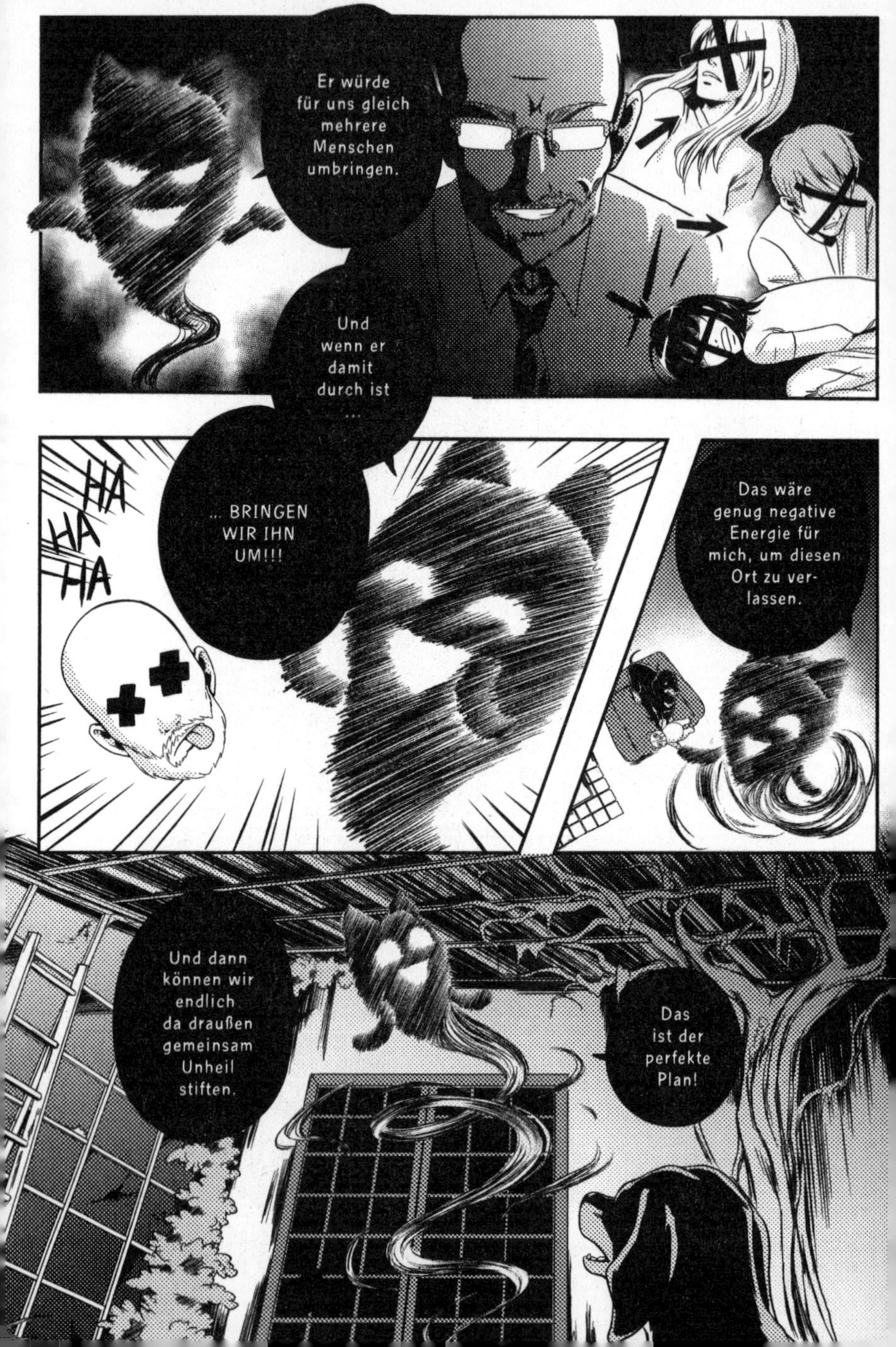
Er würde für uns gleich mehrere Menschen umbringen.
Und wenn er damit durch ist ...
... BRINGEN WIR IHN UM!!!
HA HA HA
Das wäre genug negative Energie für mich, um diesen Ort zu verlassen.
Das ist der perfekte Plan!
Und dann können wir endlich da draußen gemeinsam Unheil stiften.

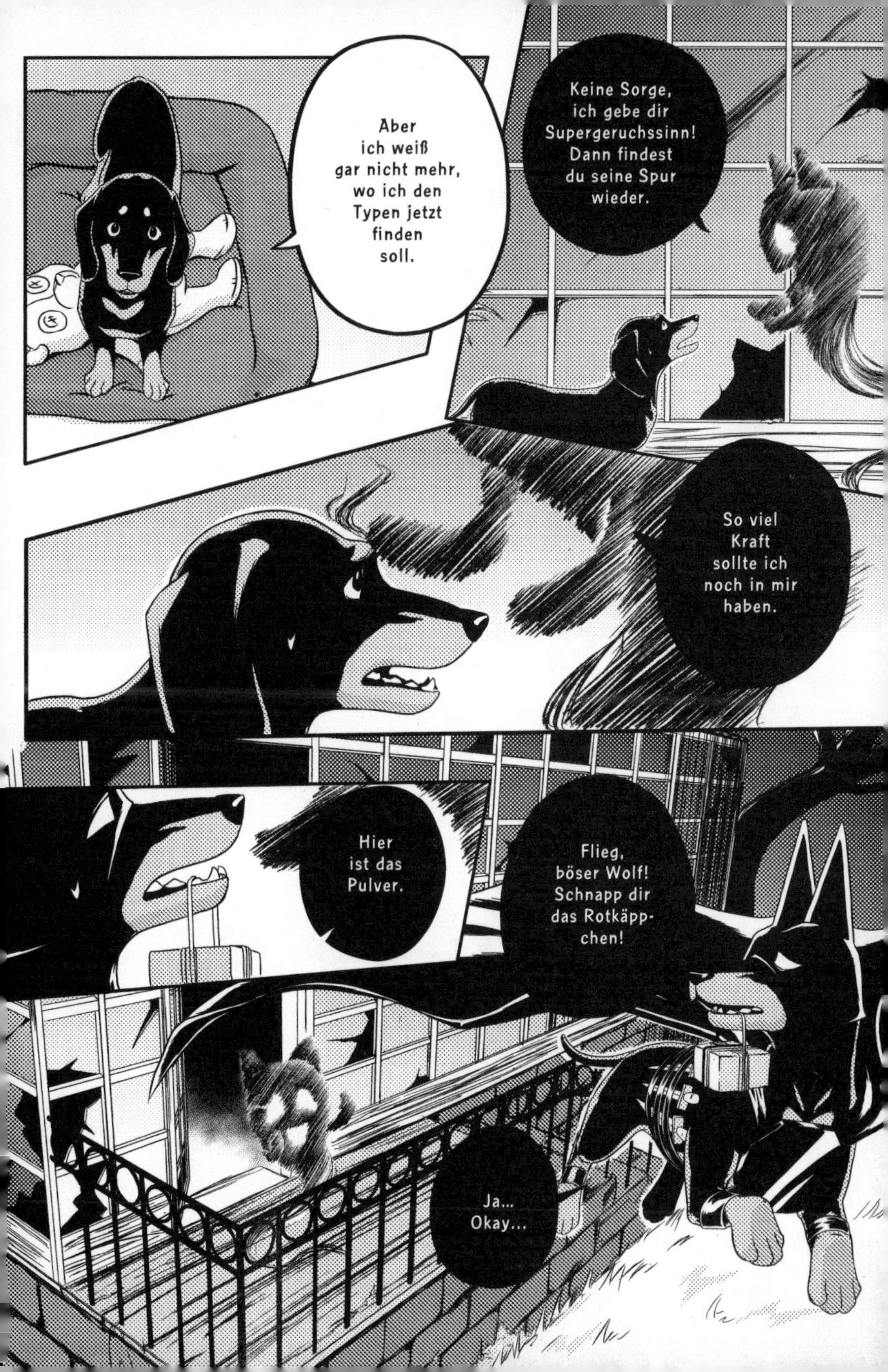
Aber ich weiß gar nicht mehr, wo ich den Typen jetzt finden soll.
Keine Sorge, ich gebe dir Supergeruchssinn! Dann findest du seine Spur wieder.
So viel Kraft sollte ich noch in mir haben.
Hier ist das Pulver.
Flieg, böser Wolf! Schnapp dir das Rotkäpp-chen!
Ja... Okay...

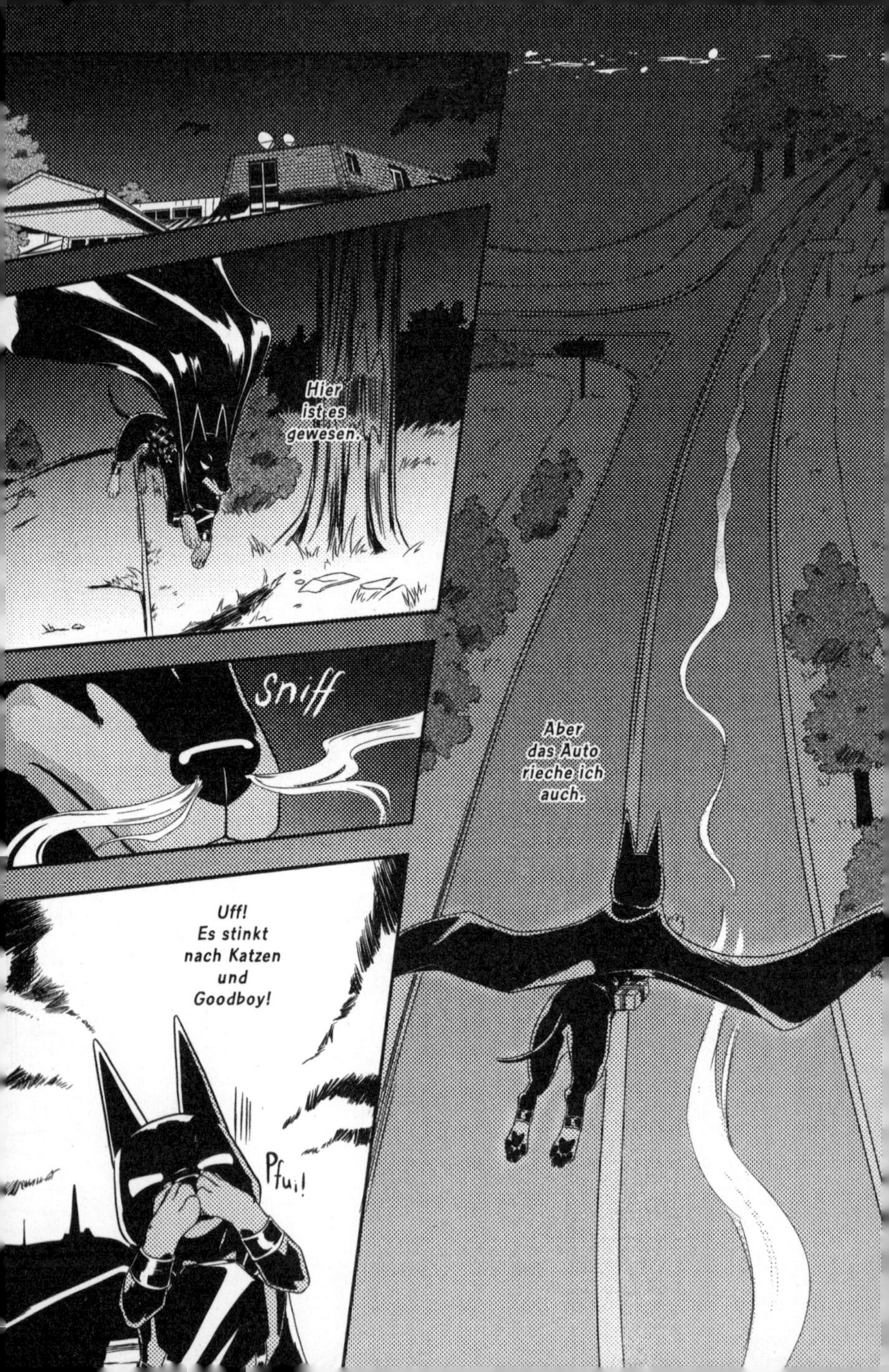
Hier ist es gewesen.
Sniff
Uff! Es stinkt nach Katzen und Goodboy!
Pfui!
Aber das Auto rieche ich auch.

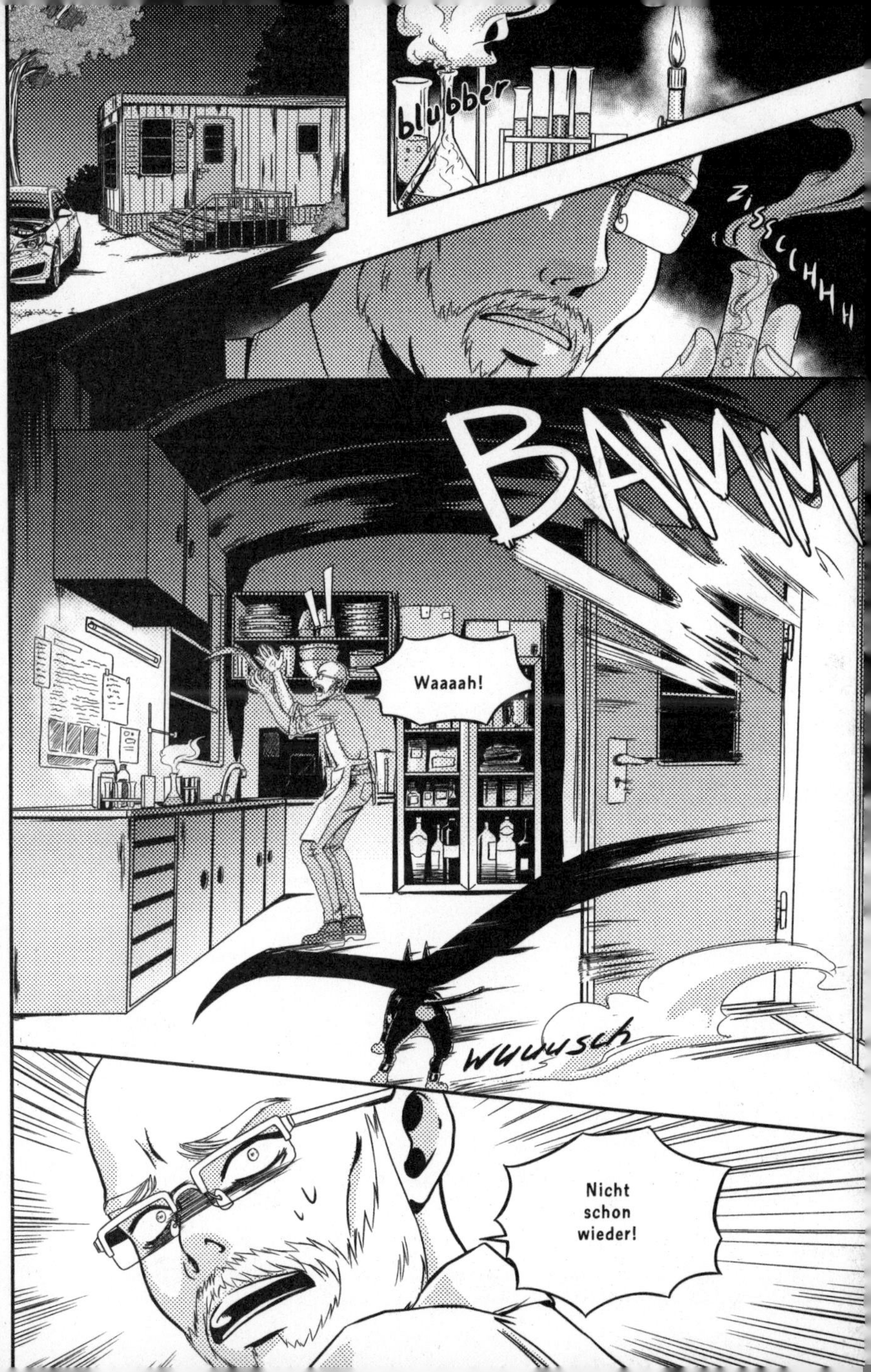
blubber
ZISSCHHHH
BAMM
Waaaah!
wuuusch
Nicht schon wieder!

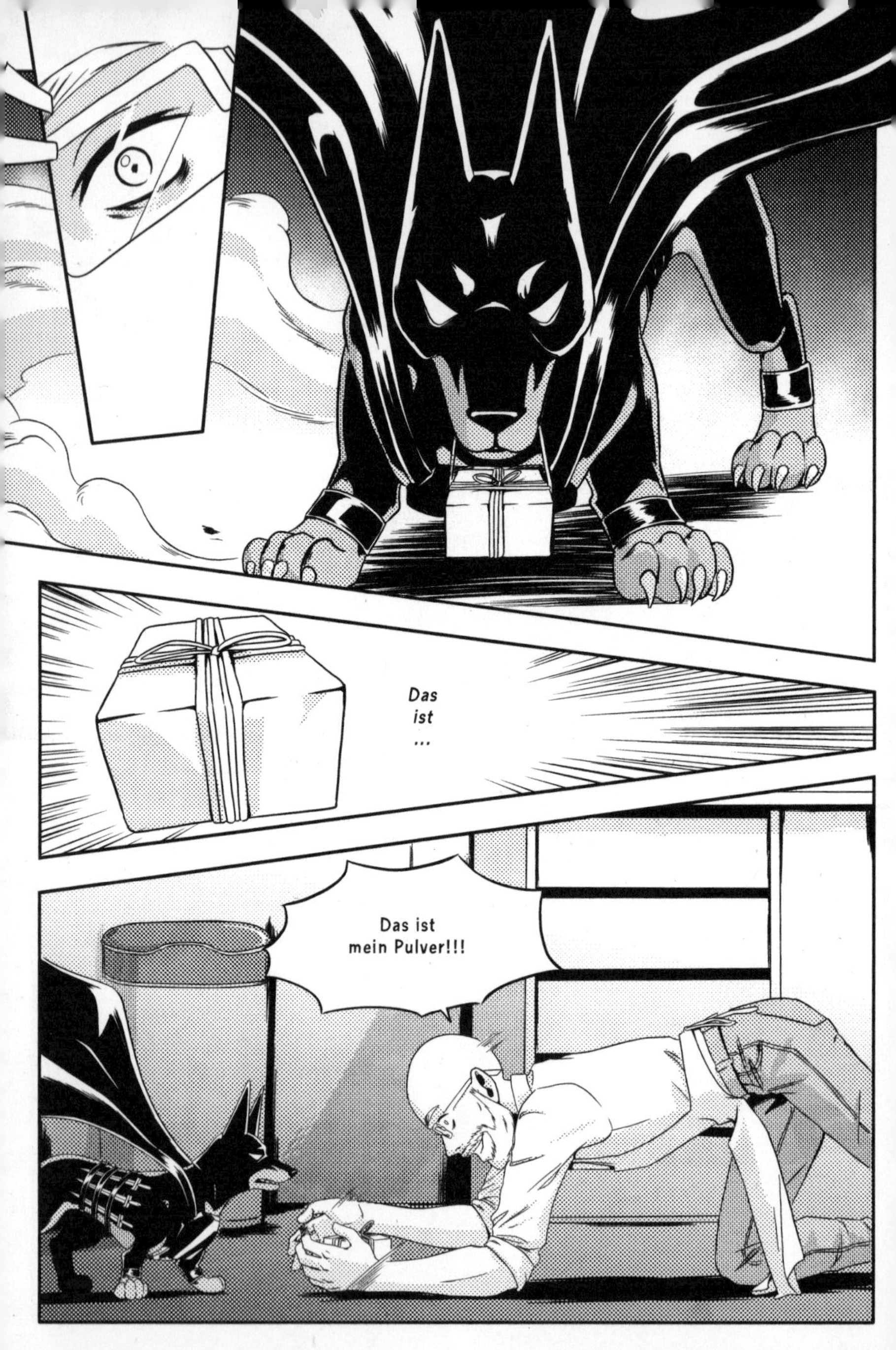
Das ist ...
Das ist mein Pulver!!!

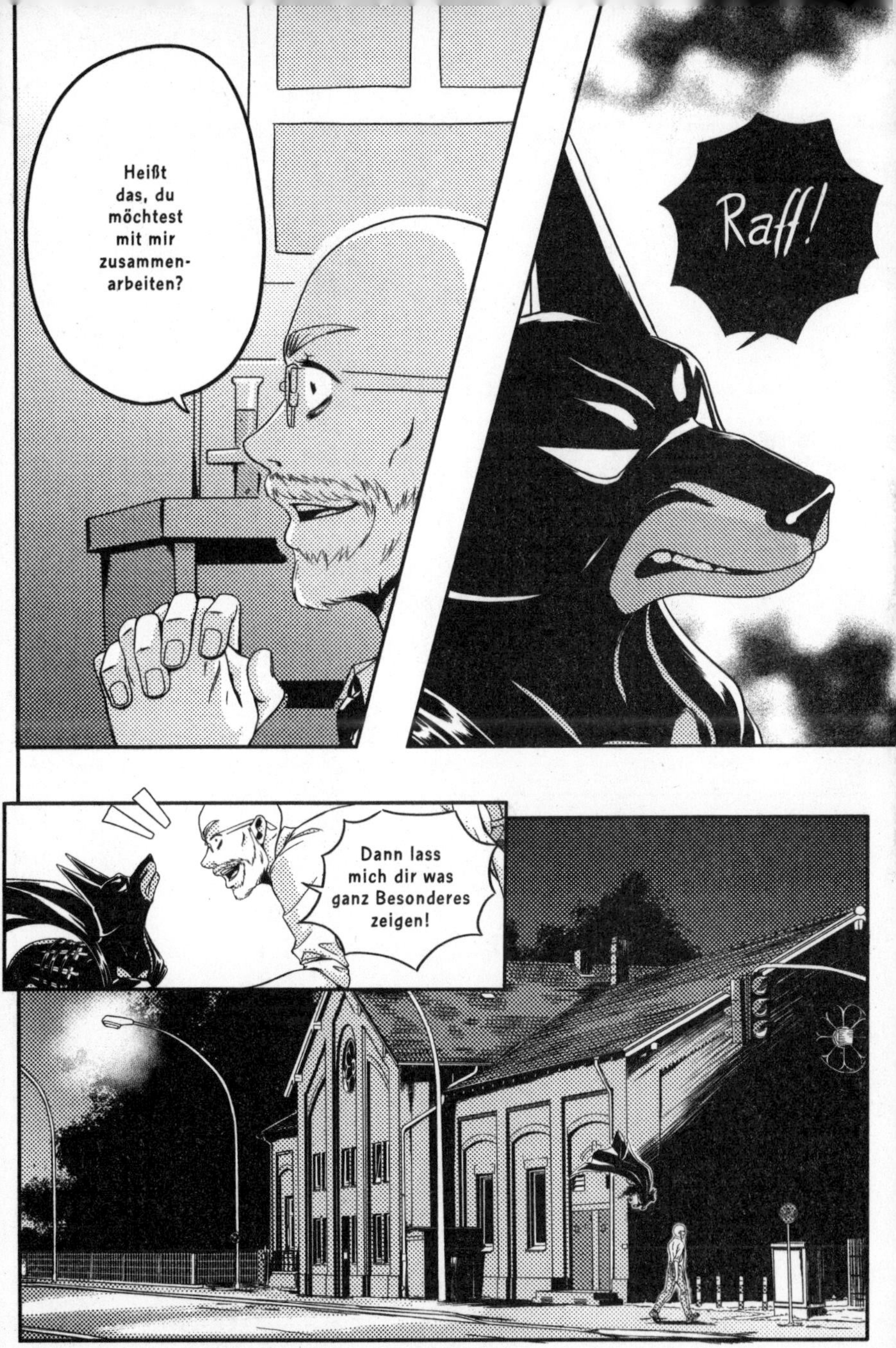
Raff!
Heißt das, du möchtest mit mir zusammen-arbeiten?
Dann lass mich dir was ganz Besonderes zeigen!

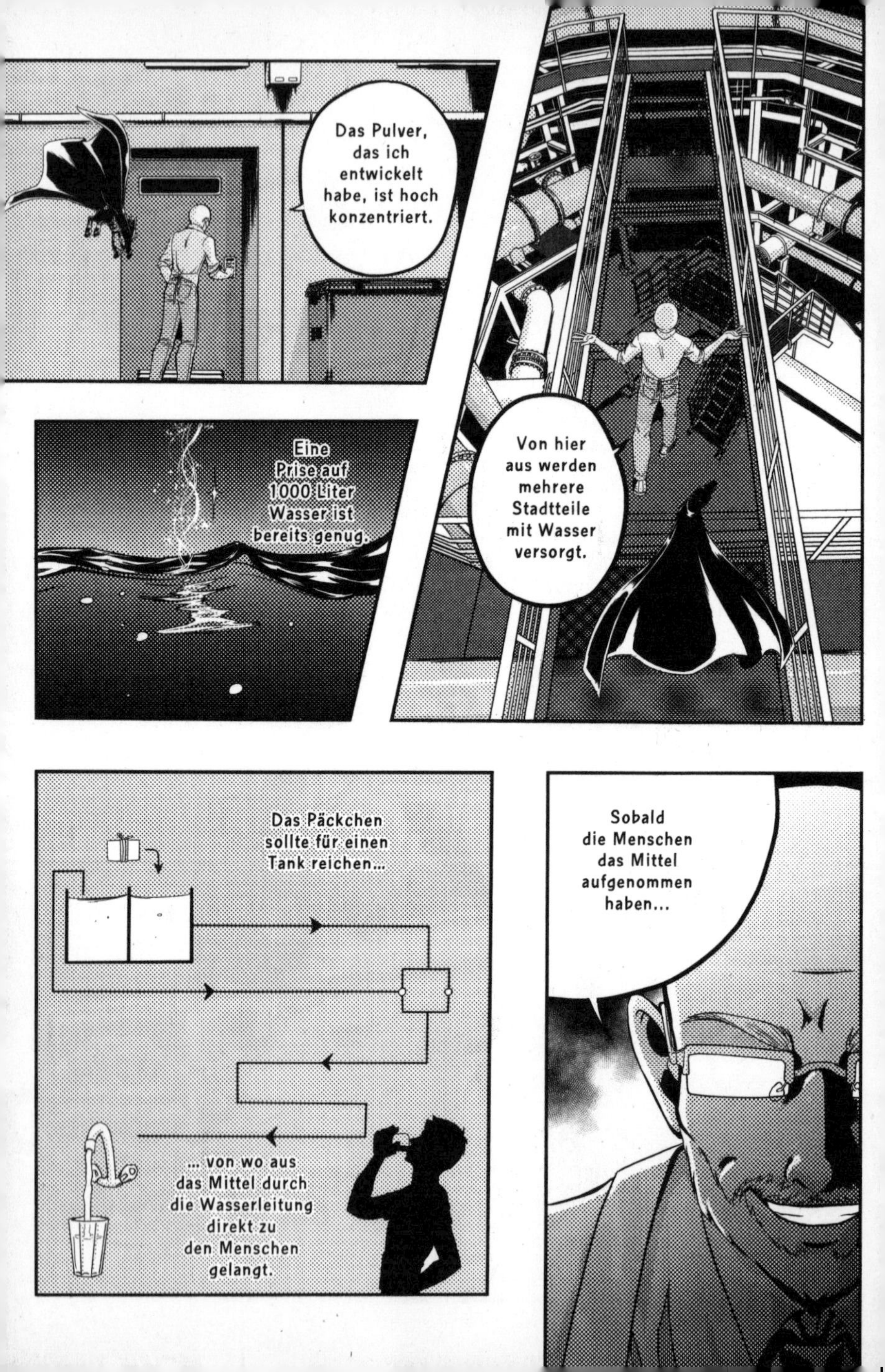
Das Pulver, das ich entwickelt habe, ist hoch konzentriert.
Eine Prise auf 1000 Liter Wasser ist bereits genug.
Von hier aus werden mehrere Stadtteile mit Wasser versorgt.
Das Päckchen sollte für einen Tank reichen...
... von wo aus das Mittel durch die Wasserleitung direkt zu den Menschen gelangt.
Sobald die Menschen das Mittel aufgenommen haben...

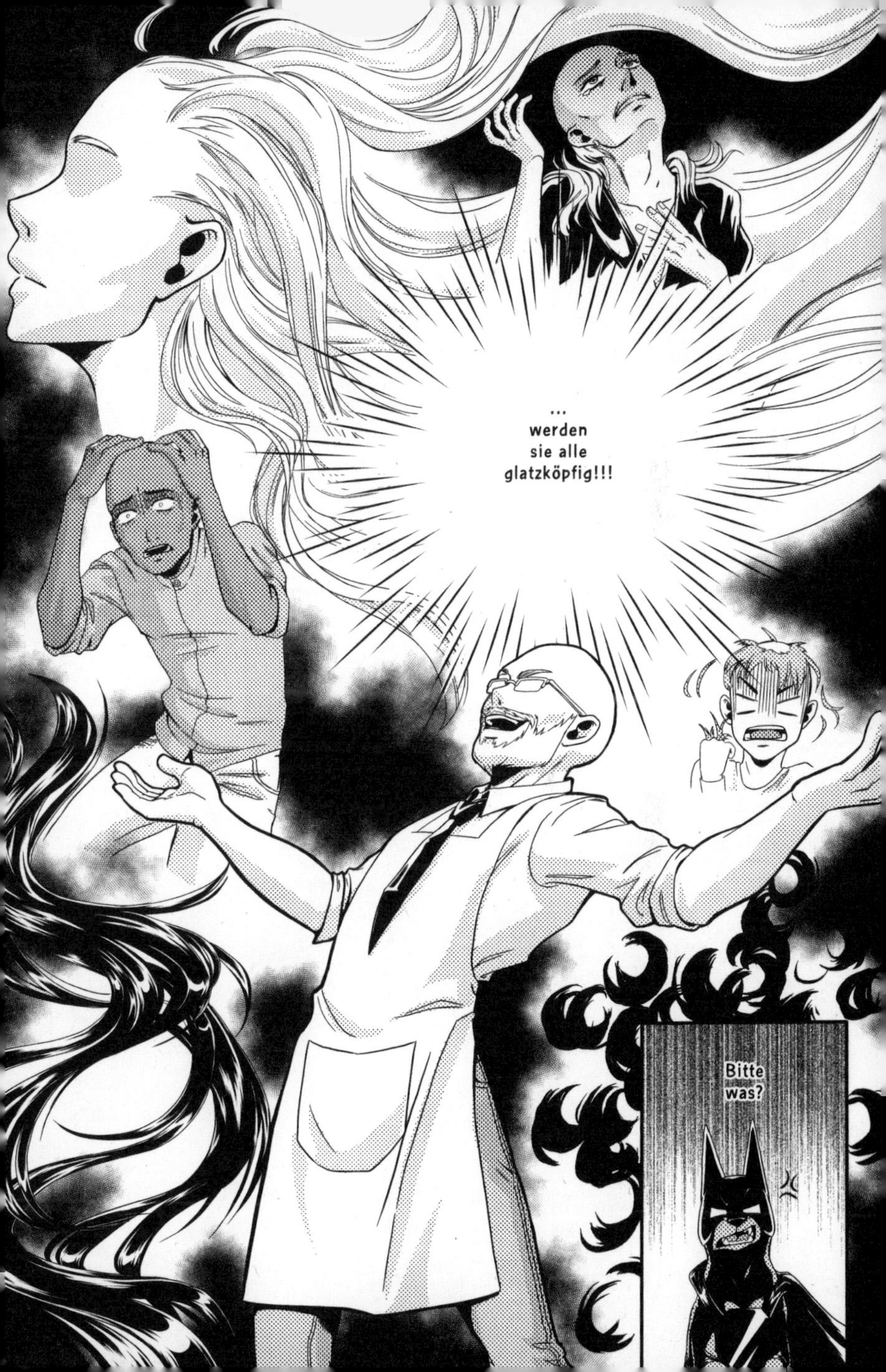

... werden sie alle glatzköpfig!!!
Bitte was?

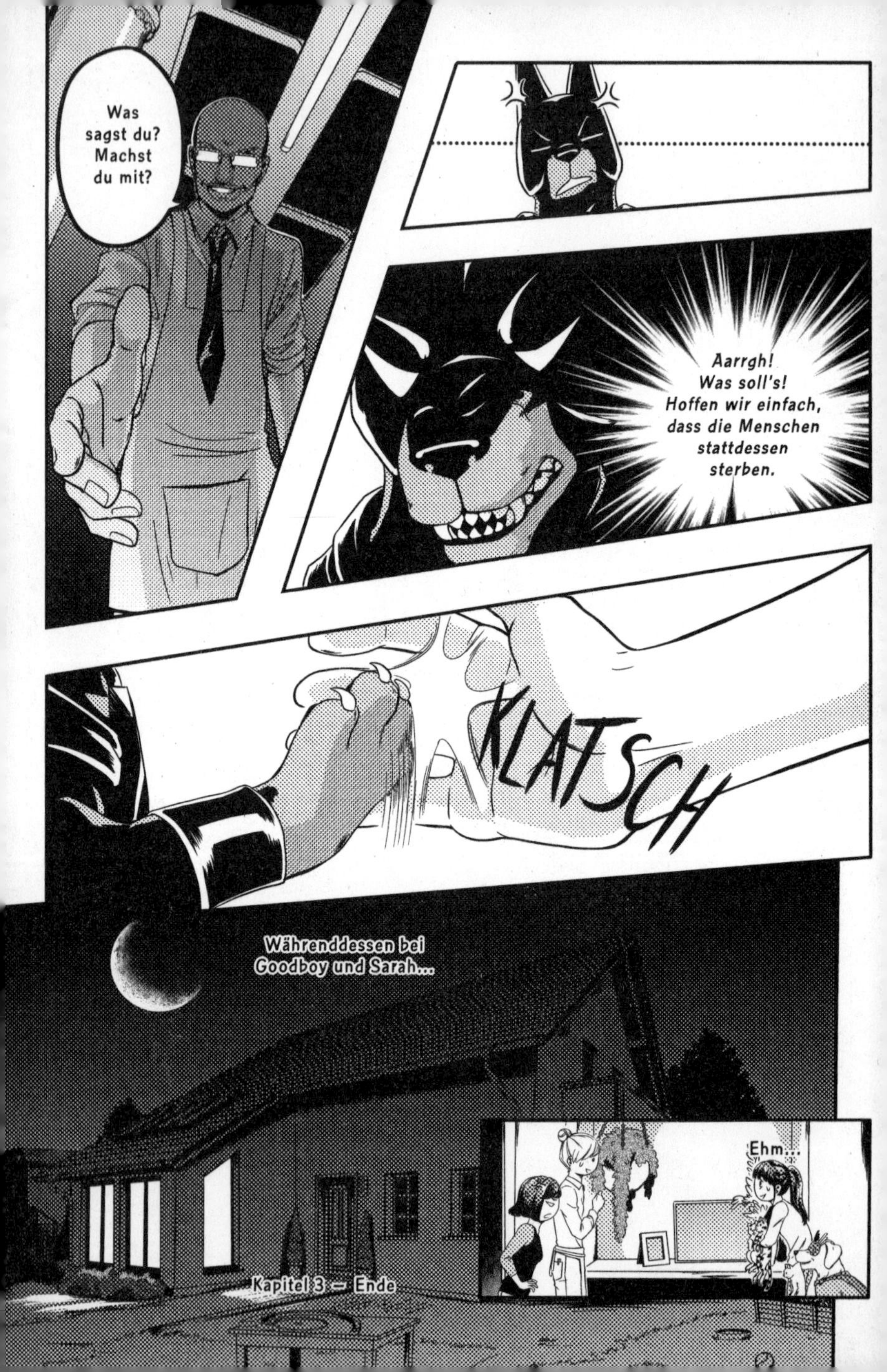
Was sagst du? Machst du mit?
....
Aarrgh! Was soll's! Hoffen wir einfach, dass die Menschen stattdessen sterben.
KLATSCH
Währenddessen bei Goodboy und Sarah...
Ehm...
Kapitel 3 – Ende

Kapitel 4: Die Strafe

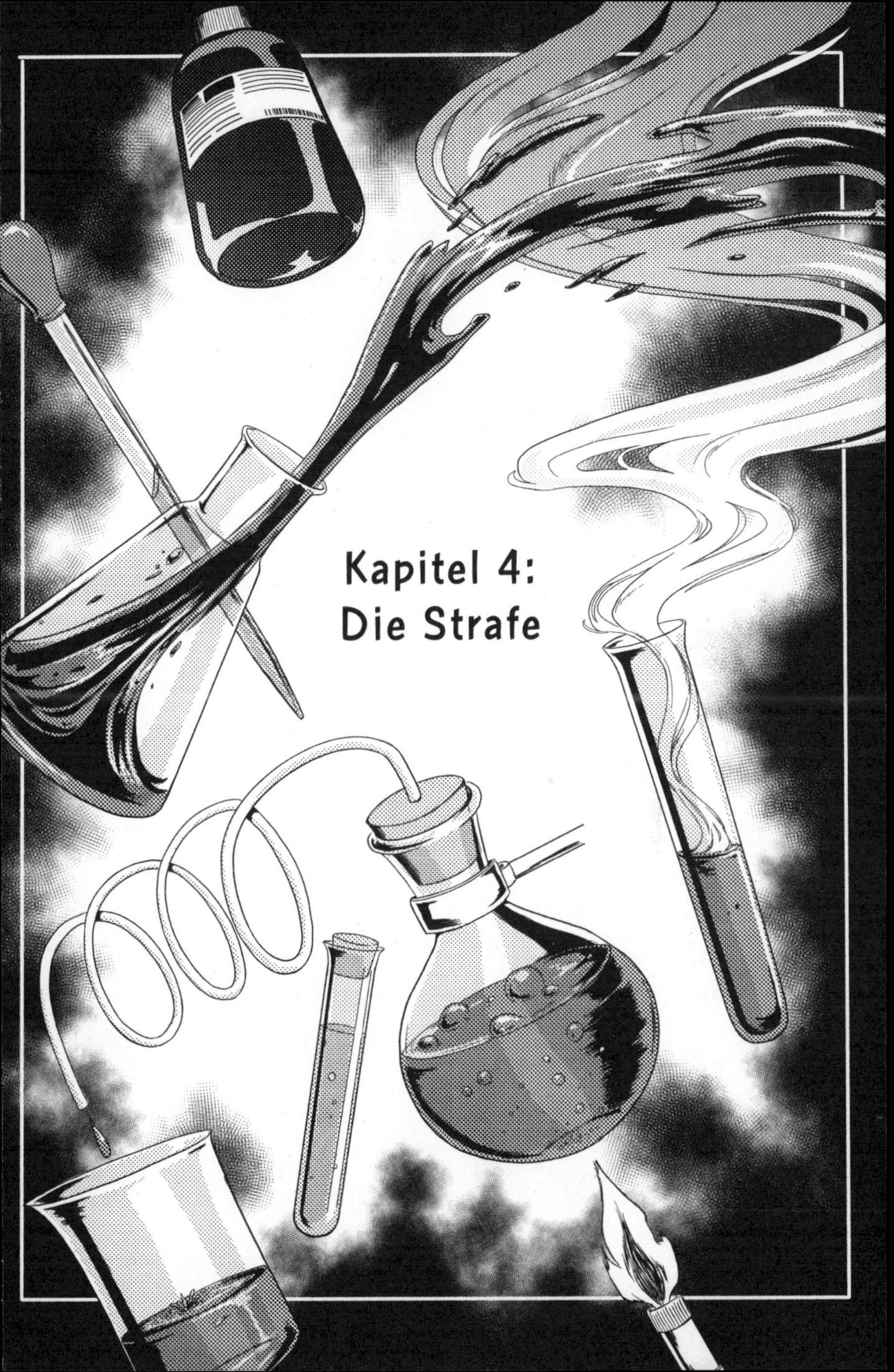

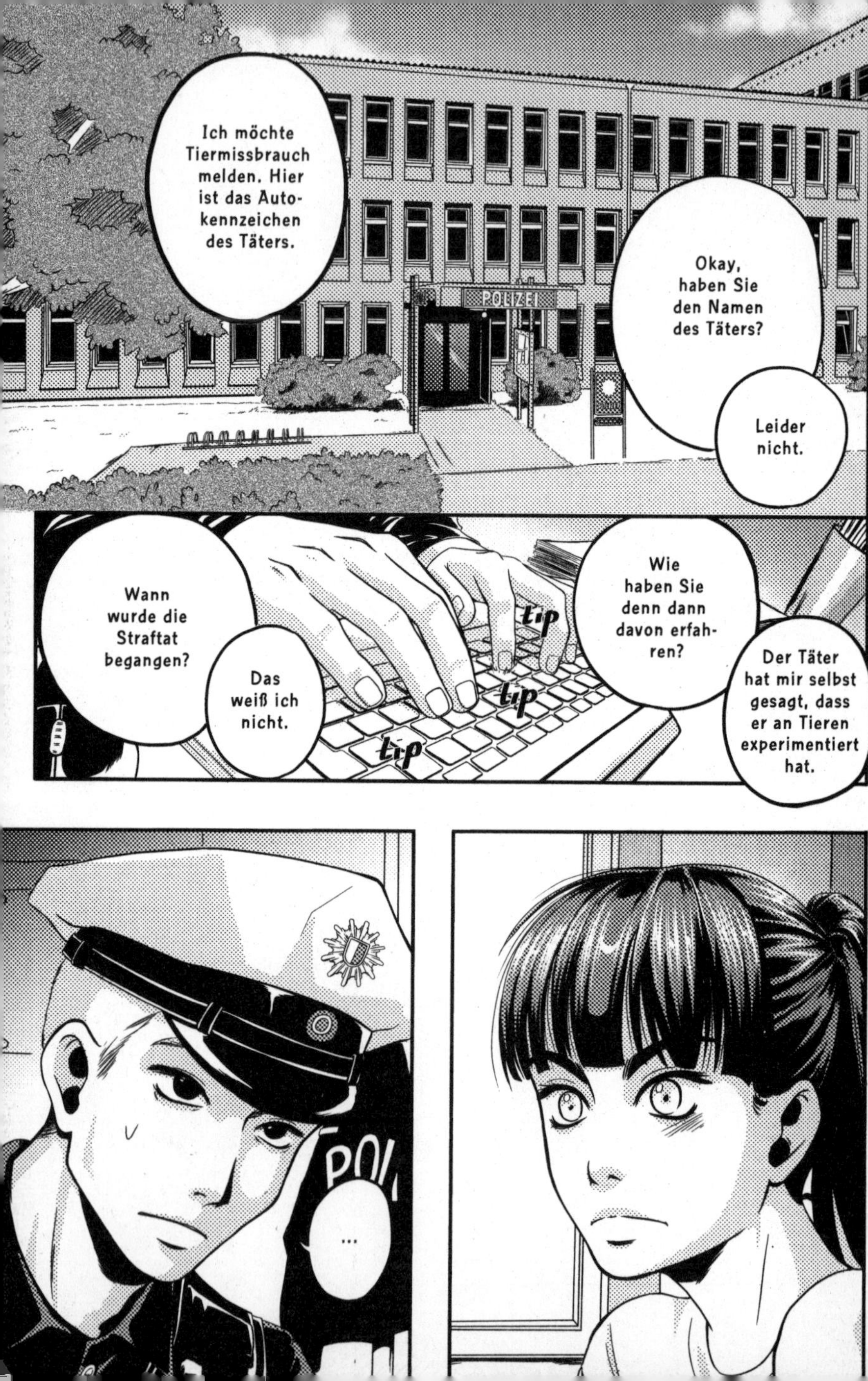
Ich möchte Tiermissbrauch melden. Hier ist das Autokennzeichen des Täters.
POLIZEI
Okay, haben Sie den Namen des Täters?
Leider nicht.
Wann wurde die Straftat begangen?
Das weiß ich nicht.
tip
tip
tip
Wie haben Sie denn dann davon erfahren?
Der Täter hat mir selbst gesagt, dass er an Tieren experimentiert hat.
...

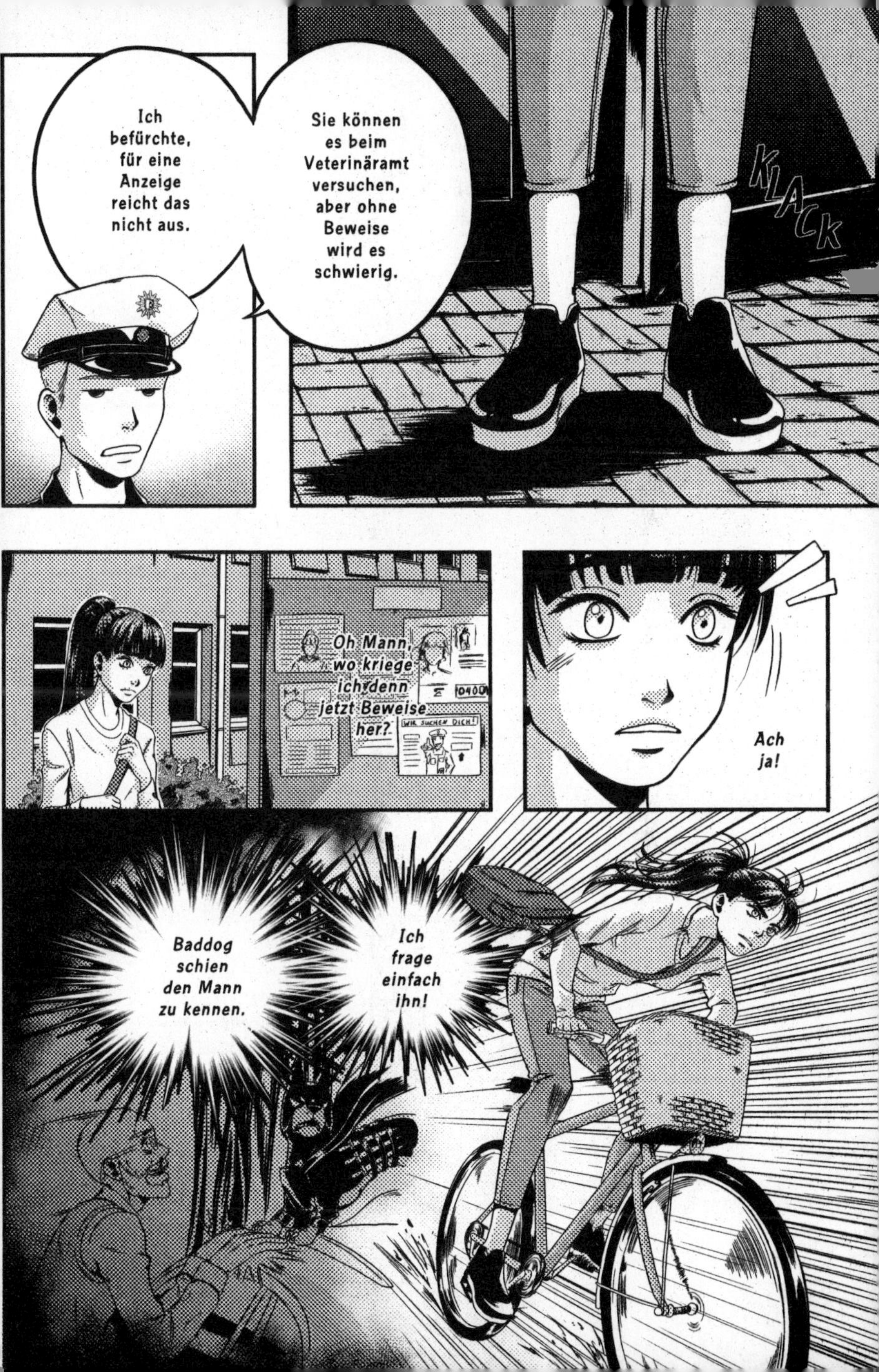
Ich befürchte, für eine Anzeige reicht das nicht aus.
Sie können es beim Veterinäramt versuchen, aber ohne Beweise wird es schwierig.
KLACK
Oh Mann, wo kriege ich denn jetzt Beweise her?
WIR SUCHEN DICH!
Ach ja!
Baddog schien den Mann zu kennen.
Ich frage einfach ihn!

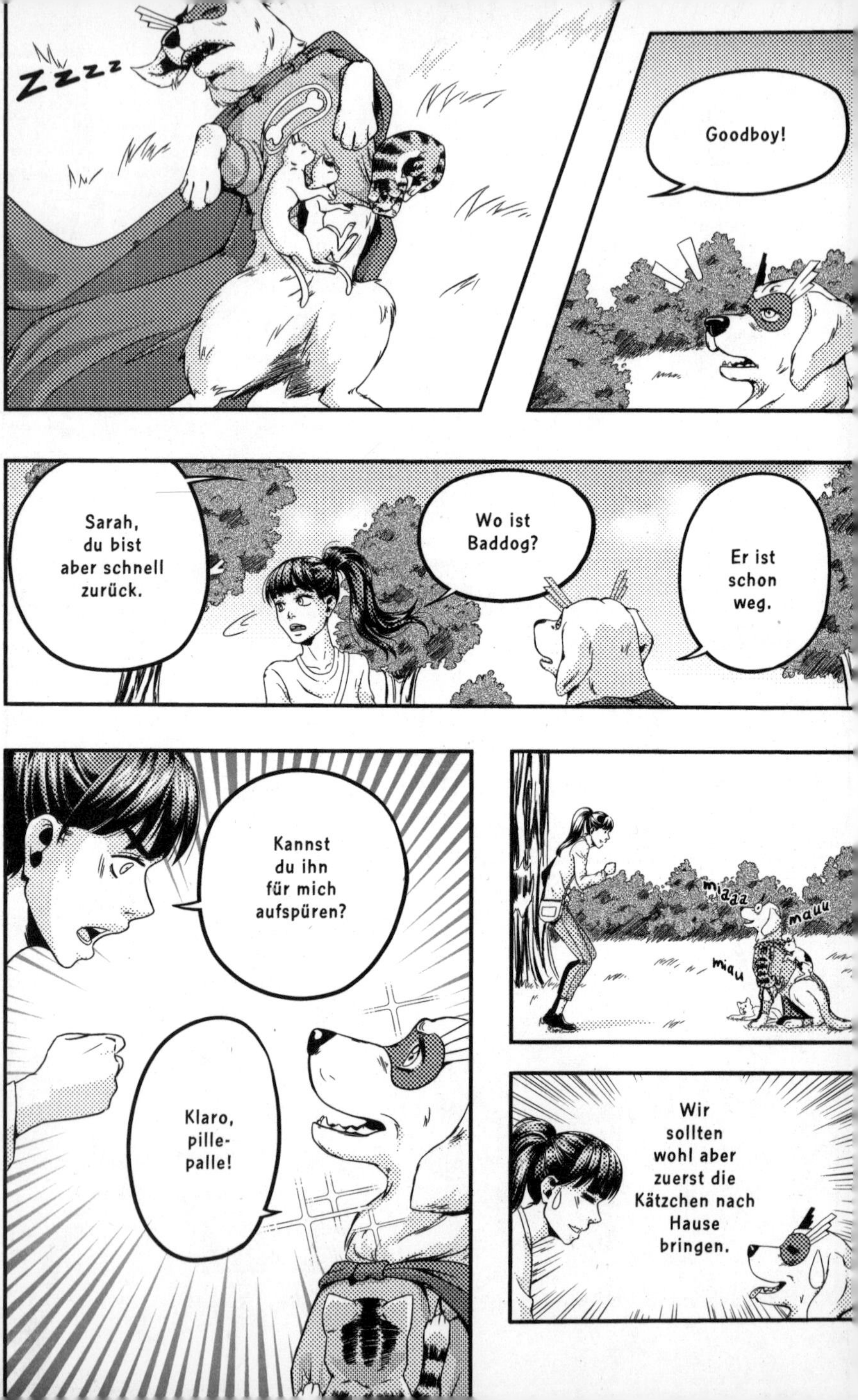
ZZZZ
Goodboy!
Sarah, du bist aber schnell zurück.
Wo ist Baddog?
Er ist schon weg.
Kannst du ihn für mich aufspüren?
Klaro, pille-palle!
miaaa
mauu
miau
Wir sollten wohl aber zuerst die Kätzchen nach Hause bringen.

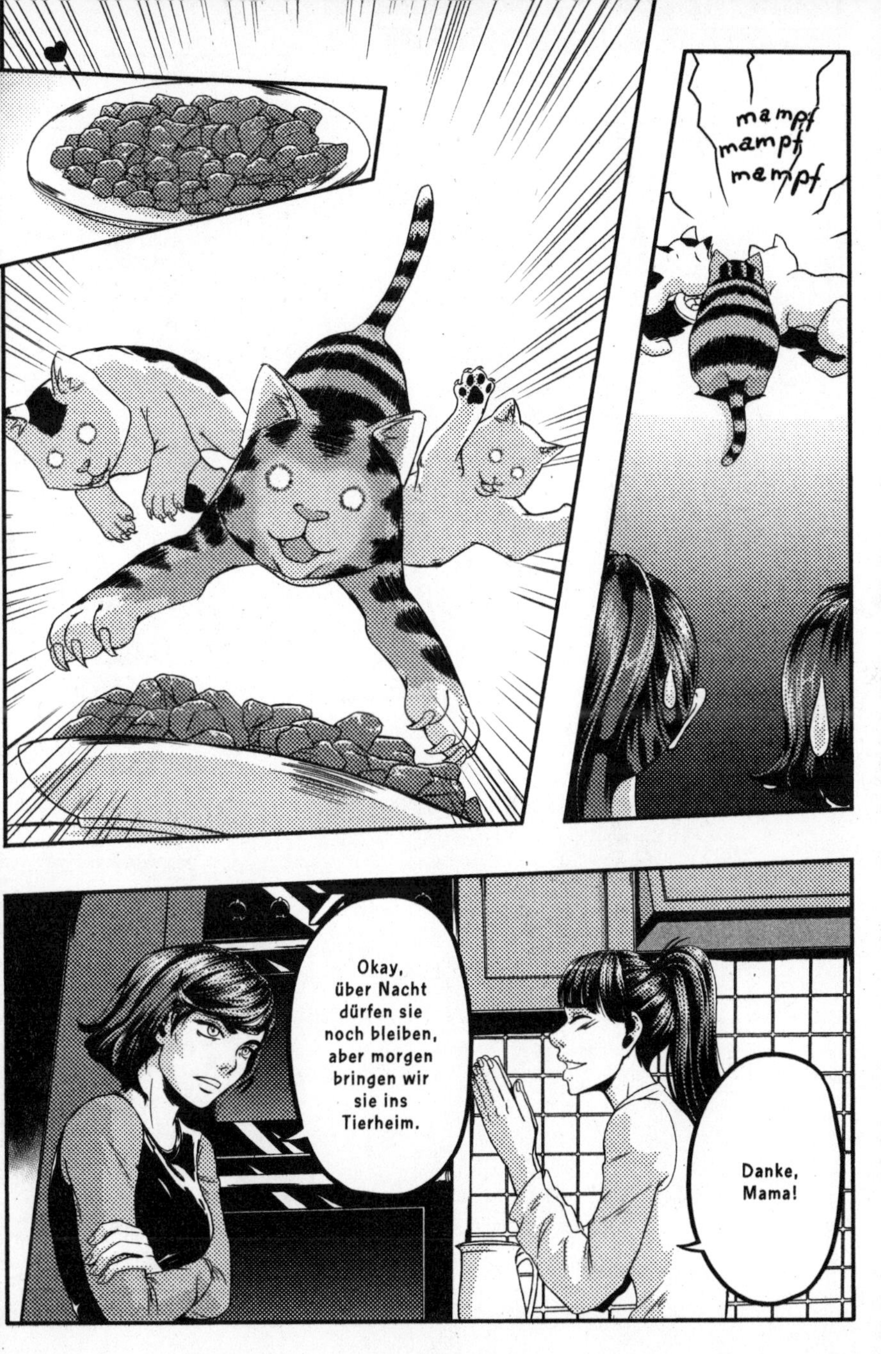
mampf
mampf
mampf
Okay, über Nacht dürfen sie noch bleiben, aber morgen bringen wir sie ins Tierheim.
Danke, Mama!

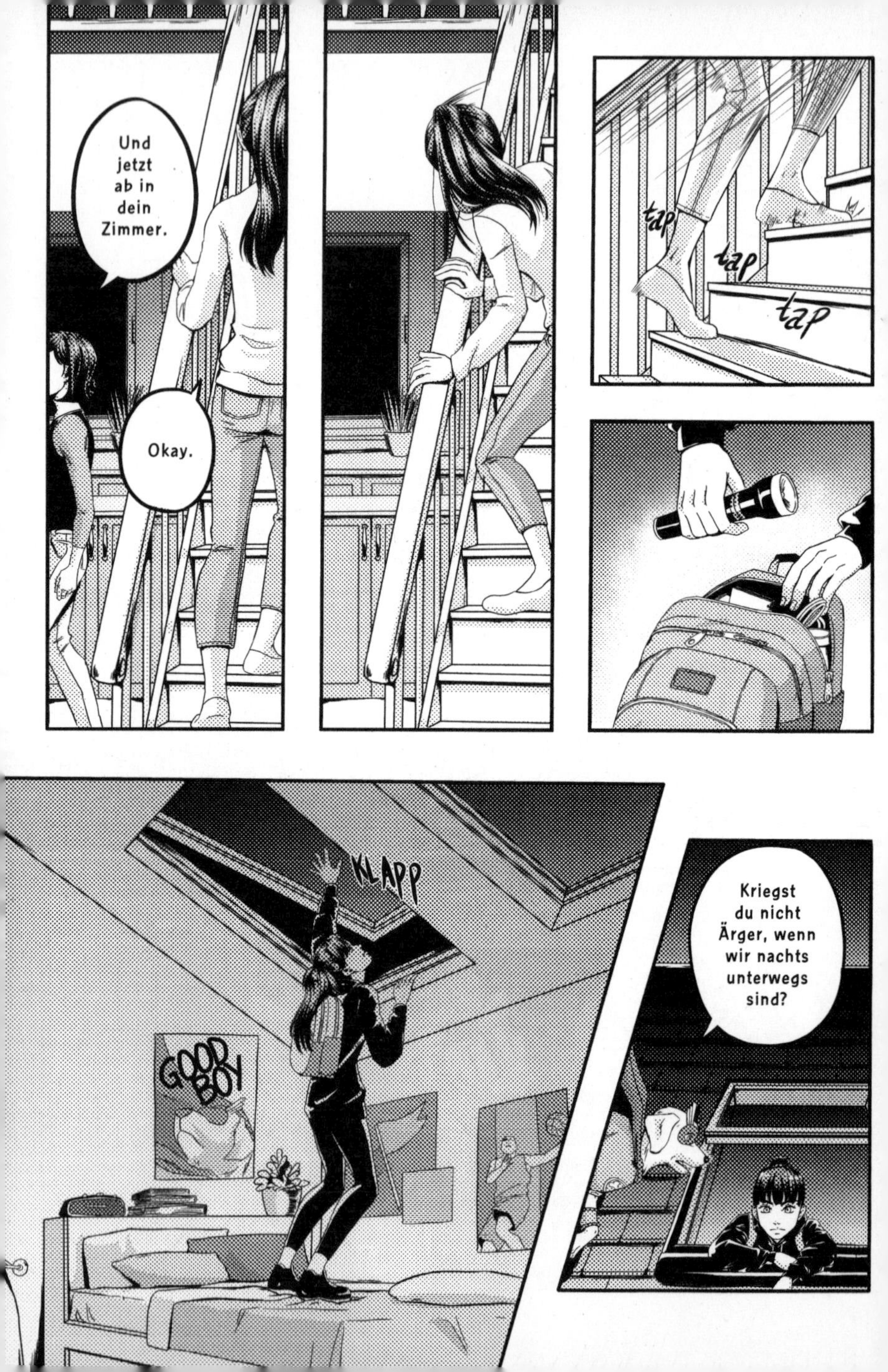
Und jetzt ab in dein Zimmer.
Okay.
tap
tap
tap
KLAPP
GOOD BOY
Kriegst du nicht Ärger, wenn wir nachts unterwegs sind?

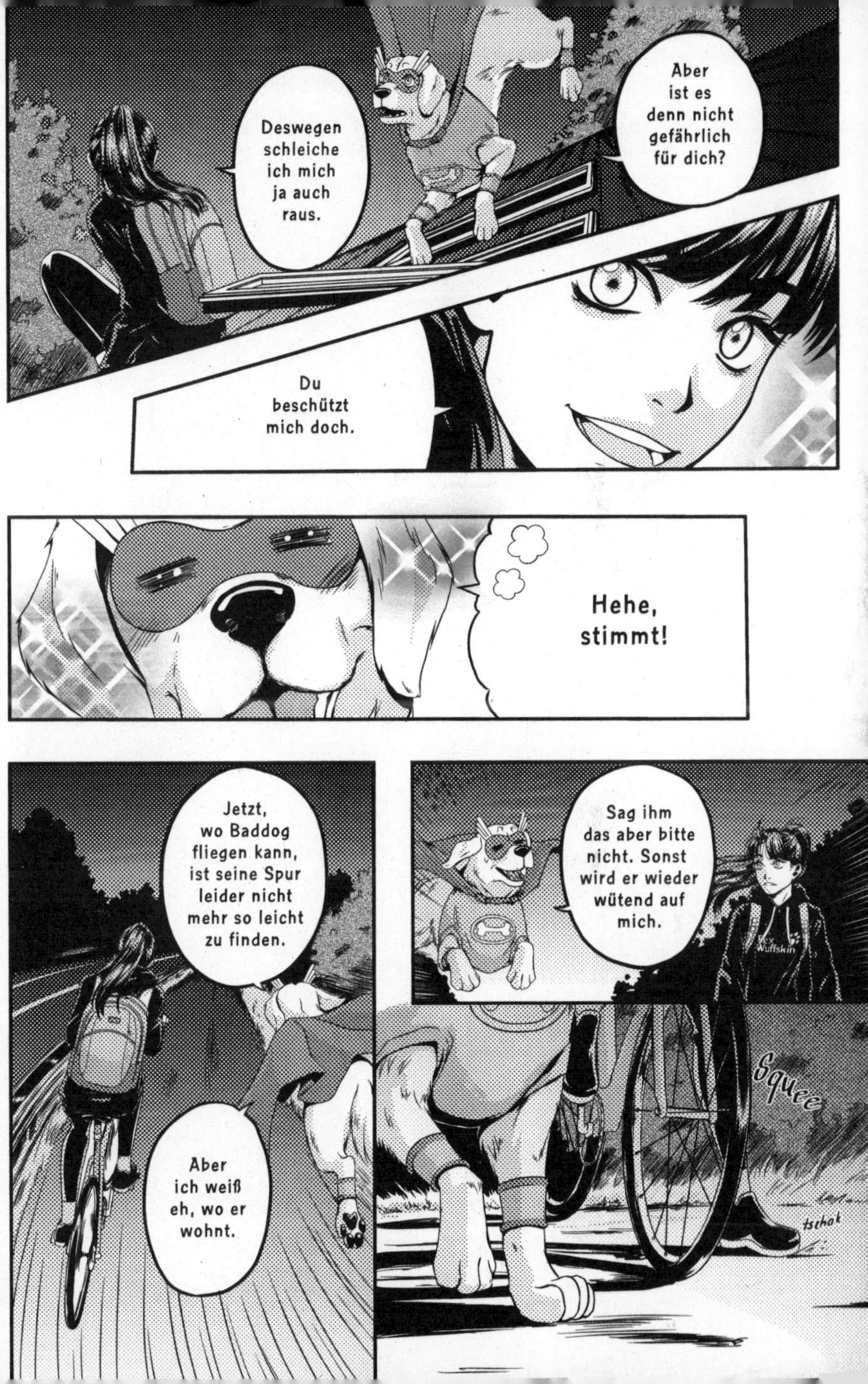
Deswegen schleiche ich mich ja auch raus.
Aber ist es denn nicht gefährlich für dich?
Du beschützt mich doch.
Hehe, stimmt!
Jetzt, wo Baddog fliegen kann, ist seine Spur leider nicht mehr so leicht zu finden.
Aber ich weiß eh, wo er wohnt.
Sag ihm das aber bitte nicht. Sonst wird er wieder wütend auf mich.
Squee
tschak

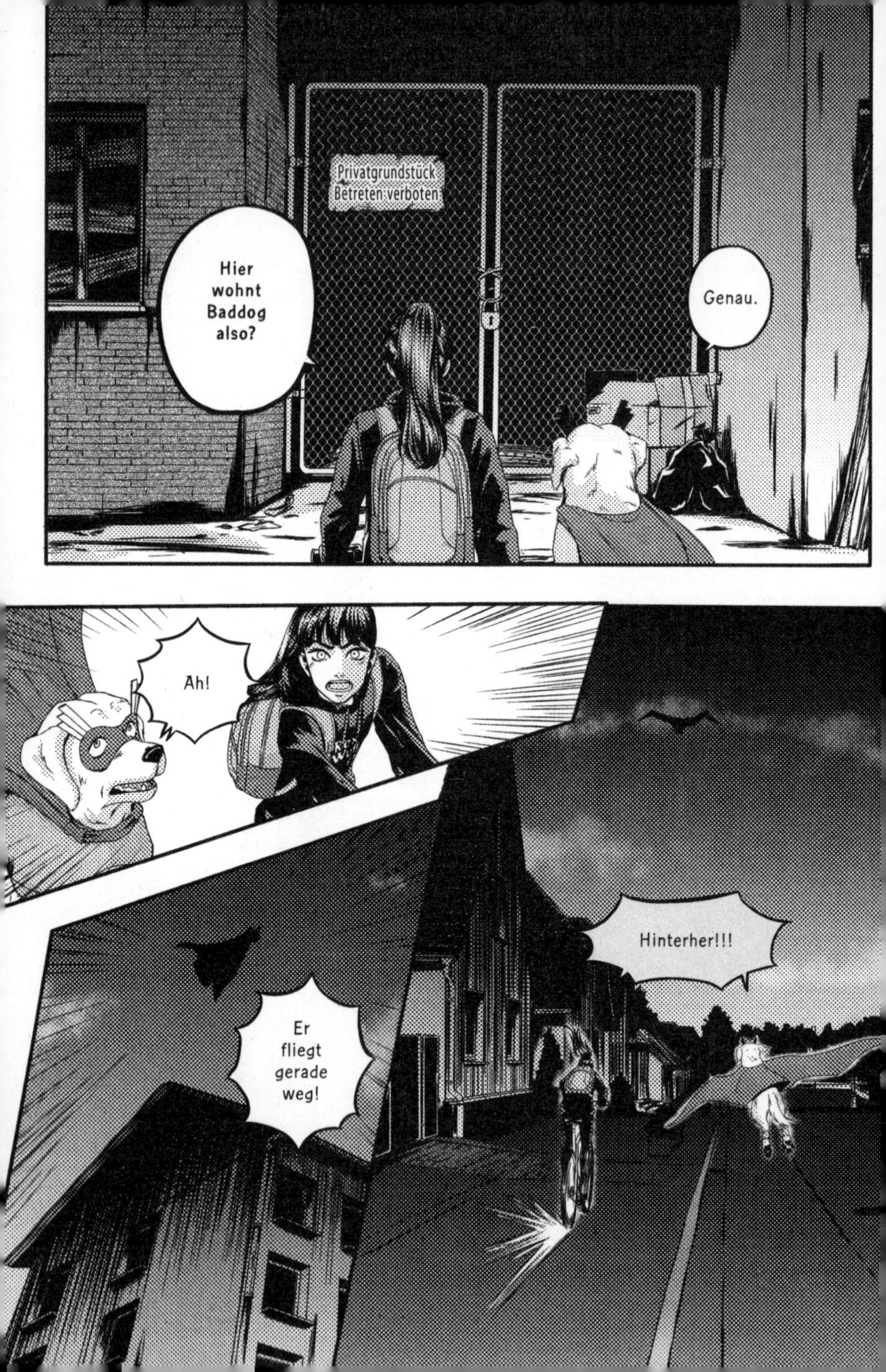
Privatgrundstück
Betreten verboten
Hier wohnt Baddog also?
Genau.
Ah!
Er fliegt gerade weg!
Hinterher!!!

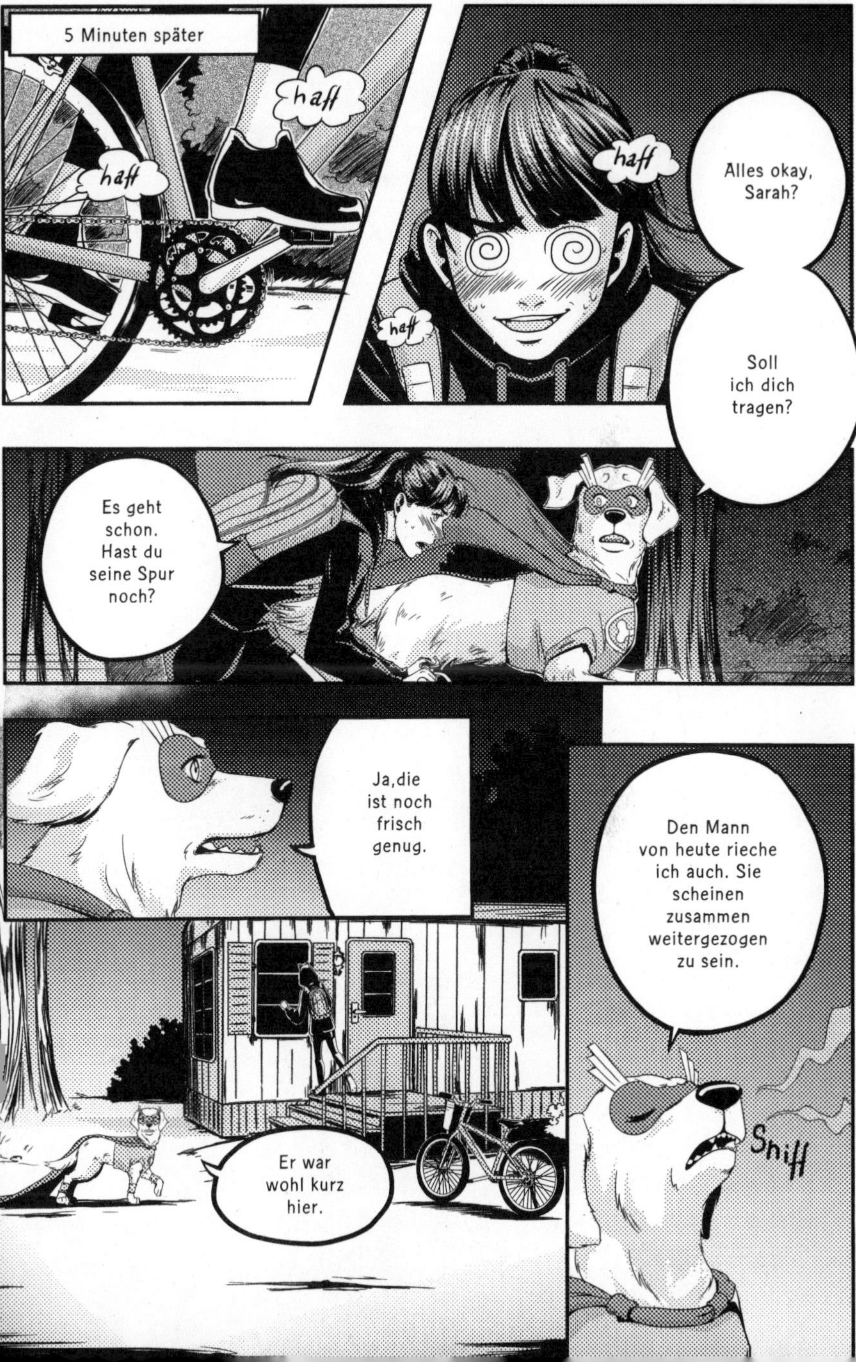
5 Minuten später
haff
haff
haff
haff
Alles okay, Sarah?
Soll ich dich tragen?
Es geht schon. Hast du seine Spur noch?
Ja,die ist noch frisch genug.
Den Mann von heute rieche ich auch. Sie scheinen zusammen weitergezogen zu sein.
Sniff
Er war wohl kurz hier.

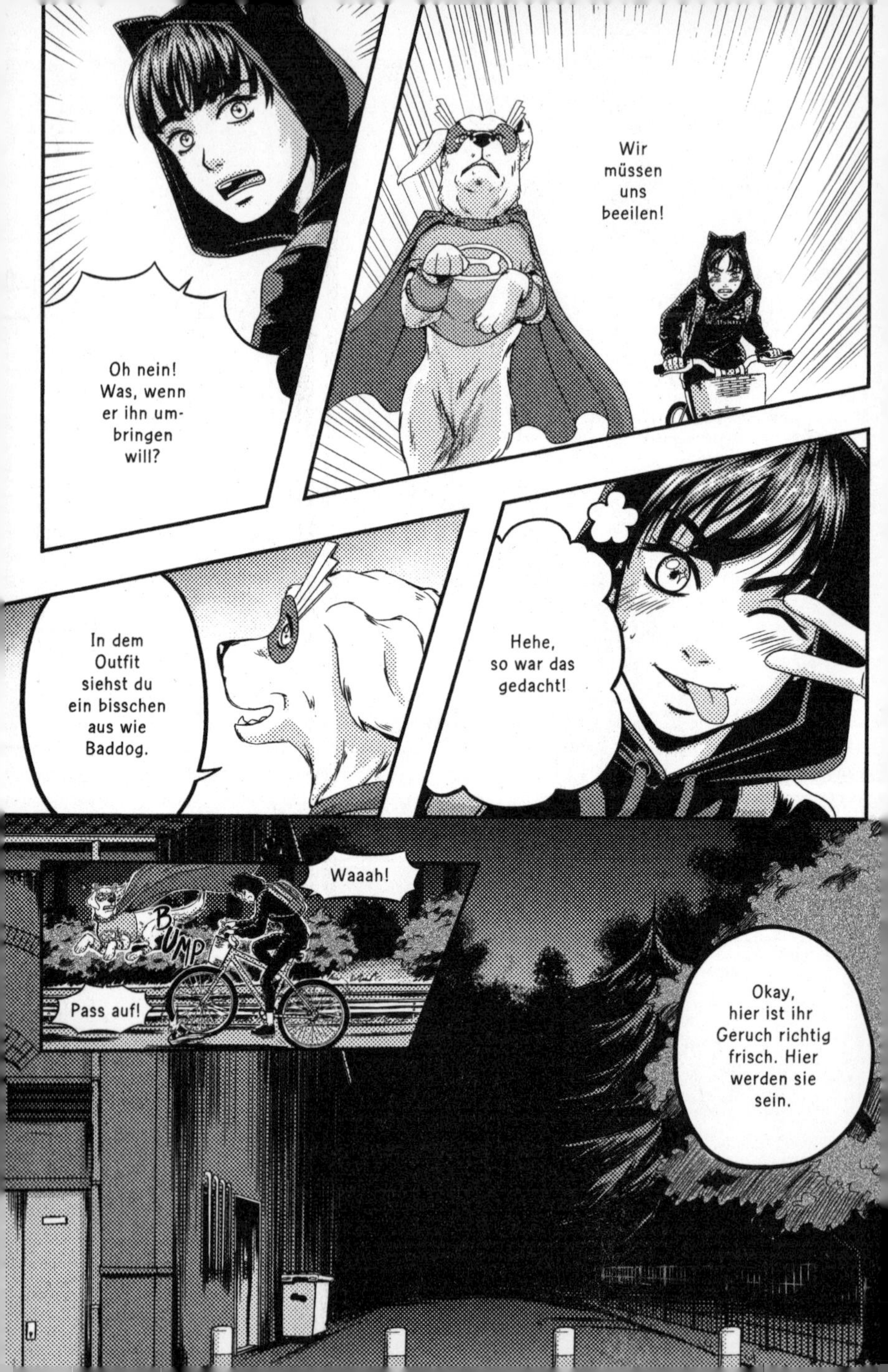

Wir müssen uns beeilen!
Oh nein! Was, wenn er ihn umbringen will?
Hehe, so war das gedacht!
In dem Outfit siehst du ein bisschen aus wie Baddog.
Okay, hier ist ihr Geruch richtig frisch. Hier werden sie sein.
Waaah!
BUMP
Pass auf!

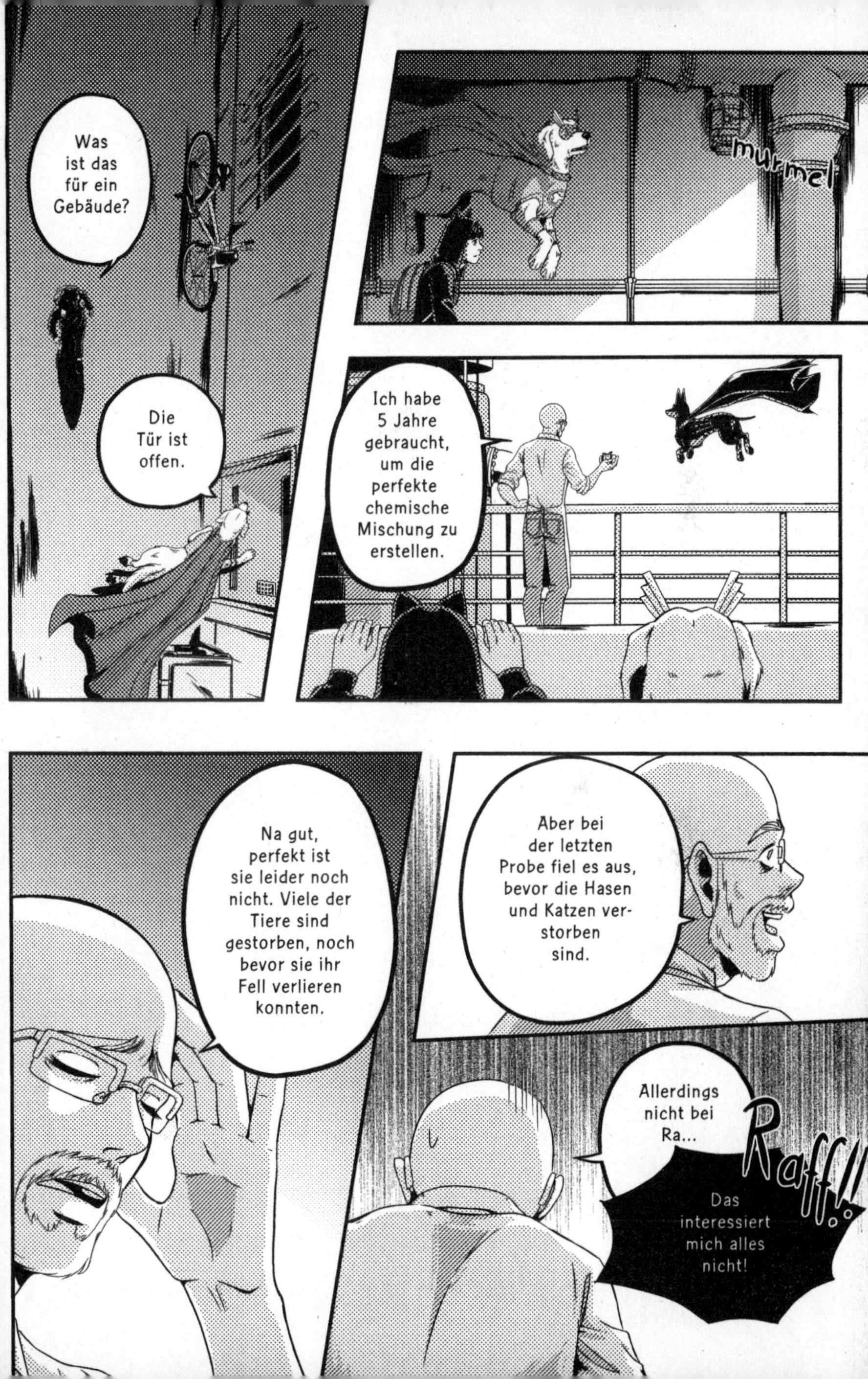
Was ist das für ein Gebäude?
murmel
Die Tür ist offen.
Ich habe 5 Jahre gebraucht, um die perfekte chemische Mischung zu erstellen.
Na gut, perfekt ist sie leider noch nicht. Viele der Tiere sind gestorben, noch bevor sie ihr Fell verlieren konnten.
Aber bei der letzten Probe fiel es aus, bevor die Hasen und Katzen verstorben sind.
Allerdings nicht bei Ra...
Raff!!
Das interessiert mich alles nicht!

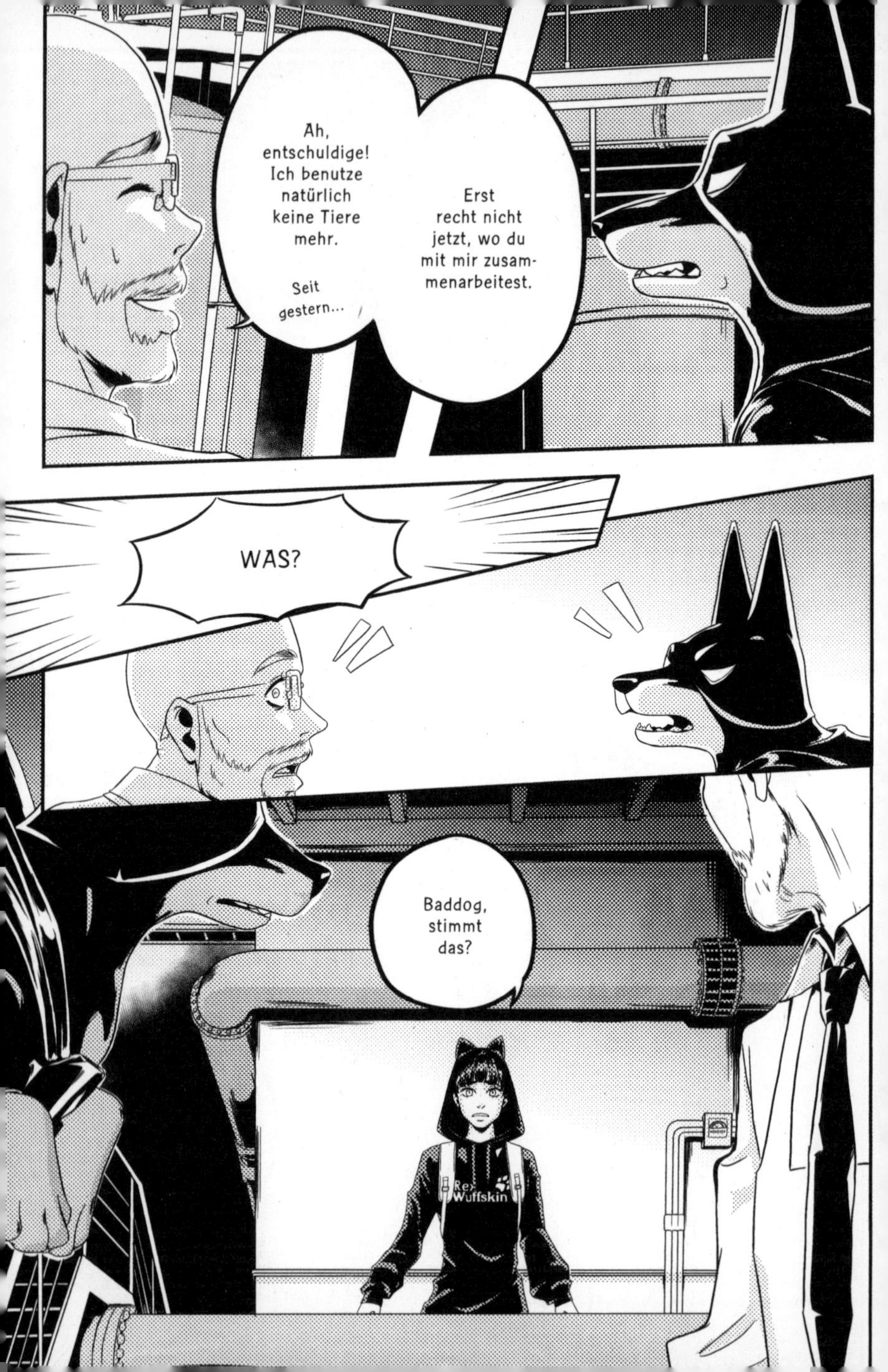
Ah, entschuldige! Ich benutze natürlich keine Tiere mehr.
Seit gestern...
Erst recht nicht jetzt, wo du mit mir zusammenarbeitest.
WAS?
Baddog, stimmt das?
Rex Wuffskin

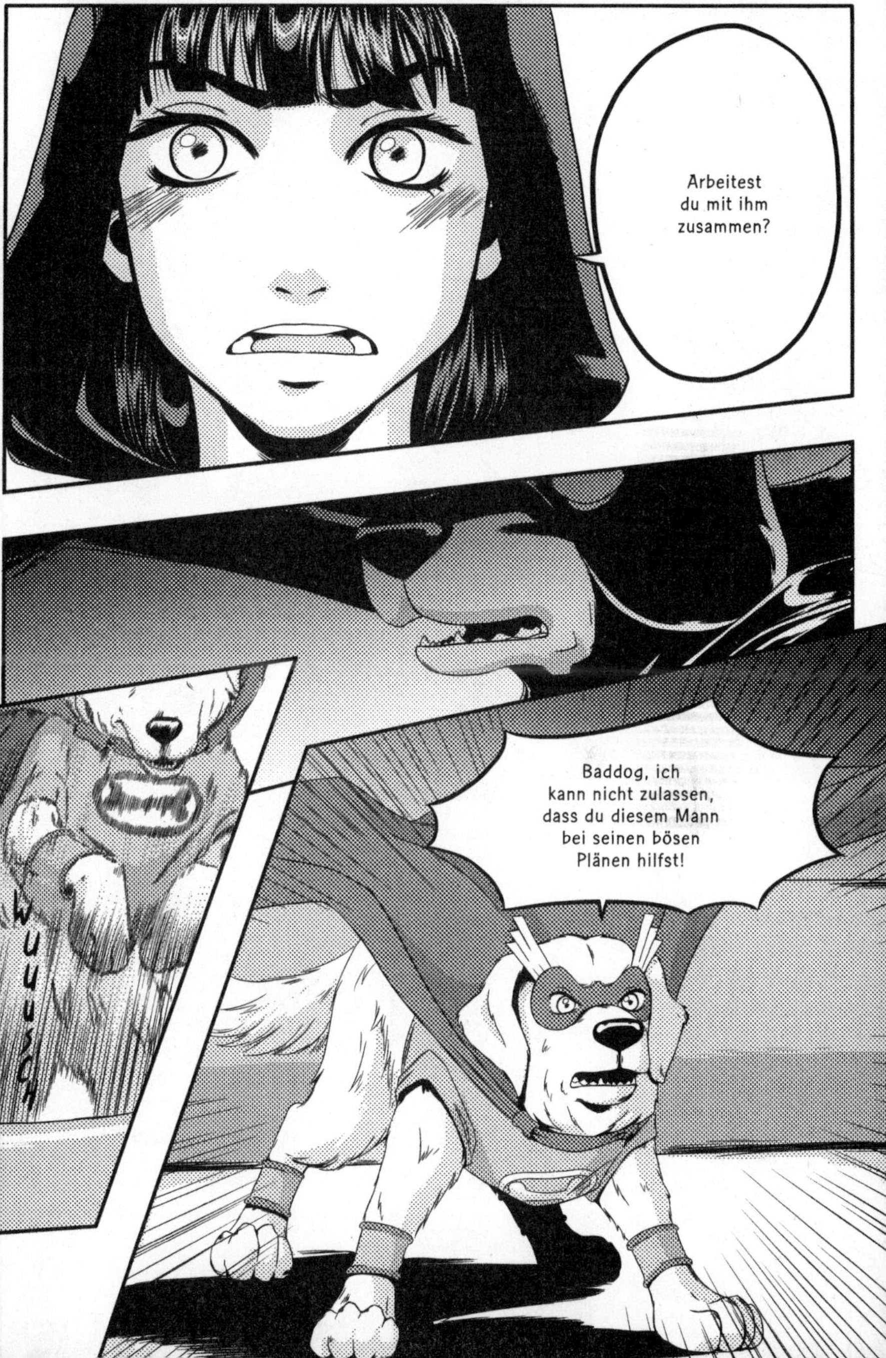
Arbeitest du mit ihm zusammen?
WUUUSCH
Baddog, ich kann nicht zulassen, dass du diesem Mann bei seinen bösen Plänen hilfst!

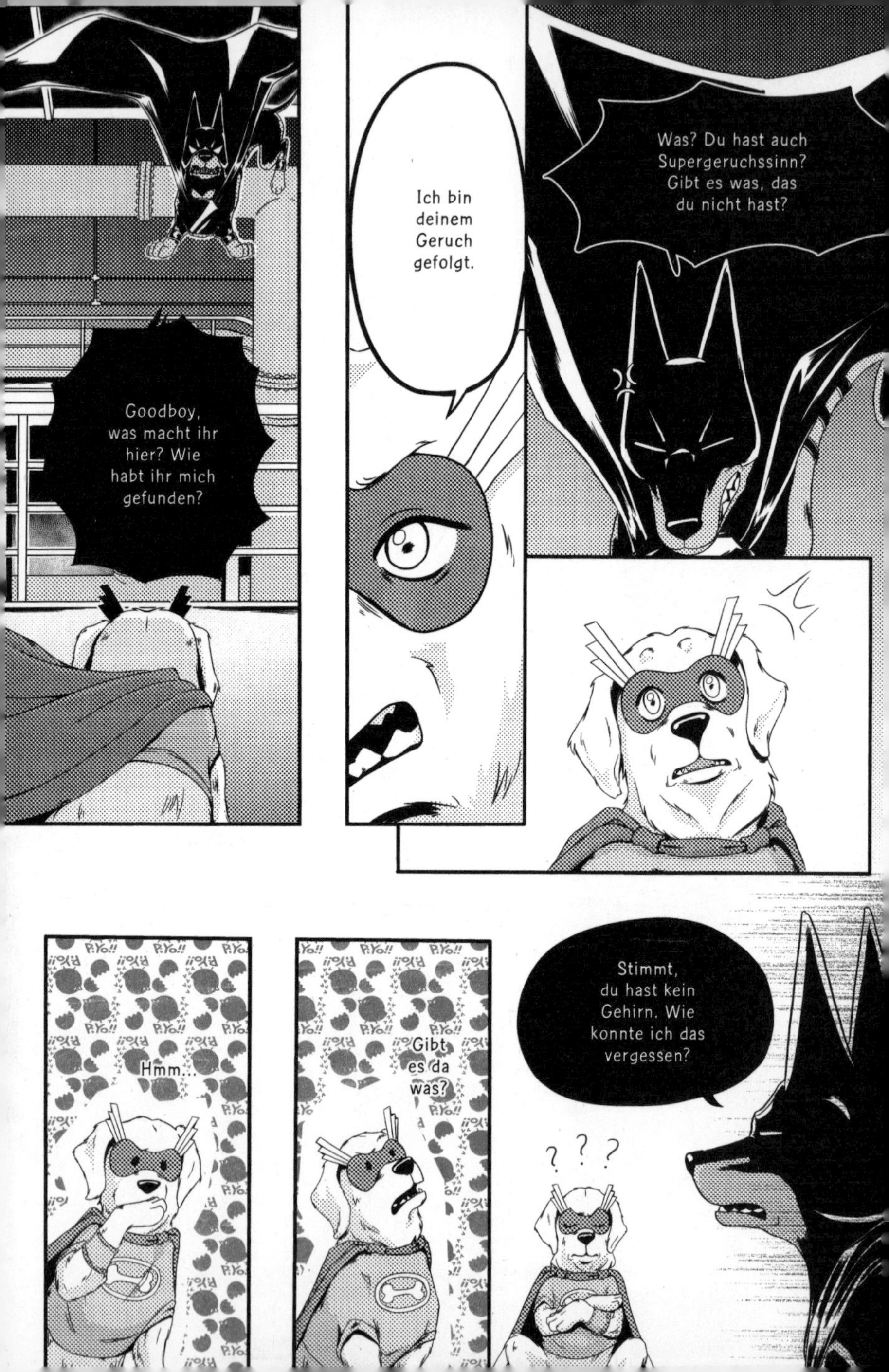
Goodboy, was macht ihr hier? Wie habt ihr mich gefunden?
Ich bin deinem Geruch gefolgt.
Was? Du hast auch Supergeruchssinn? Gibt es was, das du nicht hast?
Hmm...
Gibt es da was?
? ? ?
Stimmt, du hast kein Gehirn. Wie konnte ich das vergessen?

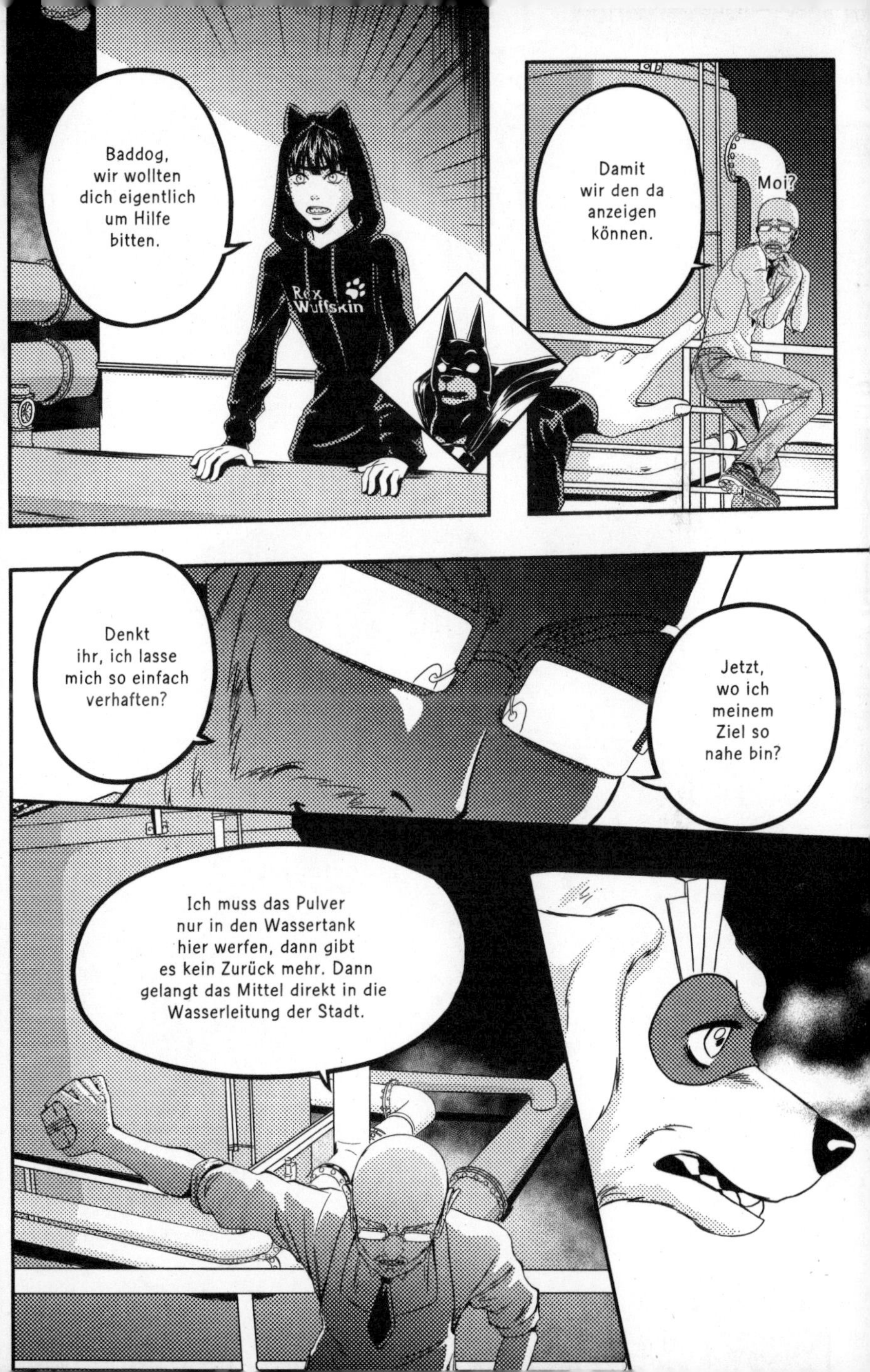
Baddog, wir wollten dich eigentlich um Hilfe bitten.
Rex Wuffskin
Damit wir den da anzeigen können.
Moi?
Denkt ihr, ich lasse mich so einfach verhaften?
Jetzt, wo ich meinem Ziel so nahe bin?
Ich muss das Pulver nur in den Wassertank hier werfen, dann gibt es kein Zurück mehr. Dann gelangt das Mittel direkt in die Wasserleitung der Stadt.

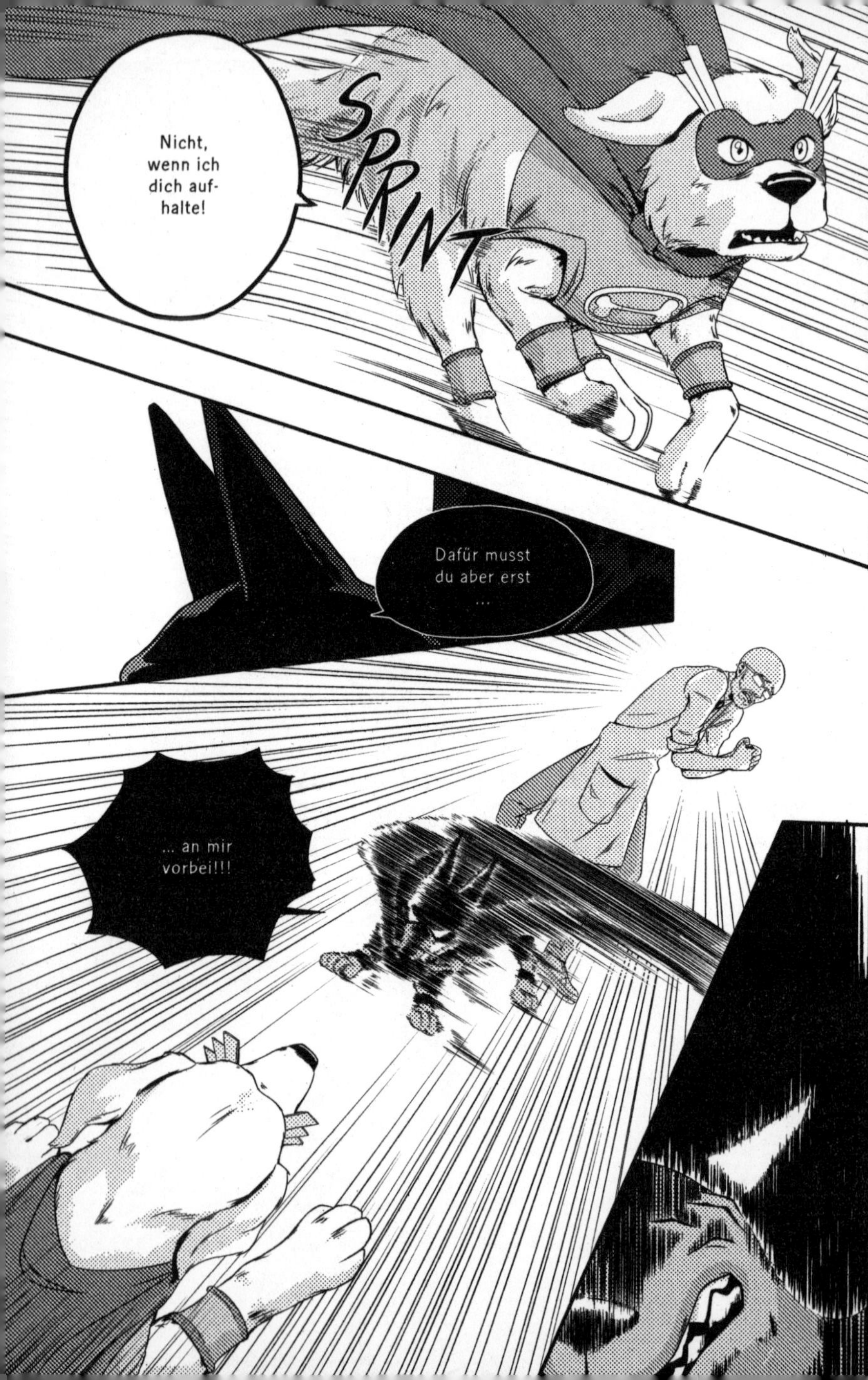

Nicht, wenn ich dich auf-halte!
SPRINT
Dafür musst du aber erst …
… an mir vorbei!!!

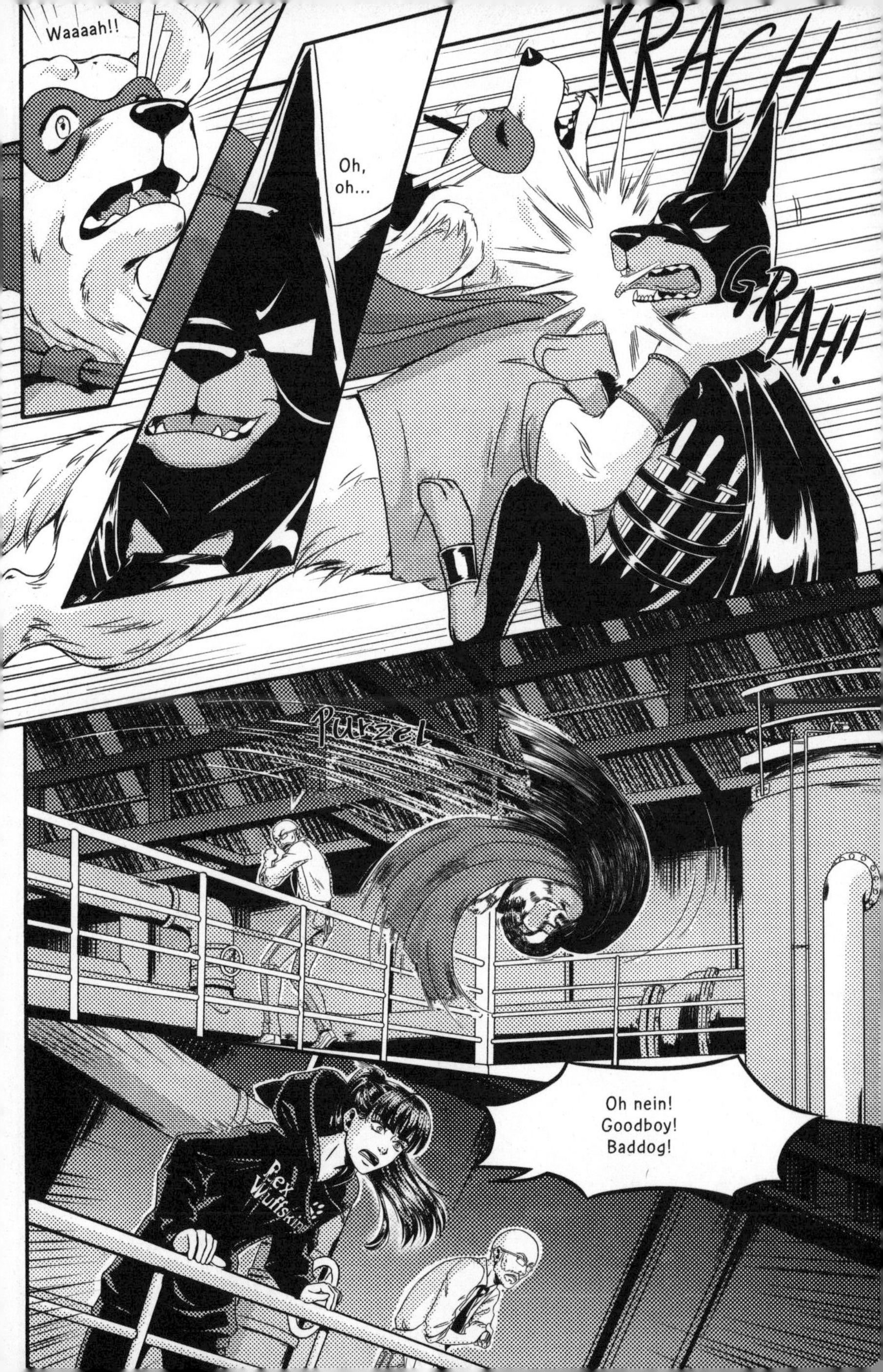
Waaaah!!
Oh, oh...
KRACH
GRAH!
Purzel
Oh nein! Goodboy! Baddog!
Rex Wuffskin

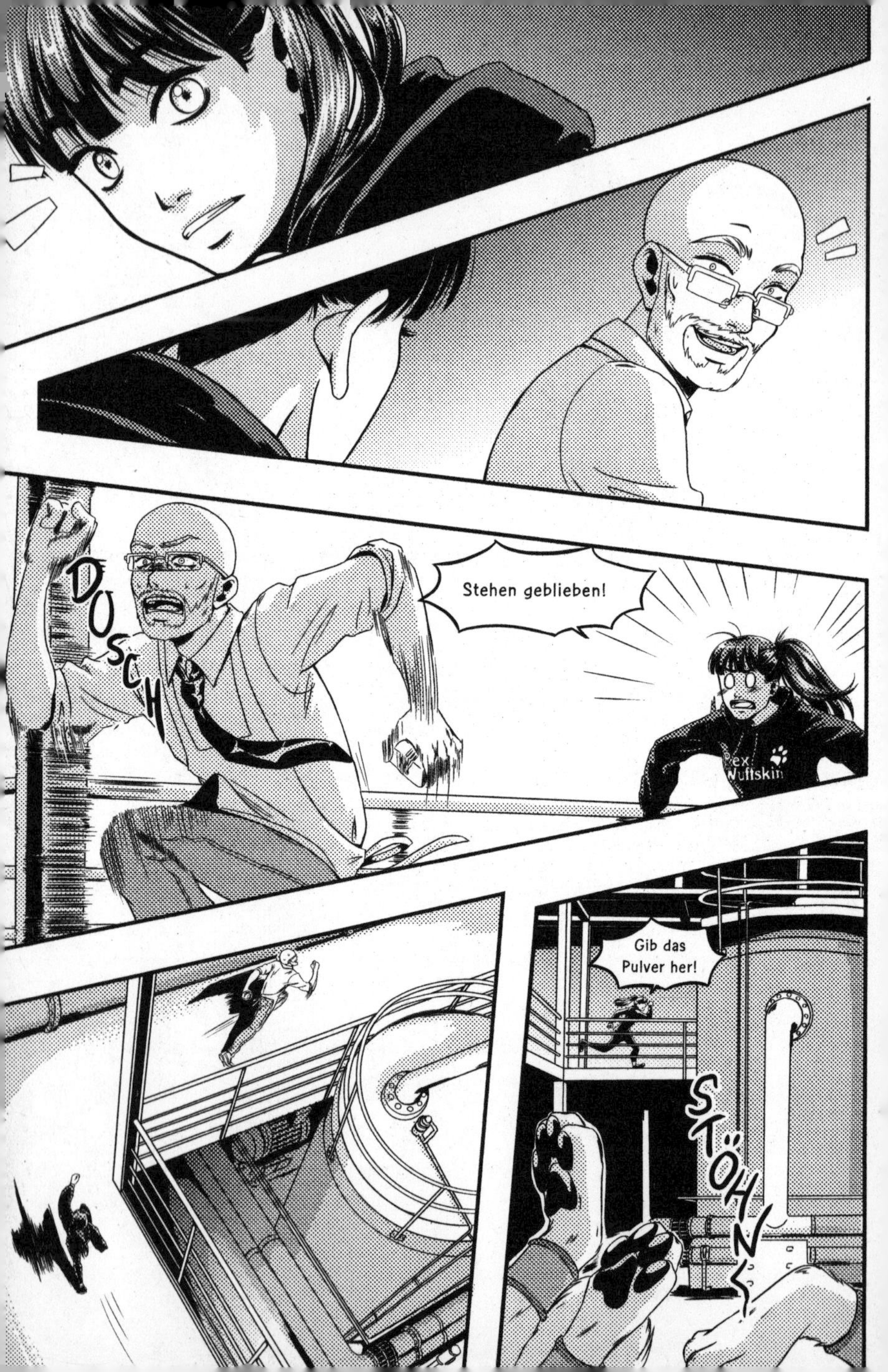
DUSCH
Stehen geblieben!
Rex Wuffskin
Gib das Pulver her!
STÖHN

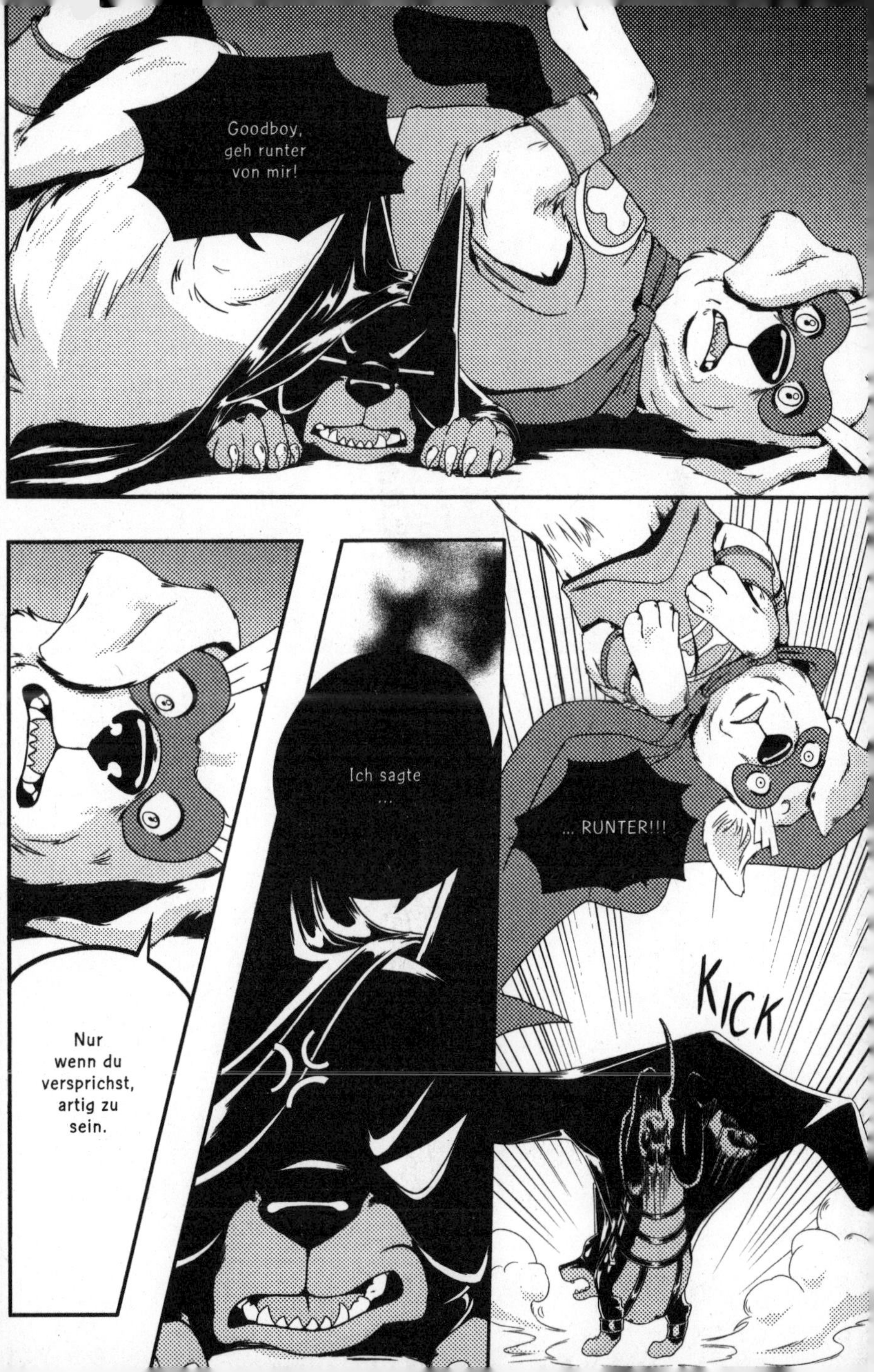
Goodboy,
geh runter
von mir!
Nur
wenn du
versprichst,
artig zu
sein.
Ich sagte
...
... RUNTER!!!
KICK

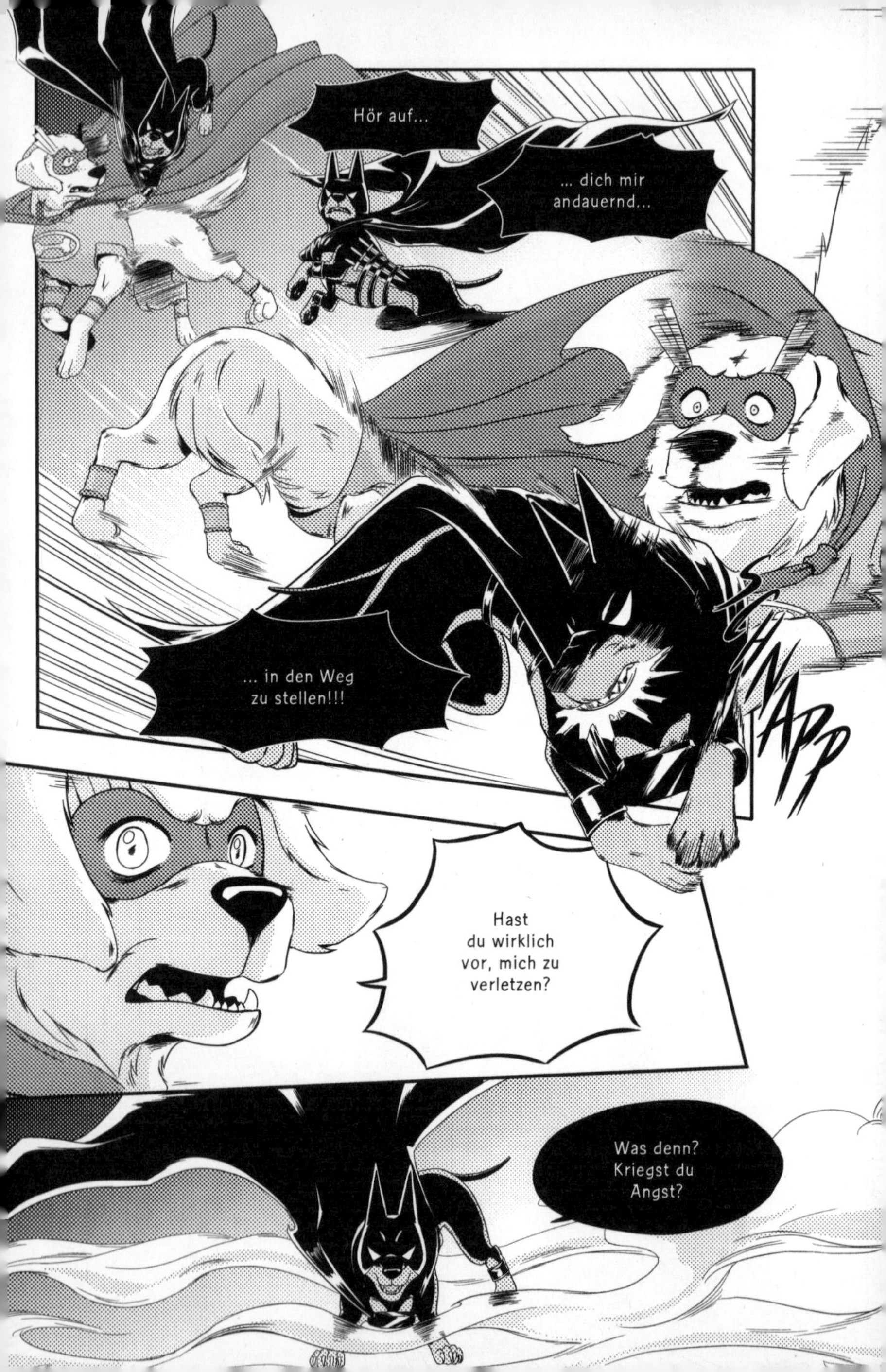
Hör auf...
... dich mir andauernd...
... in den Weg zu stellen!!!
SCHNAPP
Hast du wirklich vor, mich zu verletzen?
Was denn? Kriegst du Angst?

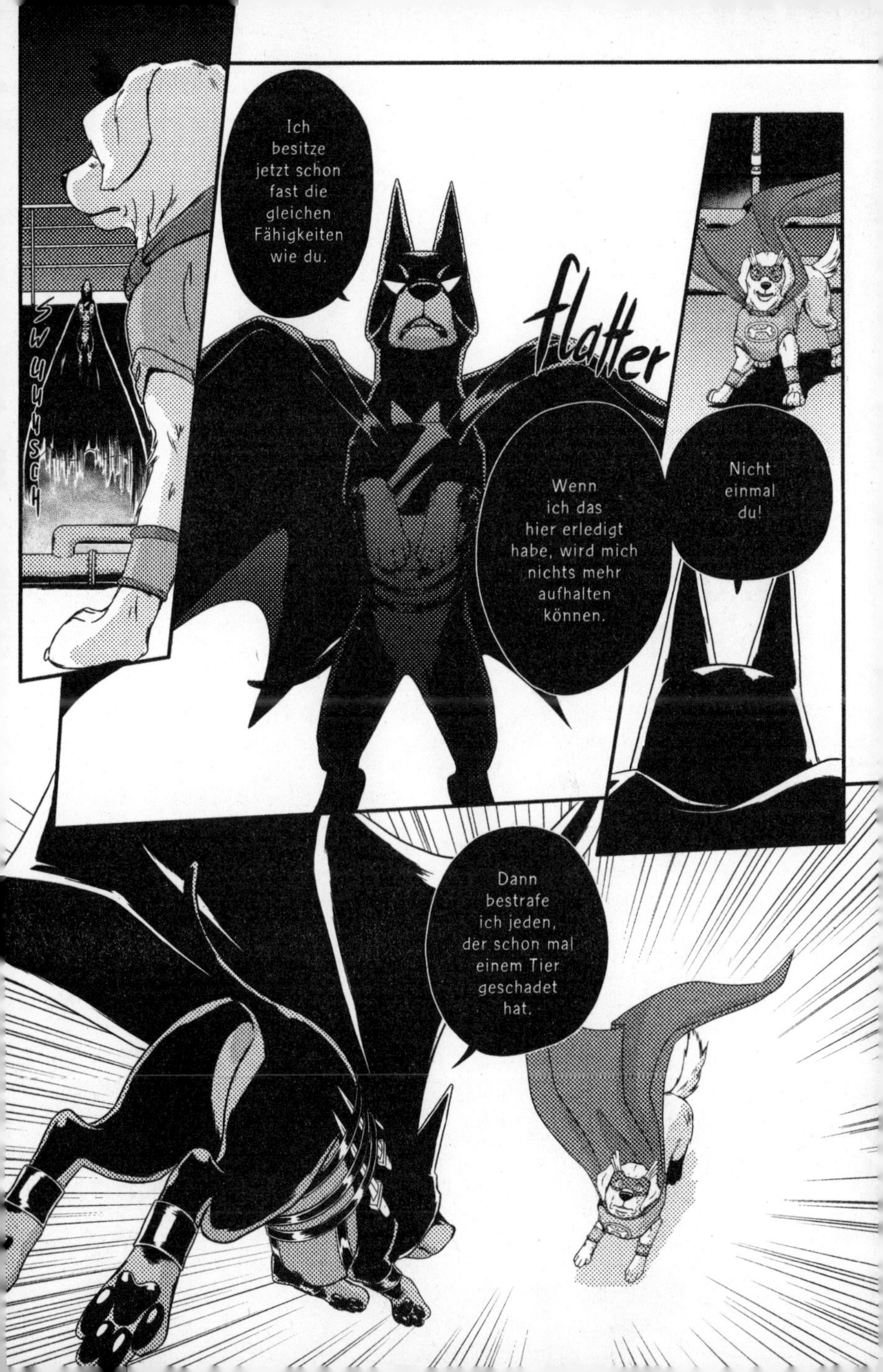
SWUUUSCH
Ich besitze jetzt schon fast die gleichen Fähigkeiten wie du.
flatter
Wenn ich das hier erledigt habe, wird mich nichts mehr aufhalten können.
Nicht einmal du!
Dann bestrafe ich jeden, der schon mal einem Tier geschadet hat.

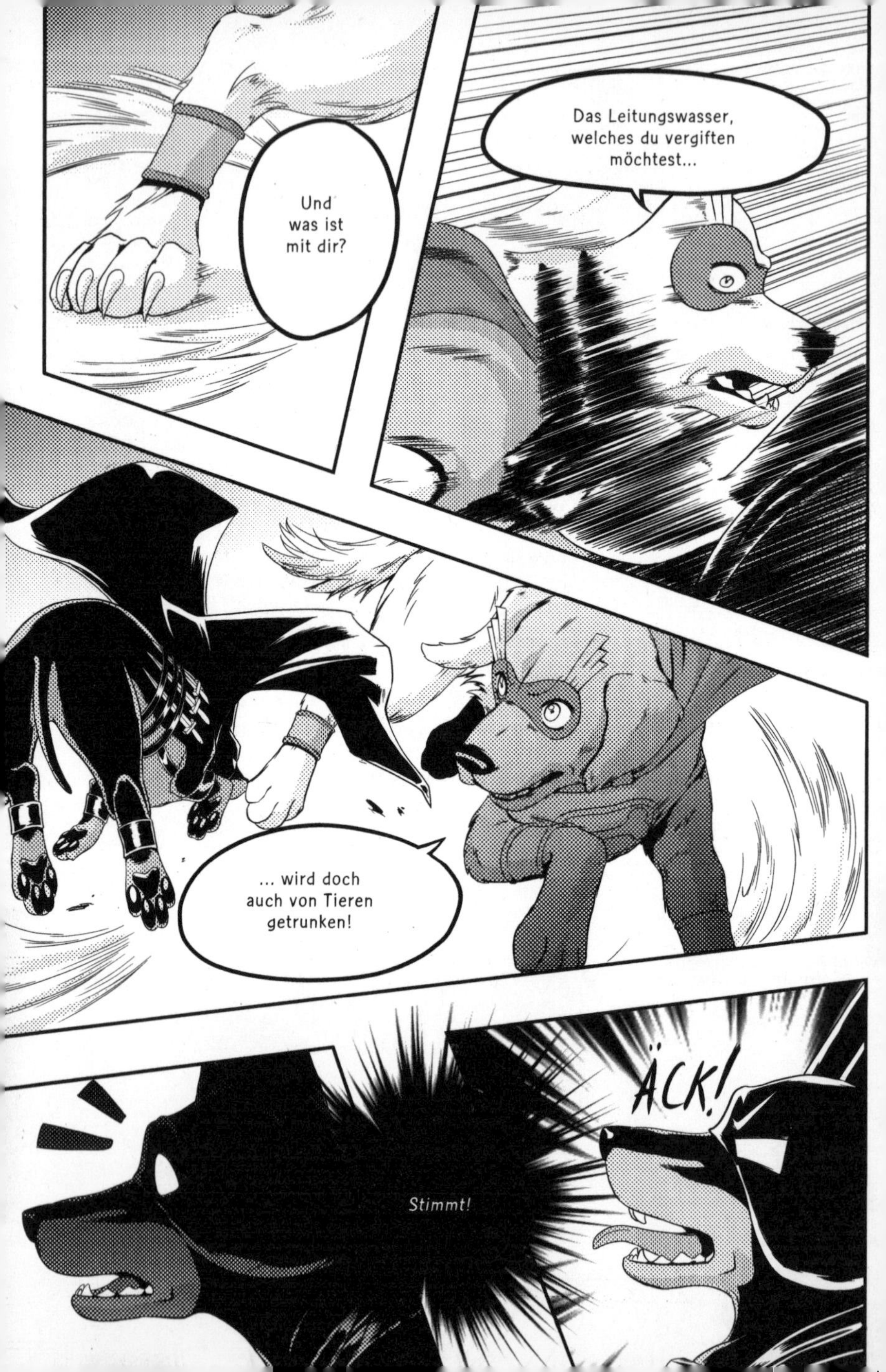
Das Leitungswasser, welches du vergiften möchtest...
Und was ist mit dir?
... wird doch auch von Tieren getrunken!
ÄCK!
Stimmt!

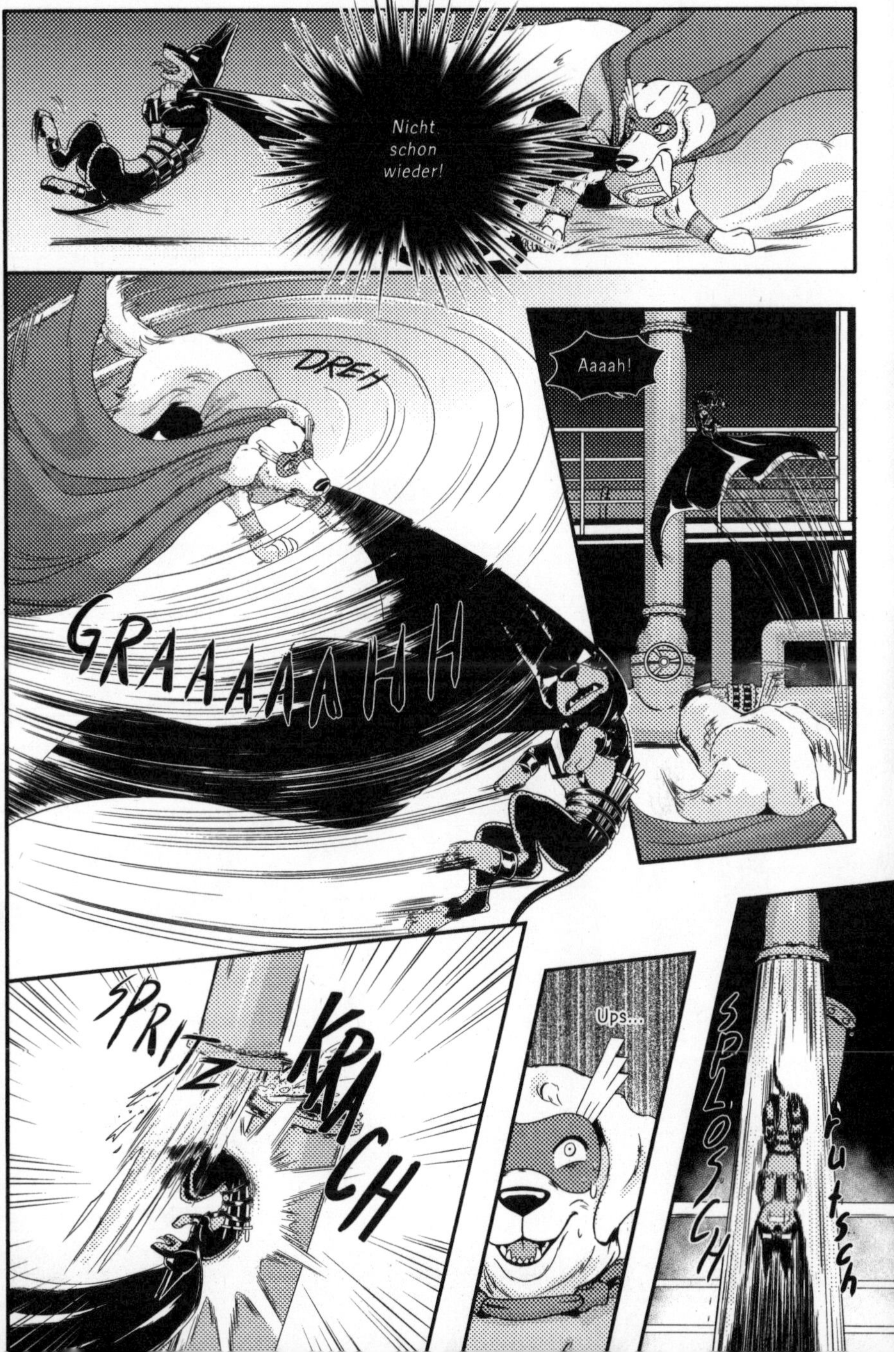
Nicht schon wieder!
DREH
GRAAAAAHH
Aaaah!
SPRITZ
KRACH
Ups...
SPLOSCH
rutsch

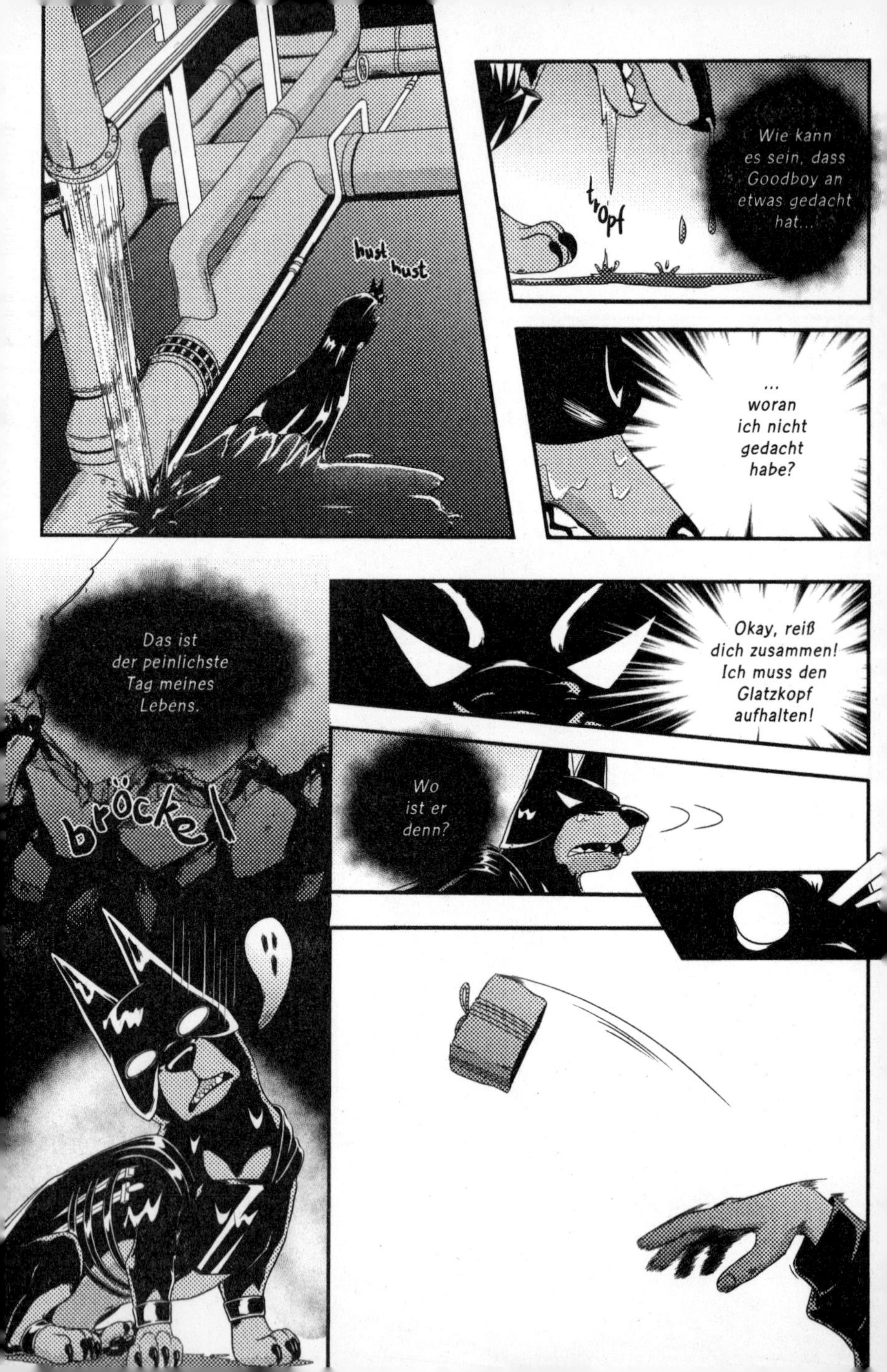
hust hust
Wie kann es sein, dass Goodboy an etwas gedacht hat...
tropf
... woran ich nicht gedacht habe?
Das ist der peinlichste Tag meines Lebens.
bröckel
Okay, reiß dich zusammen! Ich muss den Glatzkopf aufhalten!
Wo ist er denn?

Vor 42,6 Sekunden

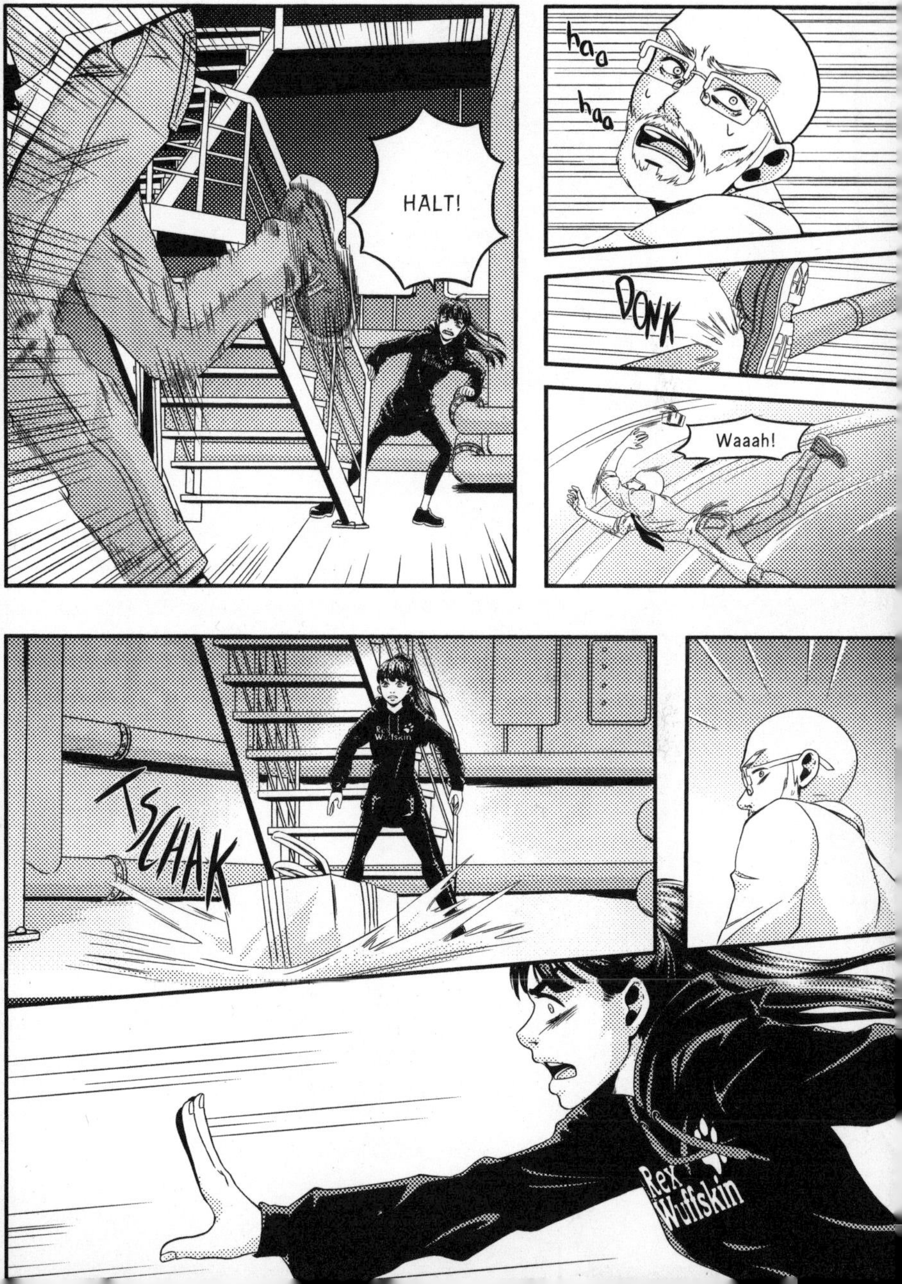

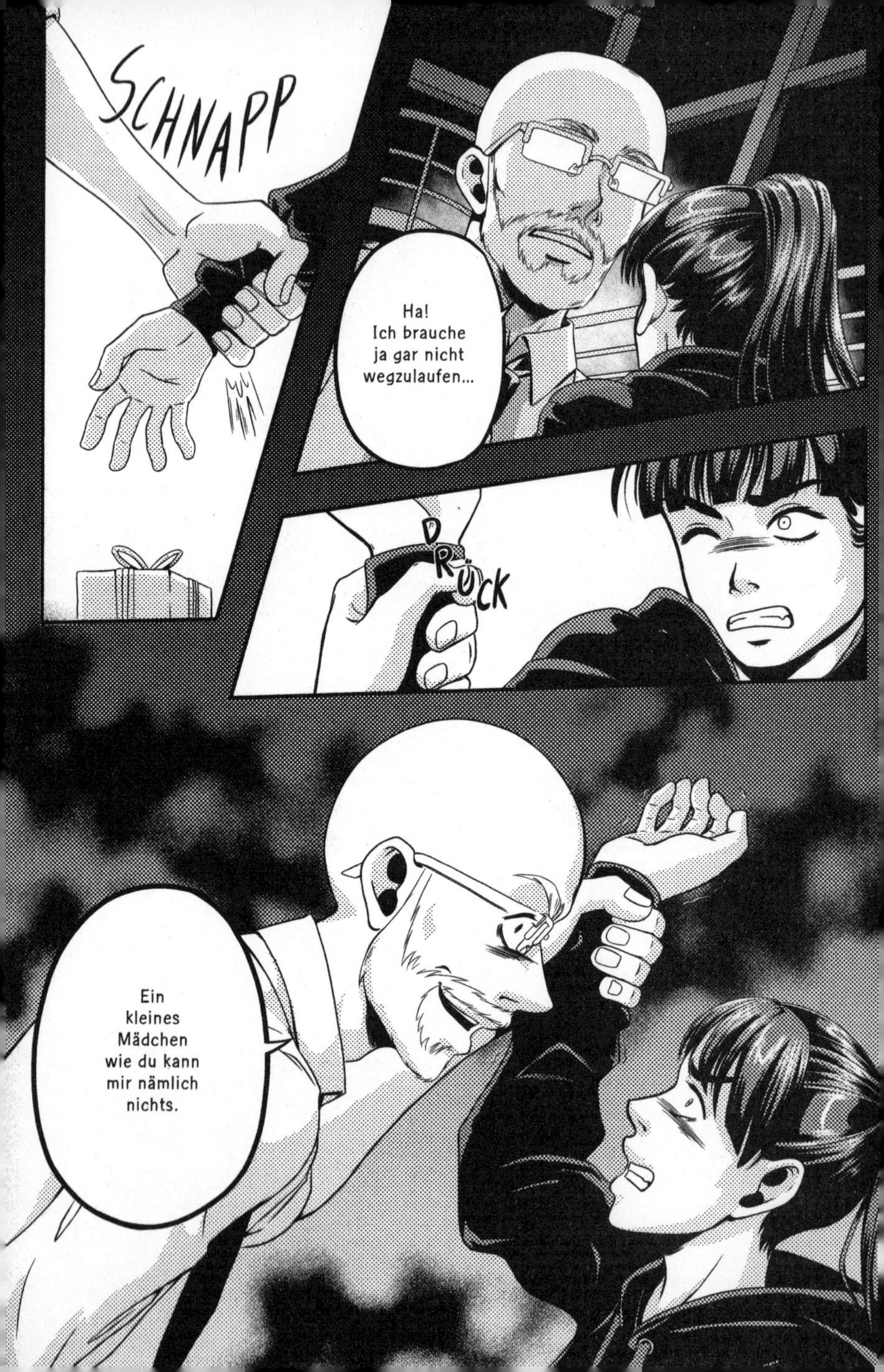
SCHNAPP
Ha! Ich brauche ja gar nicht wegzulaufen...
DRÜCK
Ein kleines Mädchen wie du kann mir nämlich nichts.

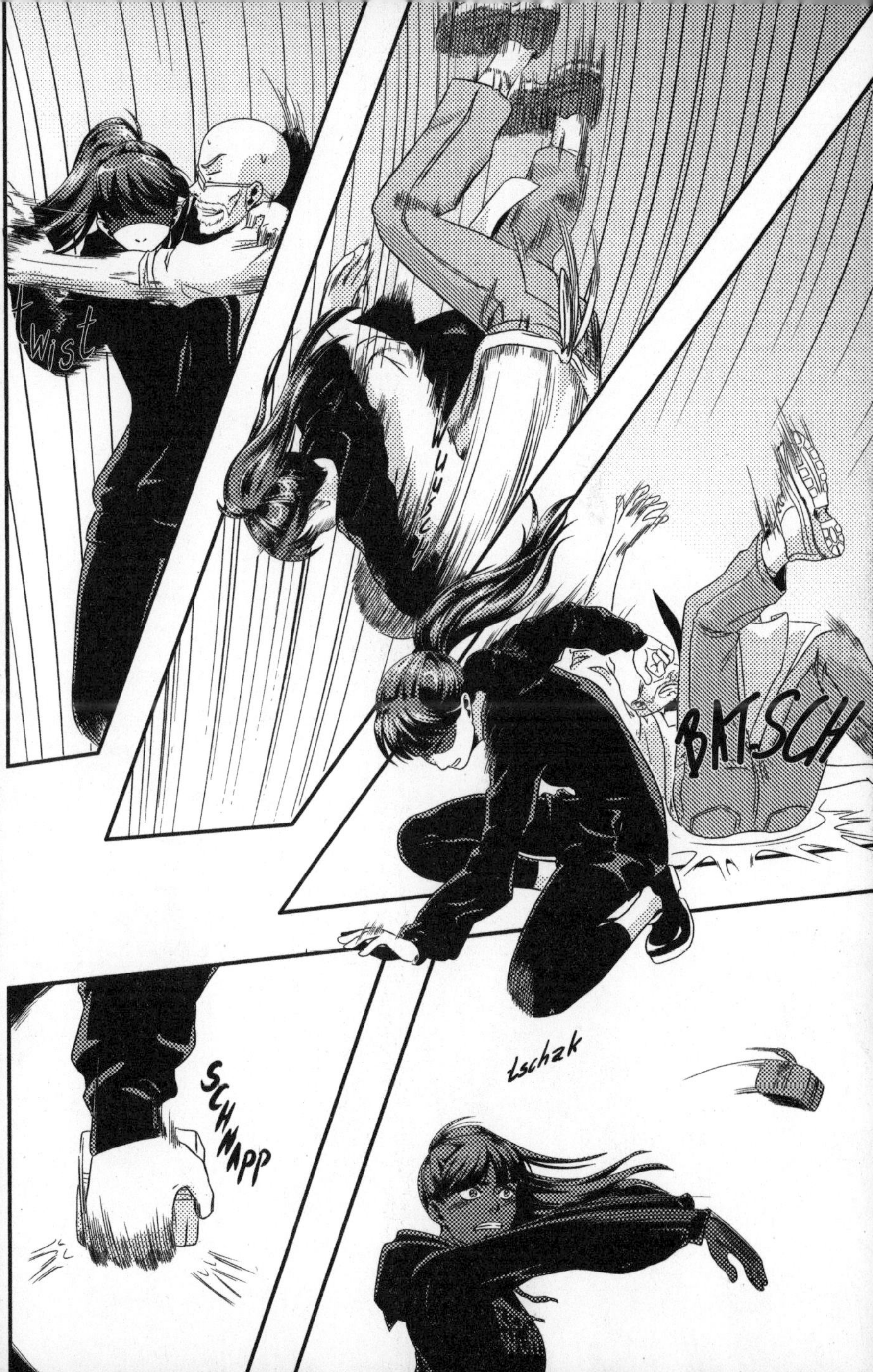
twist
WUUSCH
BATSCH
tschak
SCHNAPP

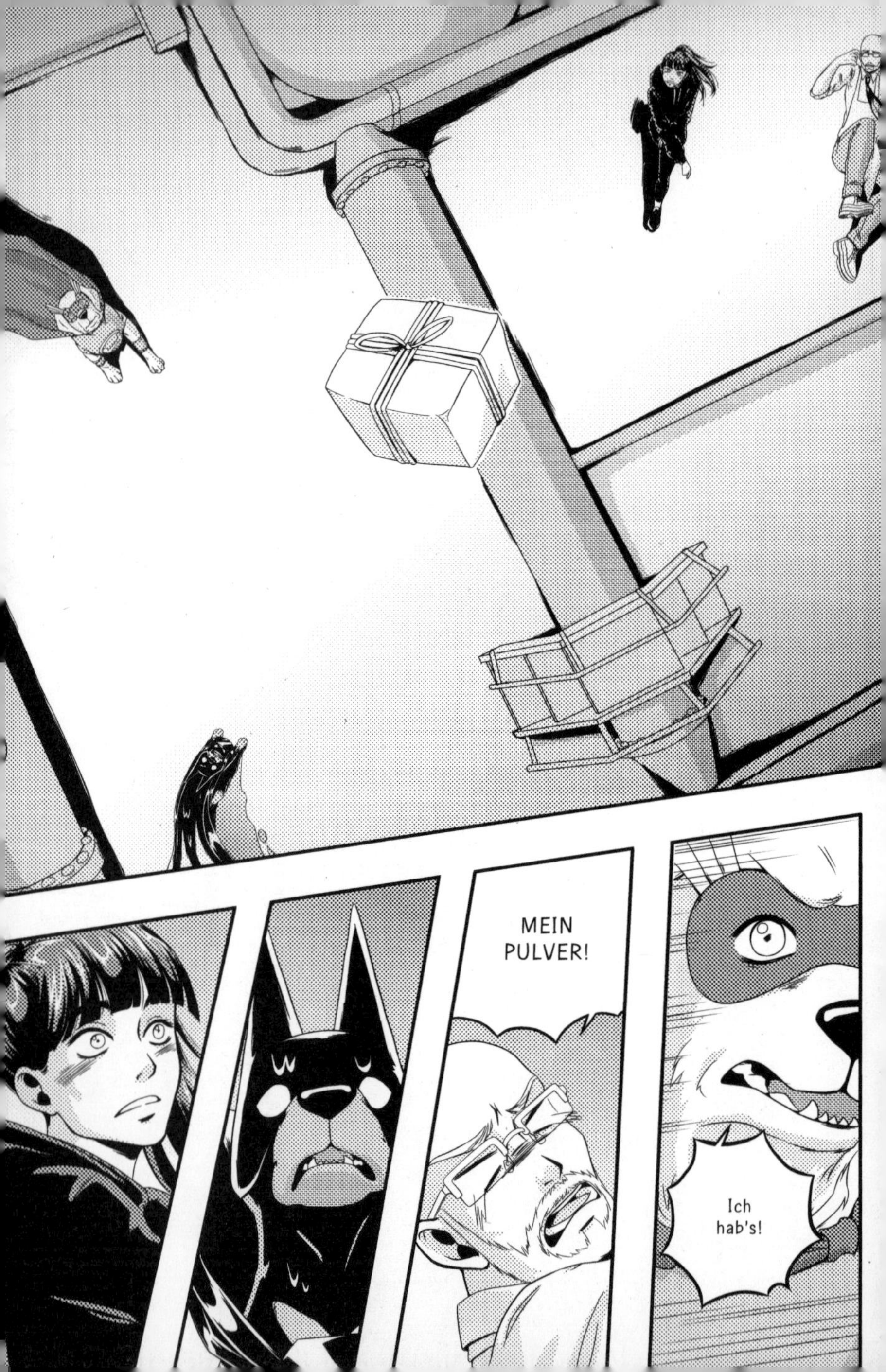
MEIN PULVER!
Ich hab's!

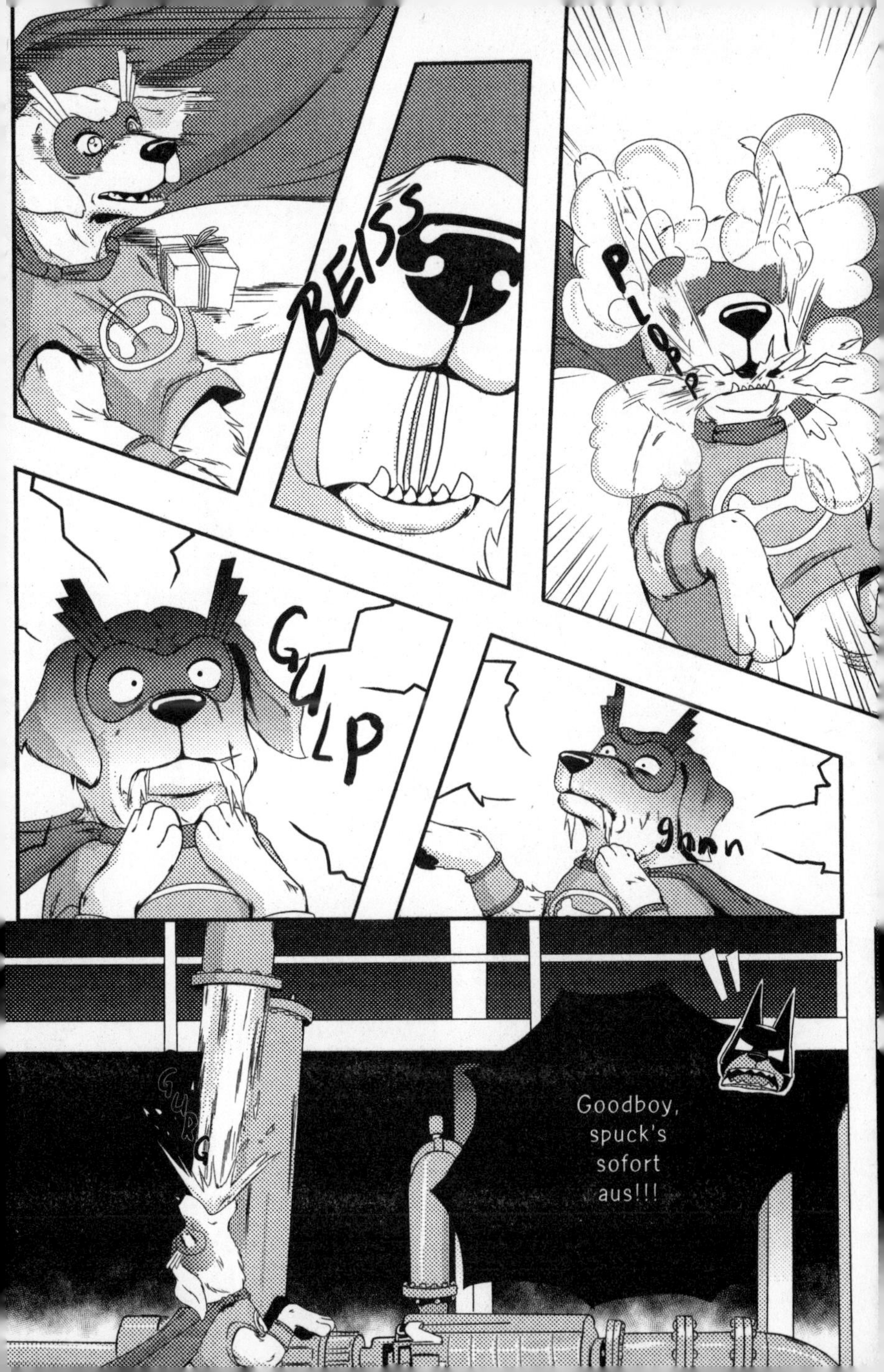
BEISS
PLOPP
GULP
ghnn
GURG
Goodboy, spuck's sofort aus!!!

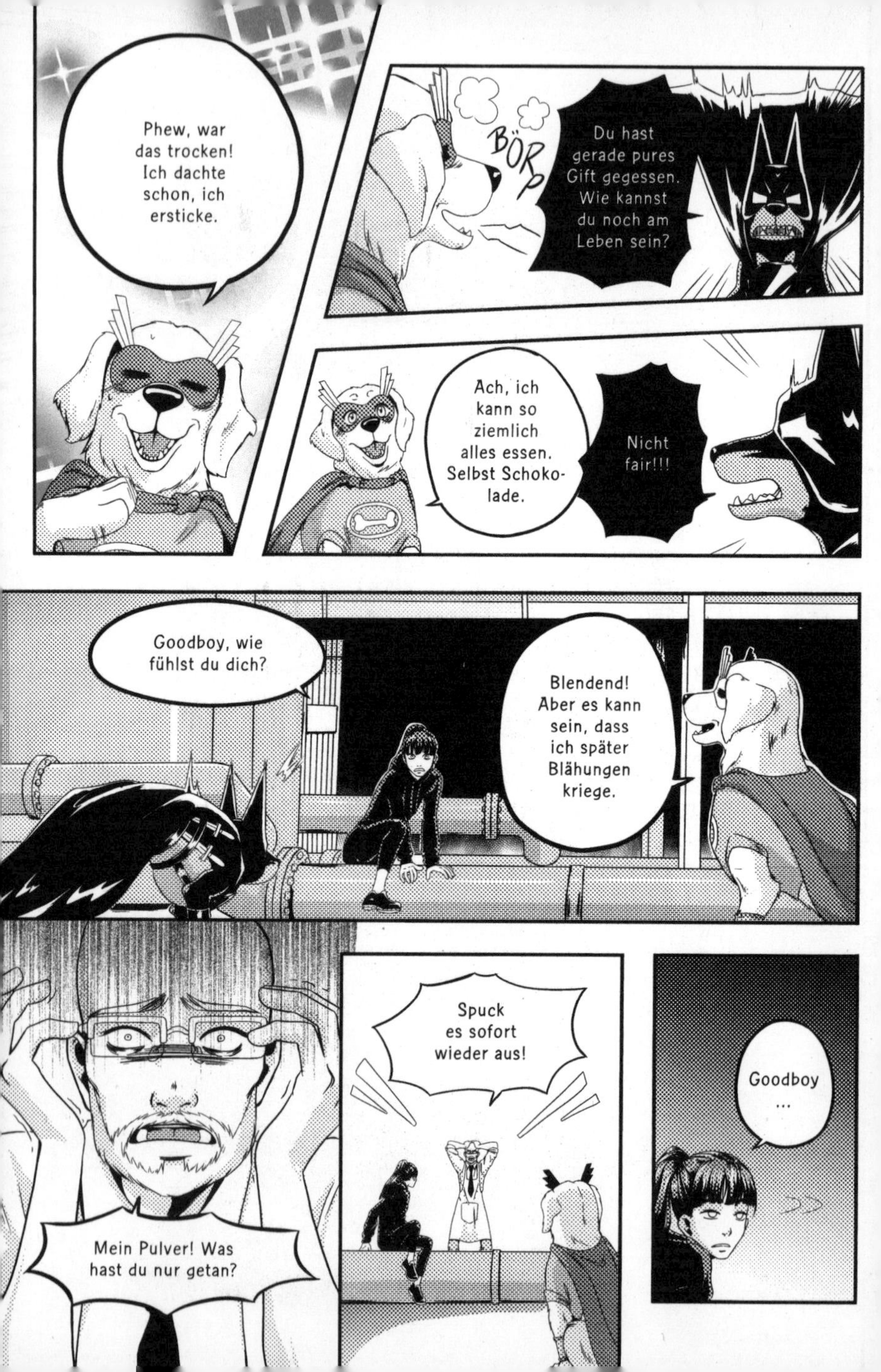

Phew, war das trocken! Ich dachte schon, ich ersticke.
BÖRP
Du hast gerade pures Gift gegessen. Wie kannst du noch am Leben sein?
Ach, ich kann so ziemlich alles essen. Selbst Schokolade.
Nicht fair!!!
Goodboy, wie fühlst du dich?
Blendend! Aber es kann sein, dass ich später Blähungen kriege.
Mein Pulver! Was hast du nur getan?
Spuck es sofort wieder aus!
Goodboy …

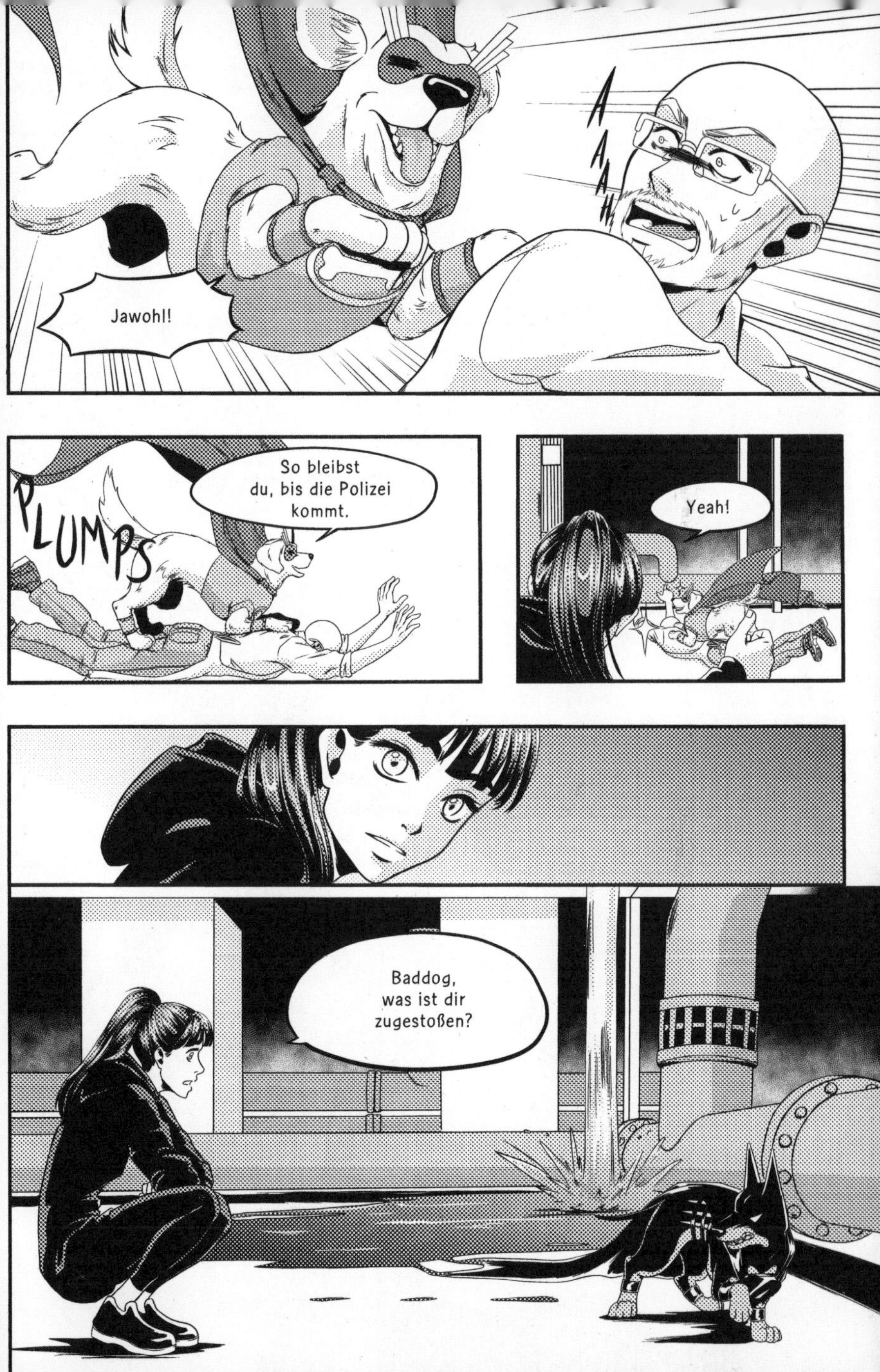
AAAAH
Jawohl!
PLUMPS
So bleibst du, bis die Polizei kommt.
Yeah!
Baddog, was ist dir zugestoßen?

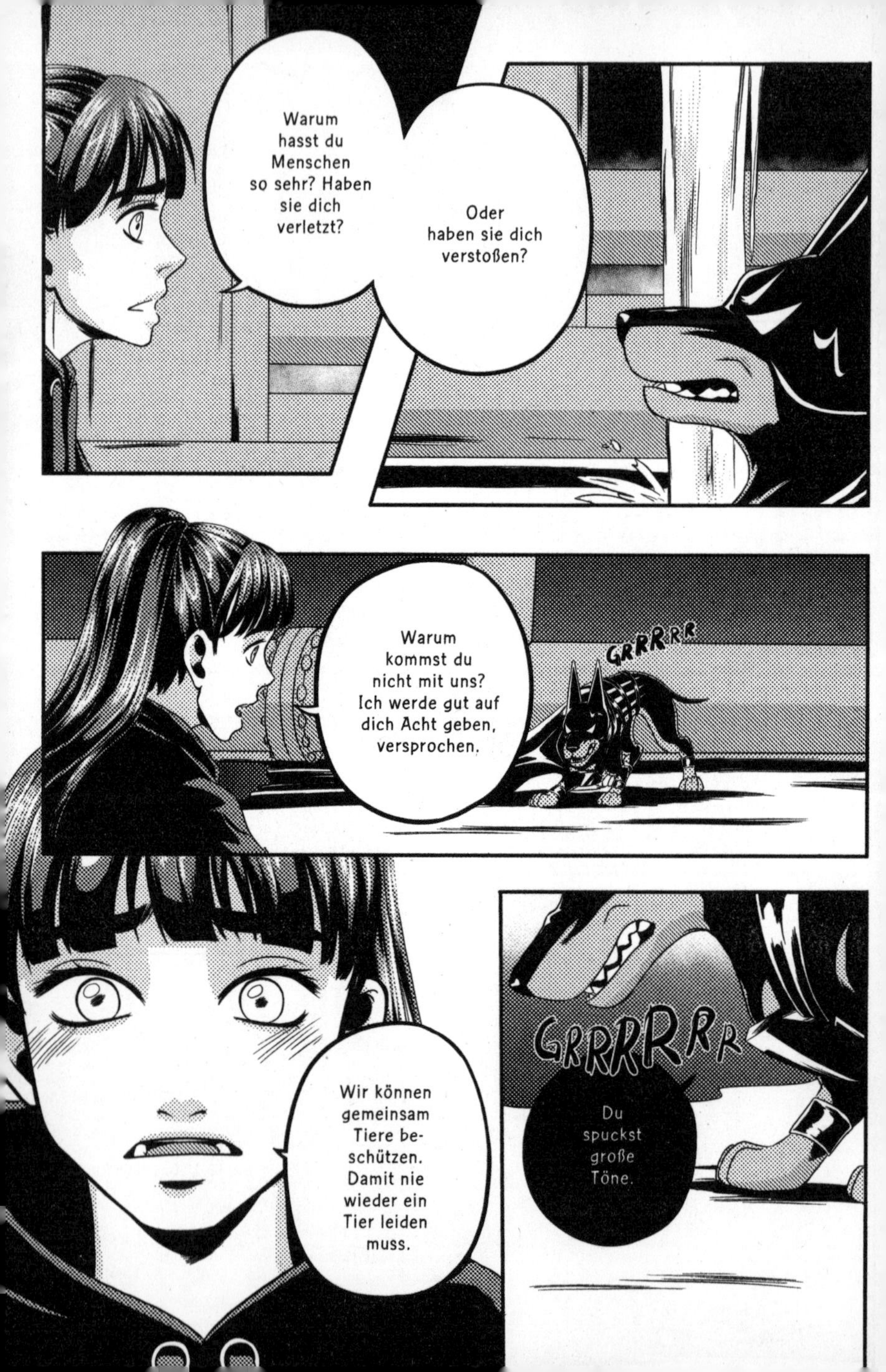
Warum hasst du Menschen so sehr? Haben sie dich verletzt?
Oder haben sie dich verstoßen?
Warum kommst du nicht mit uns? Ich werde gut auf dich Acht geben, versprochen.
GRRRRR
Wir können gemeinsam Tiere beschützen. Damit nie wieder ein Tier leiden muss.
GRRRRRR
Du spuckst große Töne.

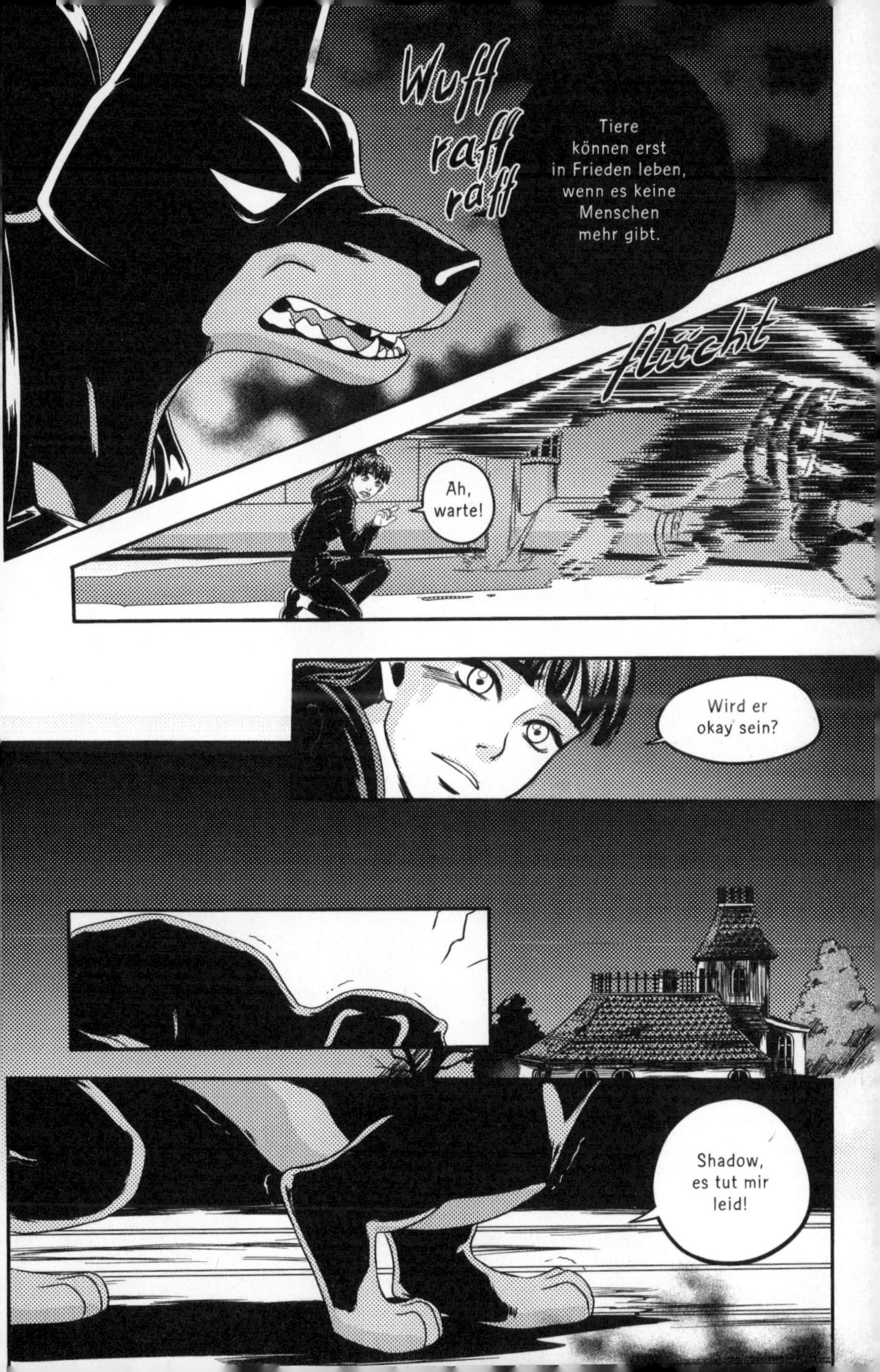

Wuff raff raff
Tiere können erst in Frieden leben, wenn es keine Menschen mehr gibt.
flücht
Ah, warte!
Wird er okay sein?
Shadow, es tut mir leid!

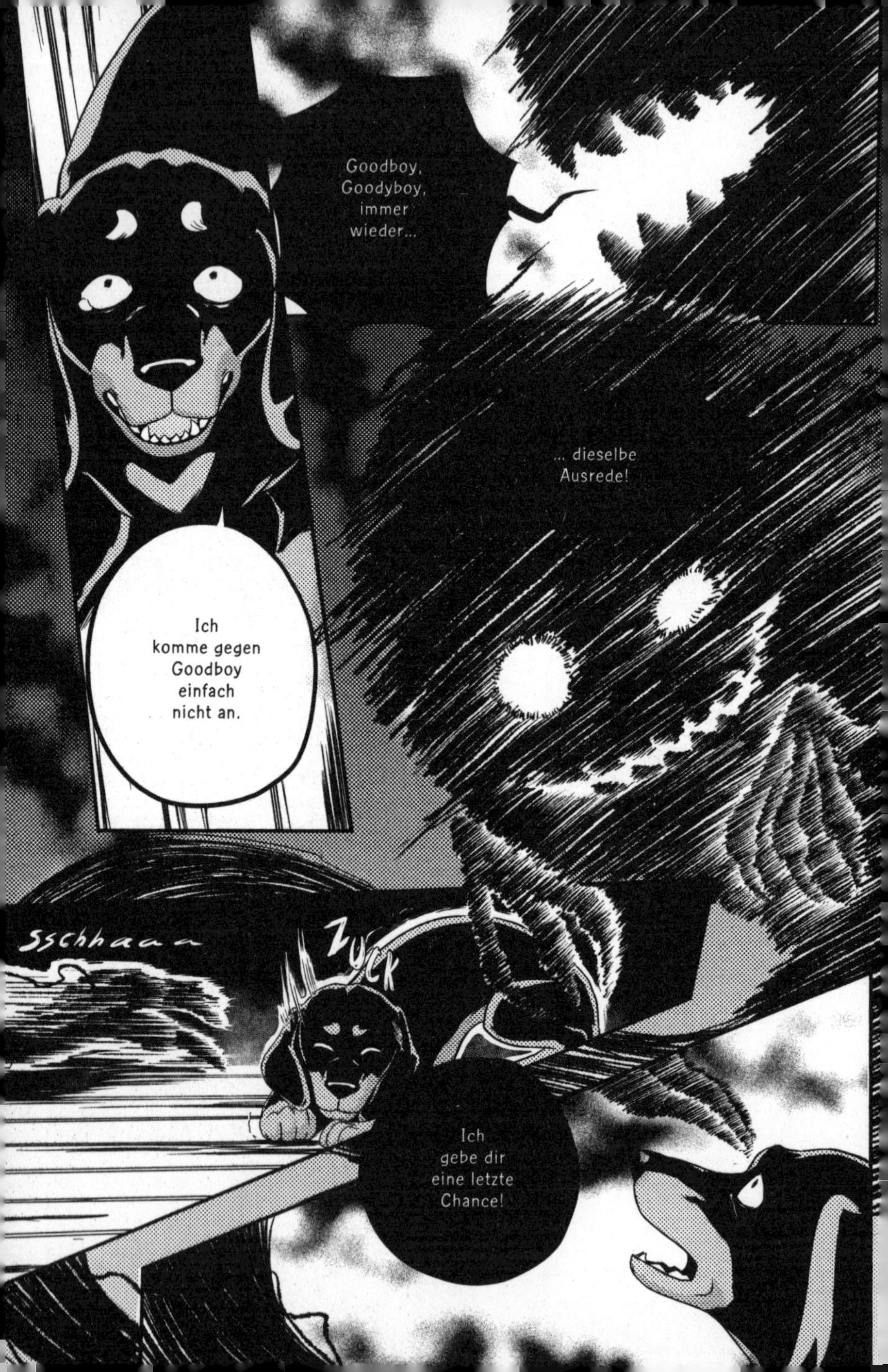
Ich komme gegen Goodboy einfach nicht an.
Goodboy, Goodyboy, immer wieder...
... dieselbe Ausrede!
Sschhaaa
ZUCK
Ich gebe dir eine letzte Chance!

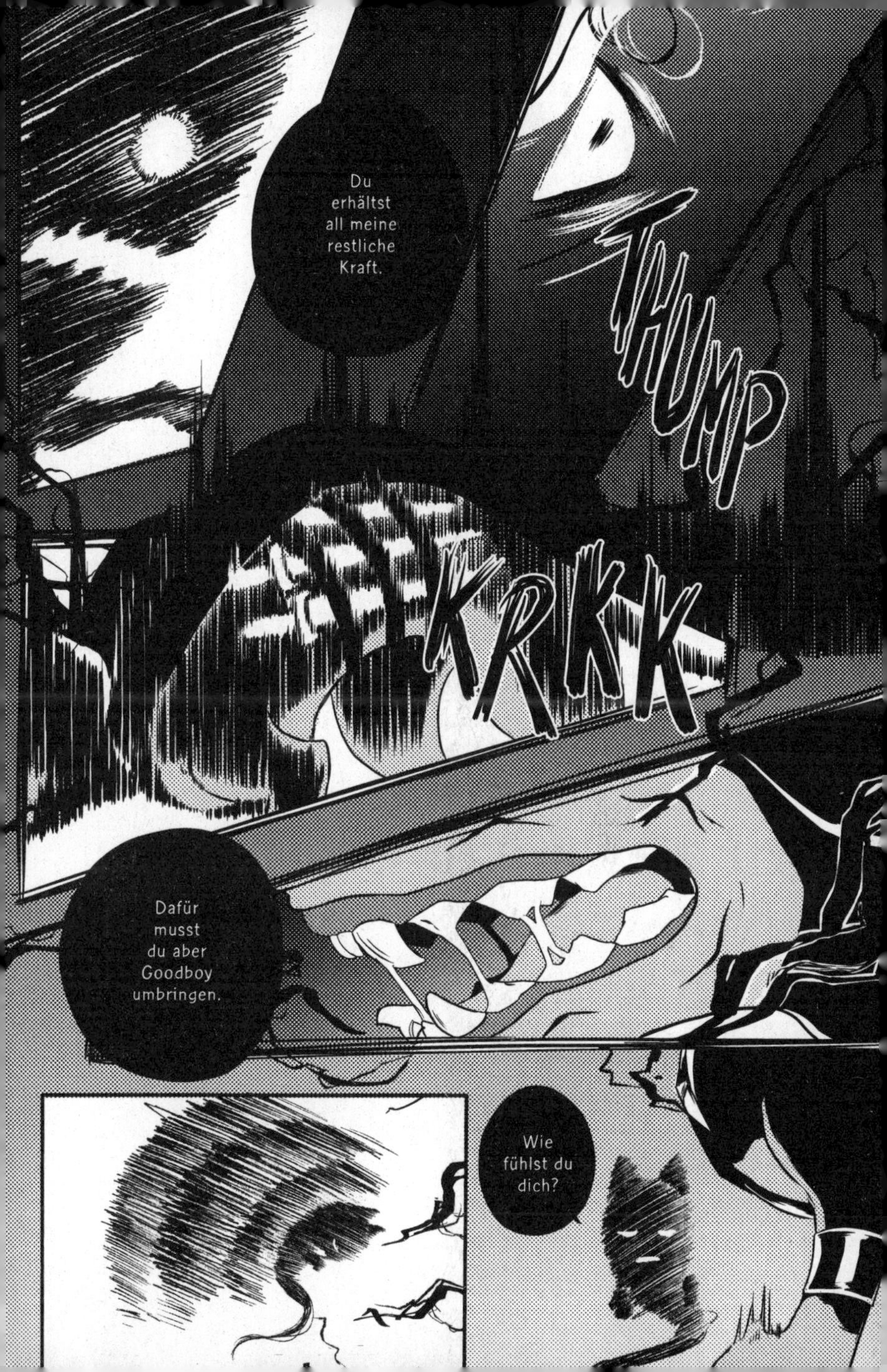
Du erhältst all meine restliche Kraft.
THUMP
KRKK
Dafür musst du aber Goodboy umbringen.
Wie fühlst du dich?

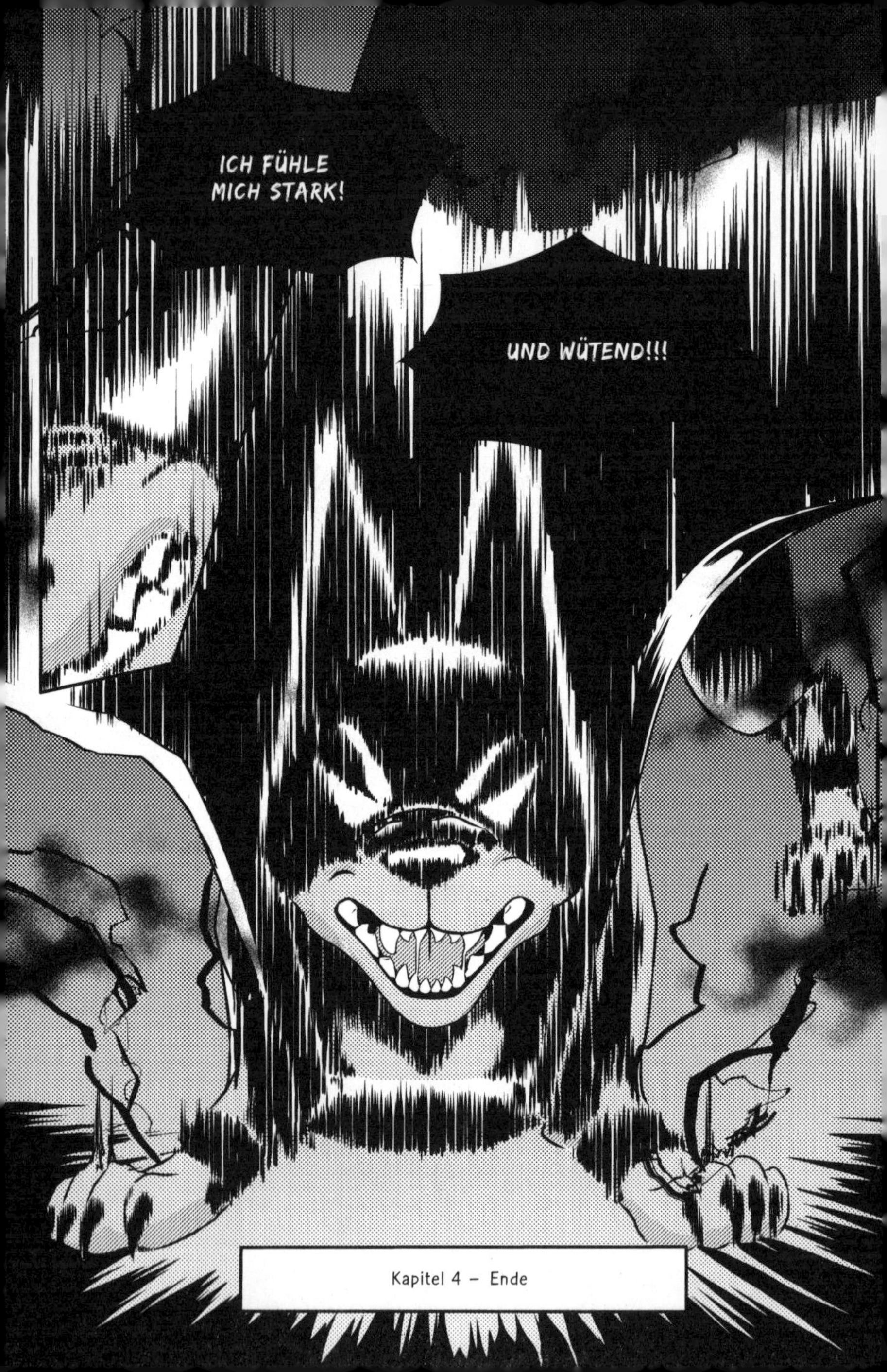
ICH FÜHLE MICH STARK!
UND WÜTEND!!!
Kapitel 4 – Ende

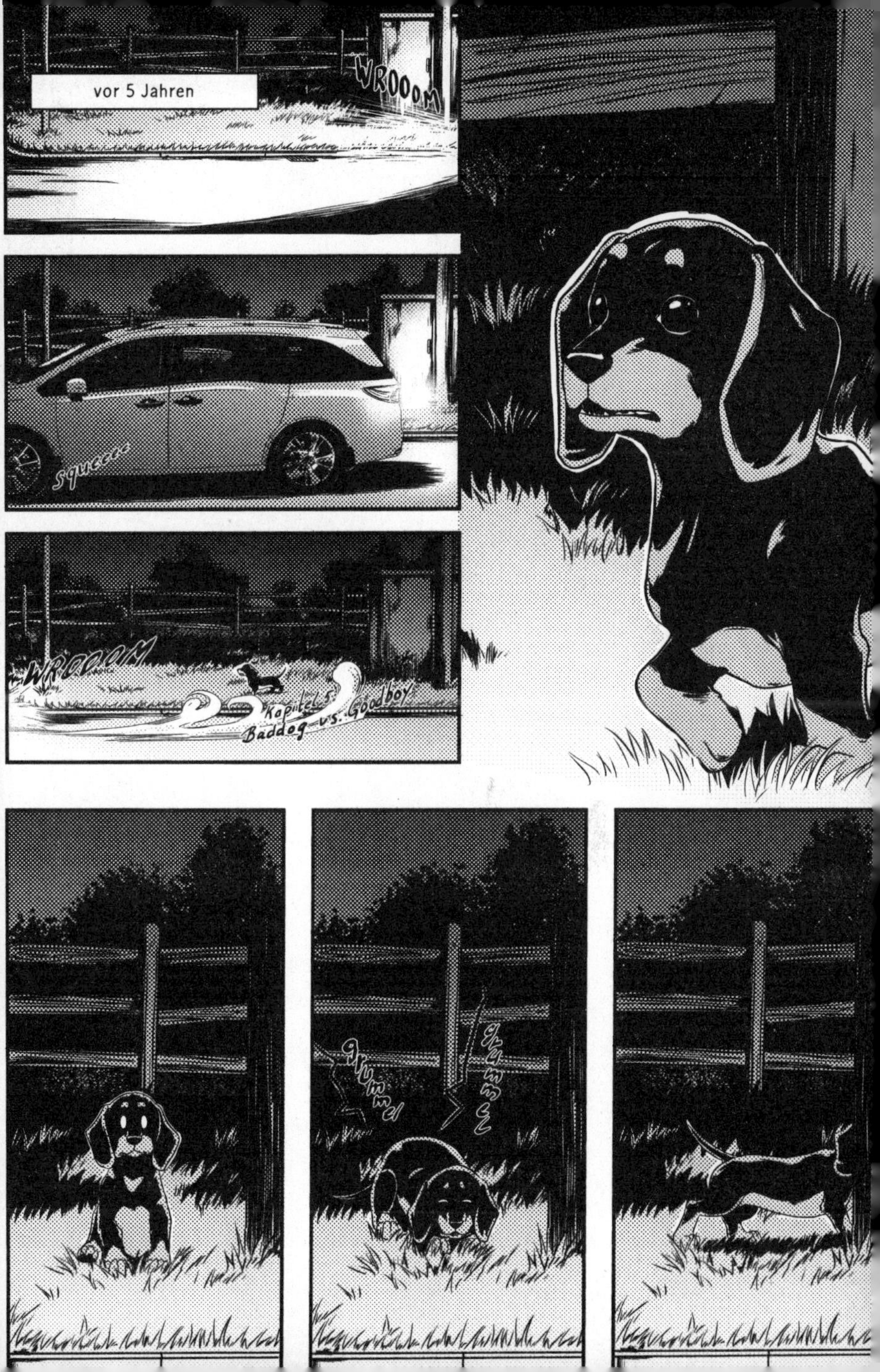
vor 5 Jahren
WROOOM
squeeee
WROOOM
Kapitel 5: Baddog vs. Goodboy
grummel
grummel

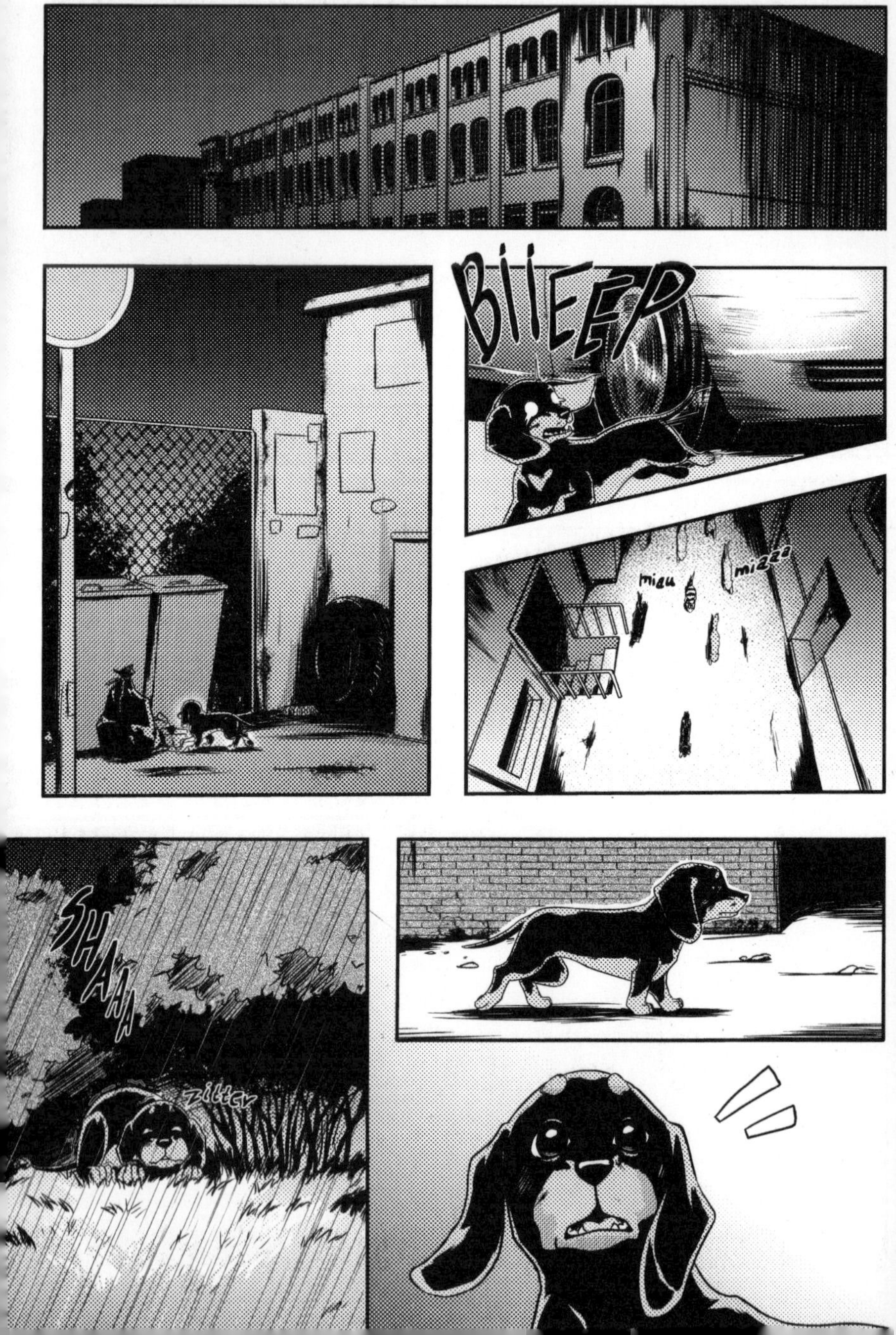
BIIEEP
miau
miezza
SHAAAA
zitter

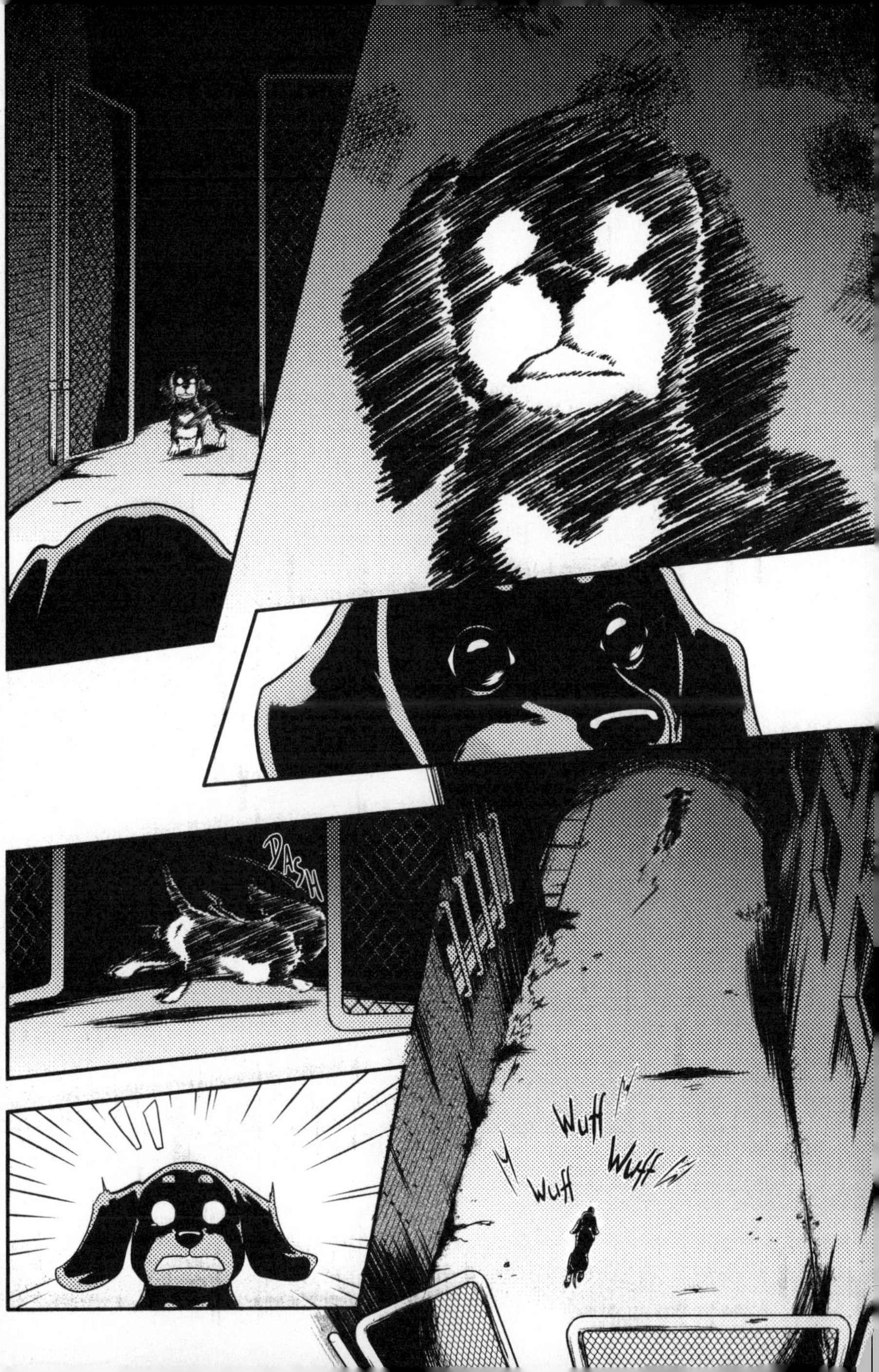
DASH
Wuff
Wuff
Wuff

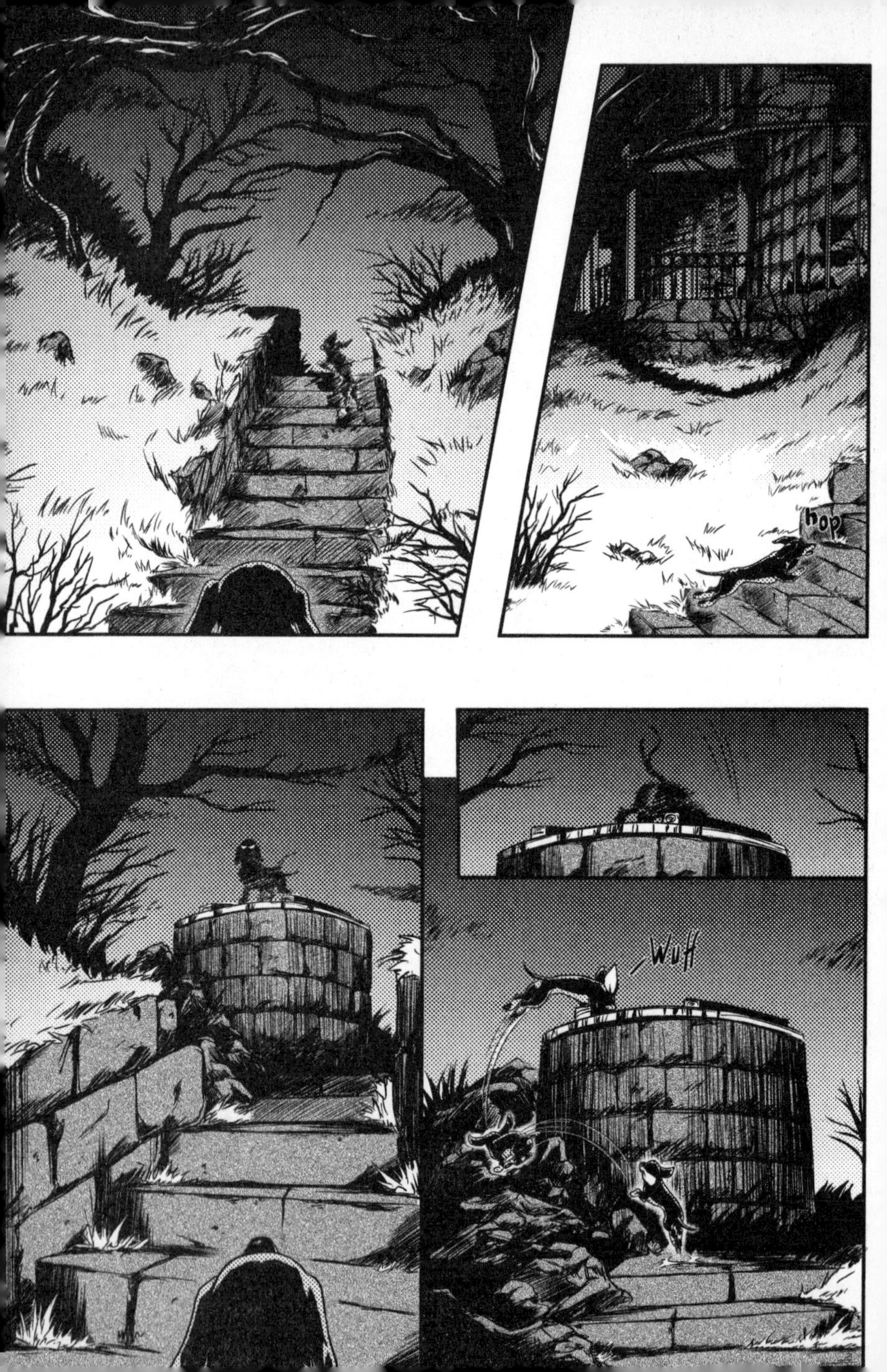
hop
WUH

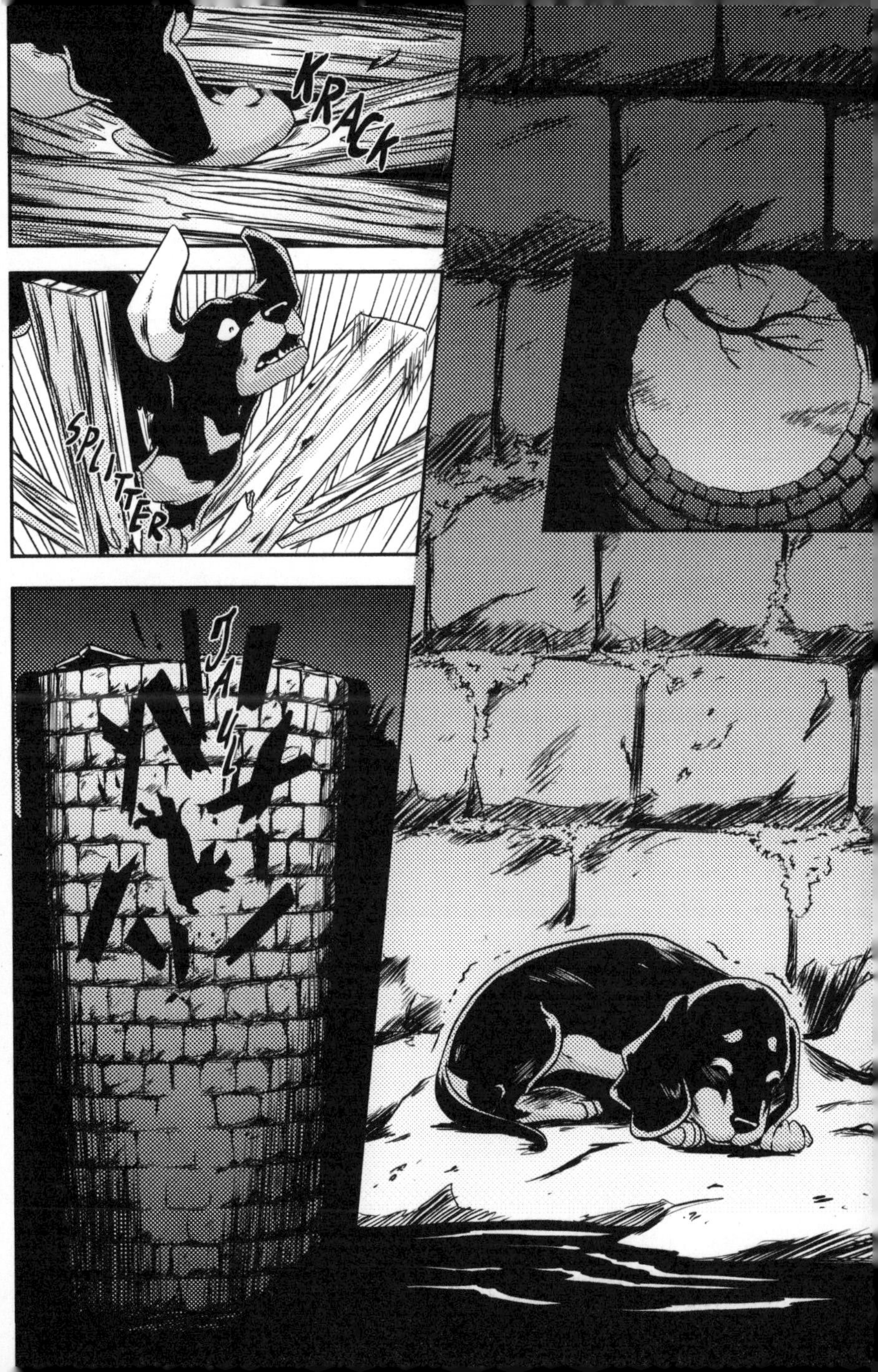
KRACK
SPLITTER
JAUL

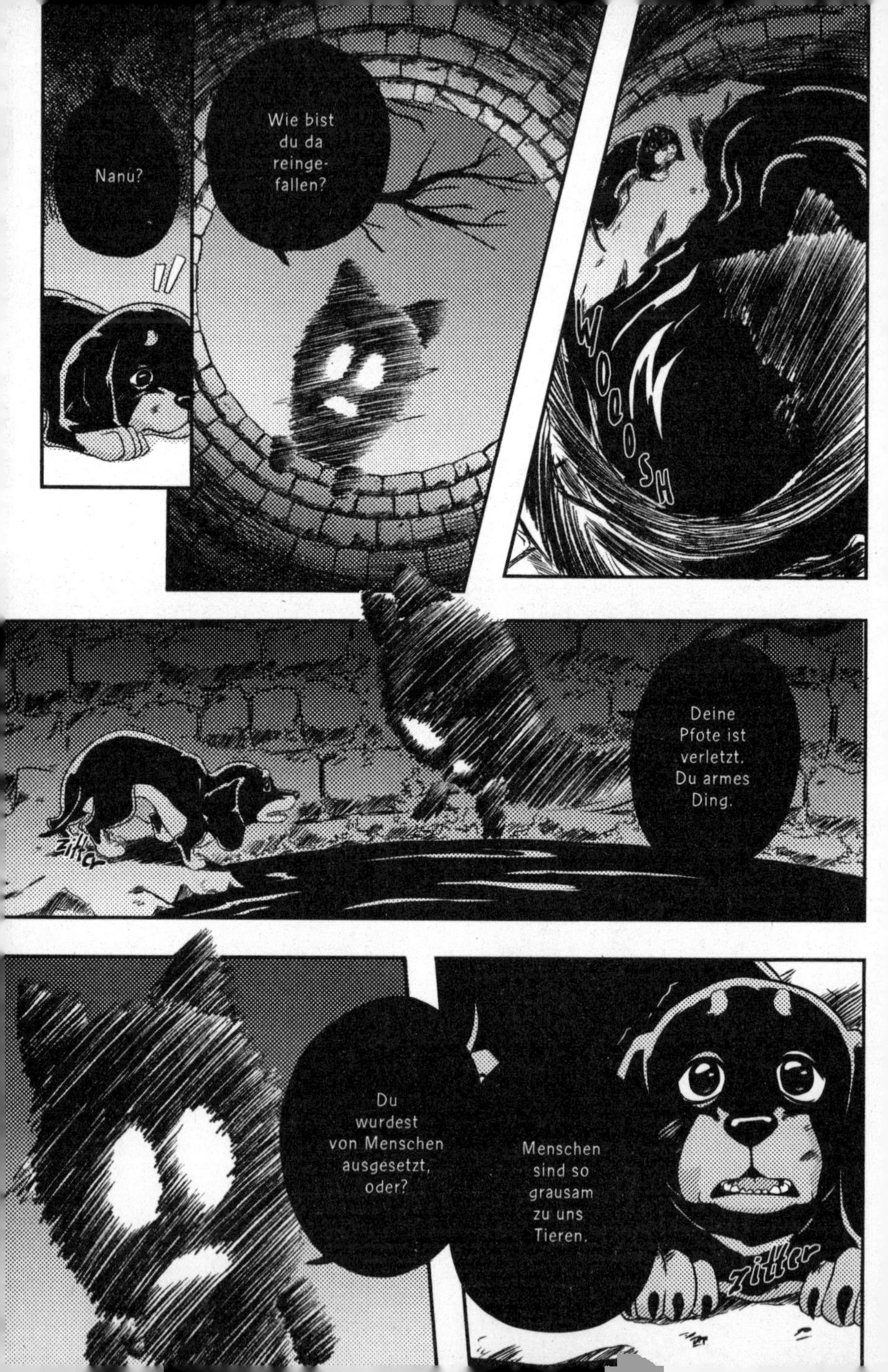
Wie bist du da reingefallen?
Nanu?
WOOOSH
Deine Pfote ist verletzt. Du armes Ding.
Zitter
Menschen sind so grausam zu uns Tieren.
Du wurdest von Menschen ausgesetzt, oder?
Zitter

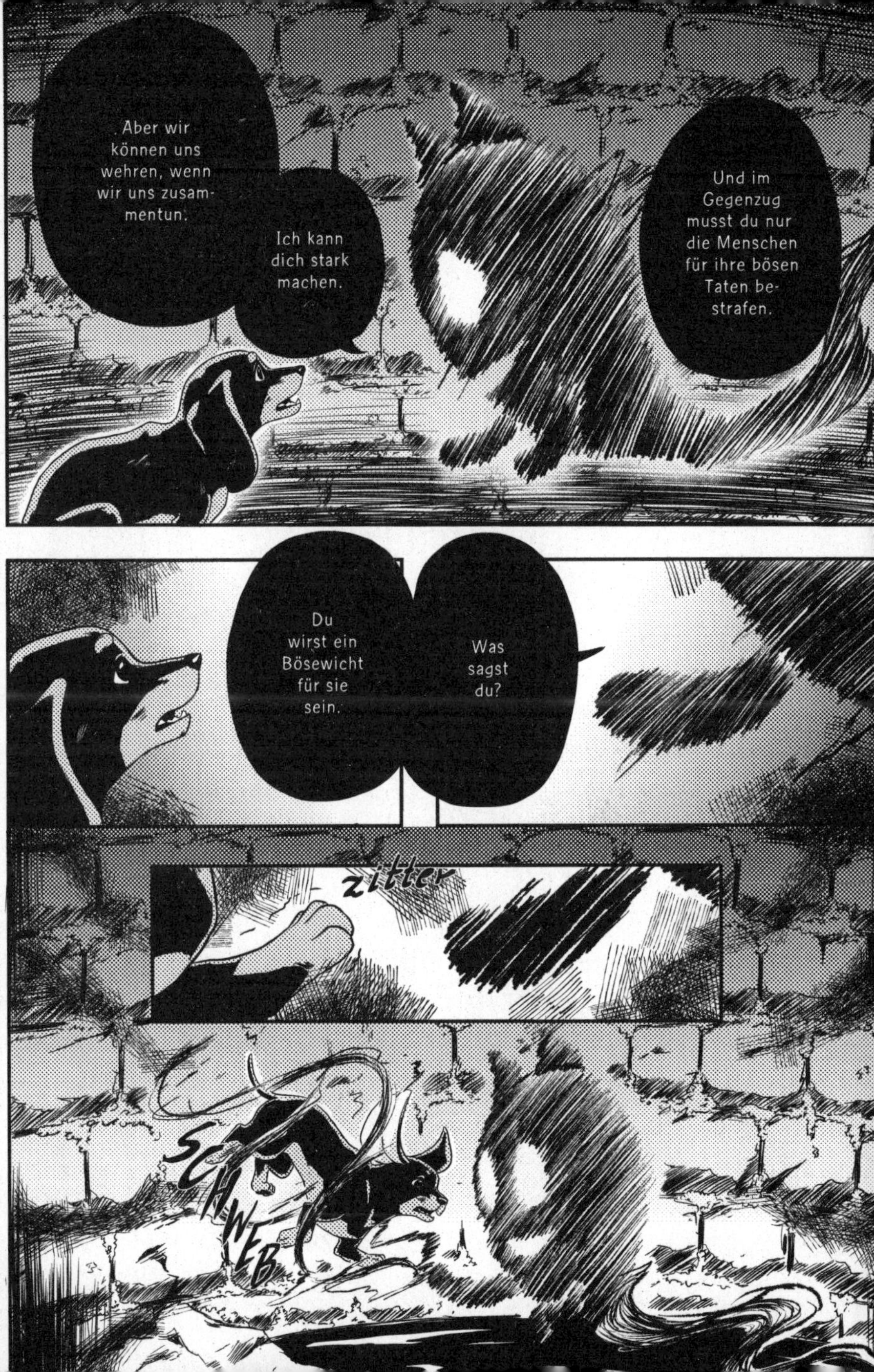
Aber wir können uns wehren, wenn wir uns zusammentun.
Ich kann dich stark machen.
Und im Gegenzug musst du nur die Menschen für ihre bösen Taten bestrafen.
Du wirst ein Bösewicht für sie sein.
Was sagst du?
zitter
SCHWEB

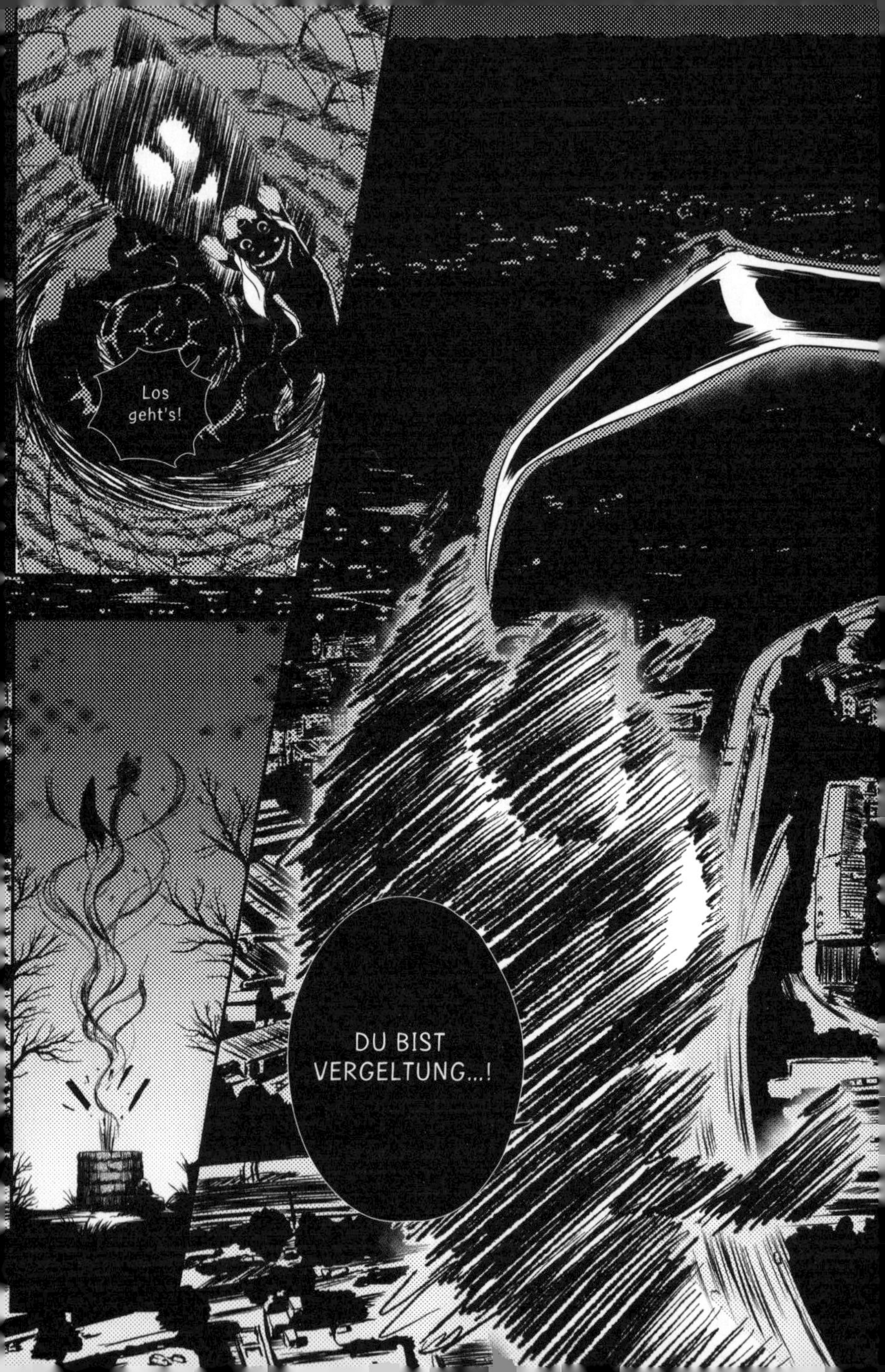
Los geht's!
DU BIST VERGELTUNG...!

Kapitel 5: Baddog vs. Goodboy

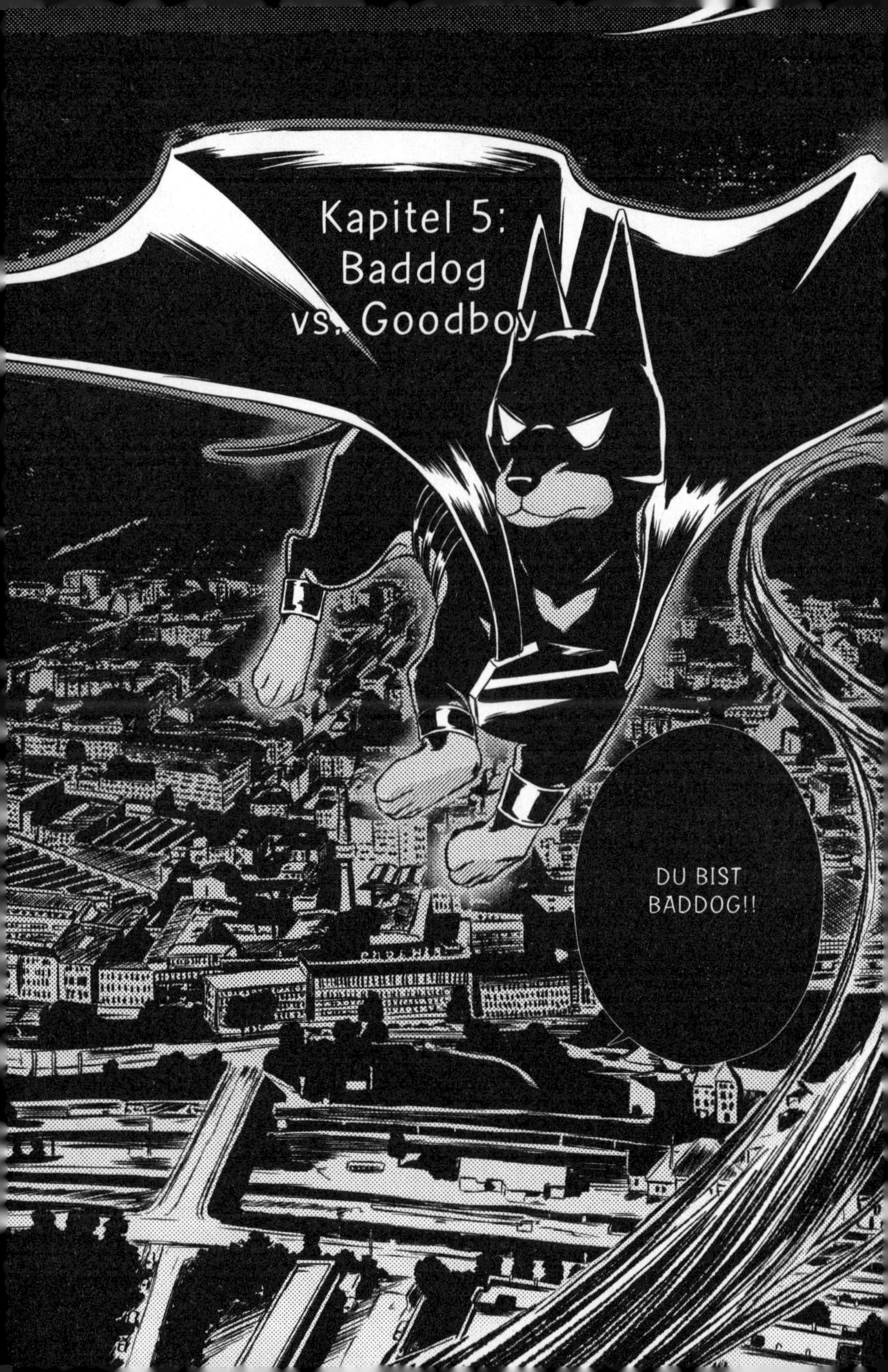

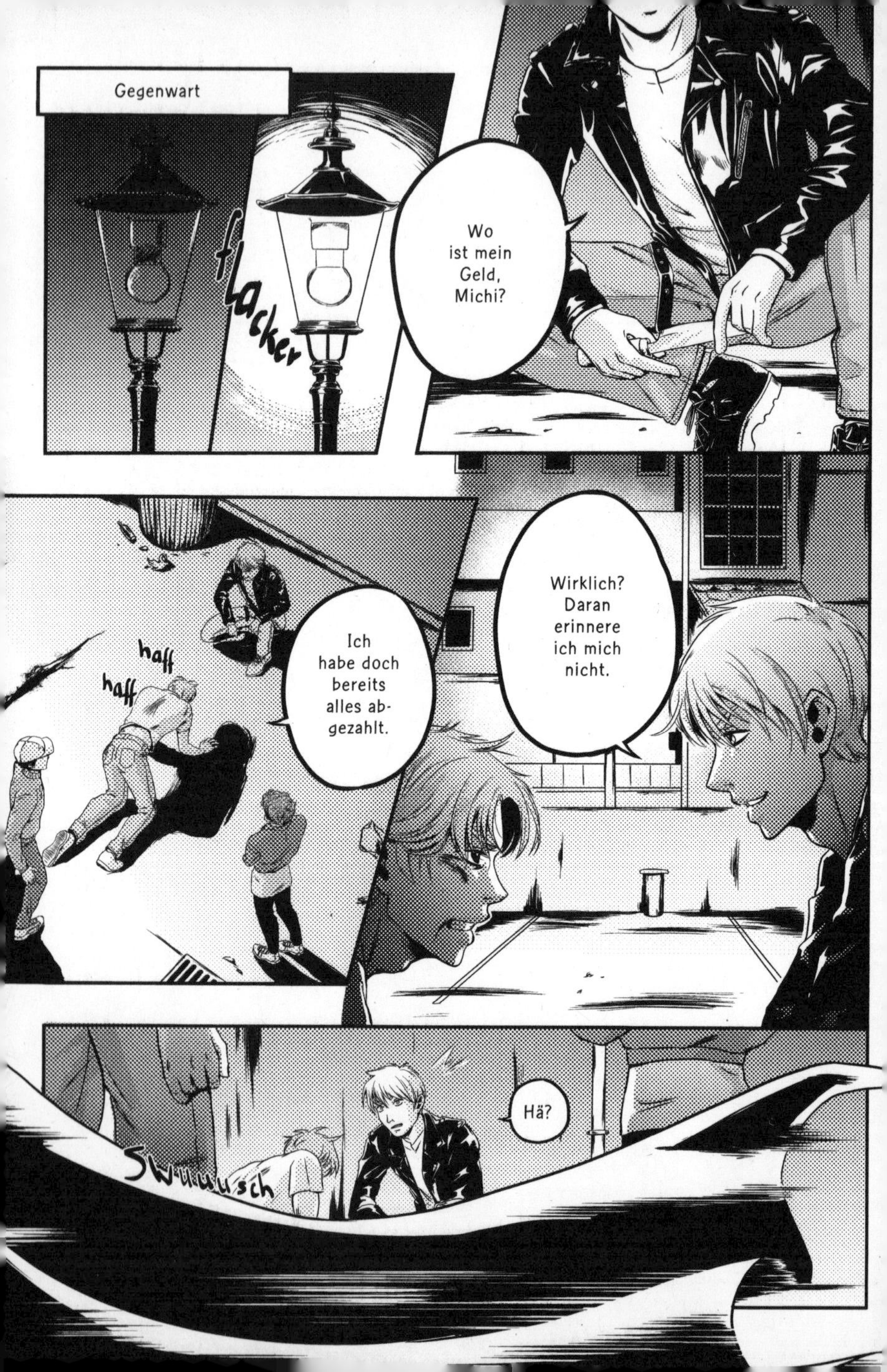
Gegenwart
flacker
Wo ist mein Geld, Michi?
haff
haff
Ich habe doch bereits alles ab-gezahlt.
Wirklich? Daran erinnere ich mich nicht.
Hä?
Swuuusch

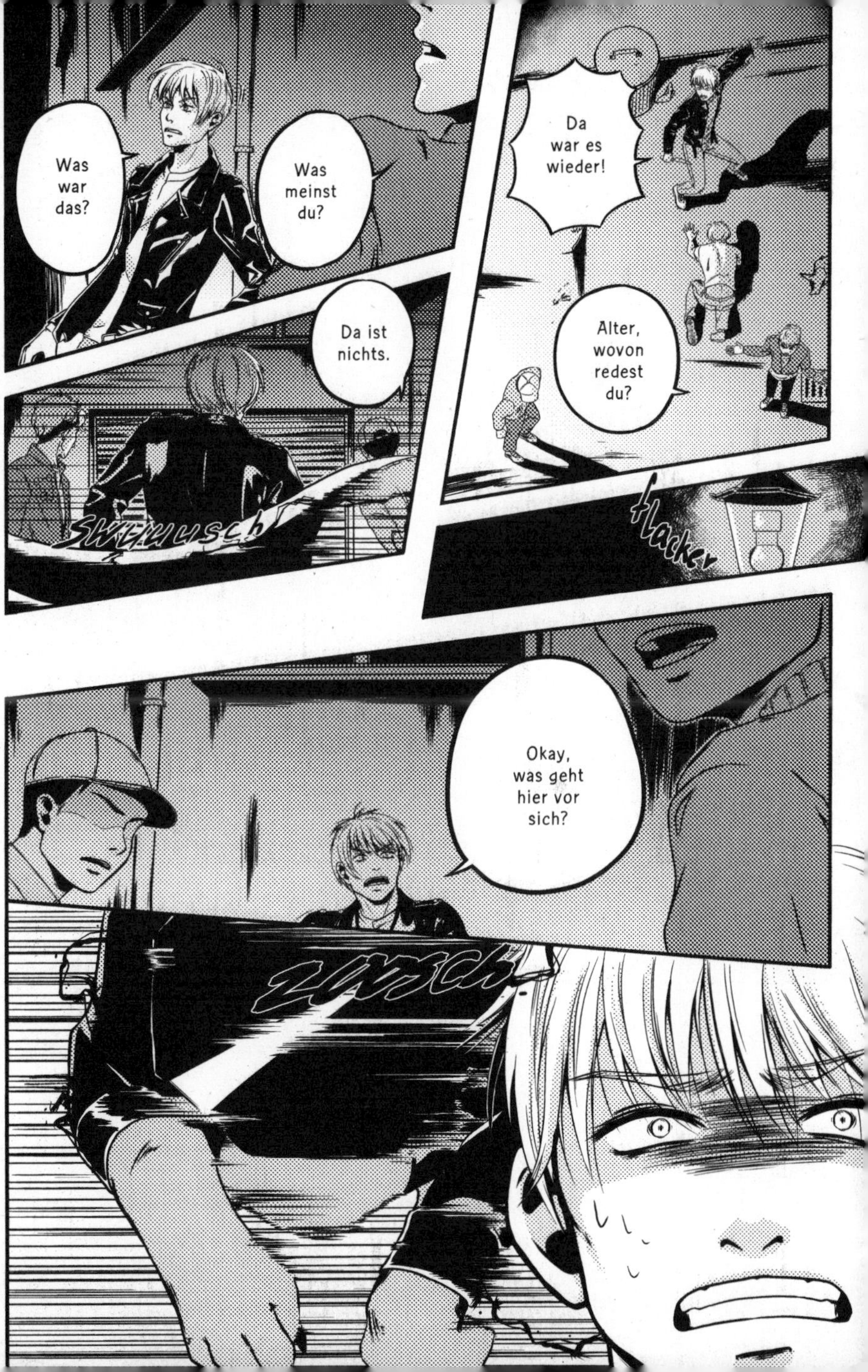
Was war das?
Was meinst du?
Da ist nichts.
SWUUSCH
Da war es wieder!
Alter, wovon redest du?
flacker
Okay, was geht hier vor sich?
ZUSCH

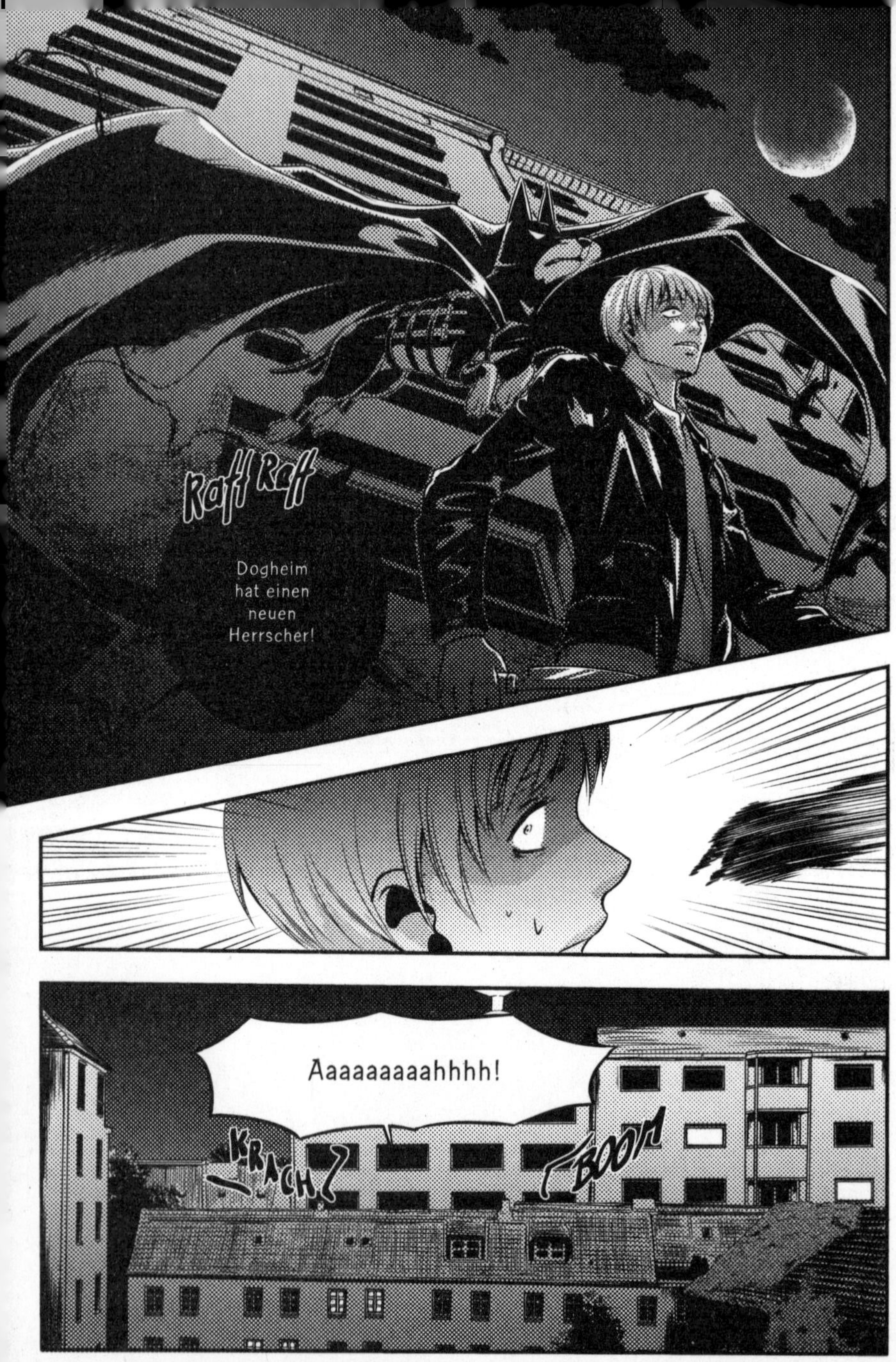
Raff Raff
Dogheim hat einen neuen Herrscher!
Aaaaaaaaahhhh!
KRACH
BOOM

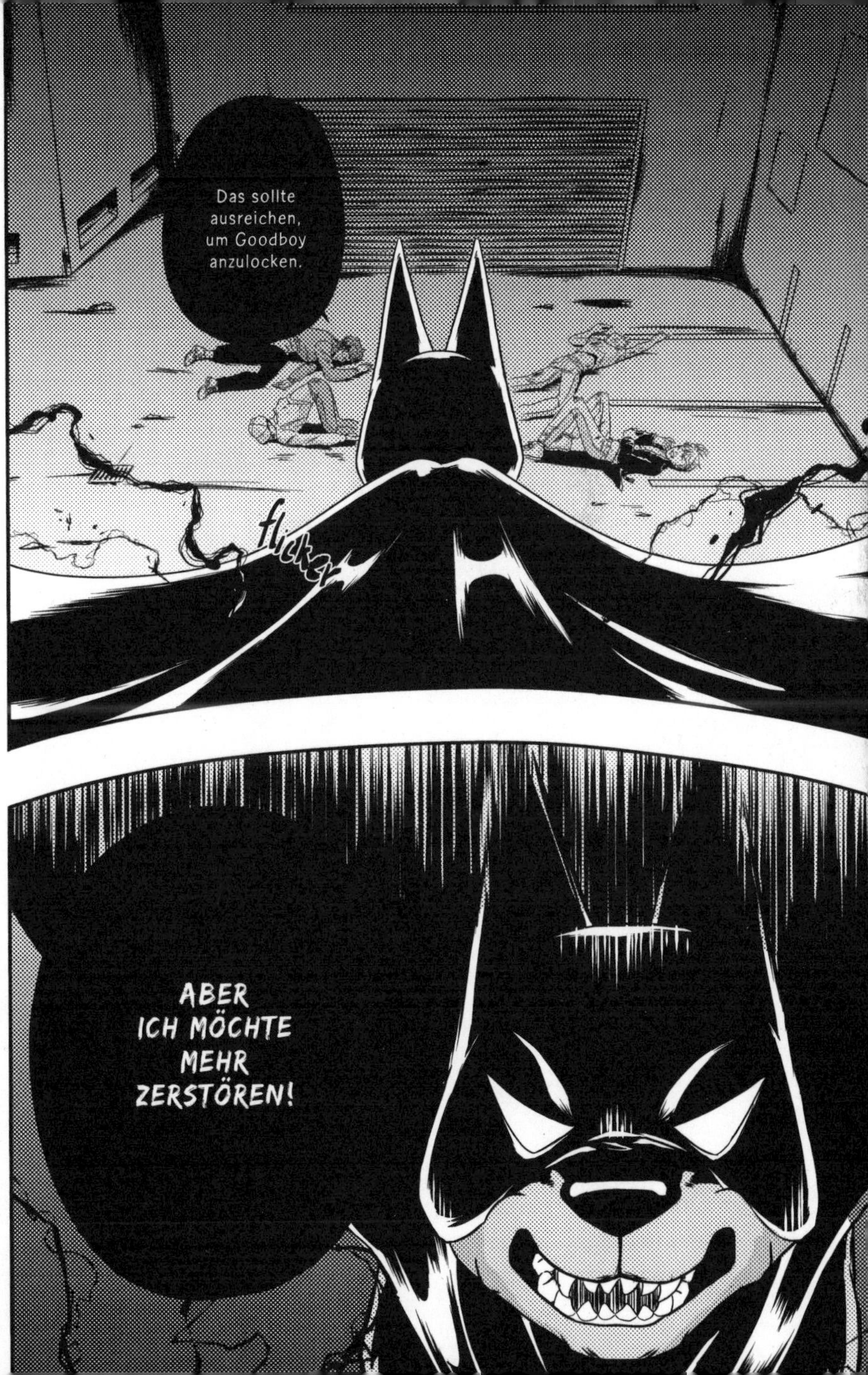
Das sollte ausreichen, um Goodboy anzulocken.
flicker
ABER ICH MÖCHTE MEHR ZERSTÖREN!

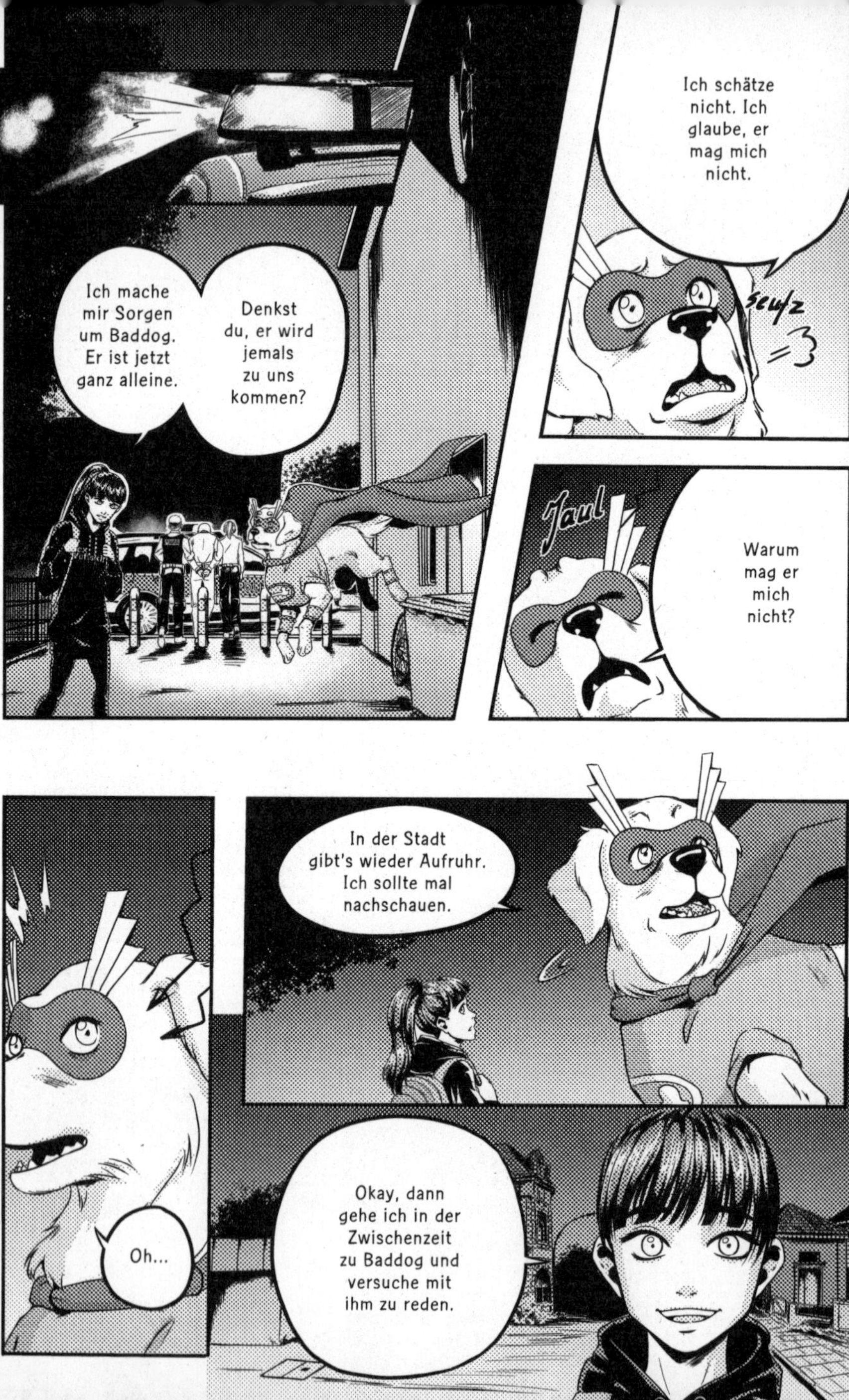
Ich mache mir Sorgen um Baddog. Er ist jetzt ganz alleine.
Denkst du, er wird jemals zu uns kommen?
Ich schätze nicht. Ich glaube, er mag mich nicht.
seufz
Jaul
Warum mag er mich nicht?
In der Stadt gibt's wieder Aufruhr. Ich sollte mal nachschauen.
Oh...
Okay, dann gehe ich in der Zwischenzeit zu Baddog und versuche mit ihm zu reden.

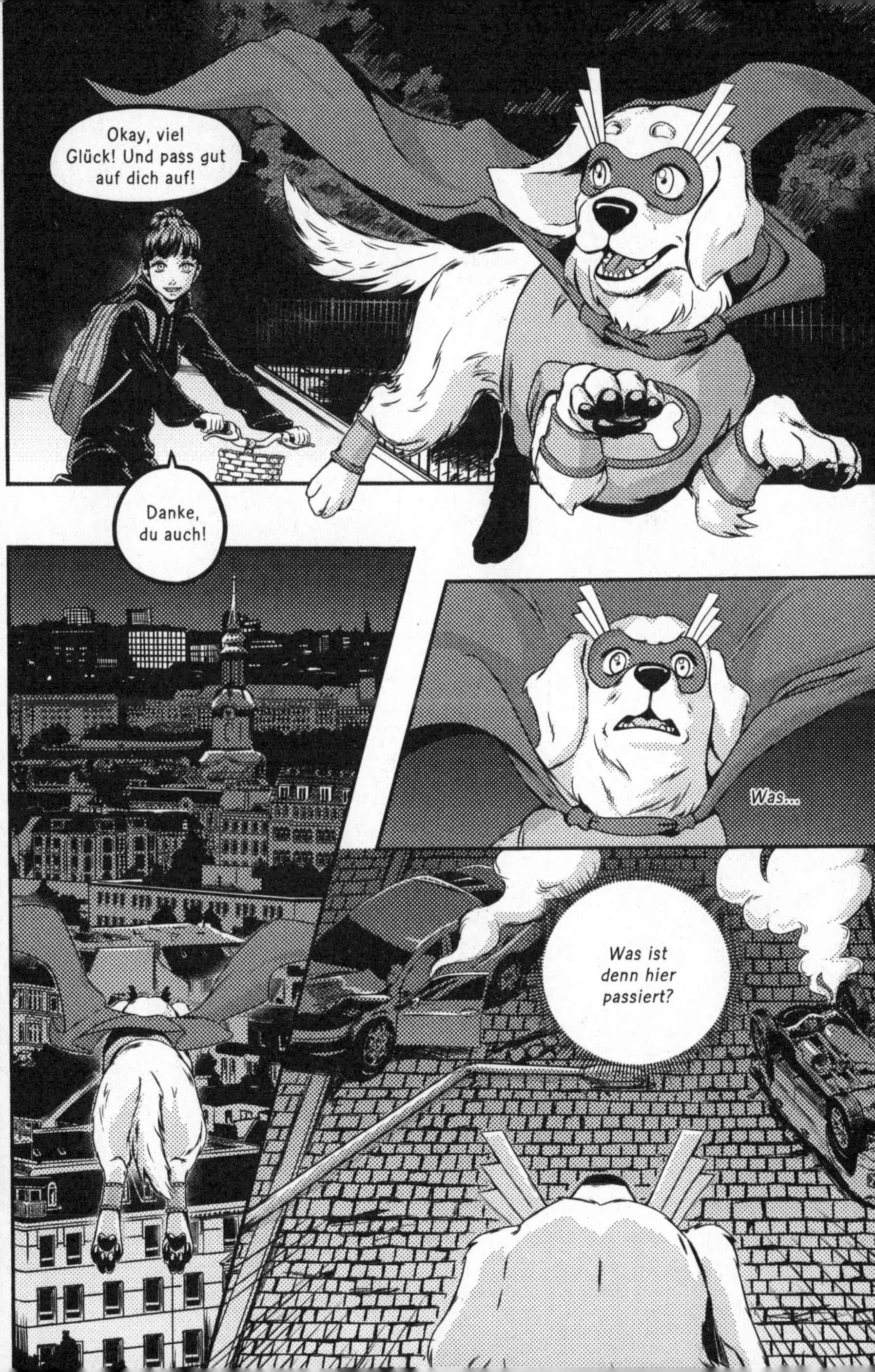
Okay, viel Glück! Und pass gut auf dich auf!
Danke, du auch!
Was...
Was ist denn hier passiert?

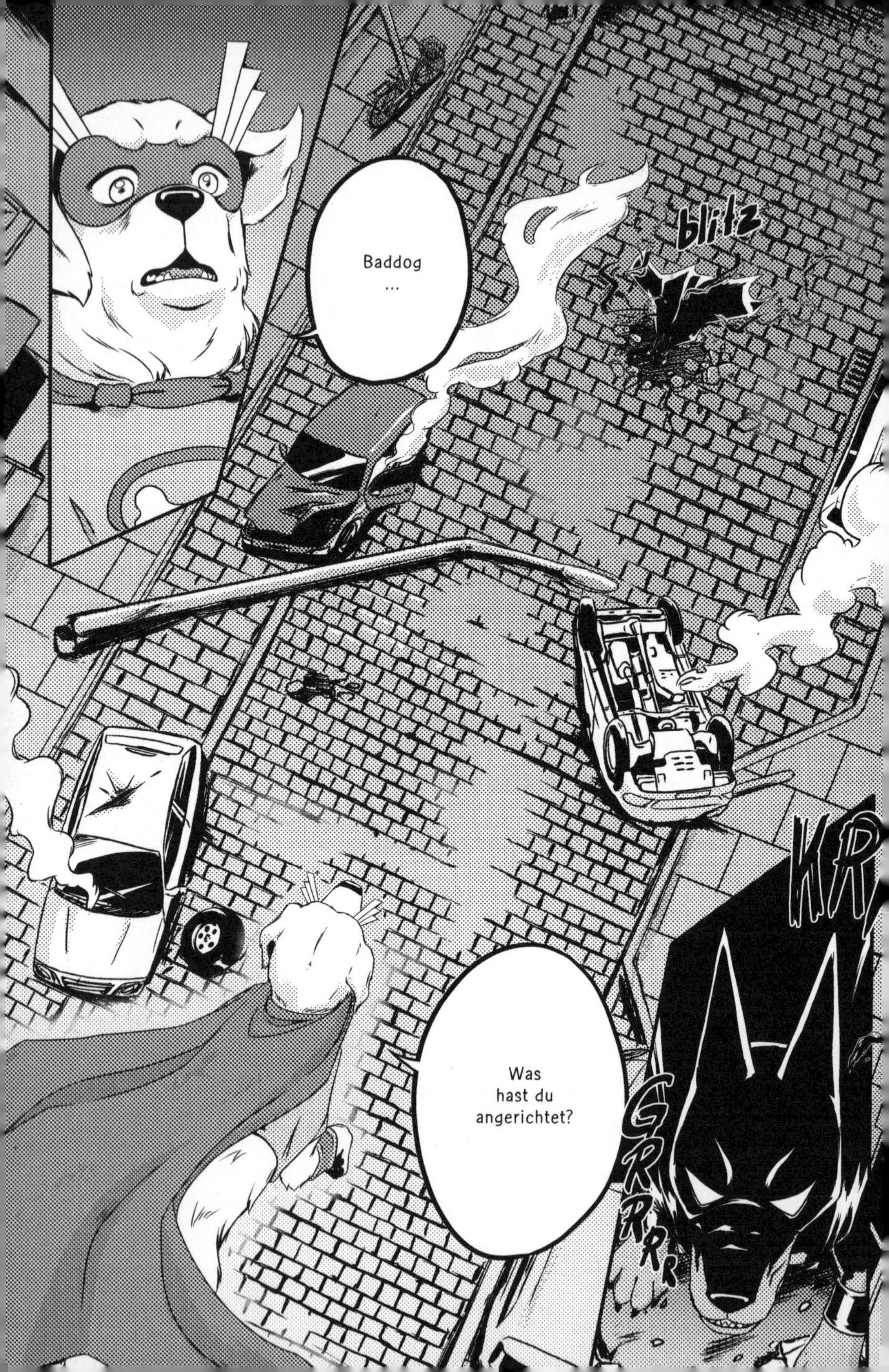
Baddog
...
blitz
Was
hast du
angerichtet?
GRRRRR
KR

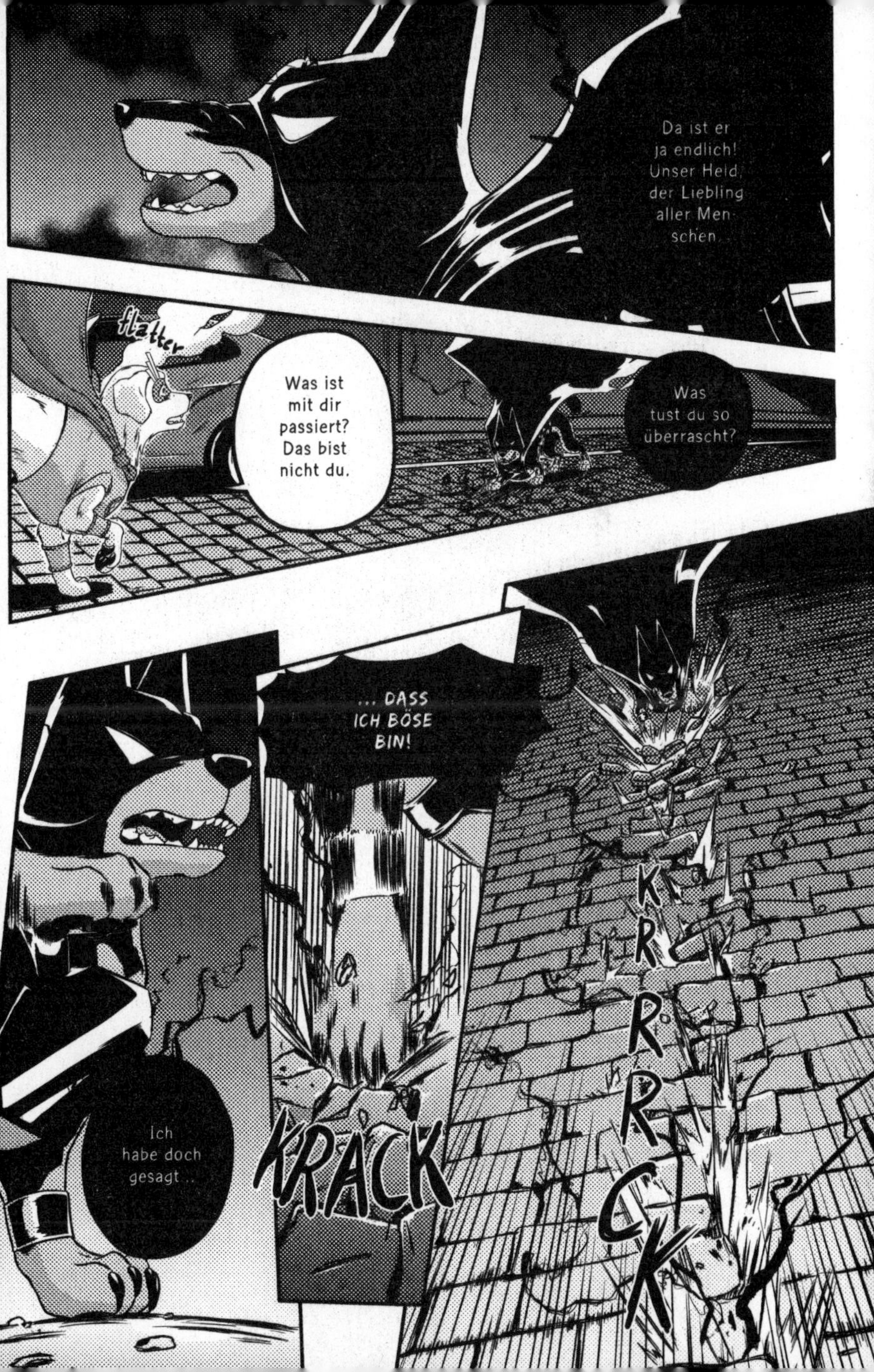
Da ist er ja endlich! Unser Held, der Liebling aller Menschen ...
flatter
Was tust du so überrascht?
Was ist mit dir passiert? Das bist nicht du.
Ich habe doch gesagt ...
... DASS ICH BÖSE BIN!
KRACK
KRRRCK

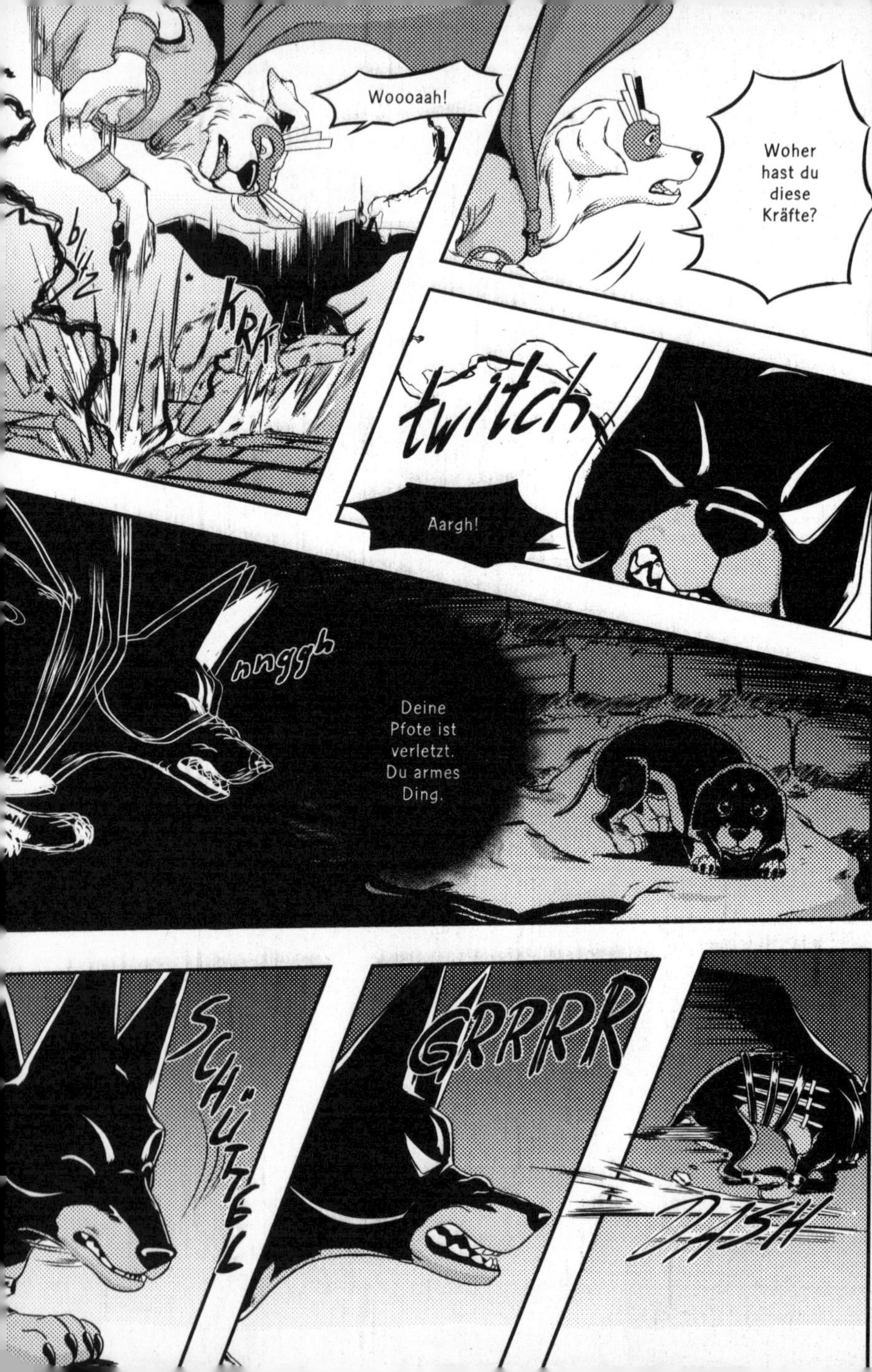
Woher hast du diese Kräfte?
Wooooah!
blitz
KRK
twitch
Aargh!
Deine Pfote ist verletzt. Du armes Ding.
nnggh
SWISH
GRRRRR
SCHÜTTEL

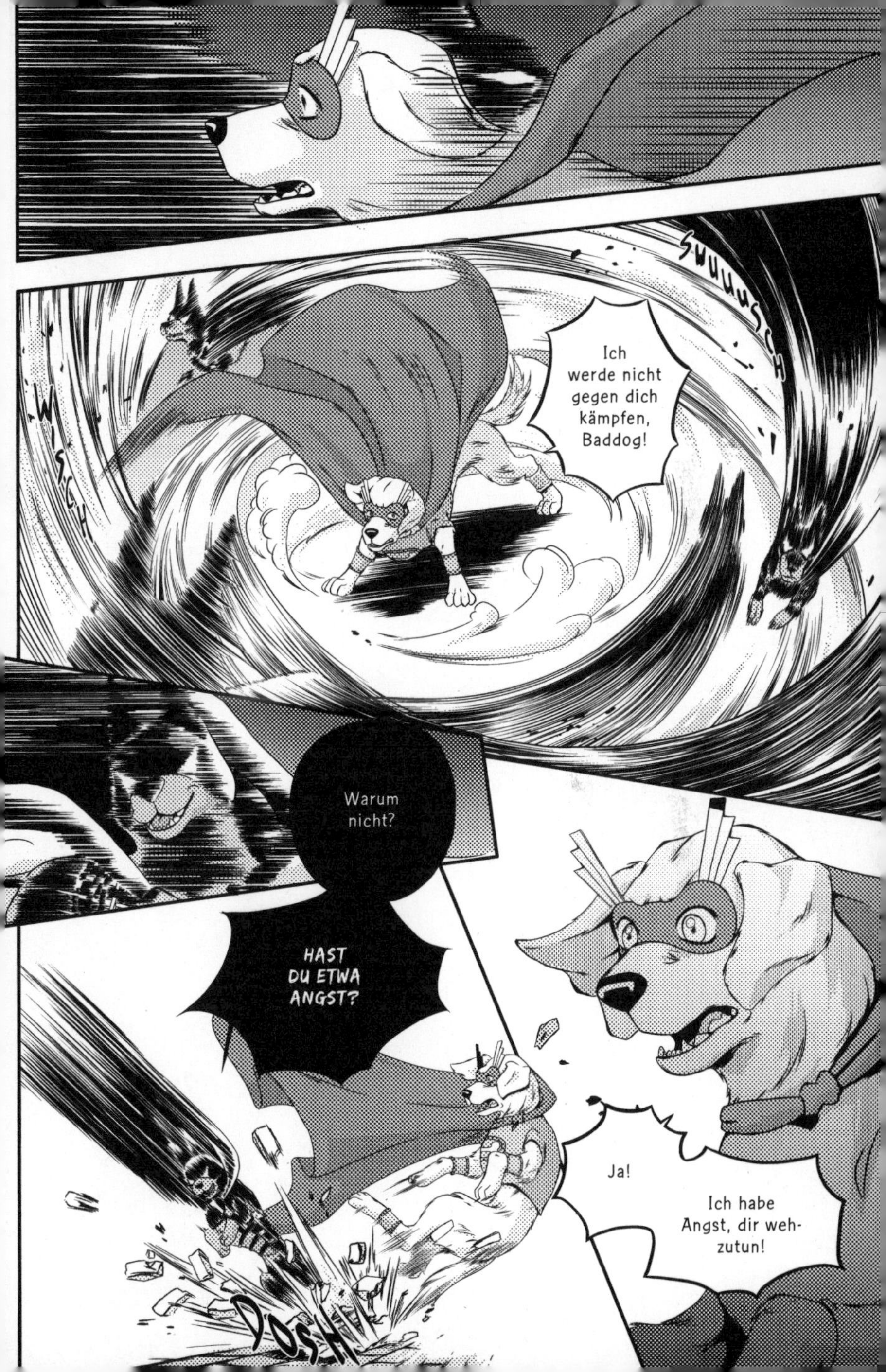

SUUUUSCH
WISCH
Ich werde nicht gegen dich kämpfen, Baddog!
Warum nicht?
HAST DU ETWA ANGST?
Ja!
Ich habe Angst, dir weh-zutun!
DOSH

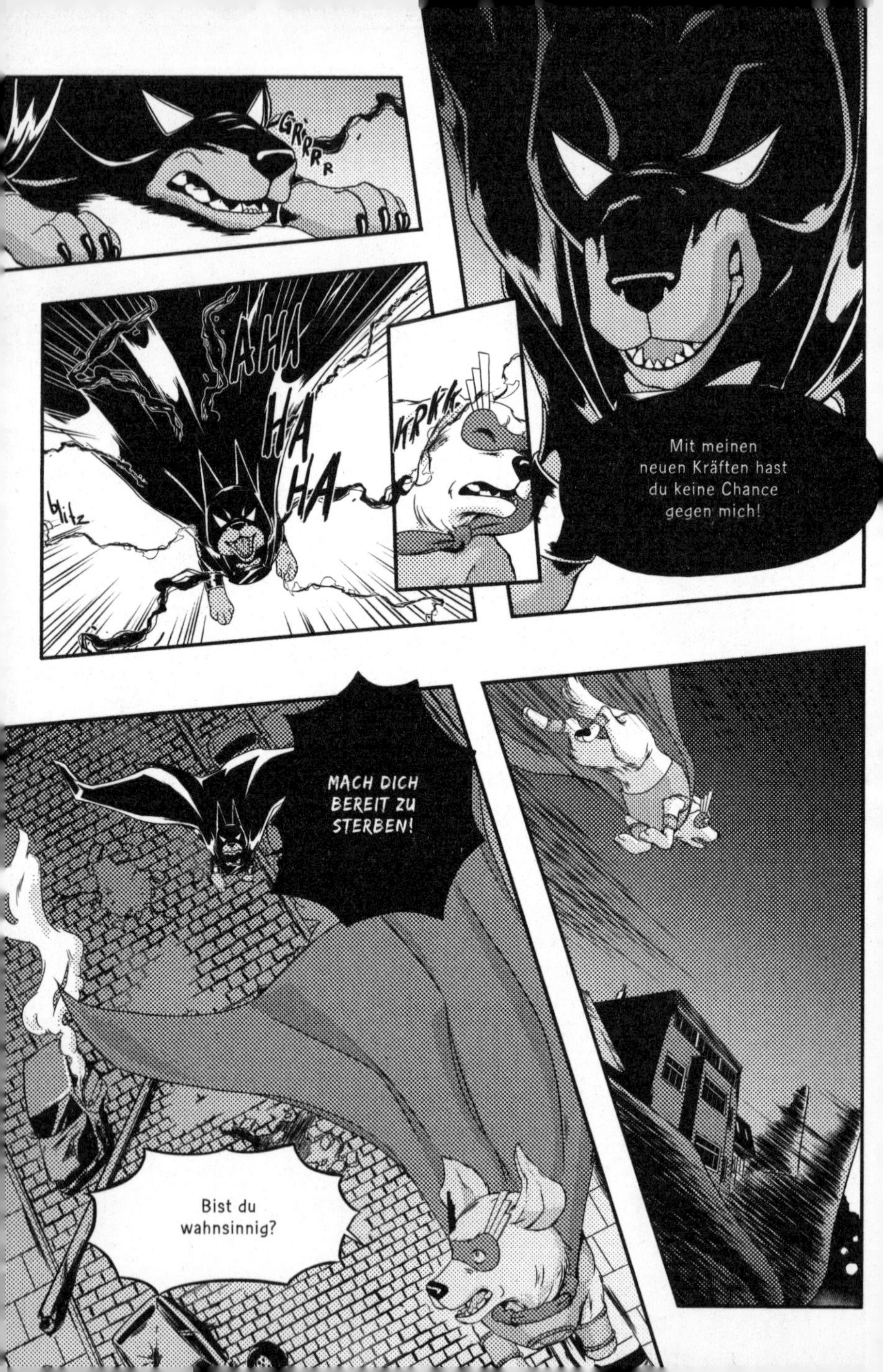
GRRRRR
Mit meinen neuen Kräften hast du keine Chance gegen mich!
AHA HA HA
KRKK
MACH DICH BEREIT ZU STERBEN!
Bist du wahnsinnig?

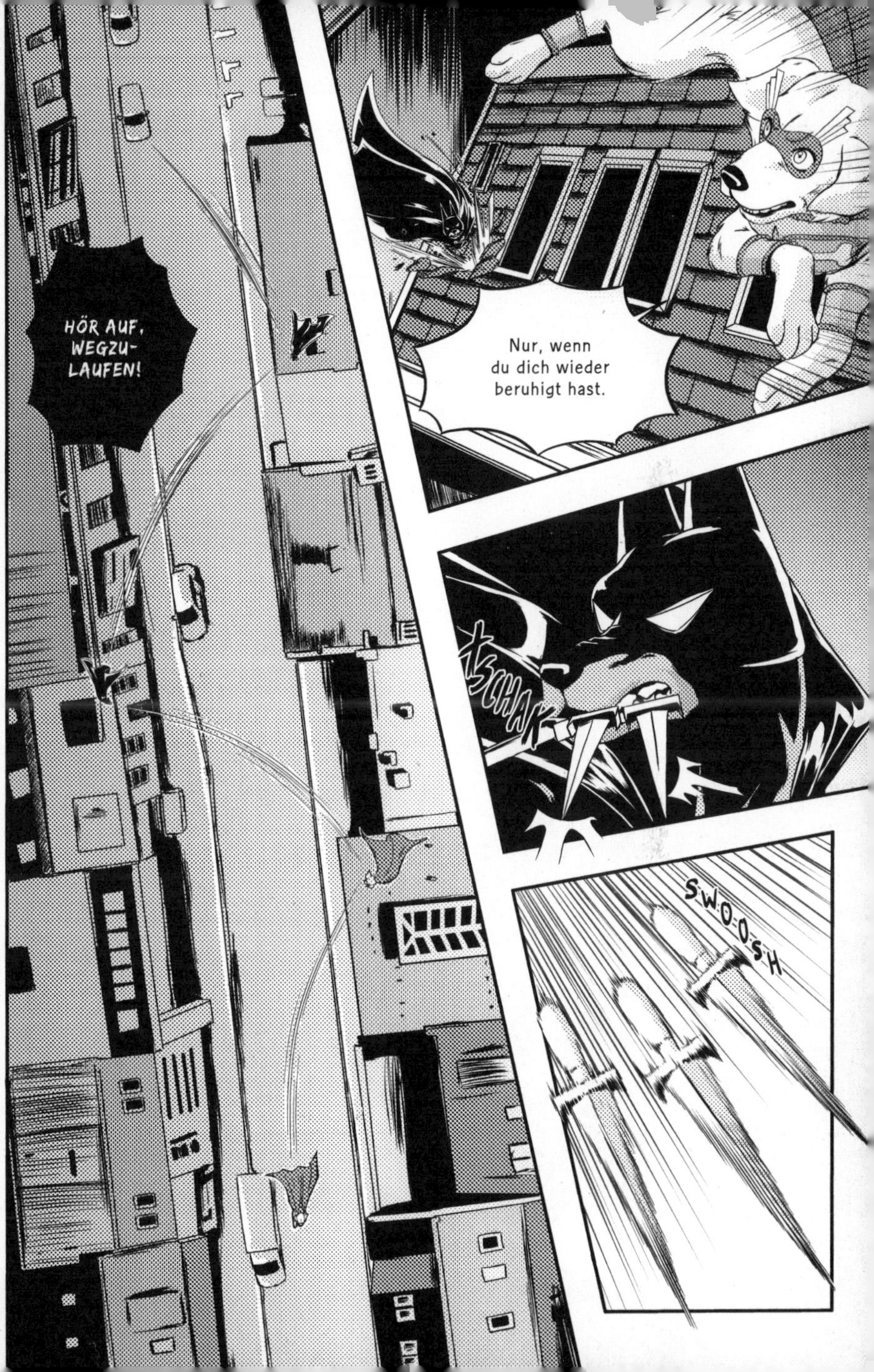

HÖR AUF,
WEGZU-
LAUFEN!
Nur, wenn
du dich wieder
beruhigt hast.
TSCHAK
SWOOSH

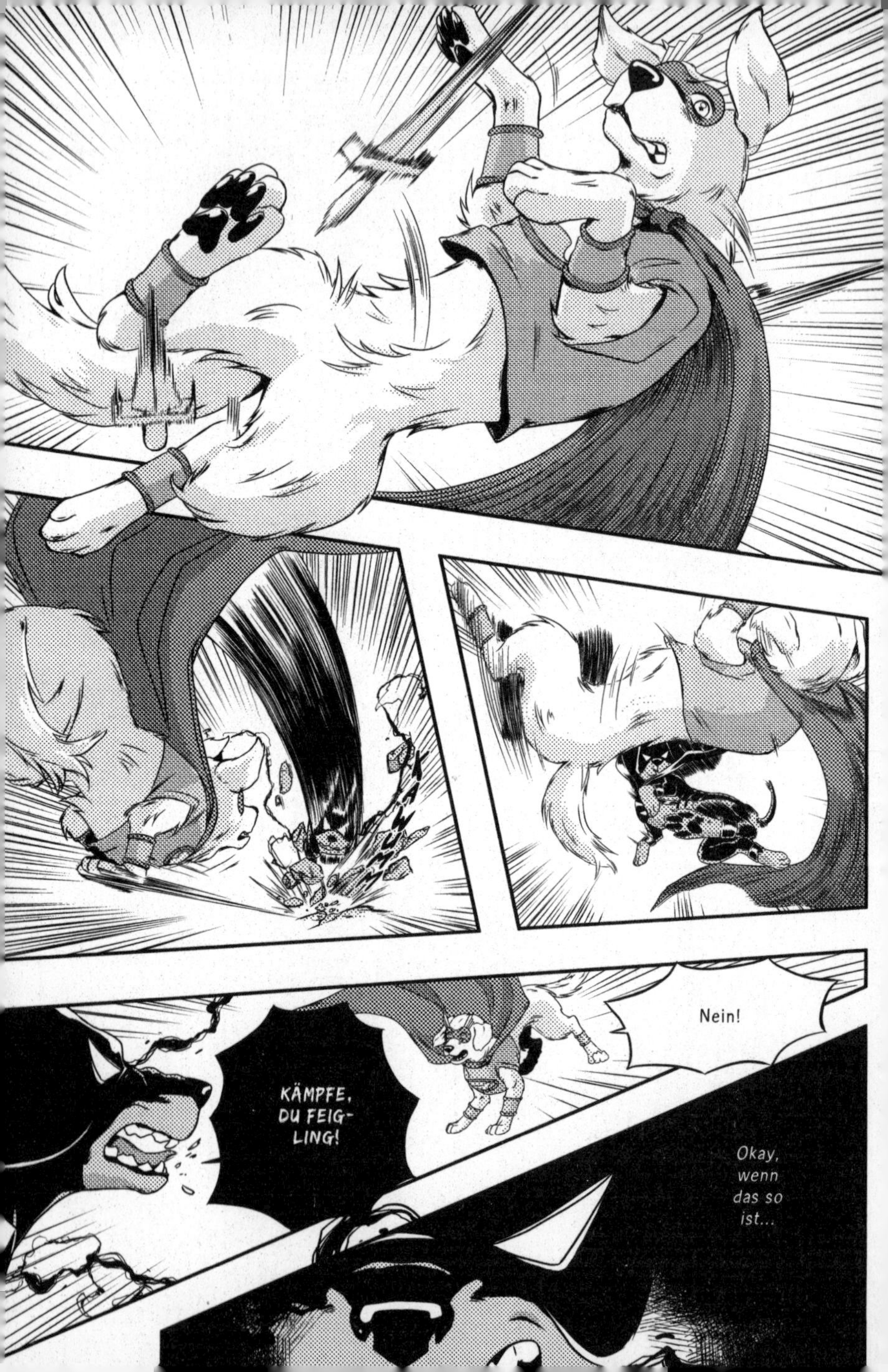
KAWUMM
Nein!
KÄMPFE, DU FEIG-LING!
Okay, wenn das so ist...

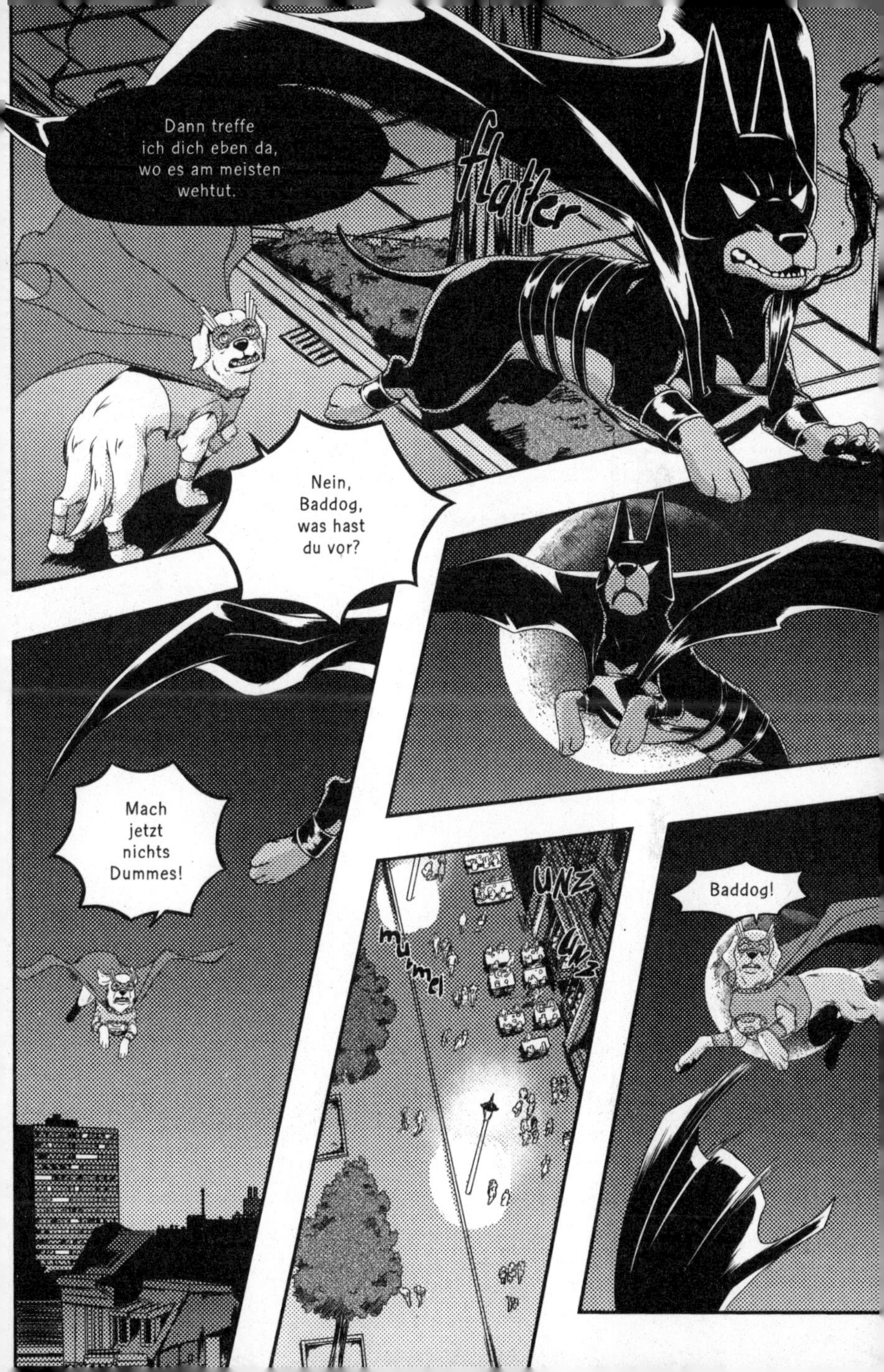
Dann treffe ich dich eben da, wo es am meisten wehtut.
flatter
Nein, Baddog, was hast du vor?
Mach jetzt nichts Dummes!
murmel
UNZ
UNZ
Baddog!

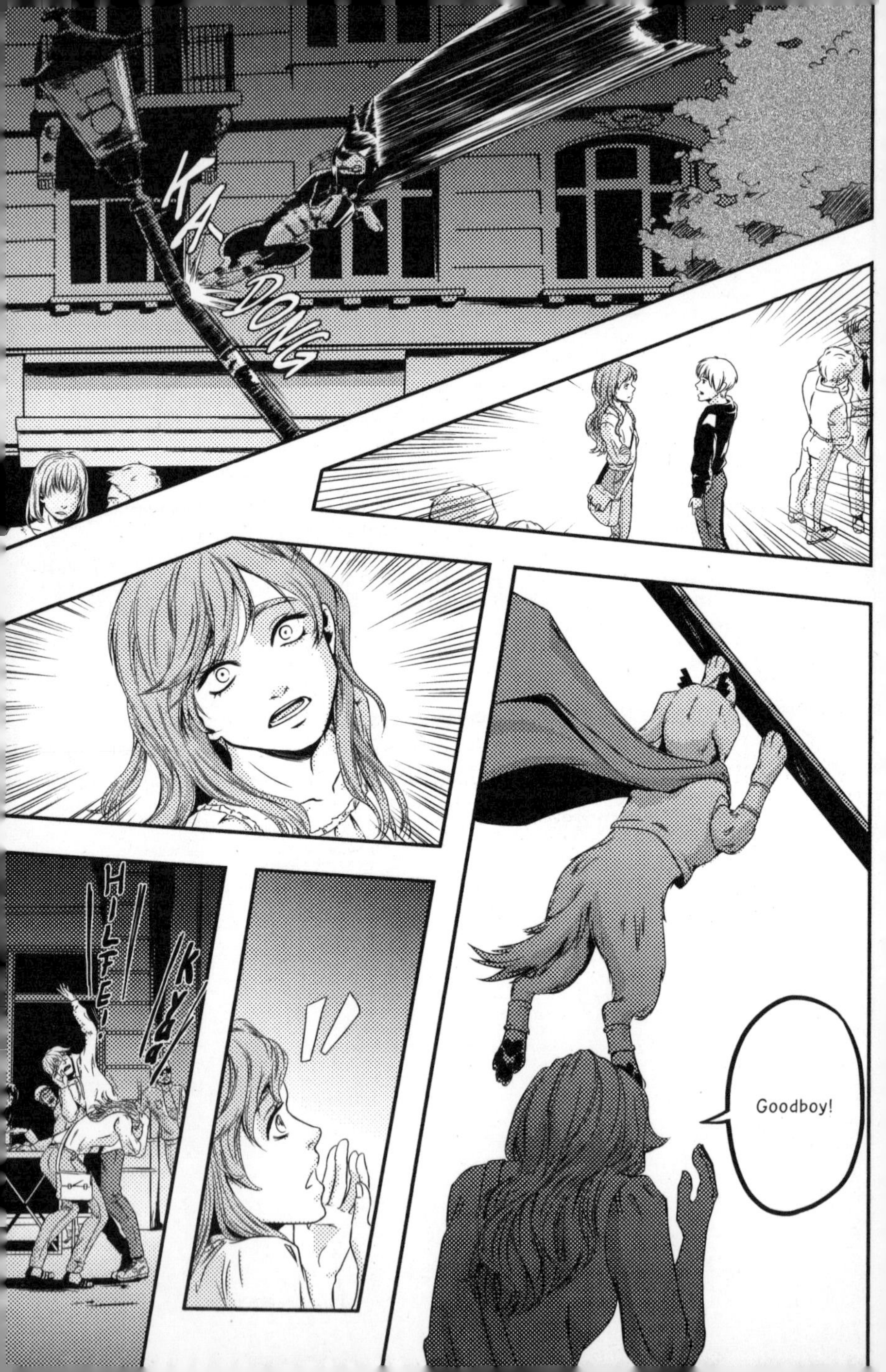
KA-DONG
HILFE!
KYAA
Goodboy!

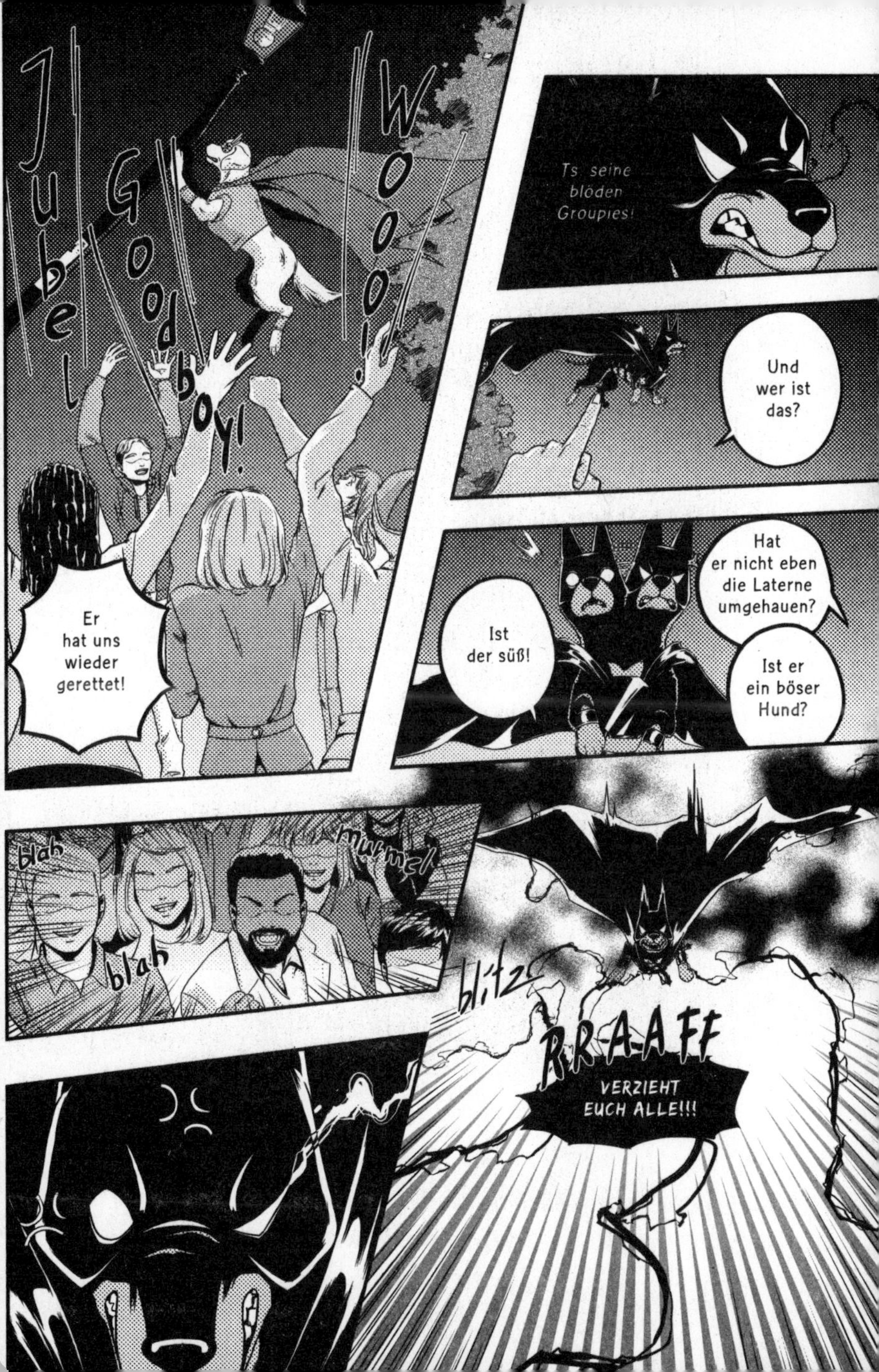

Jubel
Good boy!
Wooooo!
Er hat uns wieder gerettet!
Ts seine blöden Groupies!
Und wer ist das?
Hat er nicht eben die Laterne umgehauen?
Ist der süß!
Ist er ein böser Hund?
blah
blah
murmel
blitz
RRAAFF
VERZIEHT EUCH ALLE!!!

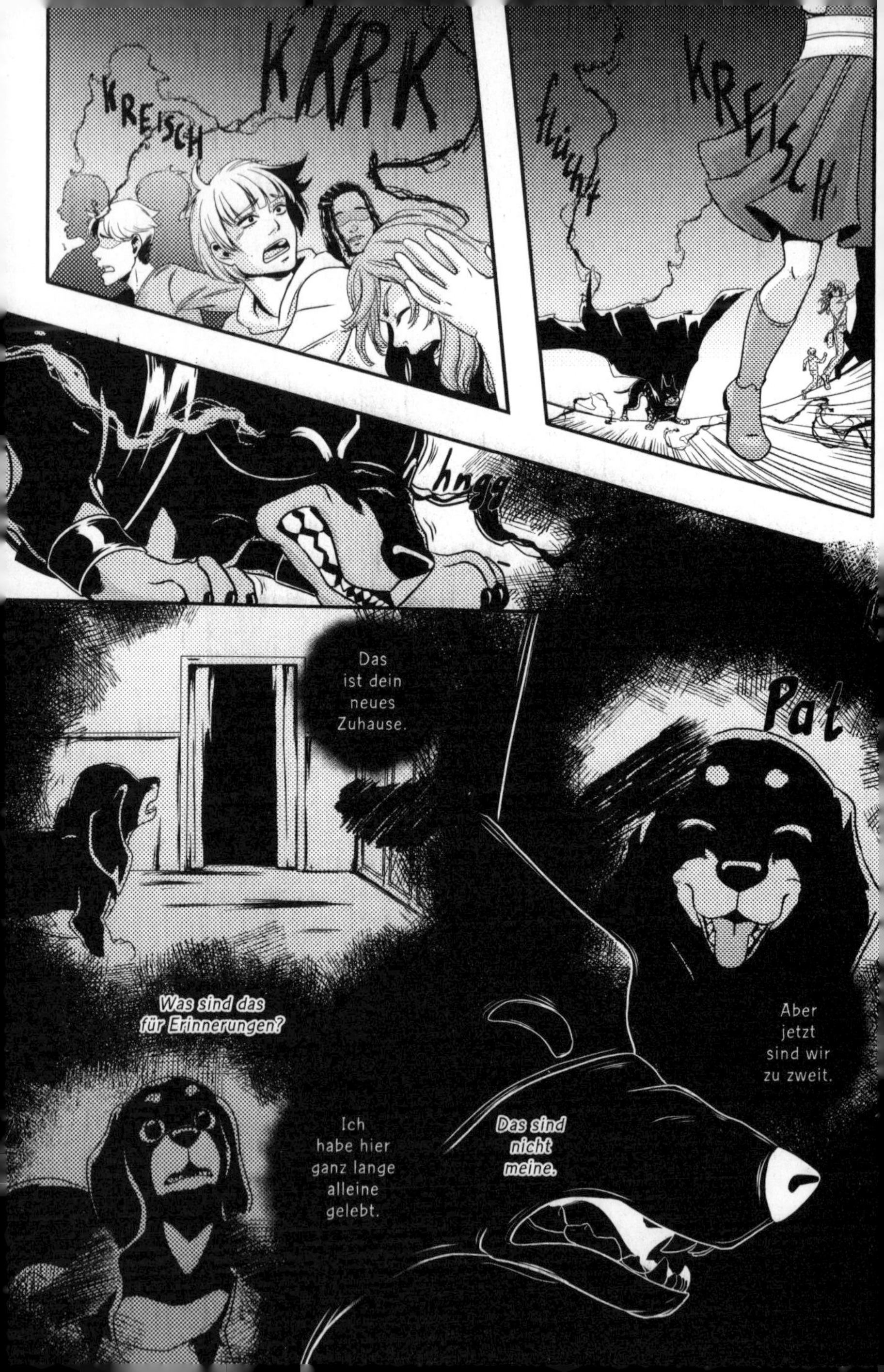
KKRK
KREISCH
KREISCH
flücht
hngg
Das ist dein neues Zuhause.
Pat
Was sind das für Erinnerungen?
Aber jetzt sind wir zu zweit.
Das sind nicht meine.
Ich habe hier ganz lange alleine gelebt.

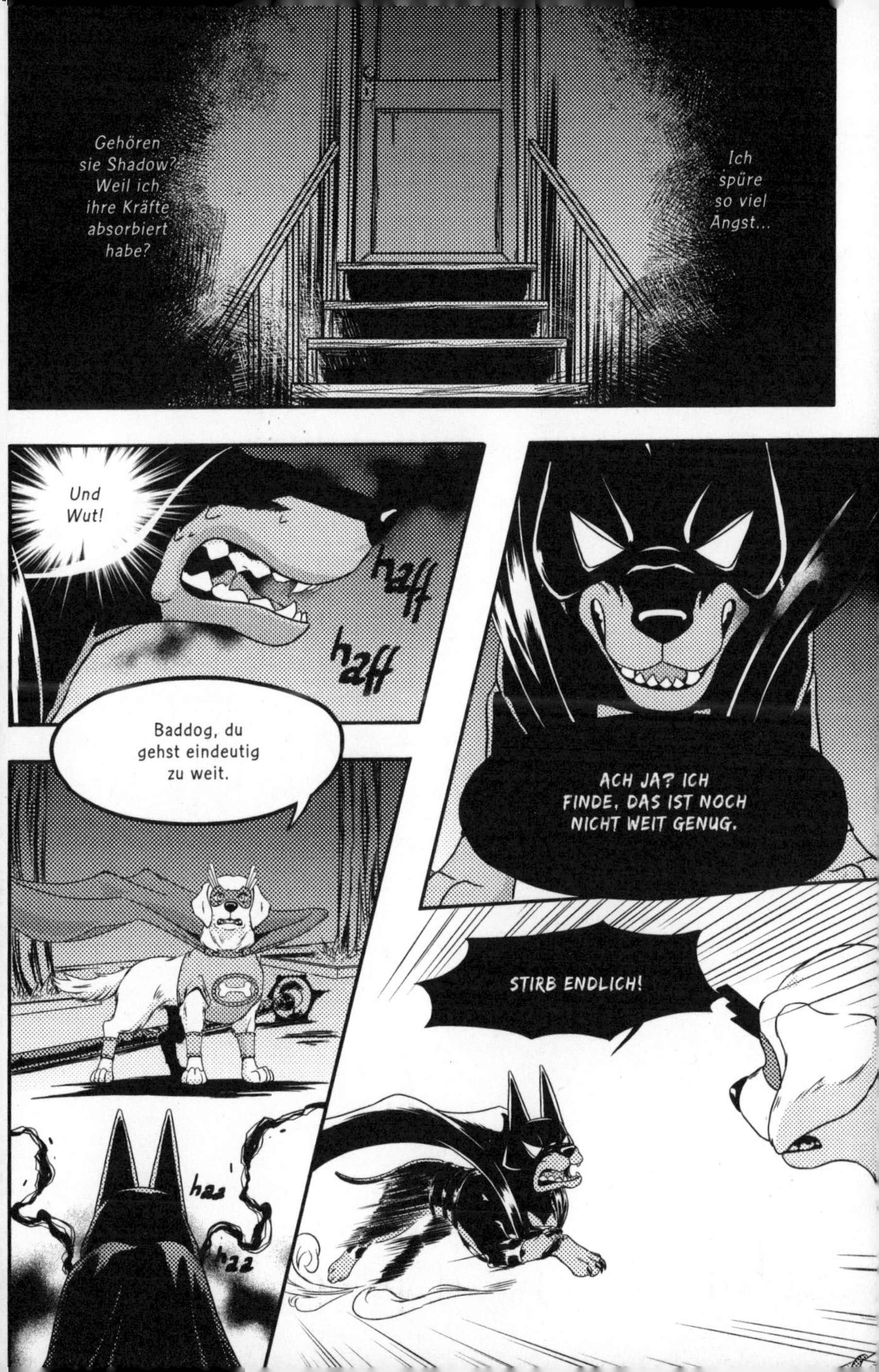

Gehören sie Shadow? Weil ich ihre Kräfte absorbiert habe?
Ich spüre so viel Angst...
Und Wut!
haff
haff
Baddog, du gehst eindeutig zu weit.
ACH JA? ICH FINDE, DAS IST NOCH NICHT WEIT GENUG.
haa
haa
STIRB ENDLICH!

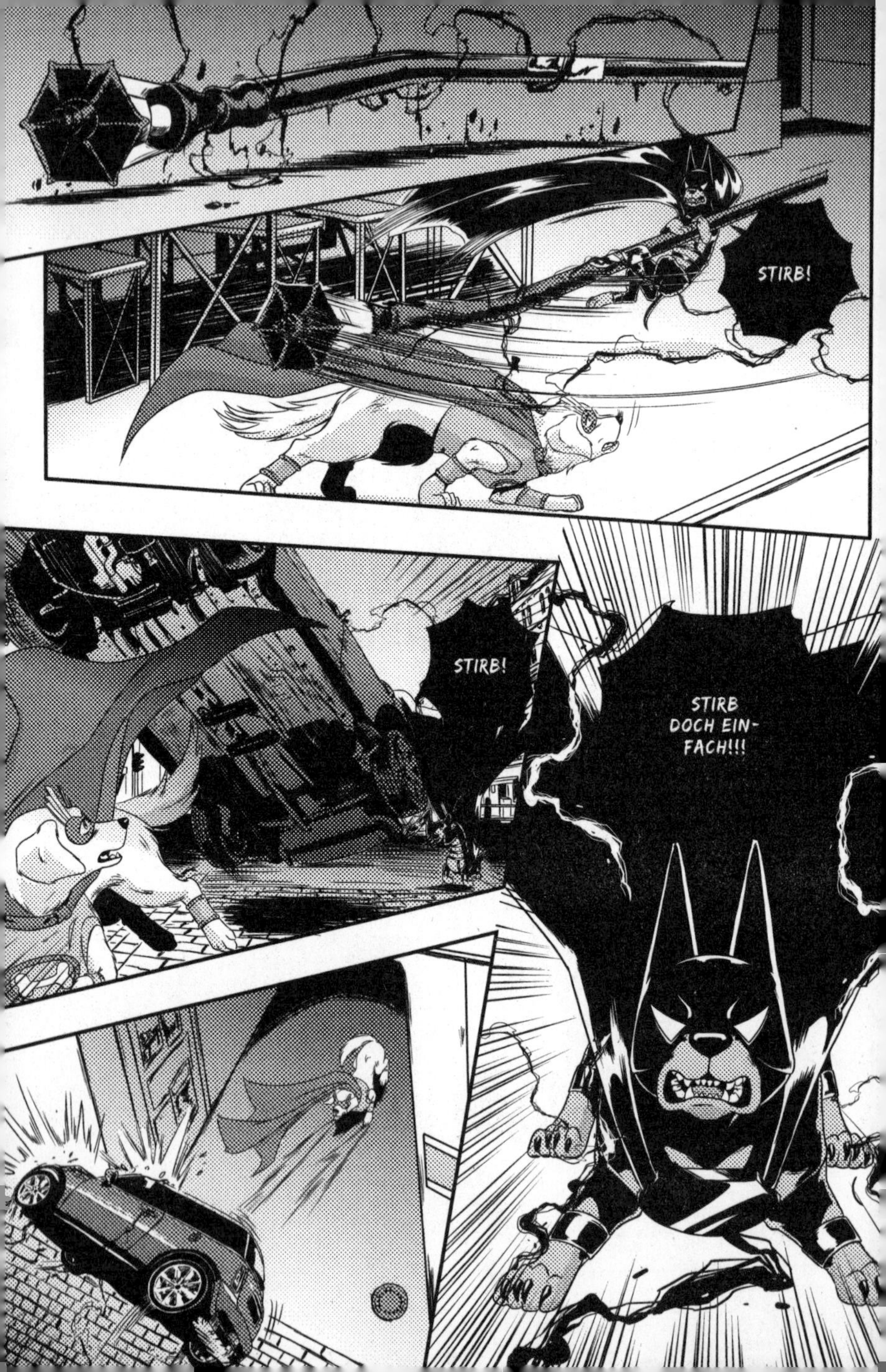
STIRB!
STIRB!
STIRB DOCH EIN-FACH!!!

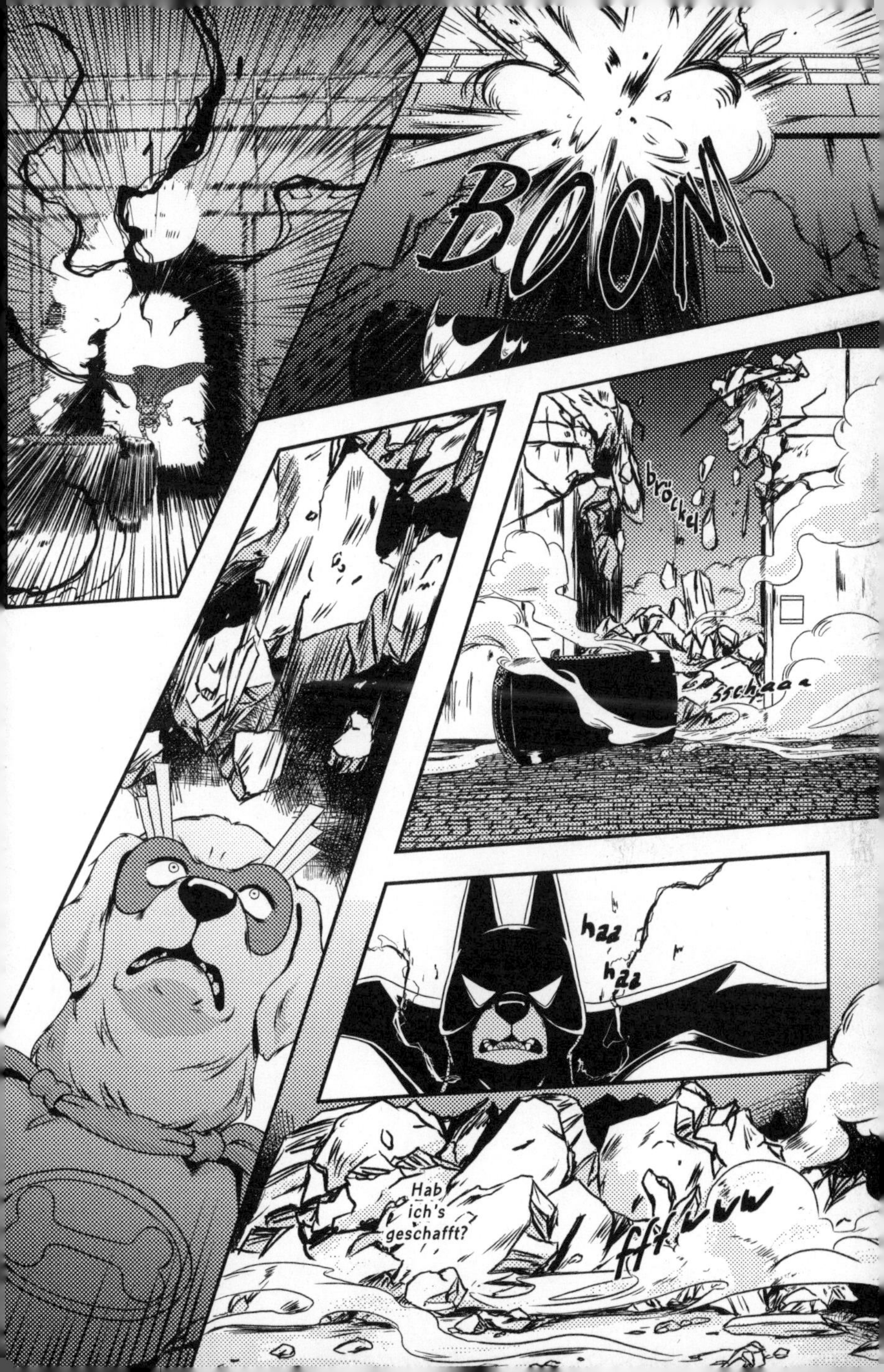
BOOM
bröckel
sschhaaa
haa
haa
Hab ich's geschafft?
fftuuuw

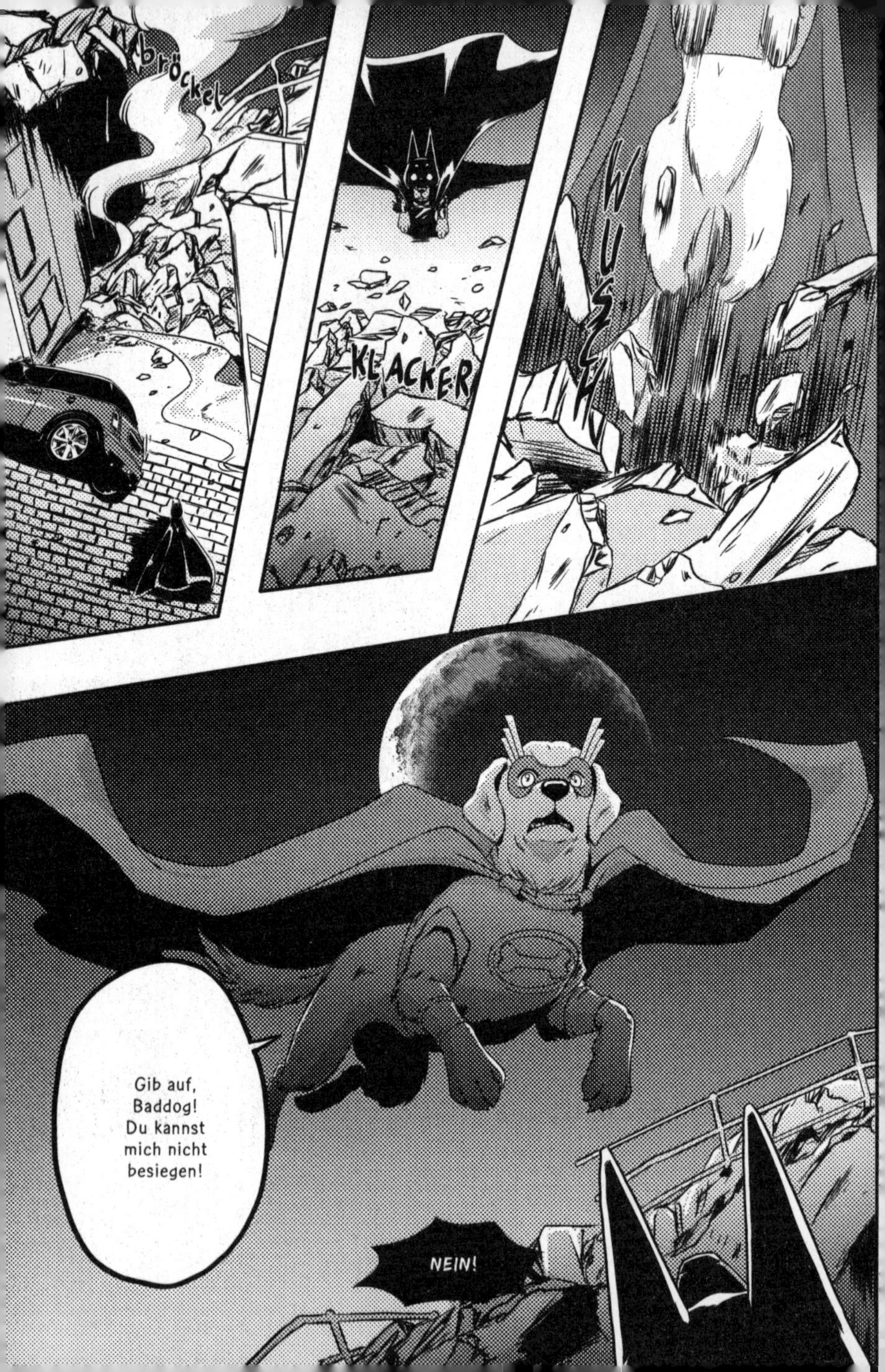
bröckel
KLACKER
WUSCH
Gib auf, Baddog! Du kannst mich nicht besiegen!
NEIN!

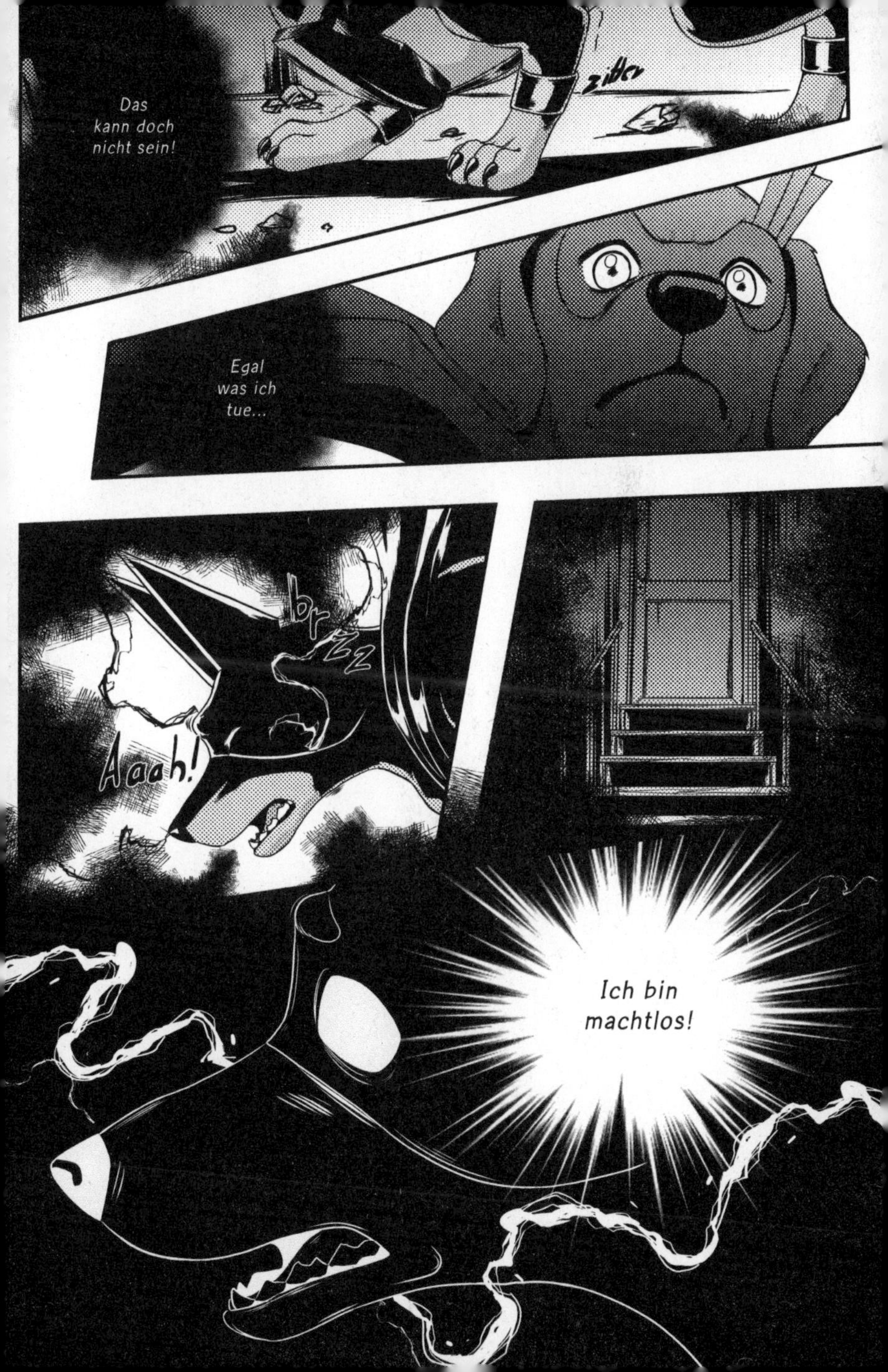

Das kann doch nicht sein!
zitter
Egal was ich tue...
brzzz
Aaah!
Ich bin machtlos!

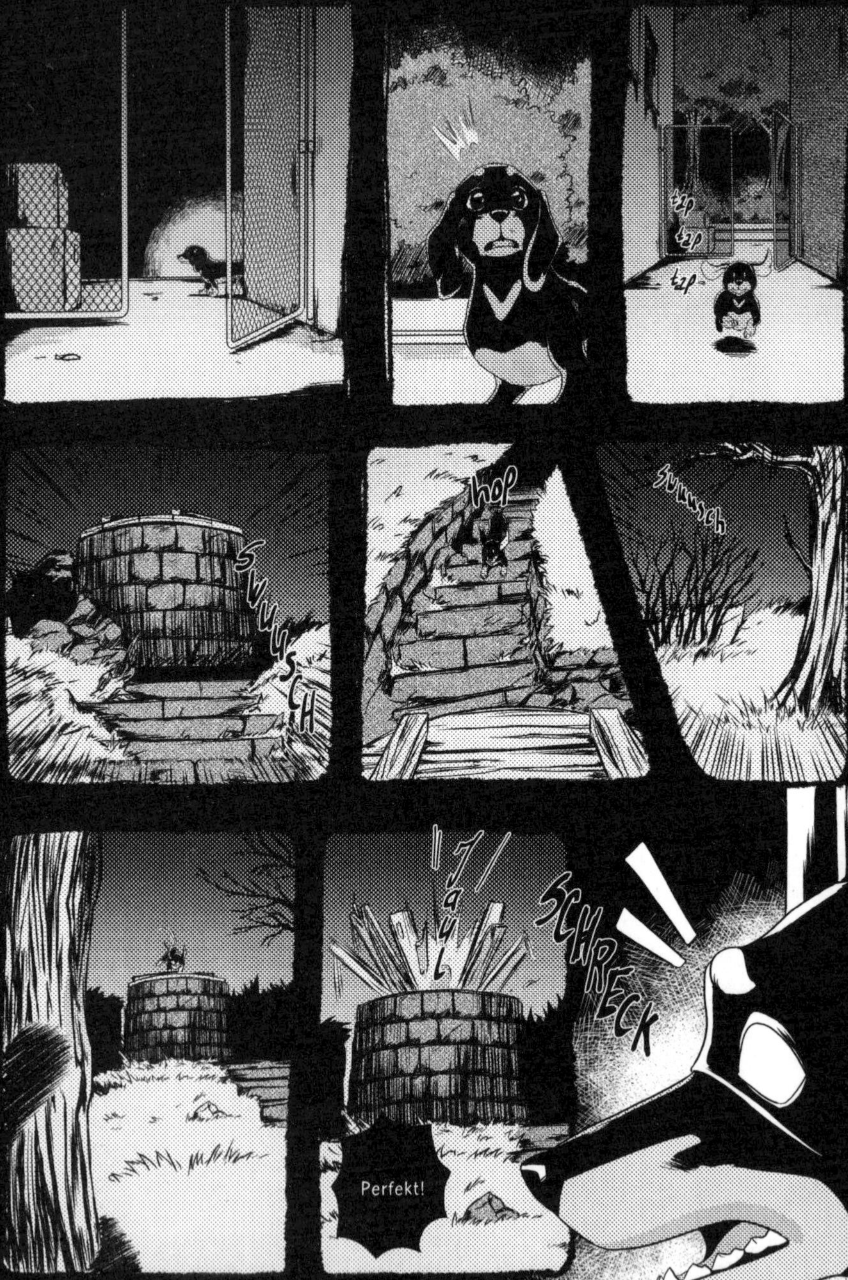
tzp
tzp
tzp
Swuusch
hop
SWUUSCH
SCHRECK
Jaul
Perfekt!

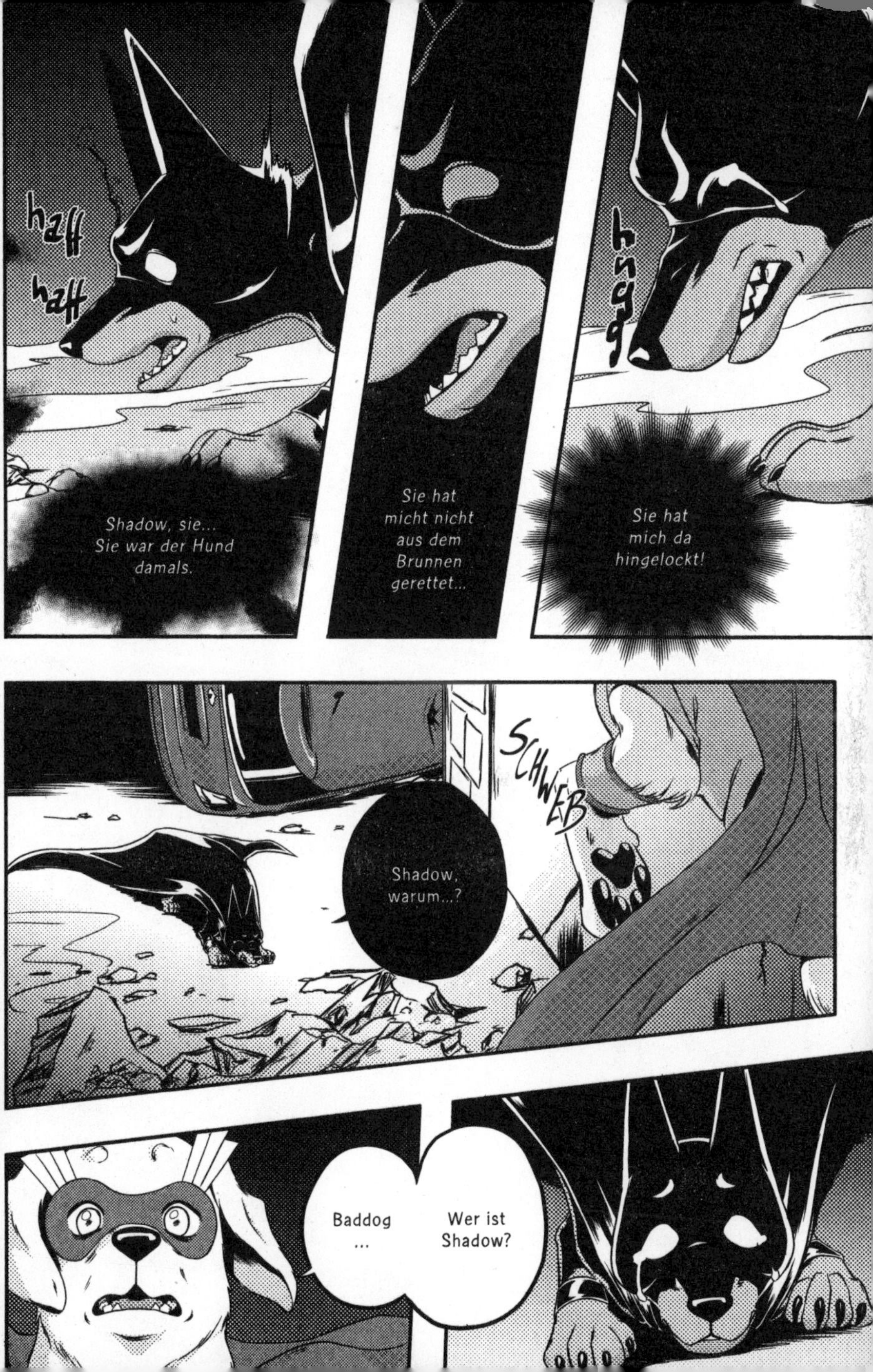
haff haff
Shadow, sie...
Sie war der Hund damals.
Sie hat micht nicht aus dem Brunnen gerettet...
hngg
Sie hat mich da hingelockt!
SCHWEB
Shadow, warum...?
Baddog ...
Wer ist Shadow?

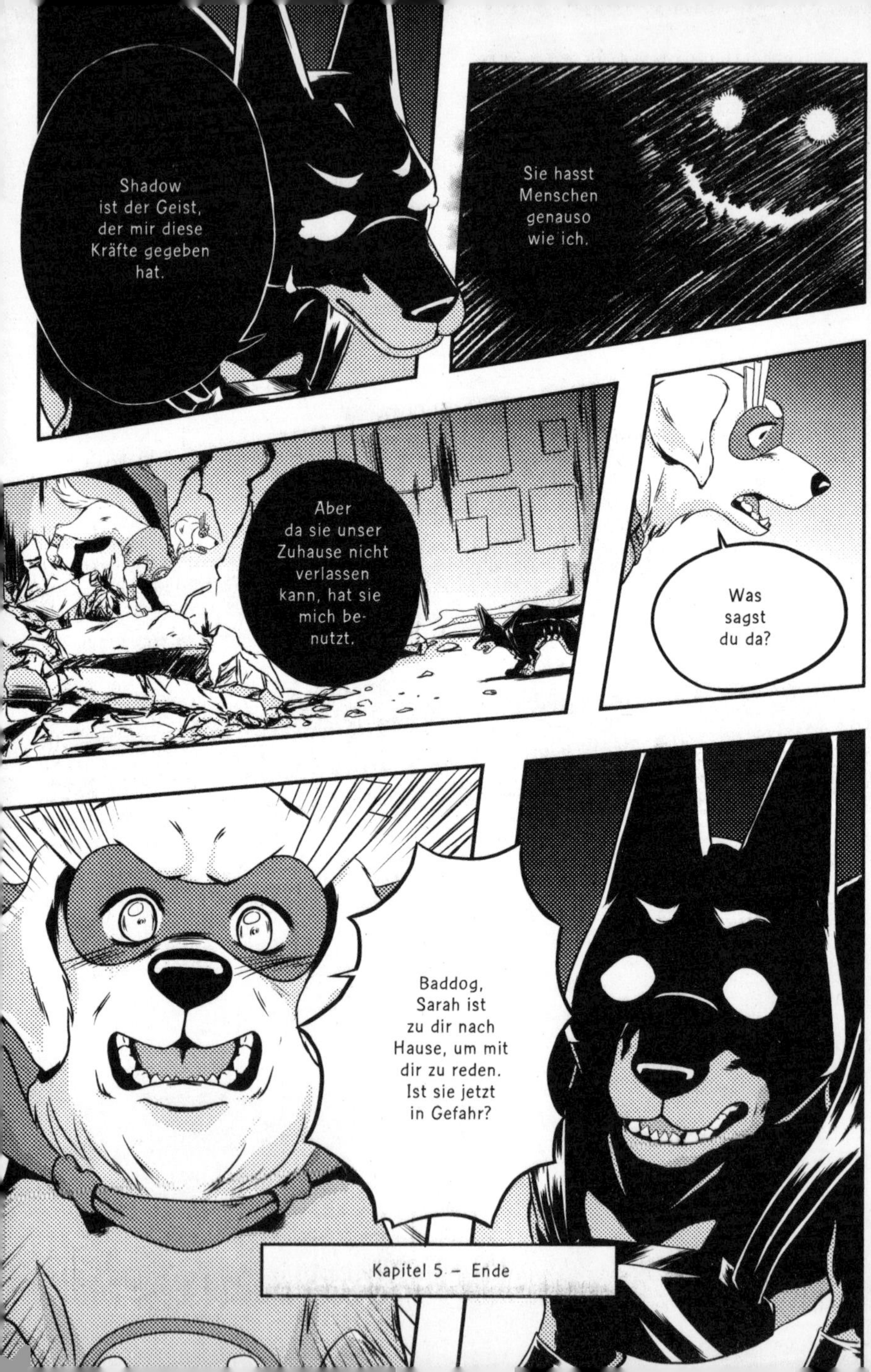
Shadow ist der Geist, der mir diese Kräfte gegeben hat.
Sie hasst Menschen genauso wie ich.
Aber da sie unser Zuhause nicht verlassen kann, hat sie mich be-nutzt.
Was sagst du da?
Baddog, Sarah ist zu dir nach Hause, um mit dir zu reden. Ist sie jetzt in Gefahr?
Kapitel 5 – Ende

Kapitel 6: Shadow

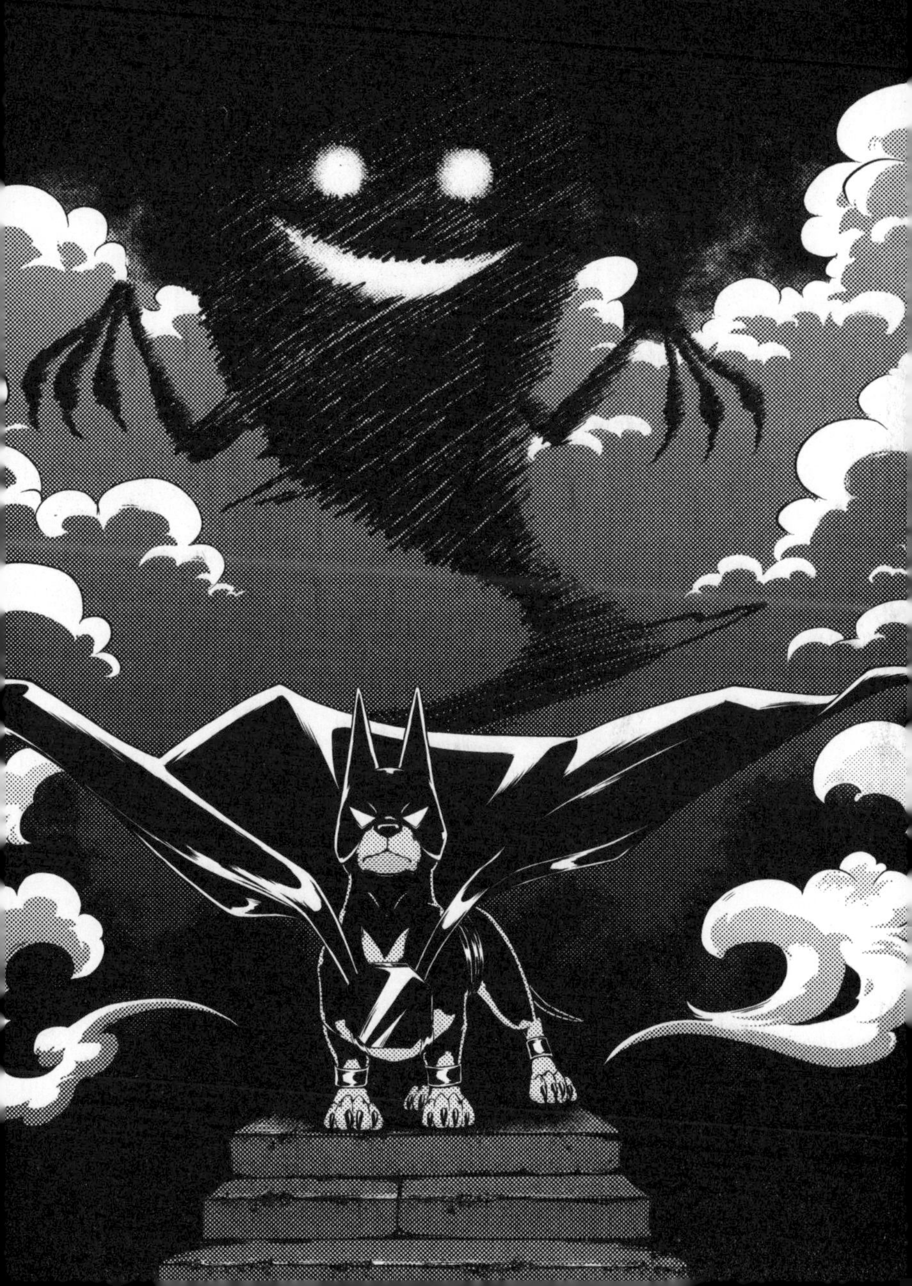

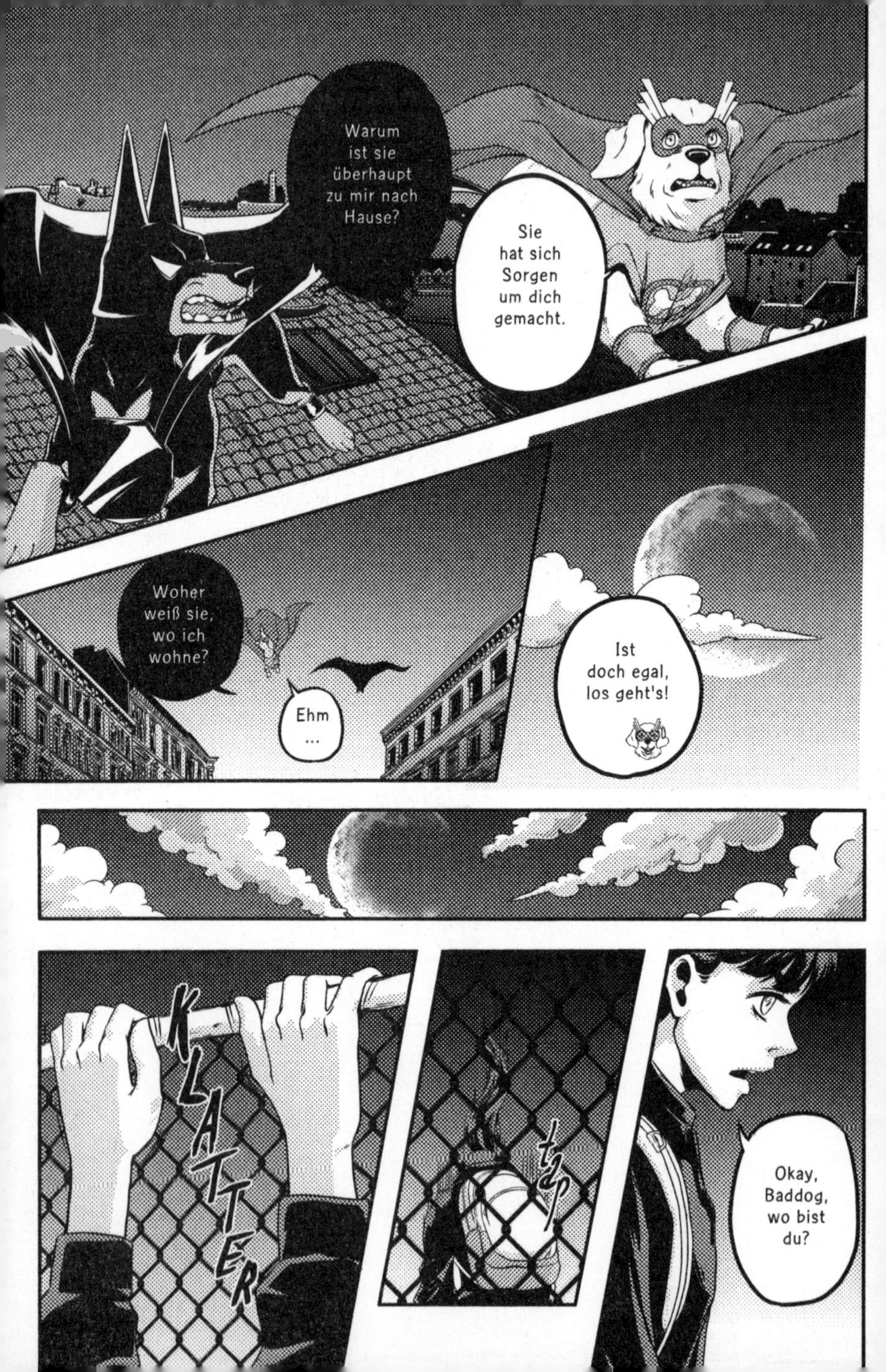
Warum ist sie überhaupt zu mir nach Hause?
Sie hat sich Sorgen um dich gemacht.
Woher weiß sie, wo ich wohne?
Ehm …
Ist doch egal, los geht's!
KLATTER
tap
Okay, Baddog, wo bist du?

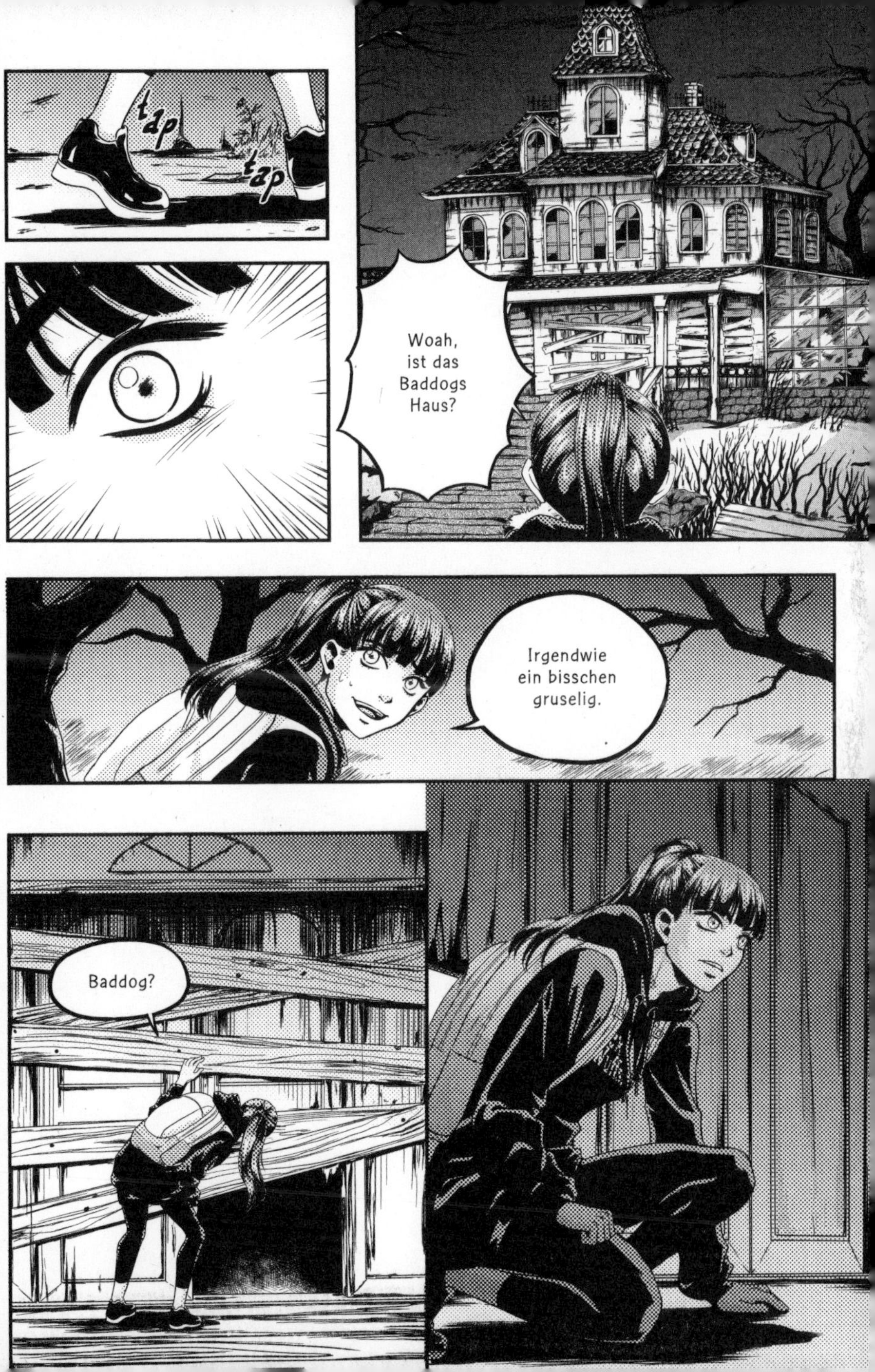
tap
tap
Woah, ist das Baddogs Haus?
Irgendwie ein bisschen gruselig.
Baddog?

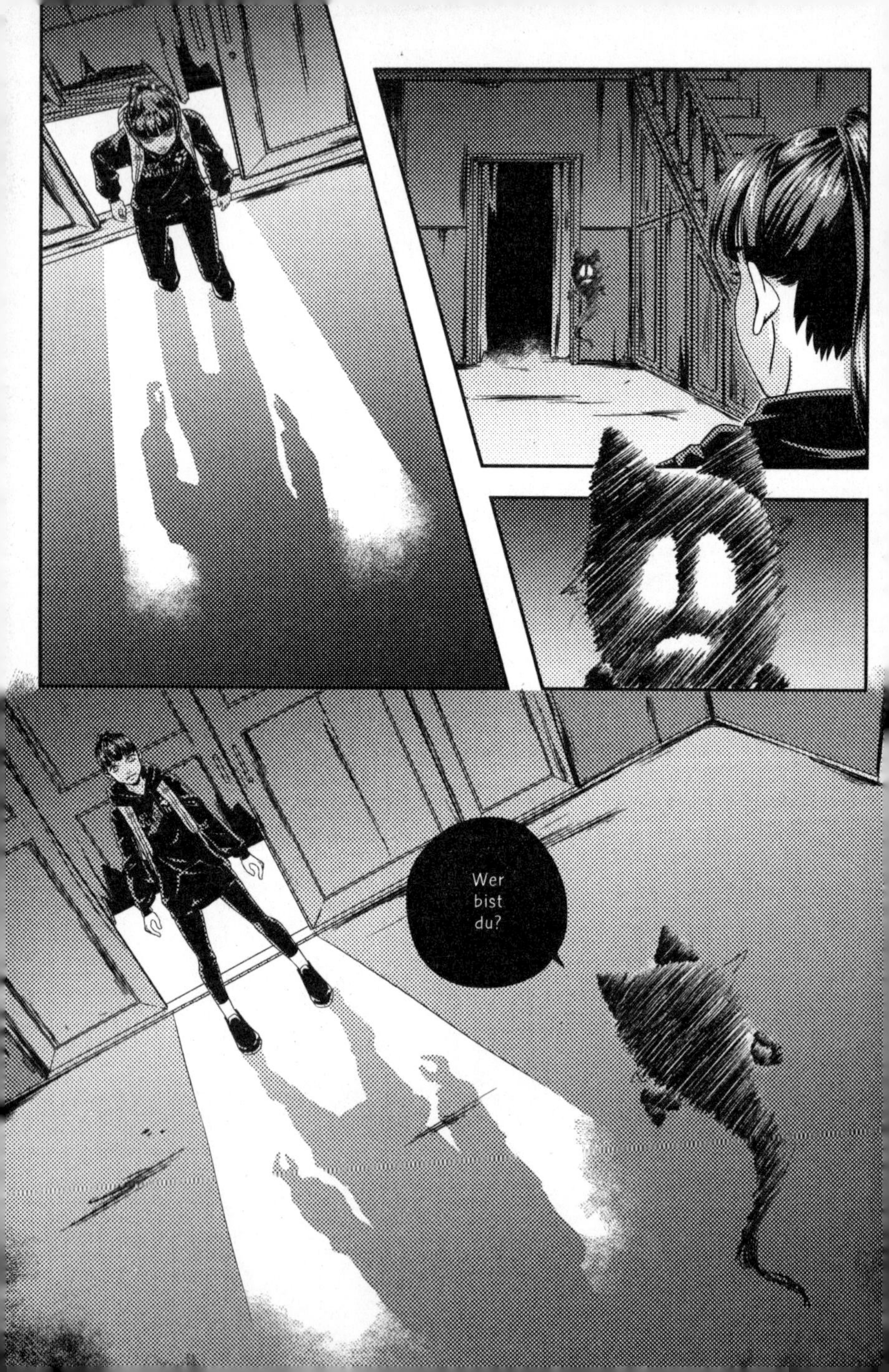
Wer bist du?

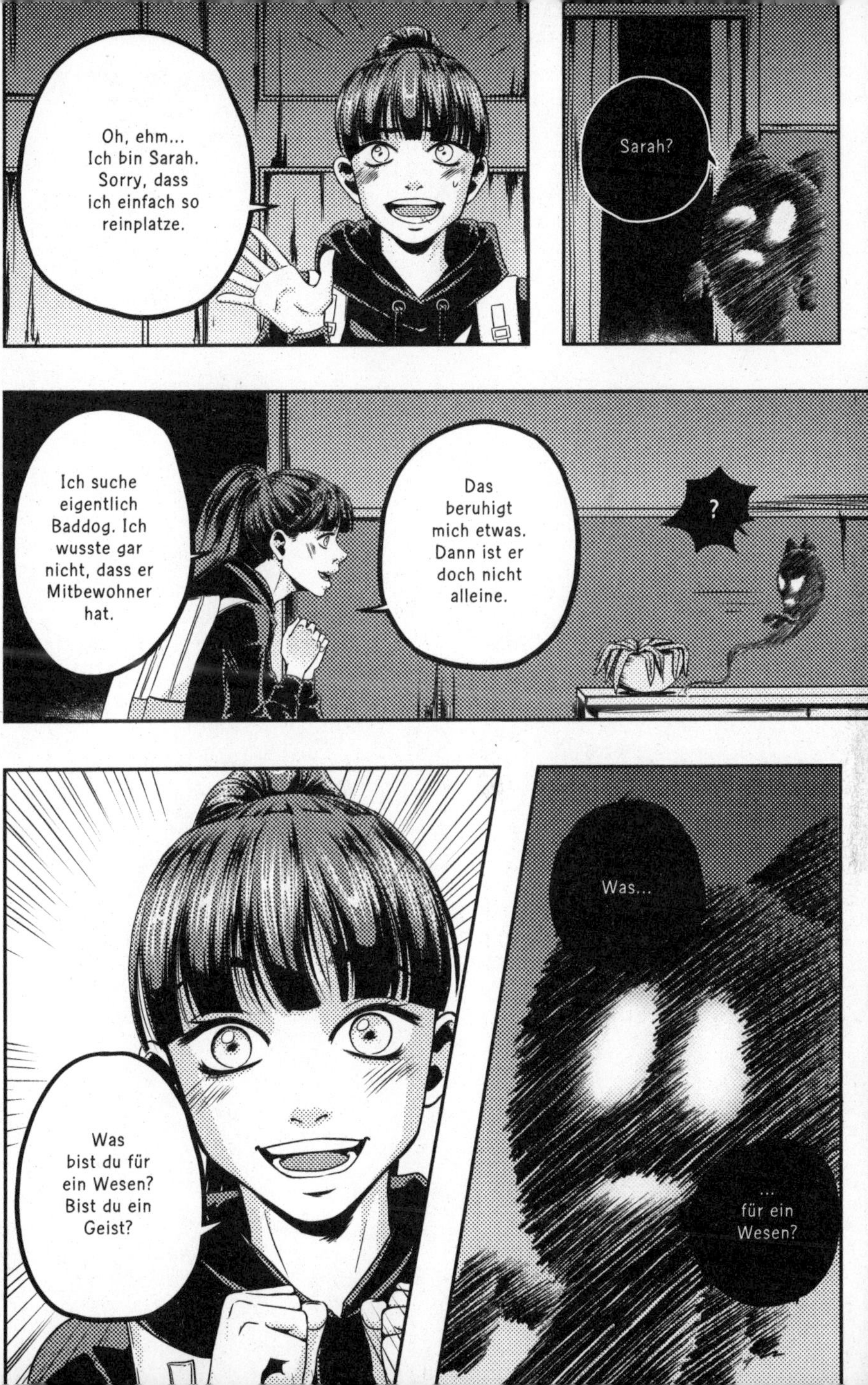
Oh, ehm... Ich bin Sarah. Sorry, dass ich einfach so reinplatze.
Sarah?
Ich suche eigentlich Baddog. Ich wusste gar nicht, dass er Mitbewohner hat.
Das beruhigt mich etwas. Dann ist er doch nicht alleine.
?
Was bist du für ein Wesen? Bist du ein Geist?
Was...
... für ein Wesen?

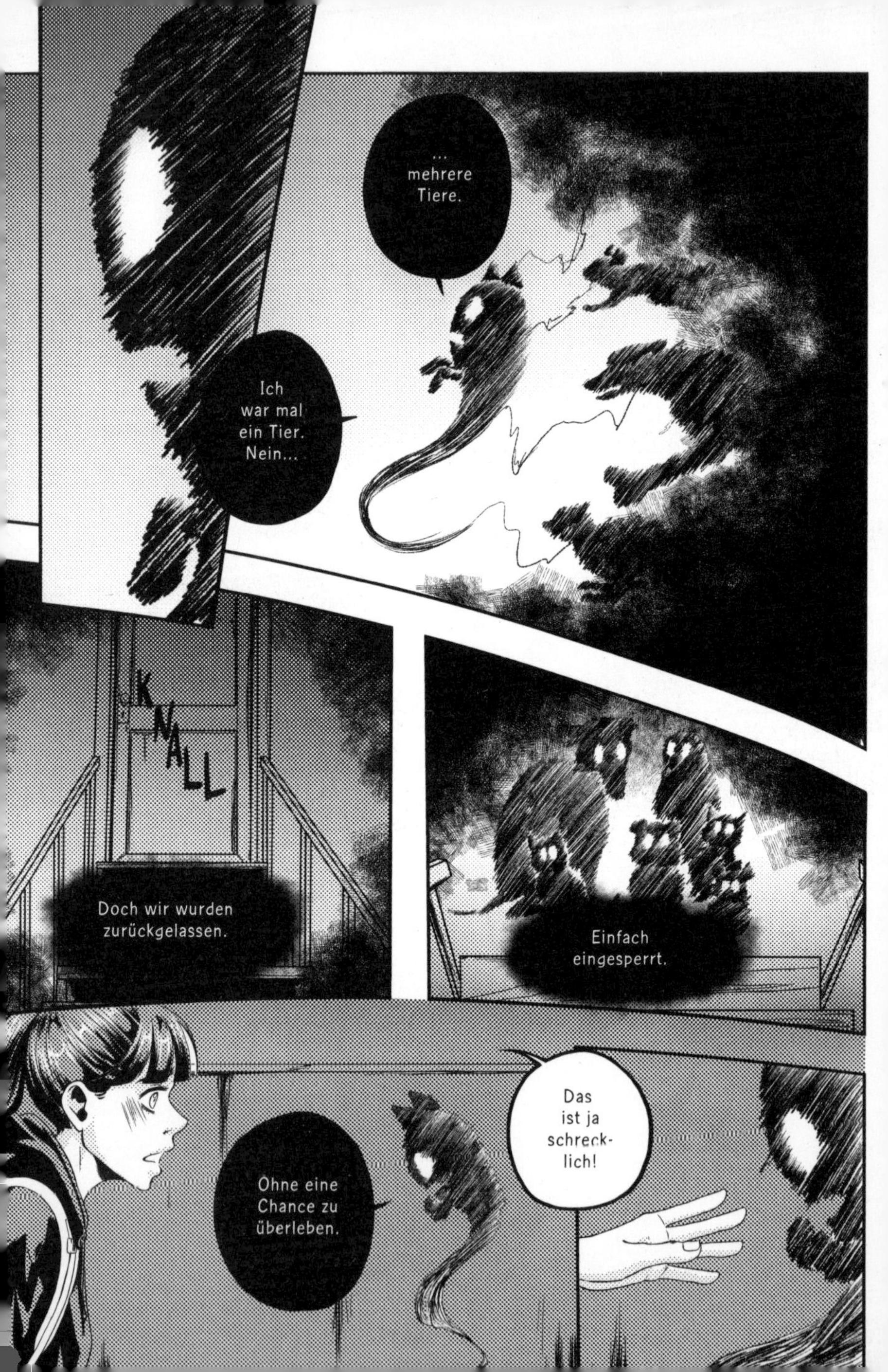

Ich war mal ein Tier. Nein...
... mehrere Tiere.
KNALL
Doch wir wurden zurückgelassen.
Einfach eingesperrt.
Ohne eine Chance zu überleben.
Das ist ja schreck-lich!

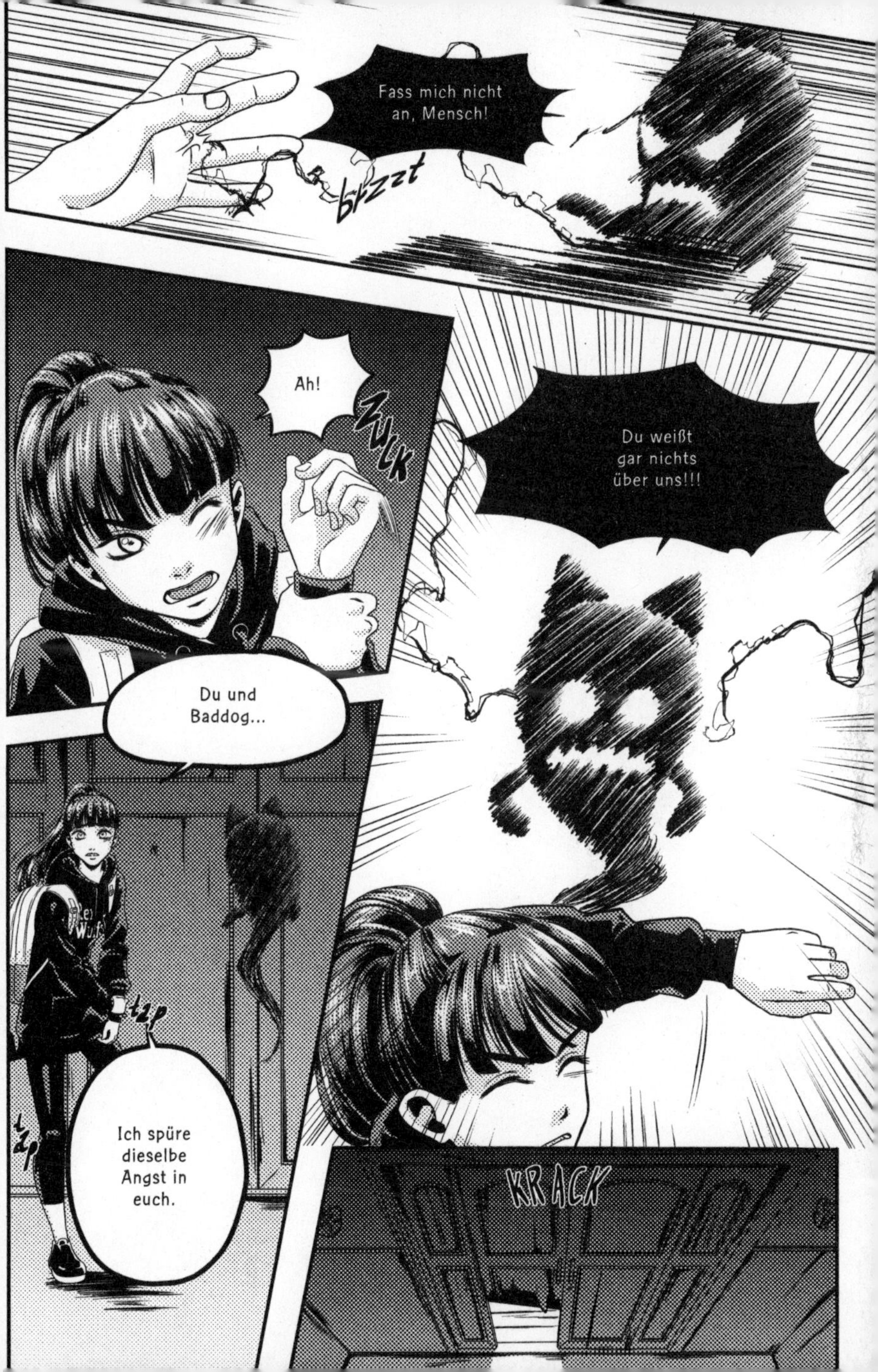
Fass mich nicht an, Mensch!
brzzt
Ah!
ZUCK
Du weißt gar nichts über uns!!!
Du und Baddog...
tap
tap
Ich spüre dieselbe Angst in euch.
KRACK

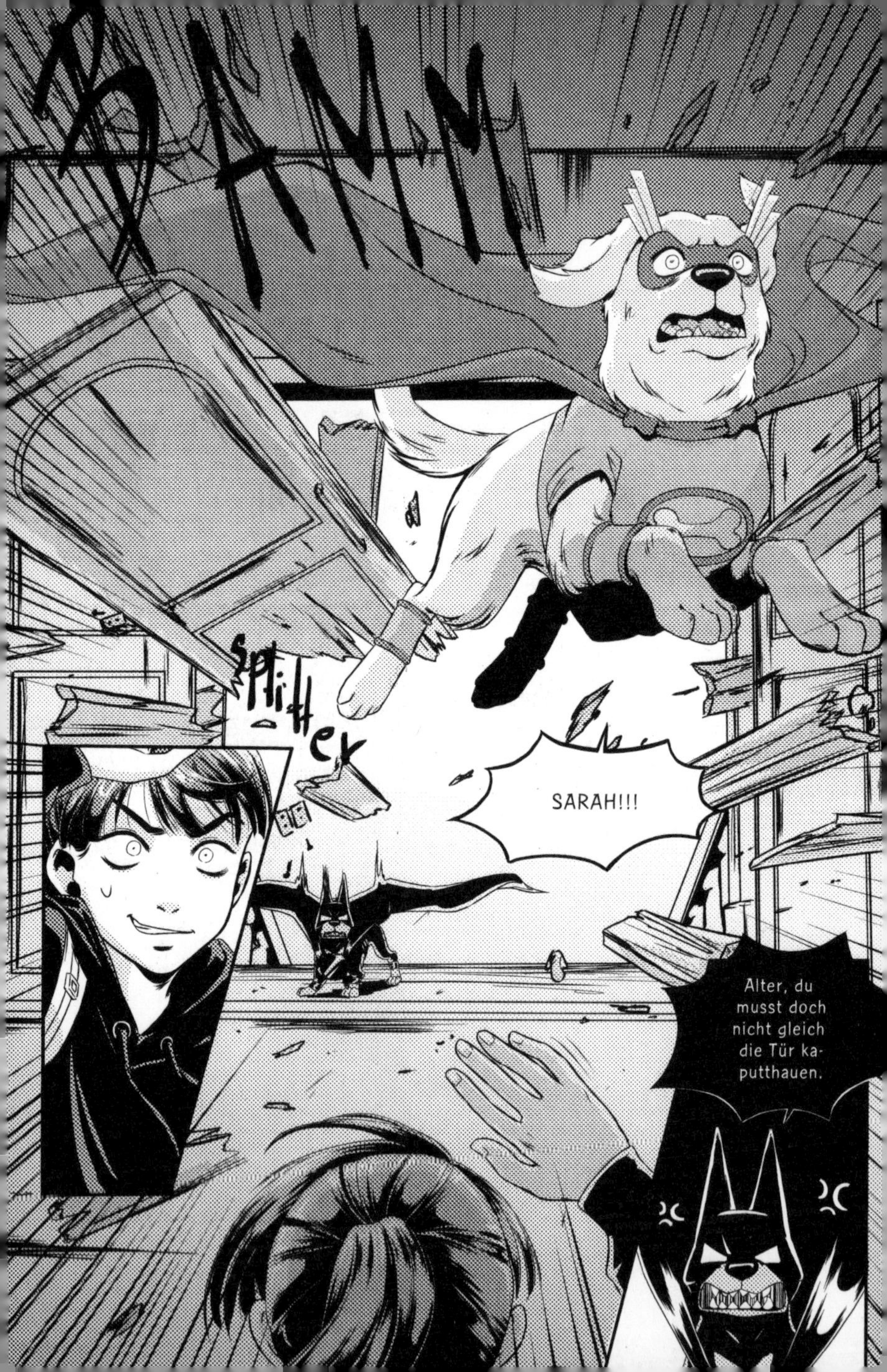
BAMM
SPLITTER
SARAH!!!
Alter, du musst doch nicht gleich die Tür kaputthauen.

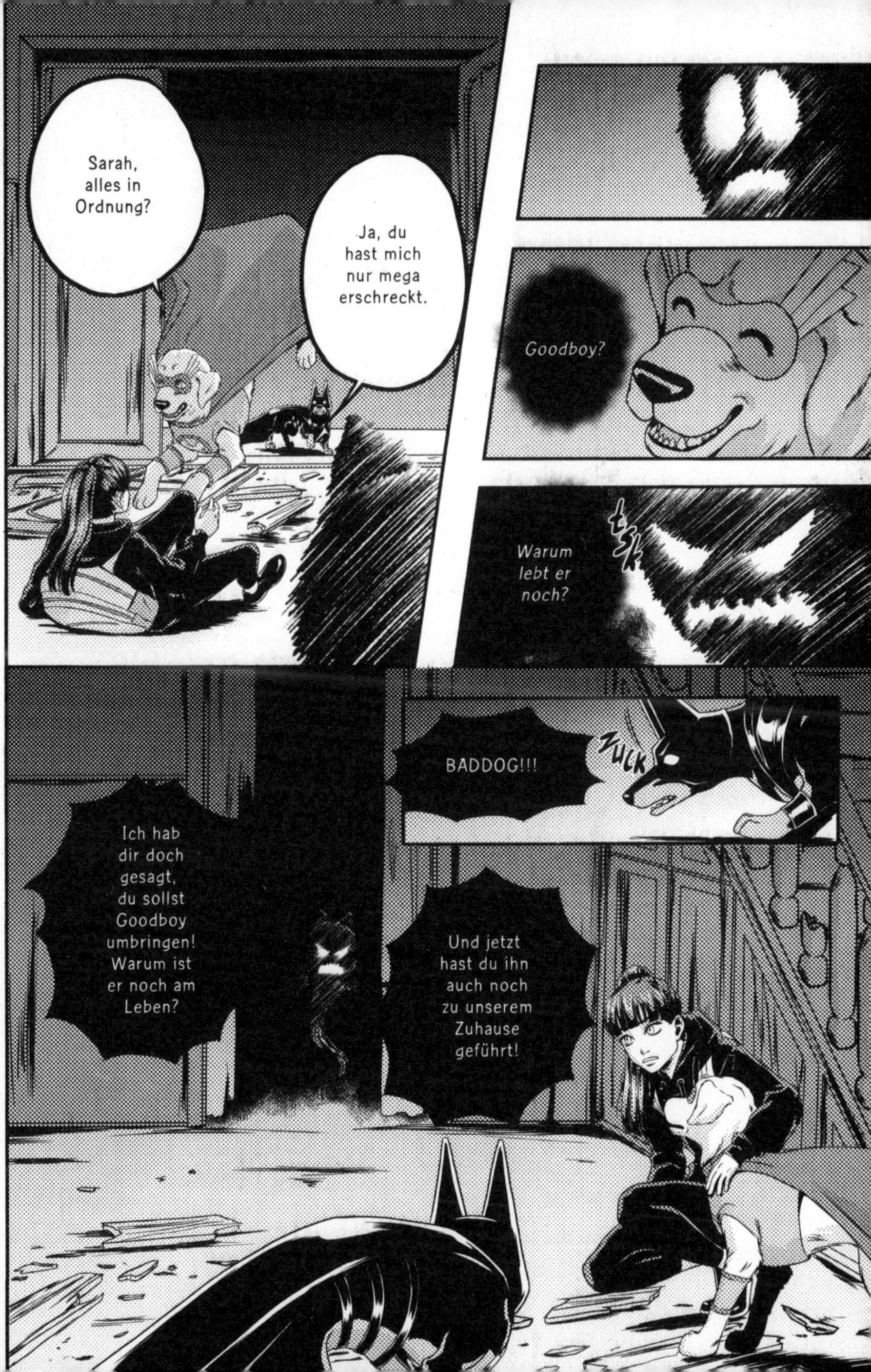
Sarah, alles in Ordnung?
Ja, du hast mich nur mega erschreckt.
Goodboy?
Warum lebt er noch?
BADDOG!!!
ZUCK
Ich hab dir doch gesagt, du sollst Goodboy umbringen! Warum ist er noch am Leben?
Und jetzt hast du ihn auch noch zu unserem Zuhause geführt!

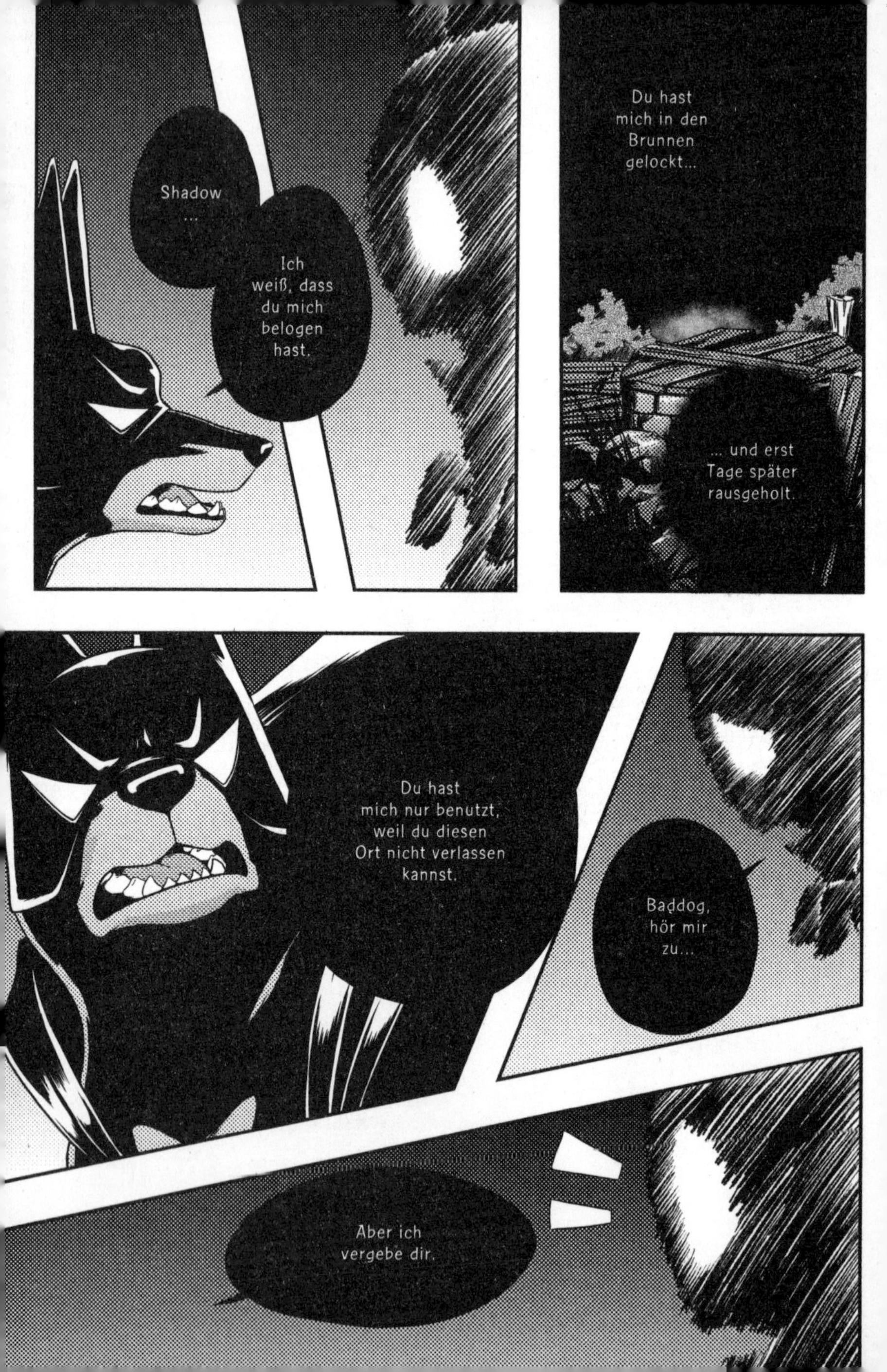
Du hast mich in den Brunnen gelockt...
... und erst Tage später rausgeholt.
Shadow ...
Ich weiß, dass du mich belogen hast.
Du hast mich nur benutzt, weil du diesen Ort nicht verlassen kannst.
Baddog, hör mir zu...
Aber ich vergebe dir.

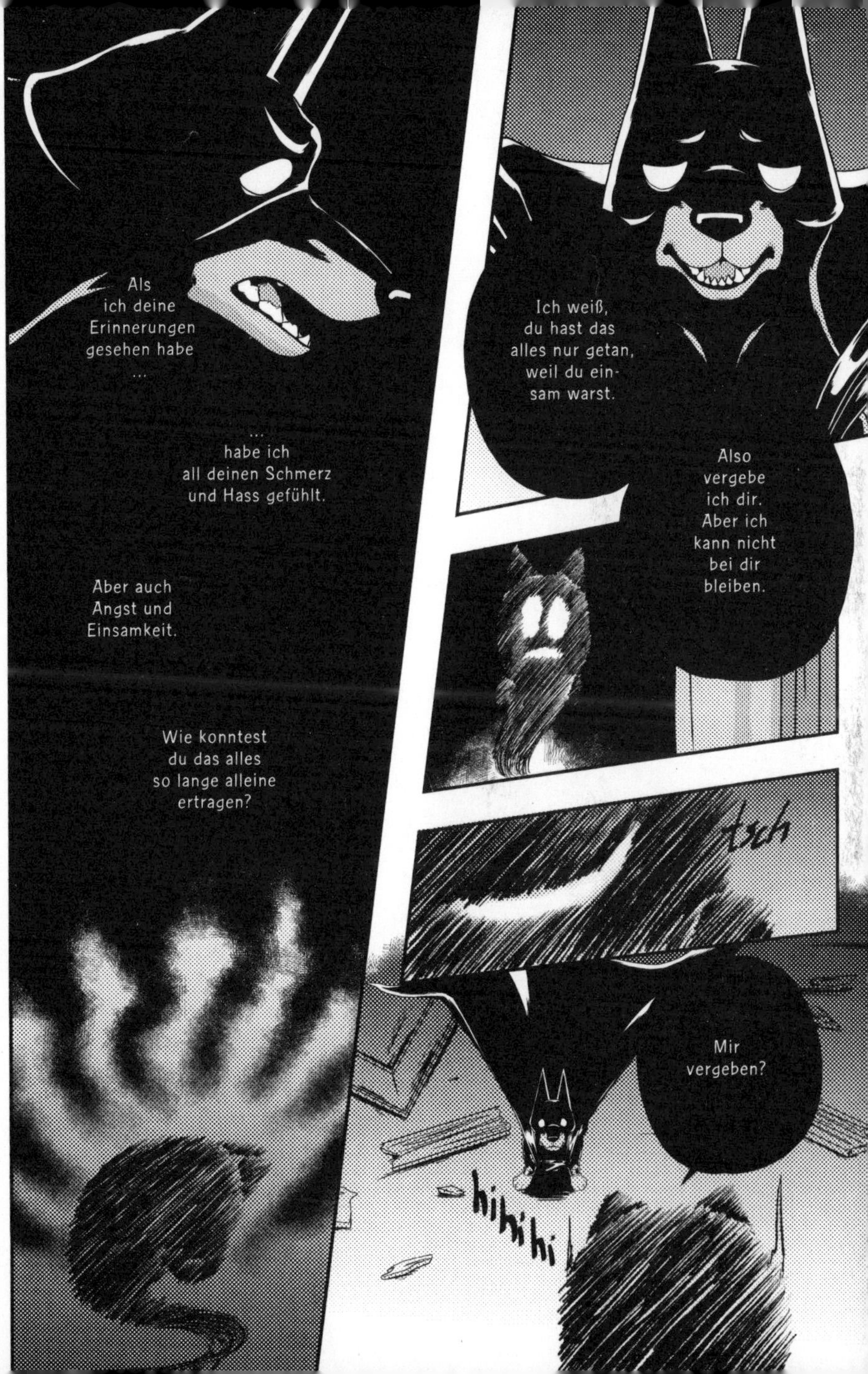
Als ich deine Erinnerungen gesehen habe ...
... habe ich all deinen Schmerz und Hass gefühlt.
Aber auch Angst und Einsamkeit.
Wie konntest du das alles so lange alleine ertragen?
Ich weiß, du hast das alles nur getan, weil du einsam warst.
Also vergebe ich dir. Aber ich kann nicht bei dir bleiben.
tsch
Mir vergeben?
hihihi

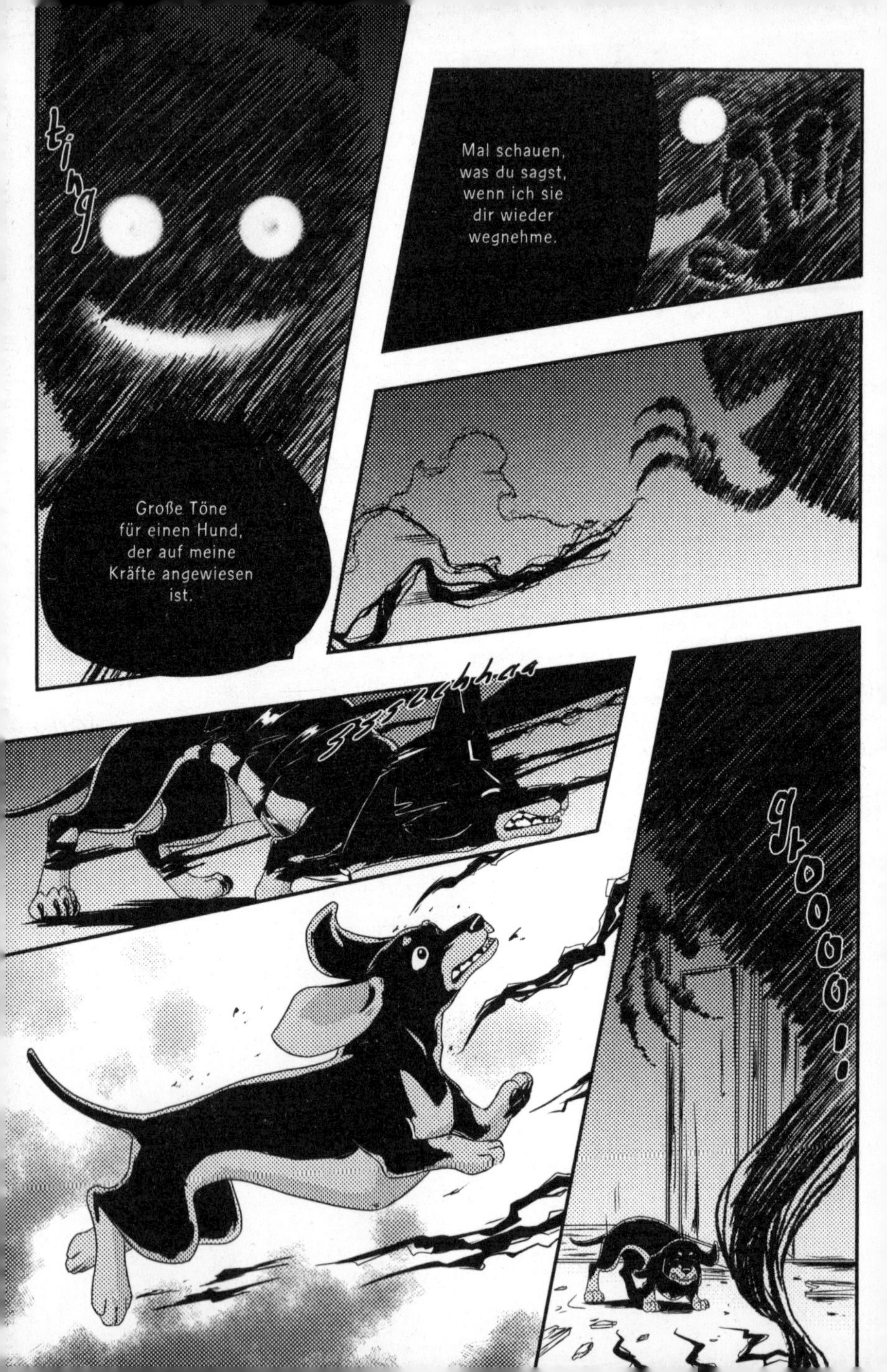
ting
Mal schauen, was du sagst, wenn ich sie dir wieder wegnehme.
Große Töne für einen Hund, der auf meine Kräfte angewiesen ist.
grooooo!!

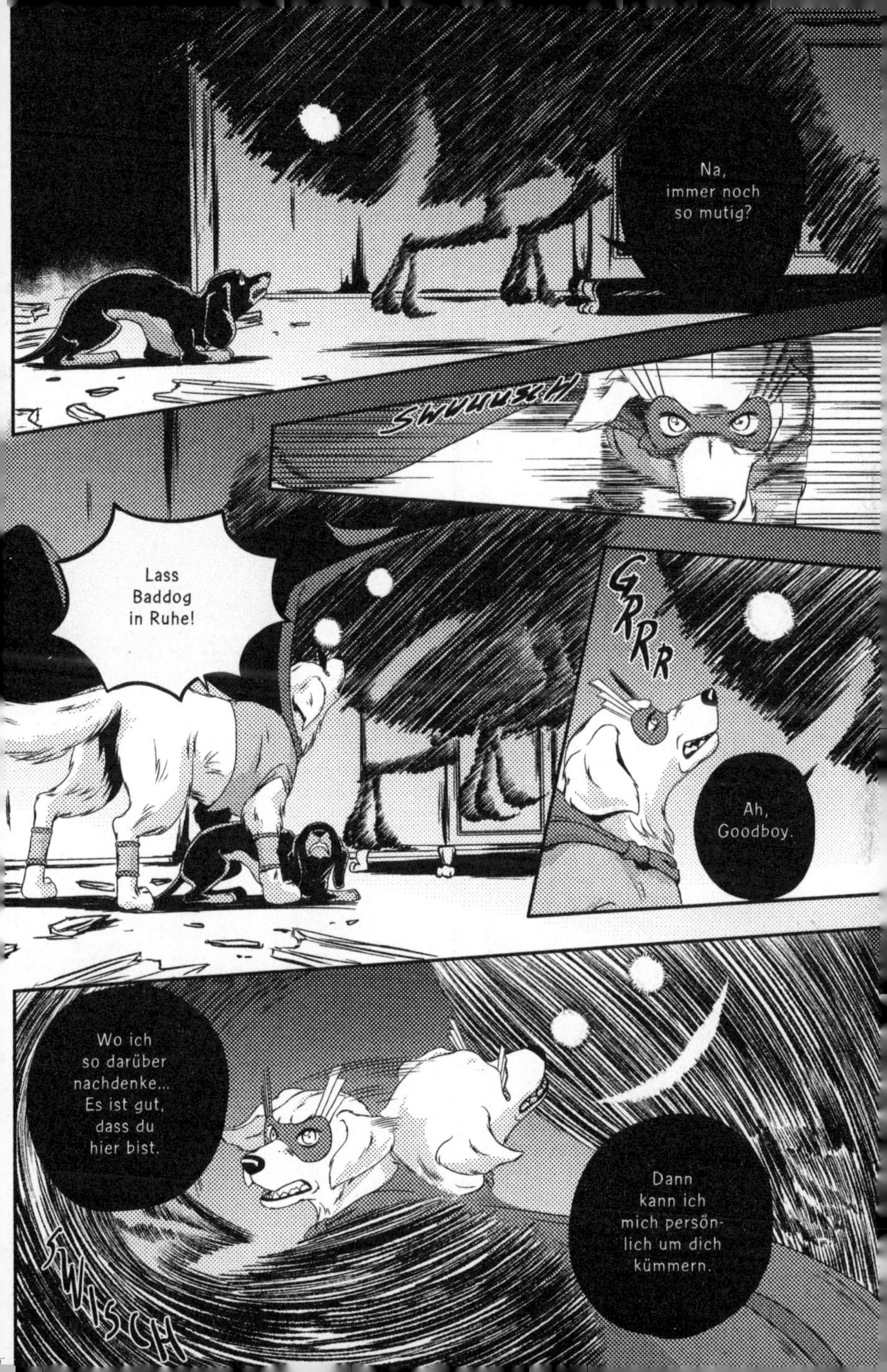

Na, immer noch so mutig?
SWUUUSCH
Lass Baddog in Ruhe!
GRRR
Ah, Goodboy.
Wo ich so darüber nachdenke... Es ist gut, dass du hier bist.
Dann kann ich mich persönlich um dich kümmern.
SWISCH

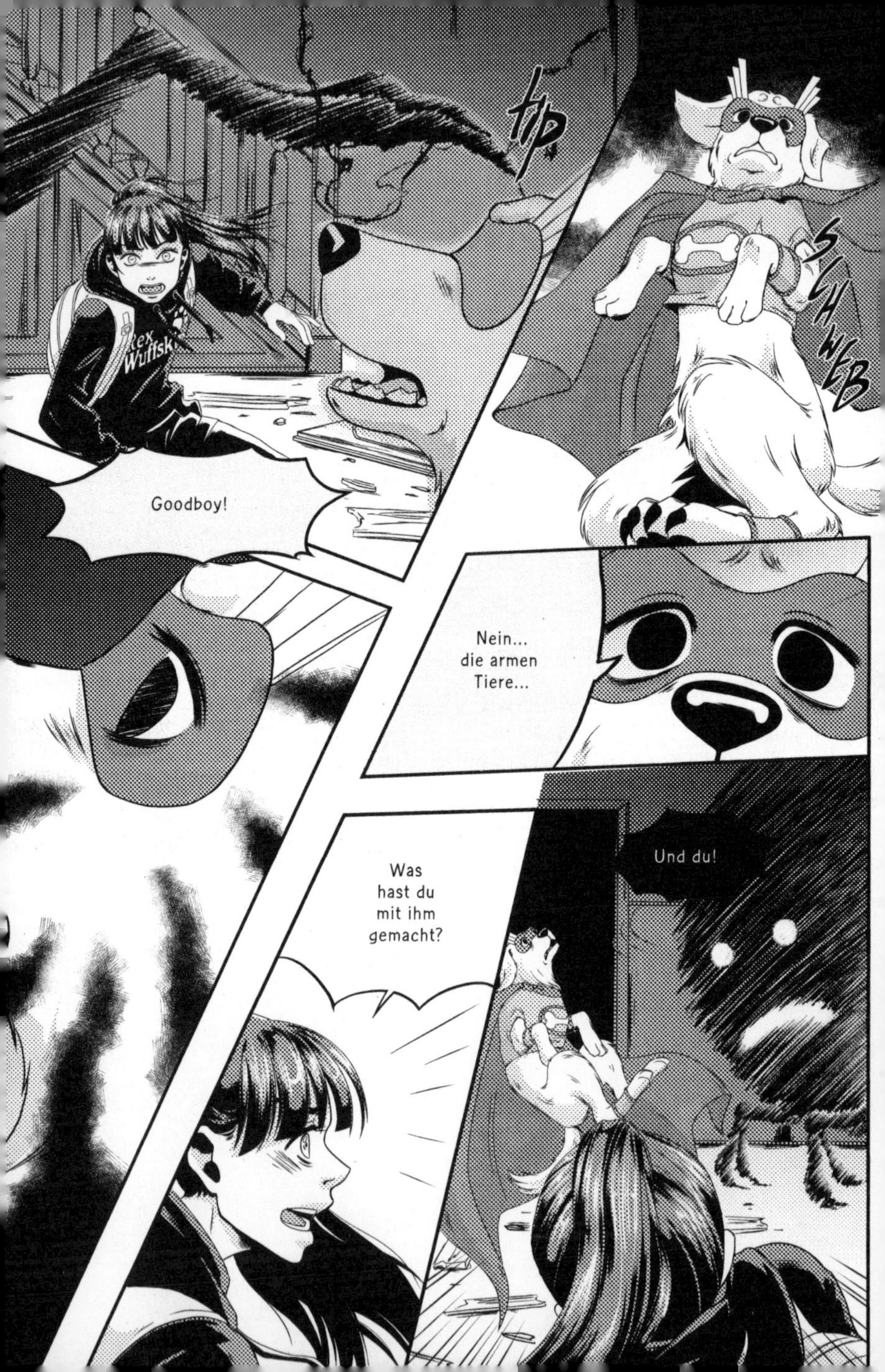

tip
Rex Wuffski
Schweb
Goodboy!
Nein... die armen Tiere...
Was hast du mit ihm gemacht?
Und du!

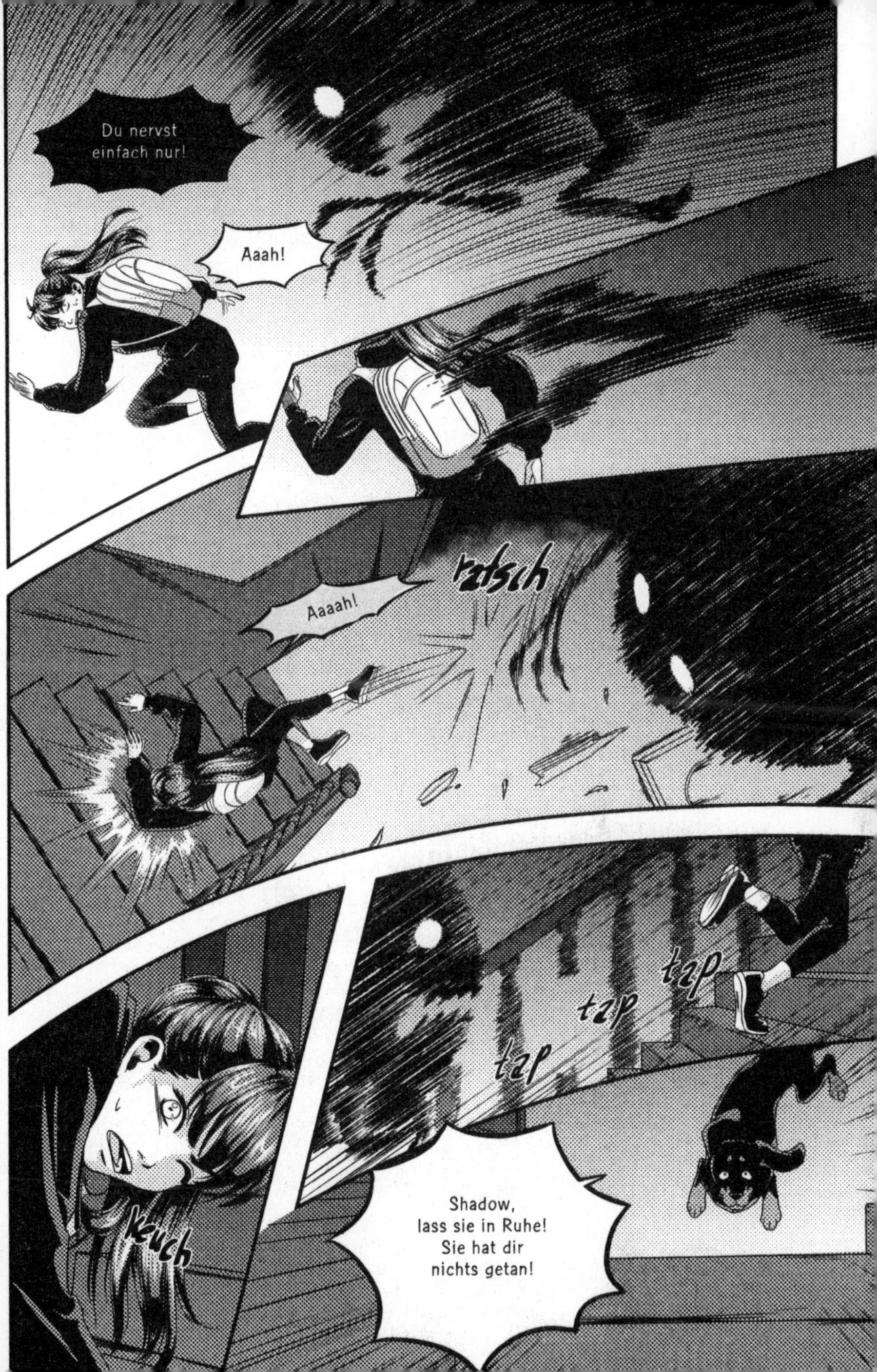
Du nervst einfach nur!
Aaah!
ratsch
Aaaah!
tap
tap
tap
keuch
Shadow, lass sie in Ruhe! Sie hat dir nichts getan!

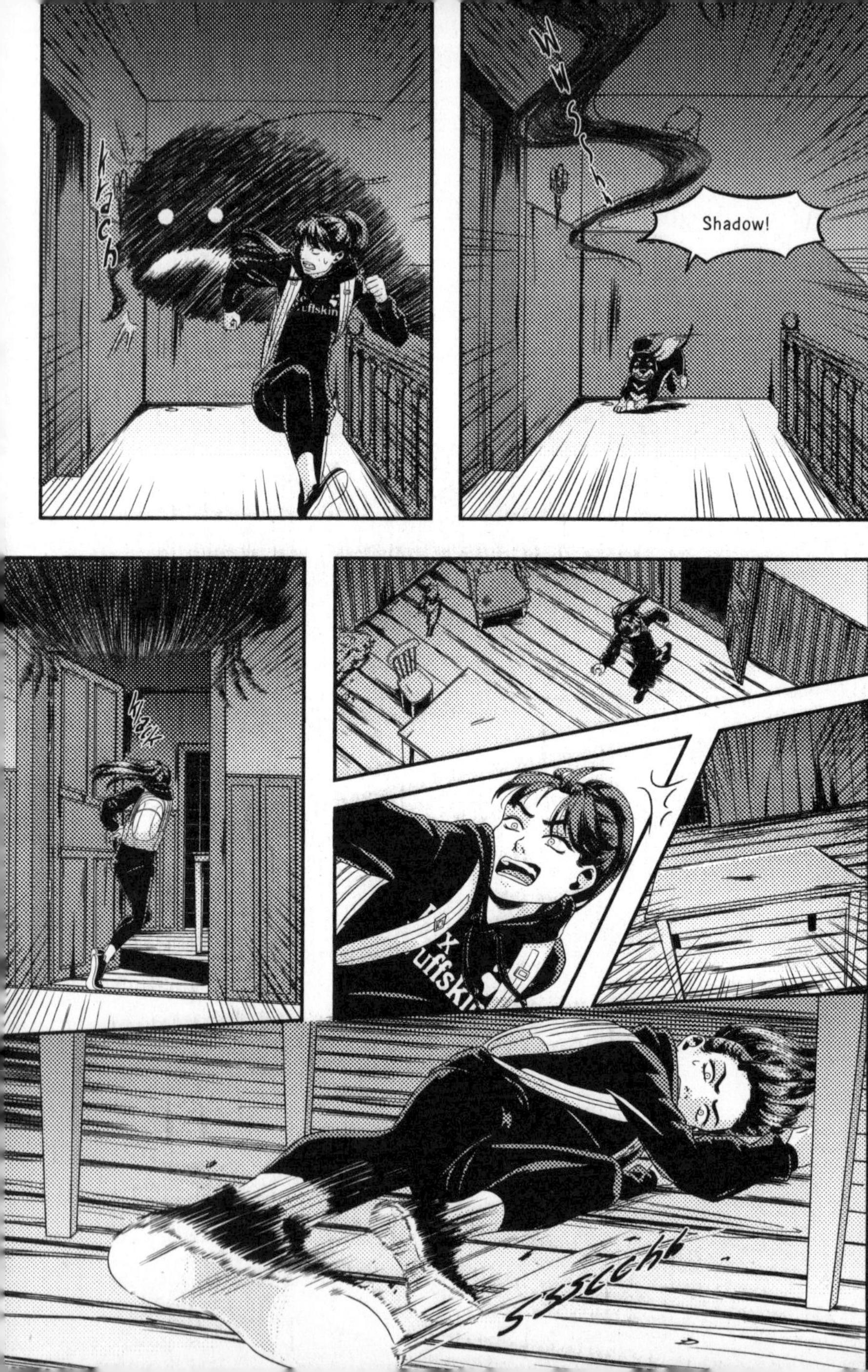
krach
Shadow!
klack
ssscht

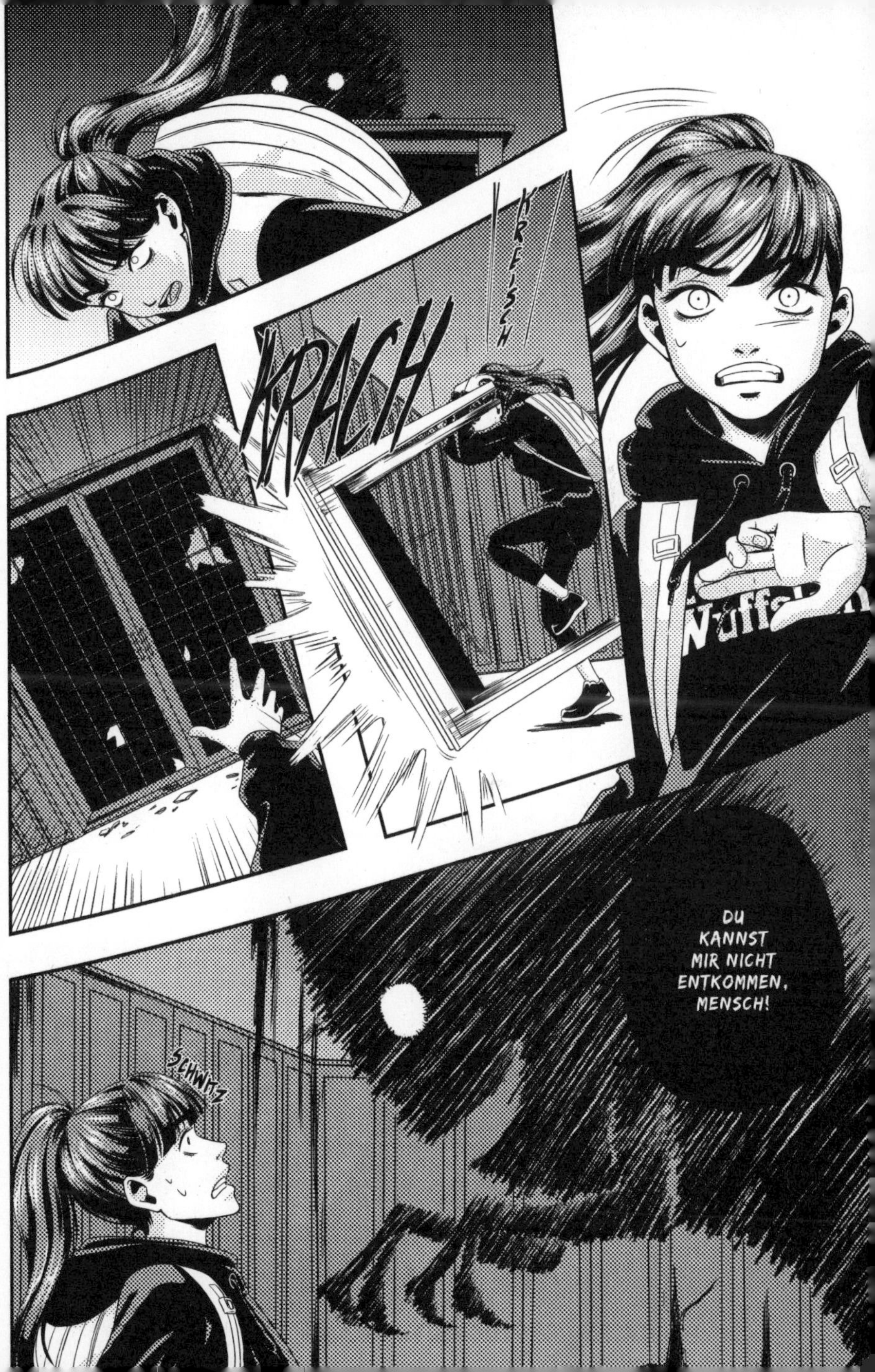
KREISCH
KRACH
DU KANNST MIR NICHT ENTKOMMEN, MENSCH!
SCHWITZ

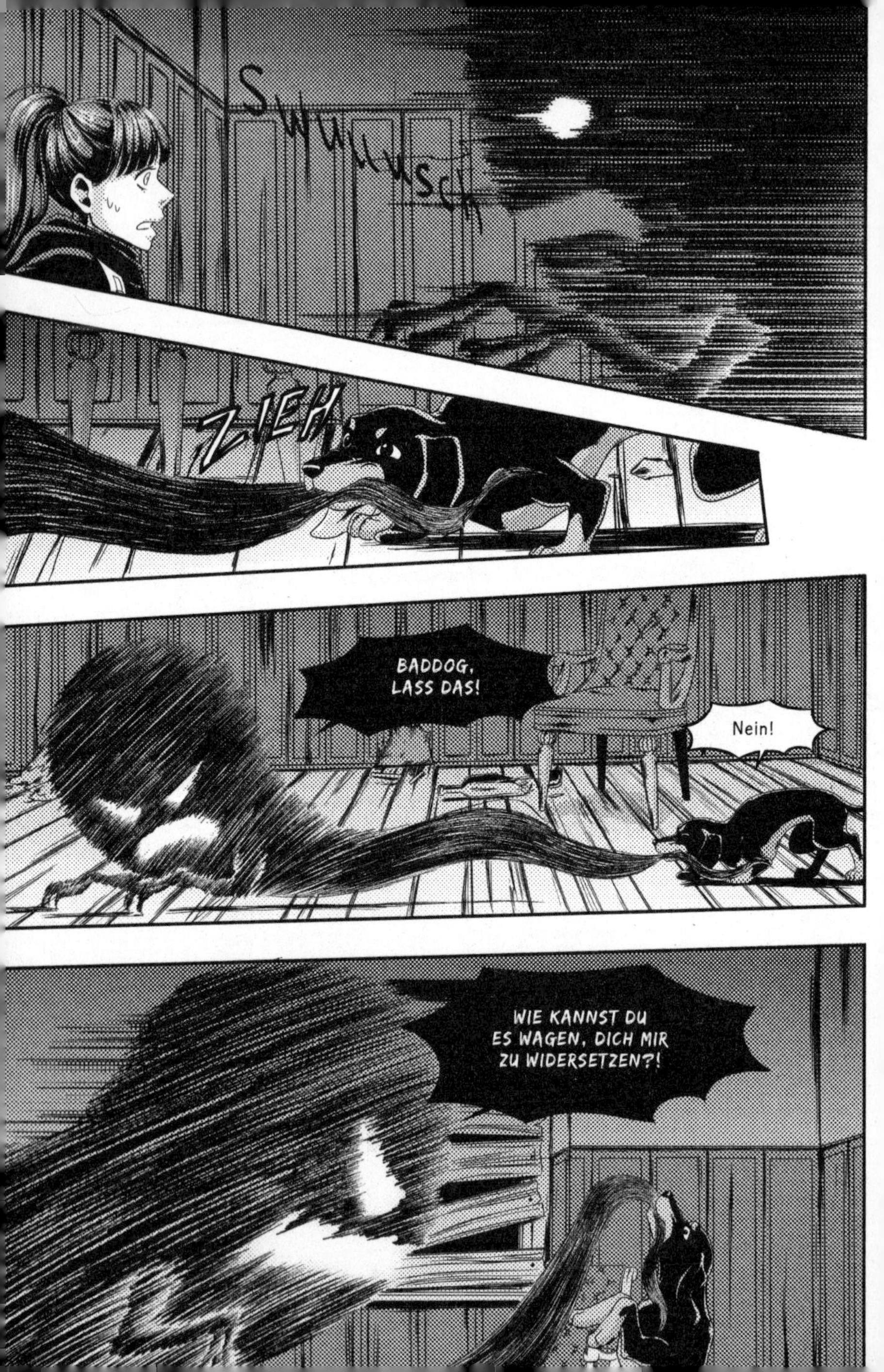
SWUUUSCH
ZIEH
BADDOG, LASS DAS!
Nein!
WIE KANNST DU ES WAGEN, DICH MIR ZU WIDERSETZEN?!

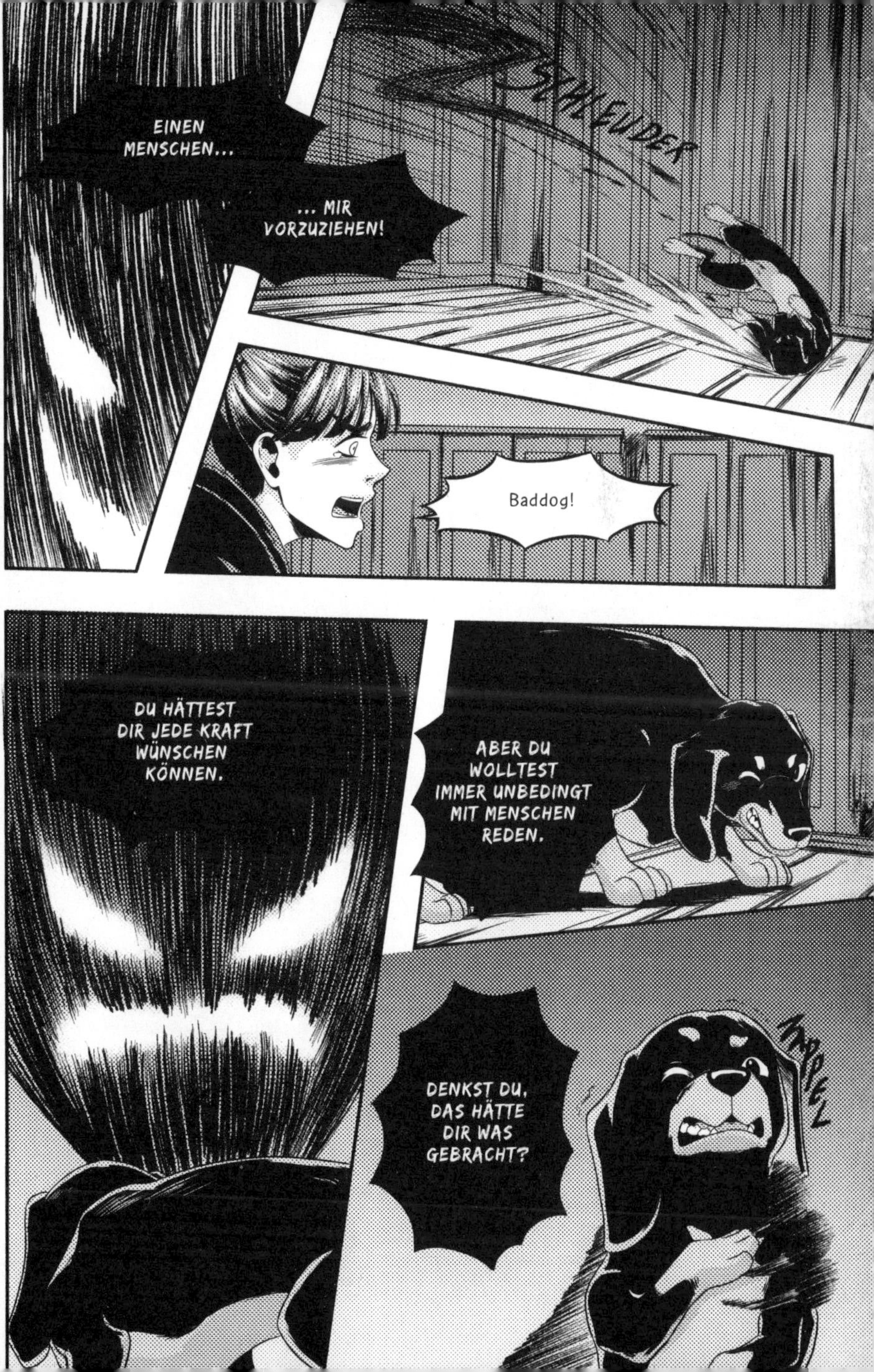
SCHLEUDER
EINEN MENSCHEN...
... MIR VORZUZIEHEN!
Baddog!
DU HÄTTEST DIR JEDE KRAFT WÜNSCHEN KÖNNEN.
ABER DU WOLLTEST IMMER UNBEDINGT MIT MENSCHEN REDEN.
DENKST DU, DAS HÄTTE DIR WAS GEBRACHT?

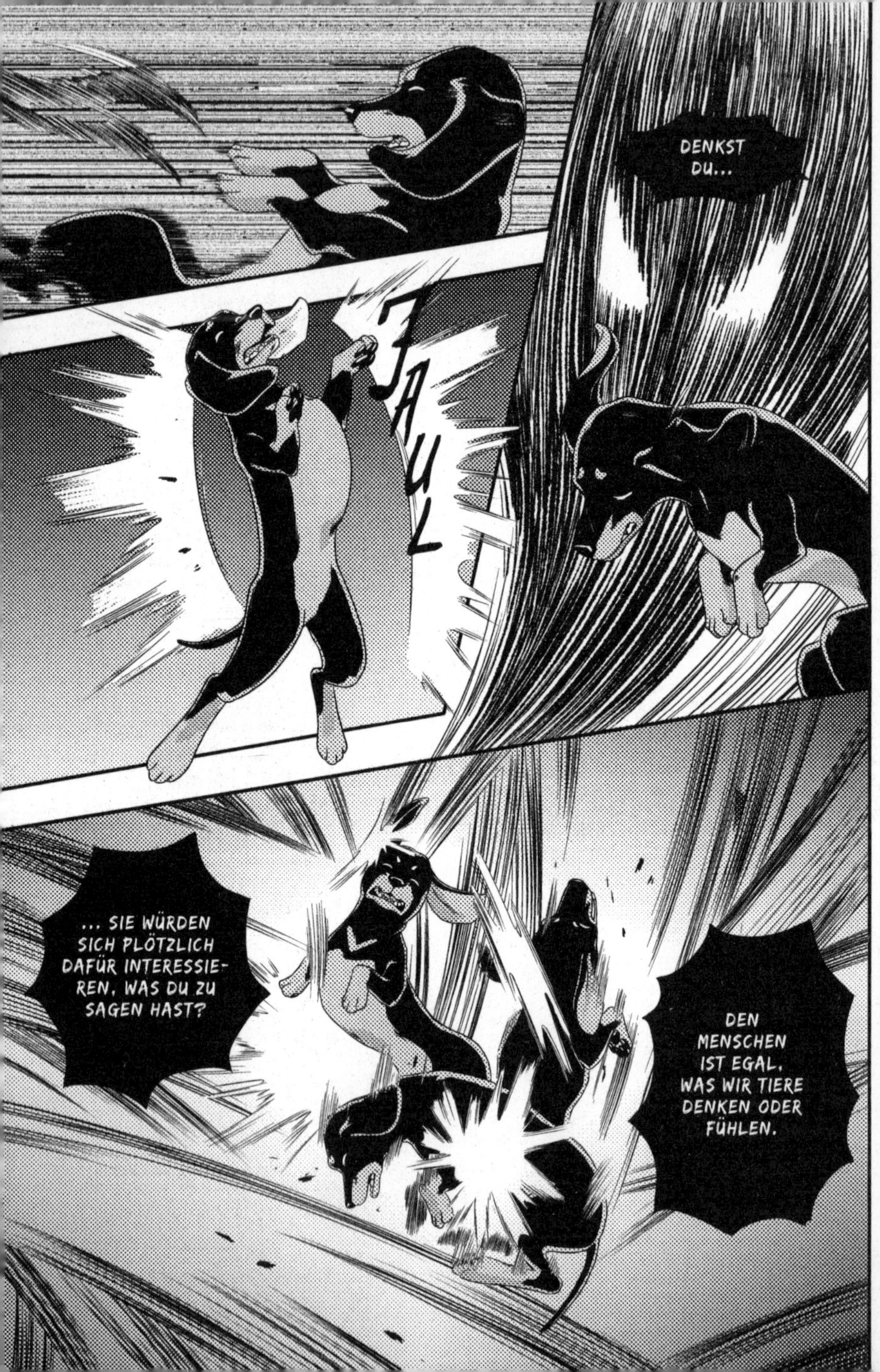
DENKST DU…
JAUL
DEN MENSCHEN IST EGAL, WAS WIR TIERE DENKEN ODER FÜHLEN.
… SIE WÜRDEN SICH PLÖTZLICH DAFÜR INTERESSIEREN, WAS DU ZU SAGEN HAST?

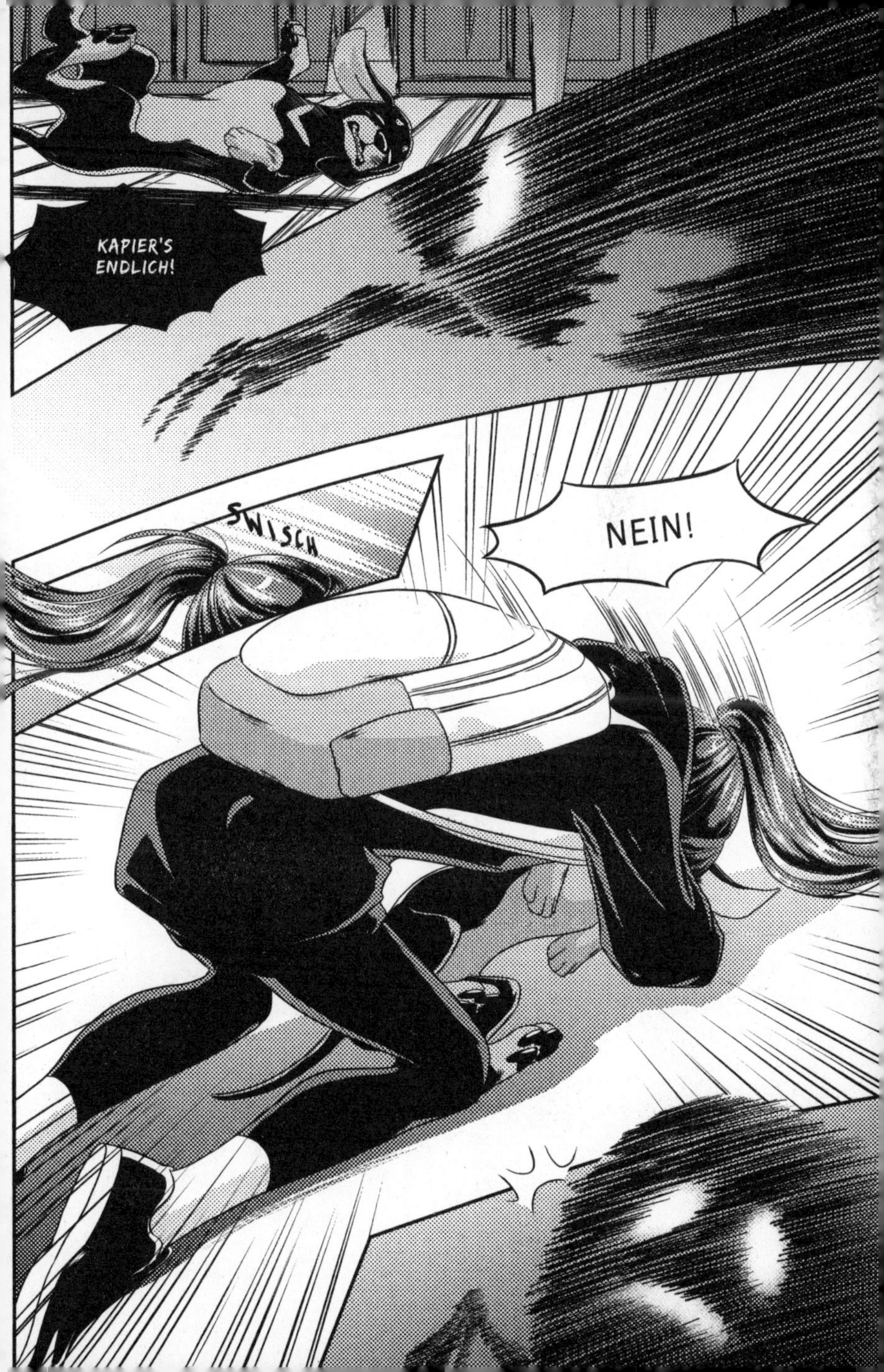
KAPIER'S ENDLICH!
NEIN!
SWISCH

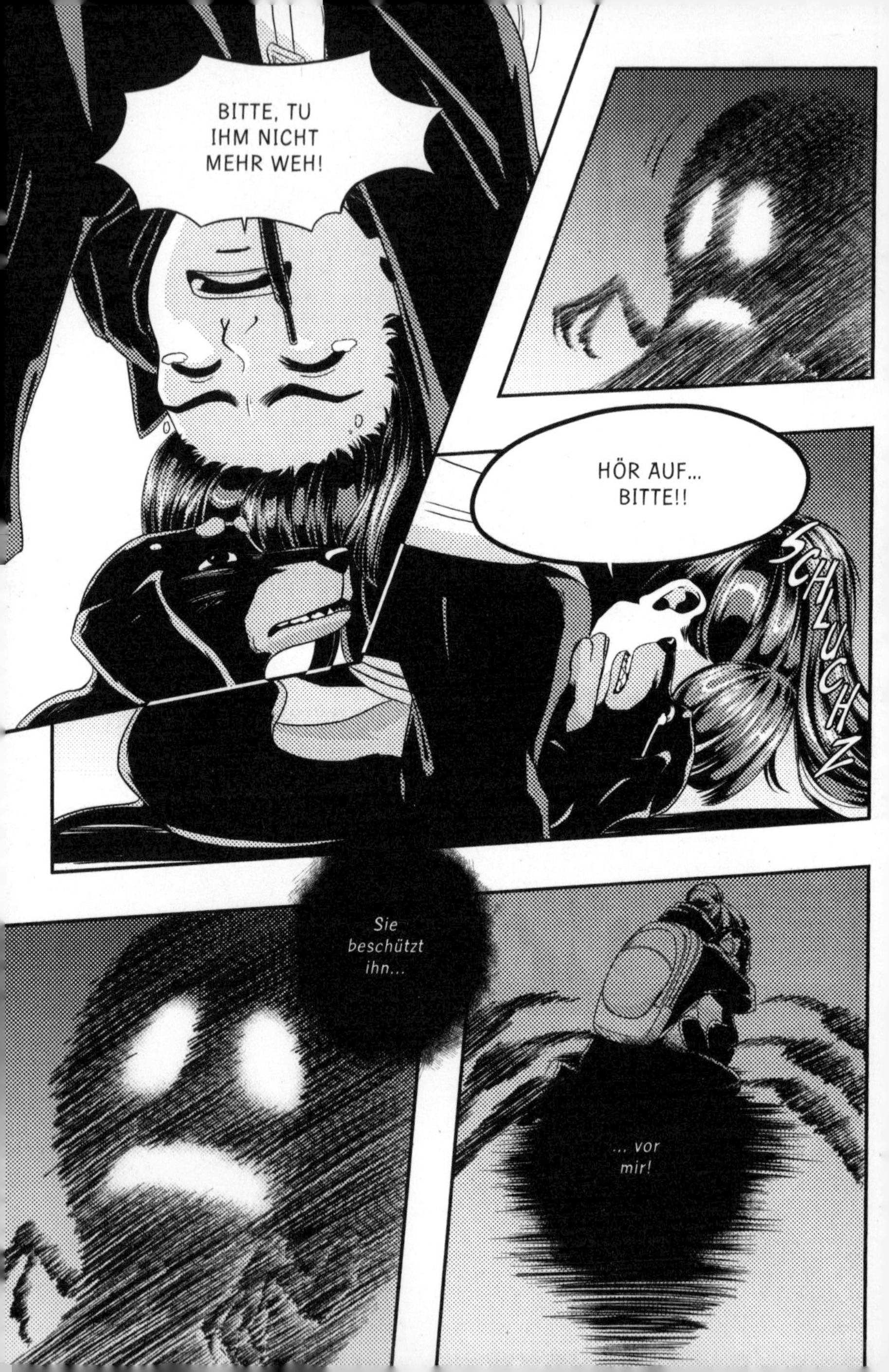
BITTE, TU IHM NICHT MEHR WEH!
HÖR AUF... BITTE!!
SCHLUCHZ
Sie beschützt ihn...
... vor mir!

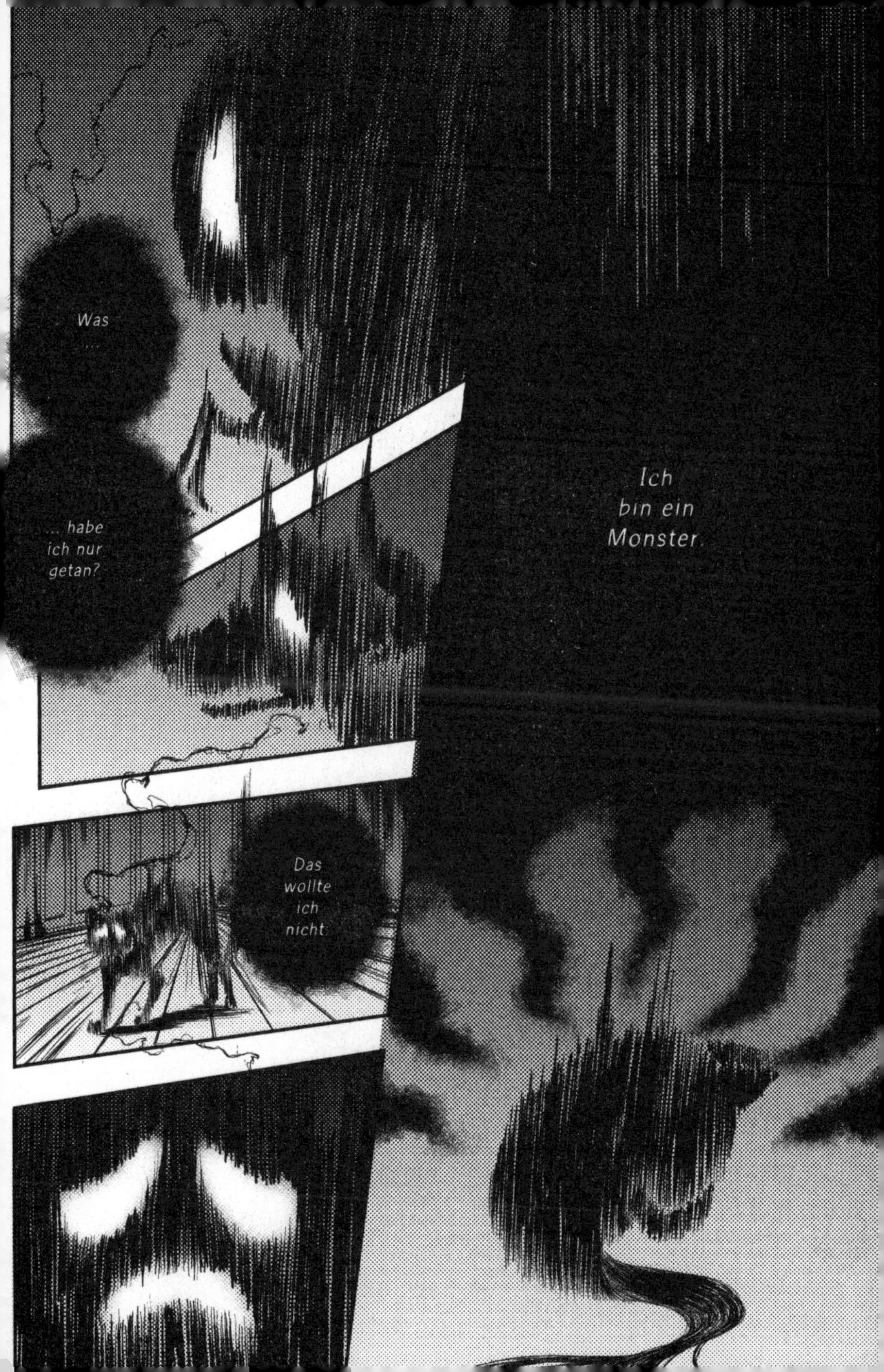
Ich
bin ein
Monster.
Was
...
... habe
ich nur
getan?
Das
wollte
ich
nicht.

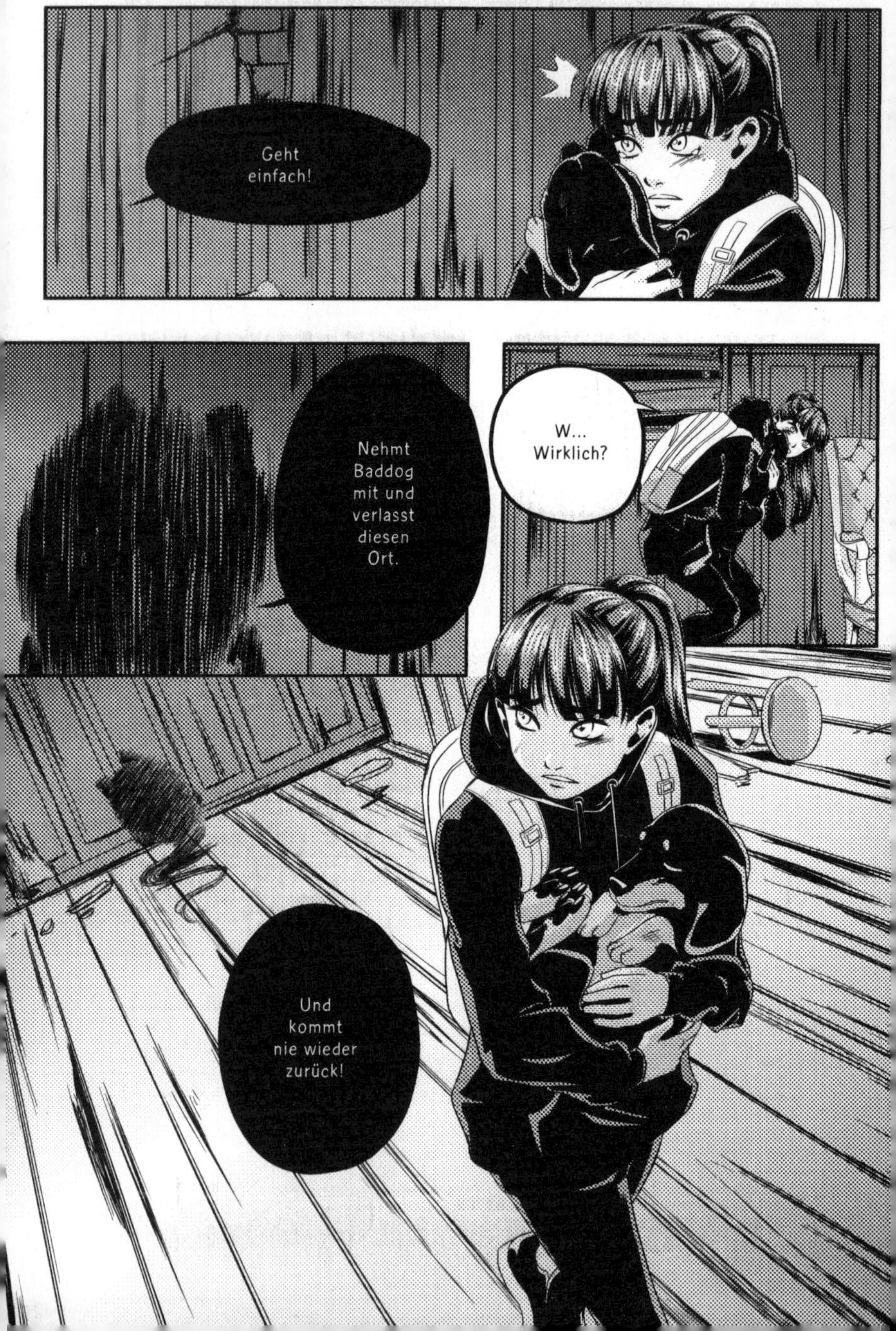
Geht einfach!
Nehmt Baddog mit und verlasst diesen Ort.
W... Wirklich?
Und kommt nie wieder zurück!

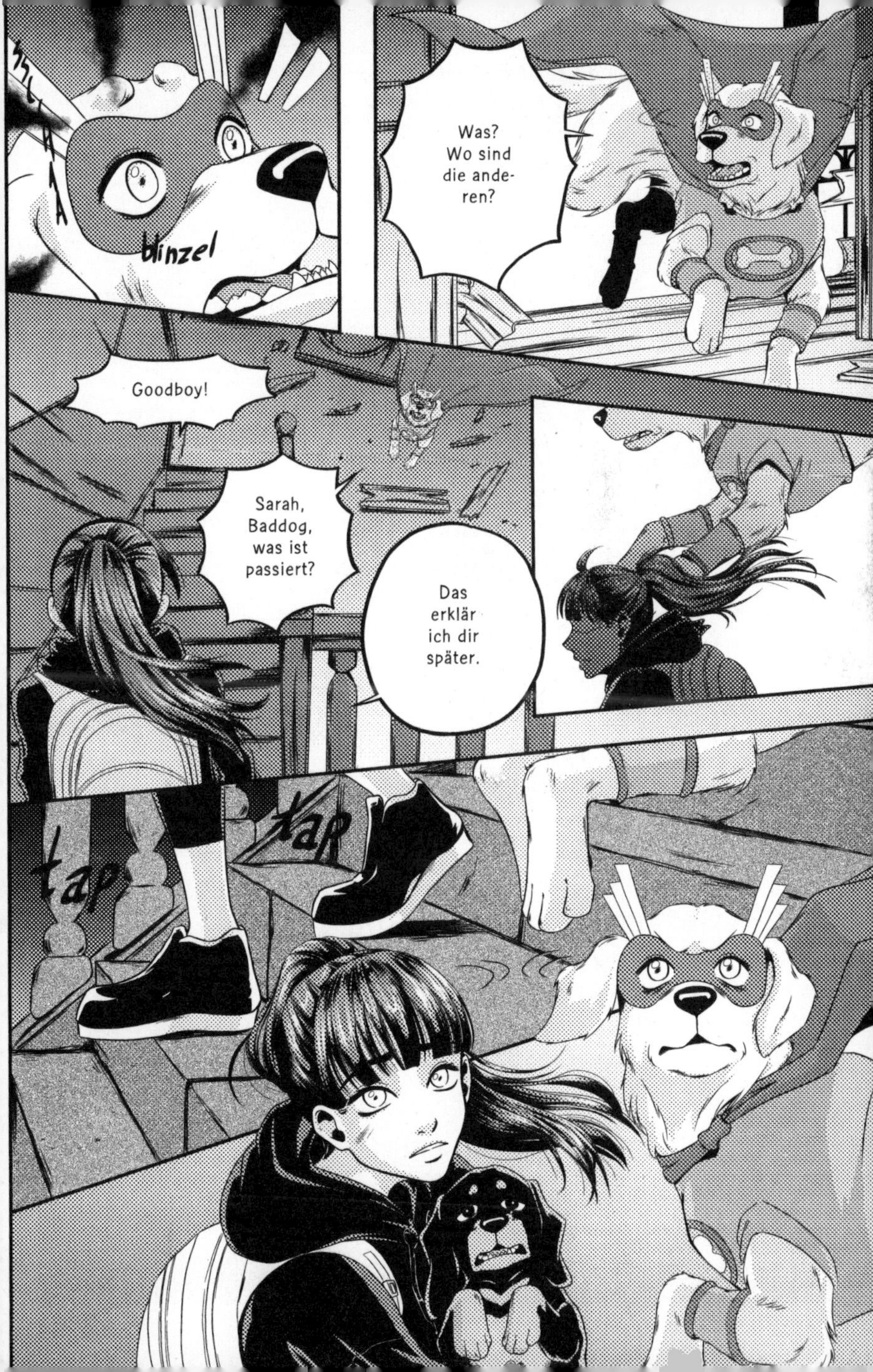

blinzel
Was? Wo sind die anderen?
Goodboy!
Sarah, Baddog, was ist passiert?
Das erklär ich dir später.
tap

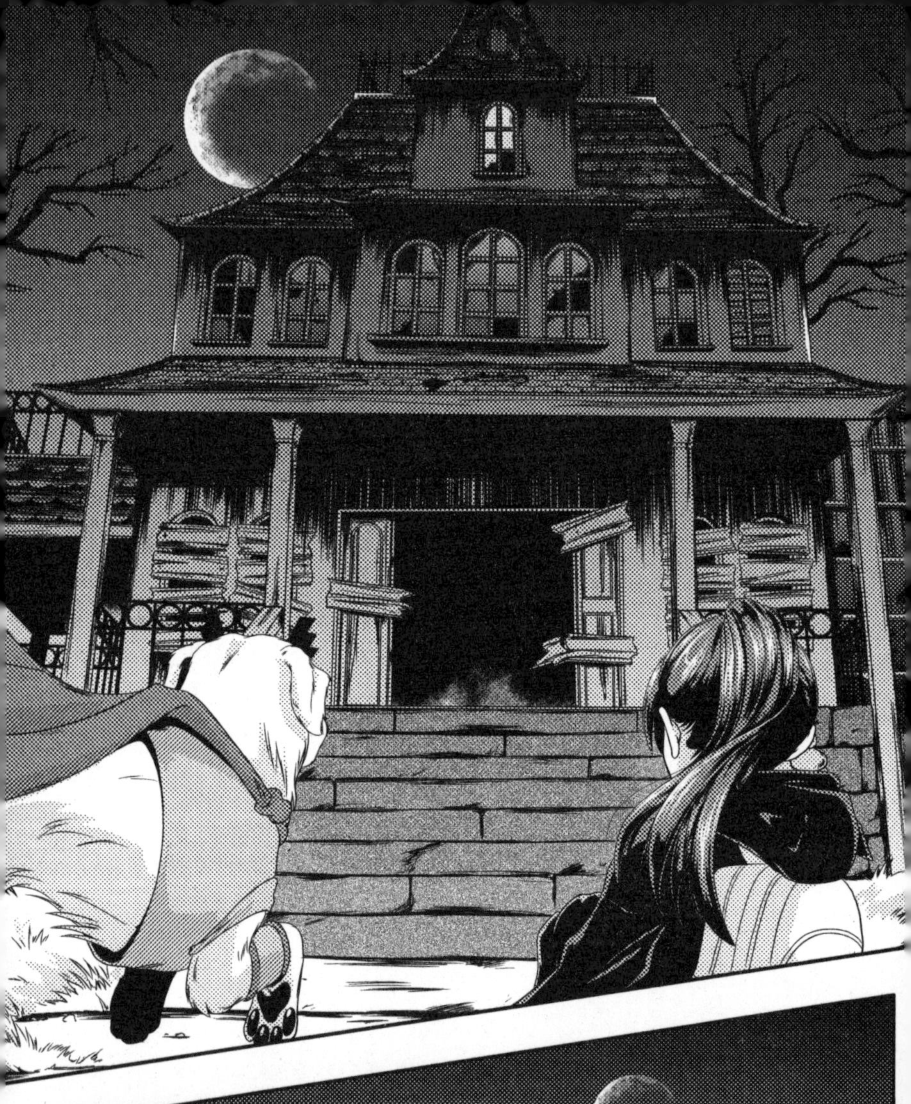
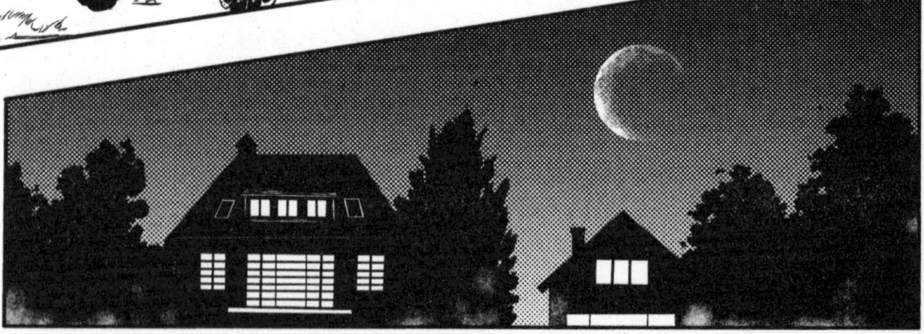

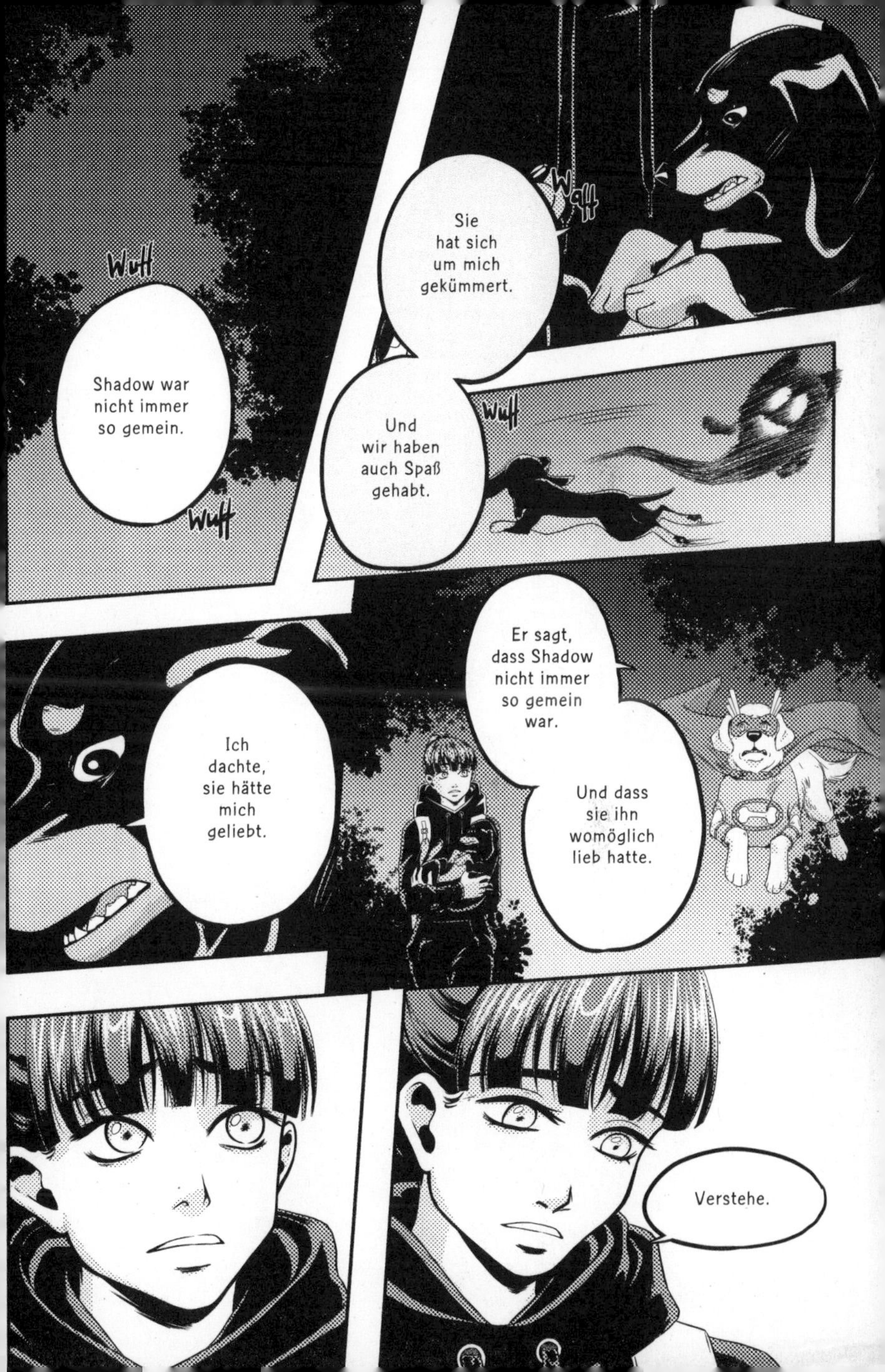
Wuff
Shadow war nicht immer so gemein.
Wuff
Wuff
Sie hat sich um mich gekümmert.
Und wir haben auch Spaß gehabt.
Wuff
Ich dachte, sie hätte mich geliebt.
Er sagt, dass Shadow nicht immer so gemein war.
Und dass sie ihn womöglich lieb hatte.
Verstehe.

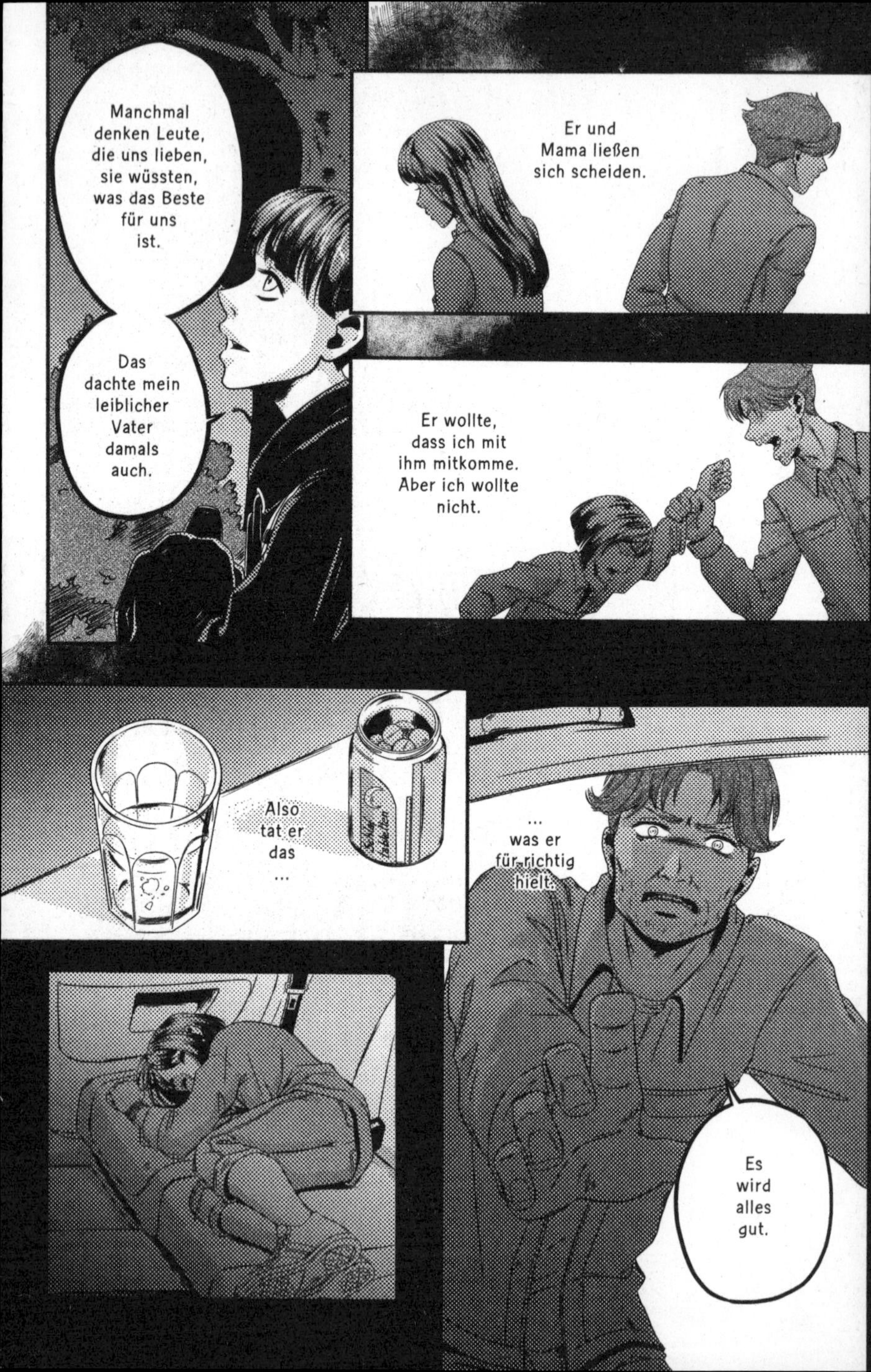
Manchmal denken Leute, die uns lieben, sie wüssten, was das Beste für uns ist.
Das dachte mein leiblicher Vater damals auch.
Er und Mama ließen sich scheiden.
Er wollte, dass ich mit ihm mitkomme. Aber ich wollte nicht.
Also tat er das ...
... was er für richtig hielt.
Schlaftabletten
Es wird alles gut.

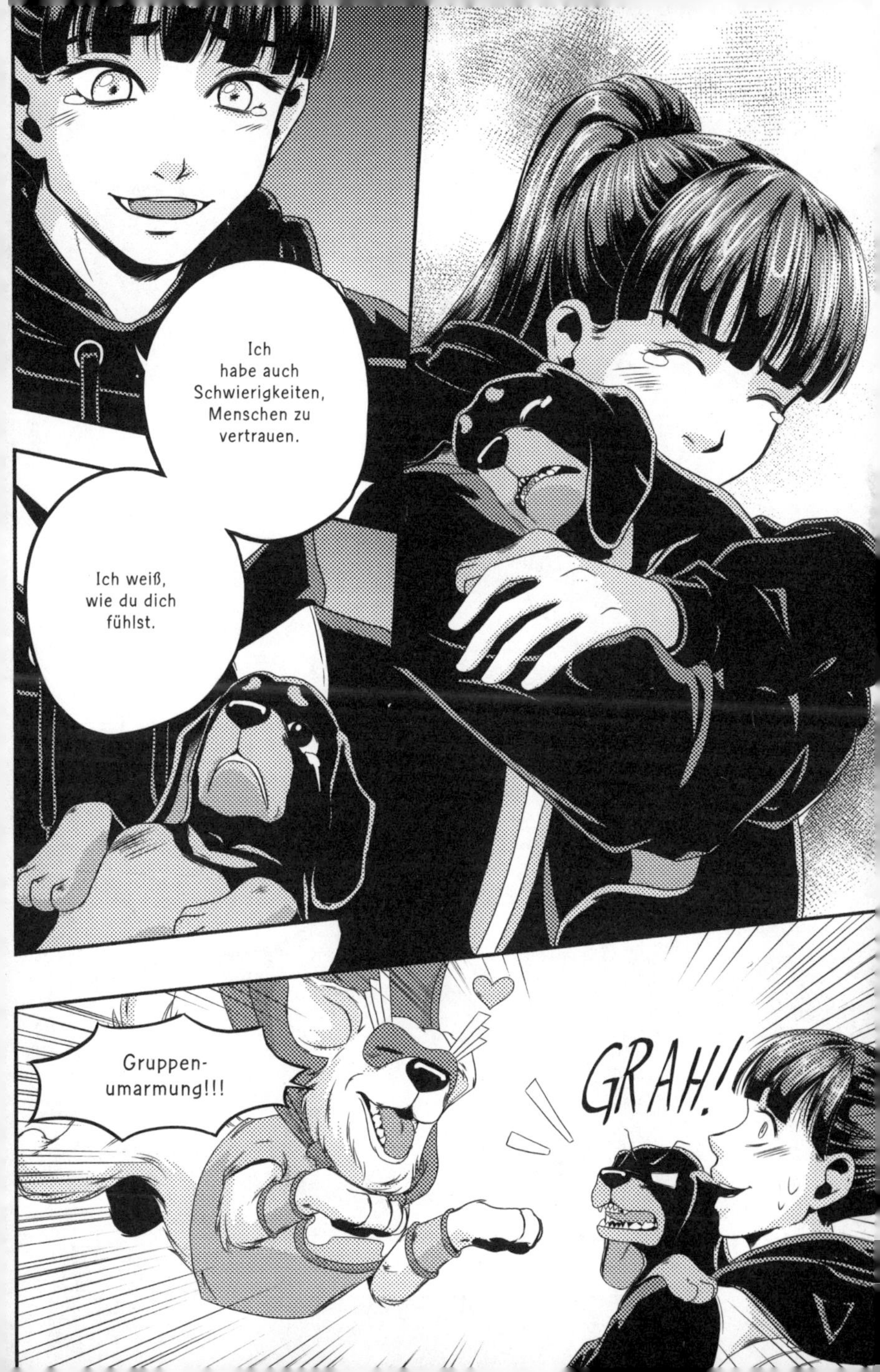
Ich habe auch Schwierigkeiten, Menschen zu vertrauen.
Ich weiß, wie du dich fühlst.
Gruppen-umarmung!!!
GRAH!

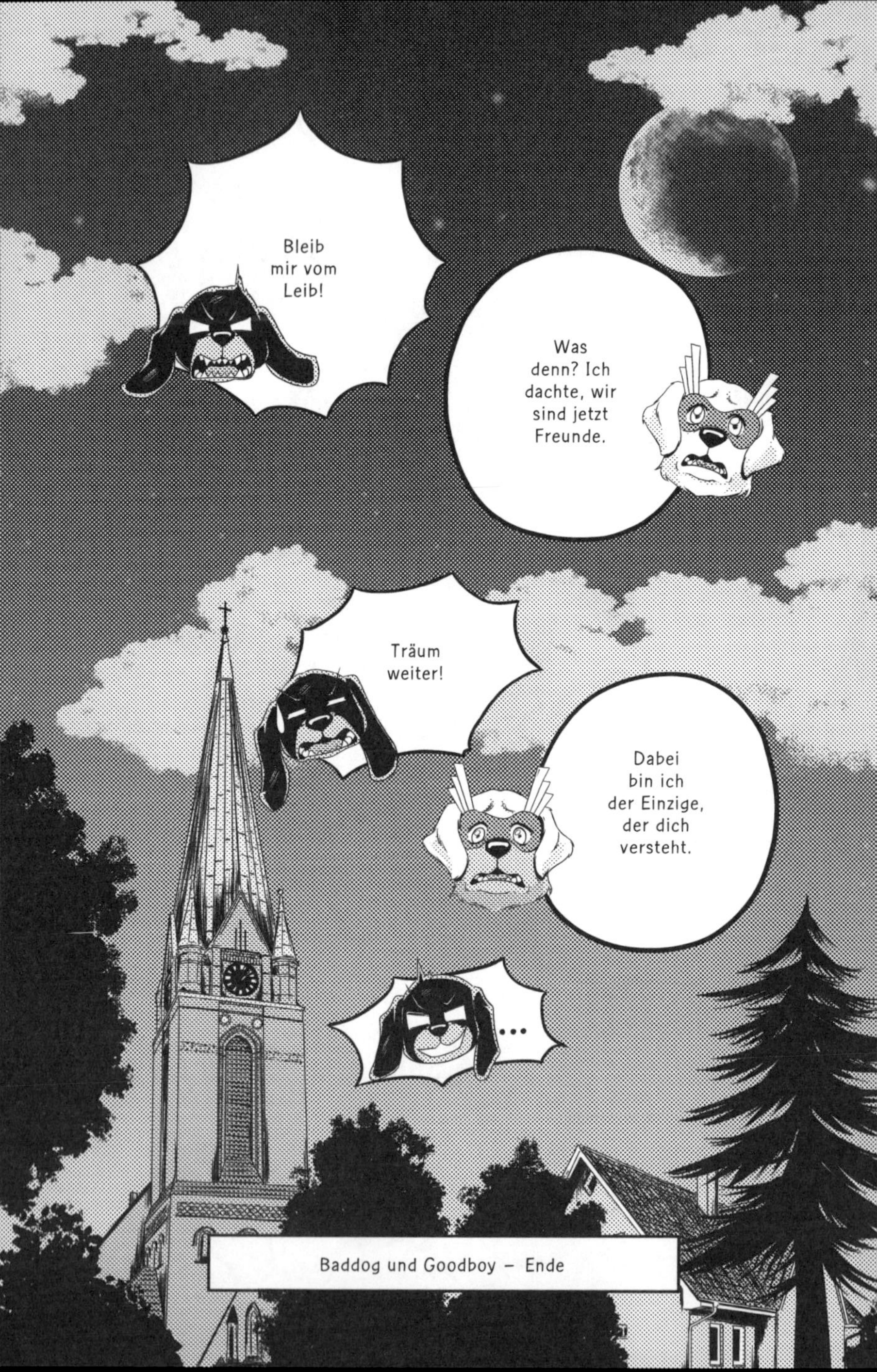
Bleib mir vom Leib!
Was denn? Ich dachte, wir sind jetzt Freunde.
Träum weiter!
Dabei bin ich der Einzige, der dich versteht.
...
Baddog und Goodboy – Ende

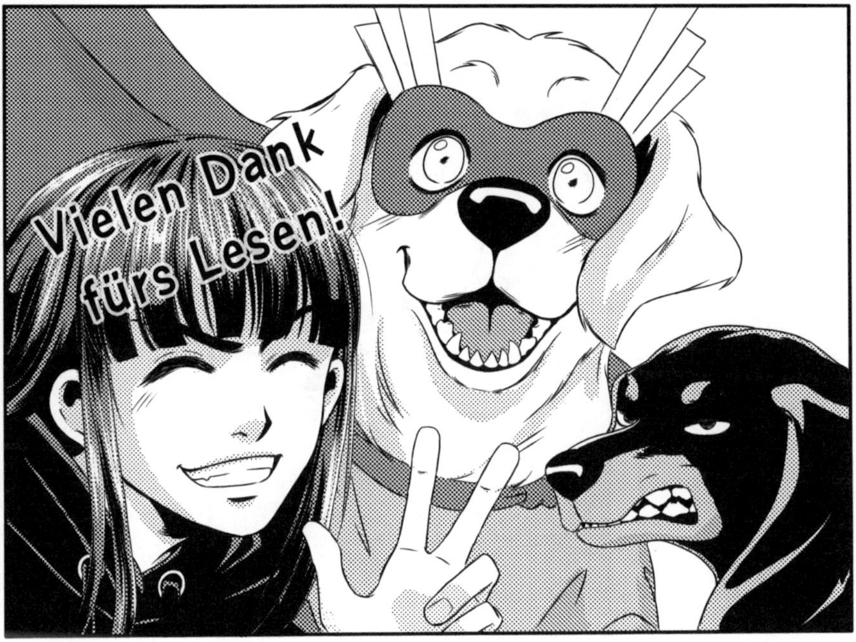
Vielen Dank fürs Lesen!

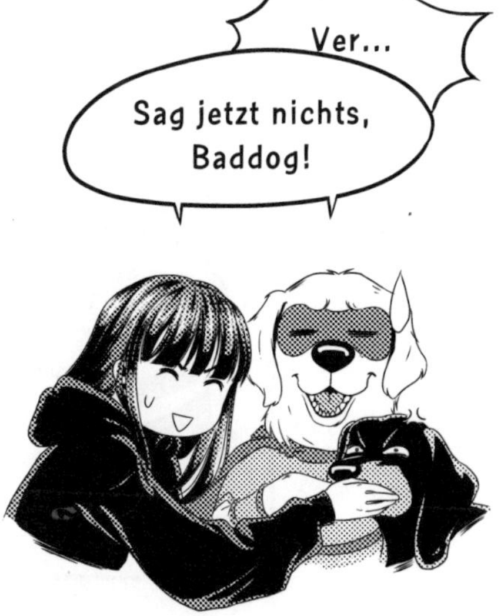
Ver...
Sag jetzt nichts, Baddog!

Undercover

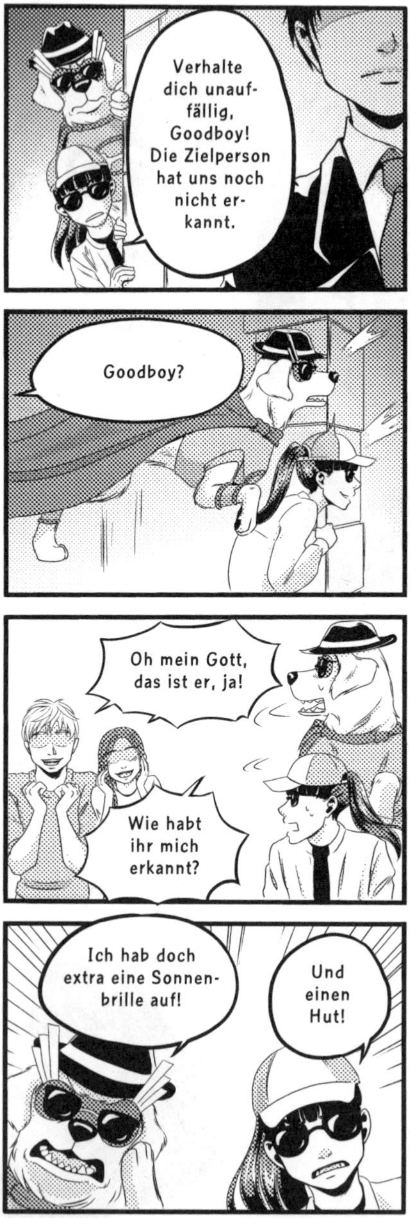
Verhalte dich unauffällig, Goodboy! Die Zielperson hat uns noch nicht erkannt.
Goodboy?
Oh mein Gott, das ist er, ja!
Wie habt ihr mich erkannt?
Ich hab doch extra eine Sonnenbrille auf!
Und einen Hut!

Designen von Baddog

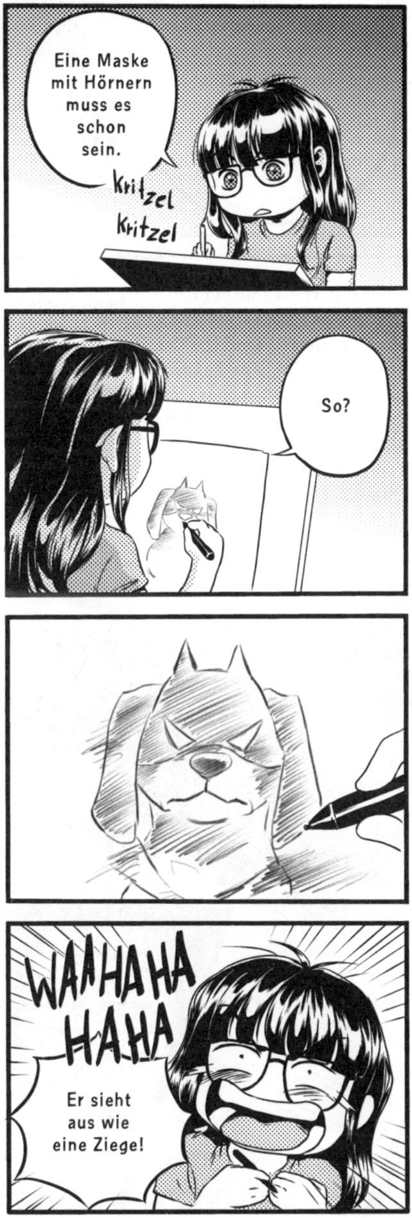

Hunde zeichnen

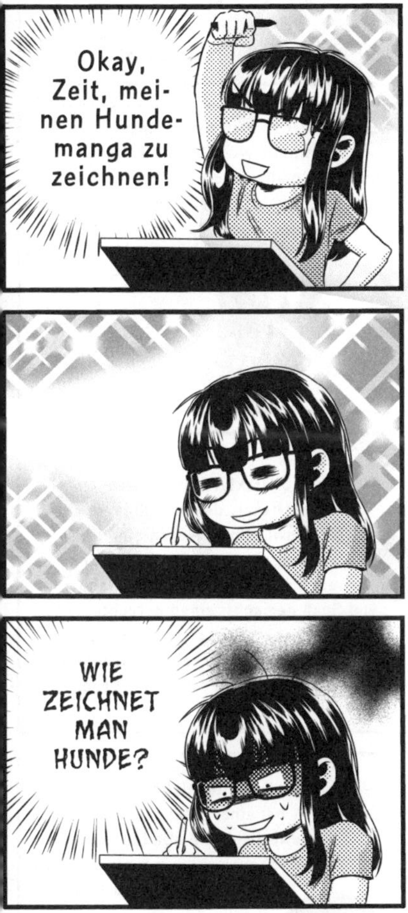

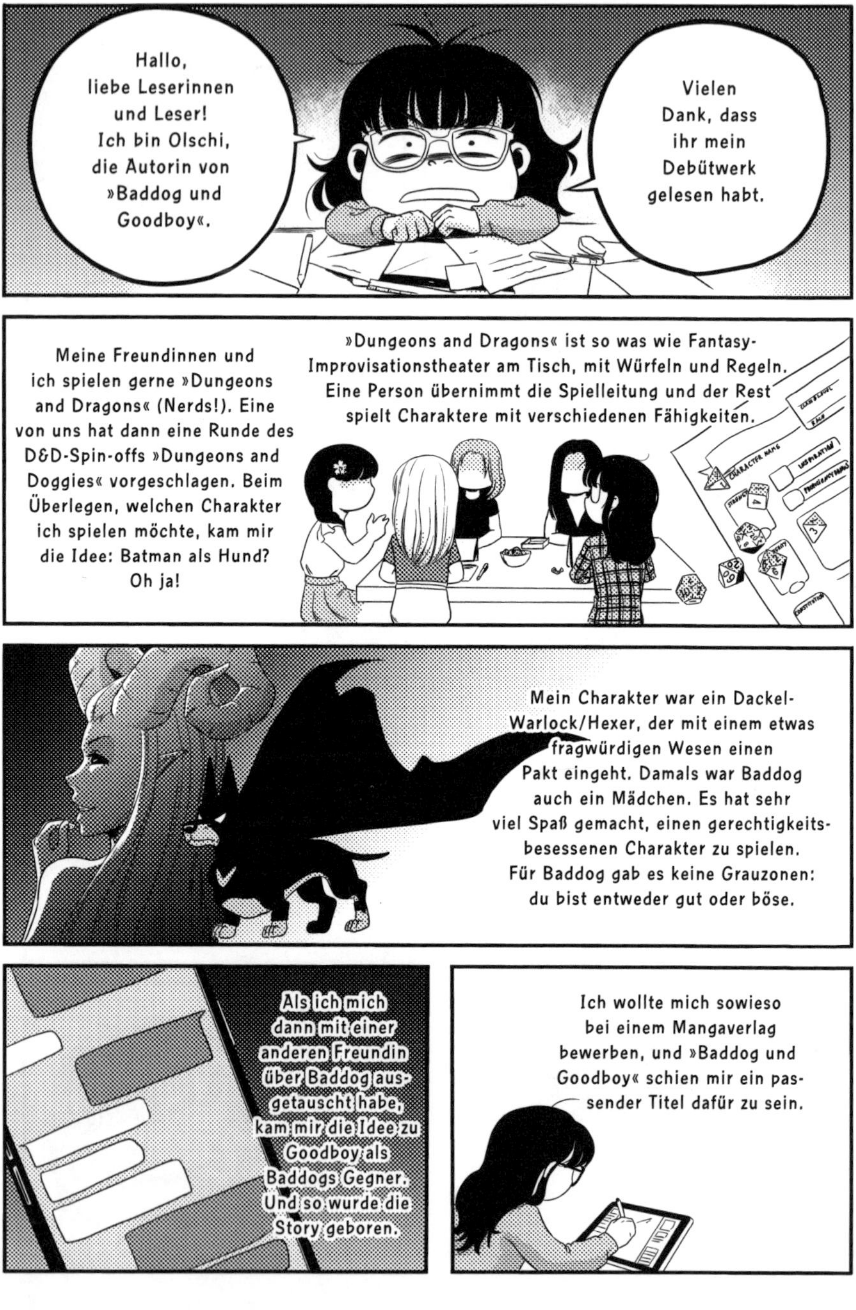
Hallo, liebe Leserinnen und Leser! Ich bin Olschi, die Autorin von »Baddog und Goodboy«.
Vielen Dank, dass ihr mein Debütwerk gelesen habt.
Meine Freundinnen und ich spielen gerne »Dungeons and Dragons« (Nerds!). Eine von uns hat dann eine Runde des D&D-Spin-offs »Dungeons and Doggies« vorgeschlagen. Beim Überlegen, welchen Charakter ich spielen möchte, kam mir die Idee: Batman als Hund? Oh ja!
»Dungeons and Dragons« ist so was wie Fantasy-Improvisationstheater am Tisch, mit Würfeln und Regeln. Eine Person übernimmt die Spielleitung und der Rest spielt Charaktere mit verschiedenen Fähigkeiten.
Mein Charakter war ein Dackel-Warlock/Hexer, der mit einem etwas fragwürdigen Wesen einen Pakt eingeht. Damals war Baddog auch ein Mädchen. Es hat sehr viel Spaß gemacht, einen gerechtigkeitsbesessenen Charakter zu spielen. Für Baddog gab es keine Grauzonen: du bist entweder gut oder böse.
Als ich mich dann mit einer anderen Freundin über Baddog ausgetauscht habe, kam mir die Idee zu Goodboy als Baddogs Gegner. Und so wurde die Story geboren.
Ich wollte mich sowieso bei einem Mangaverlag bewerben, und »Baddog und Goodboy« schien mir ein passender Titel dafür zu sein.

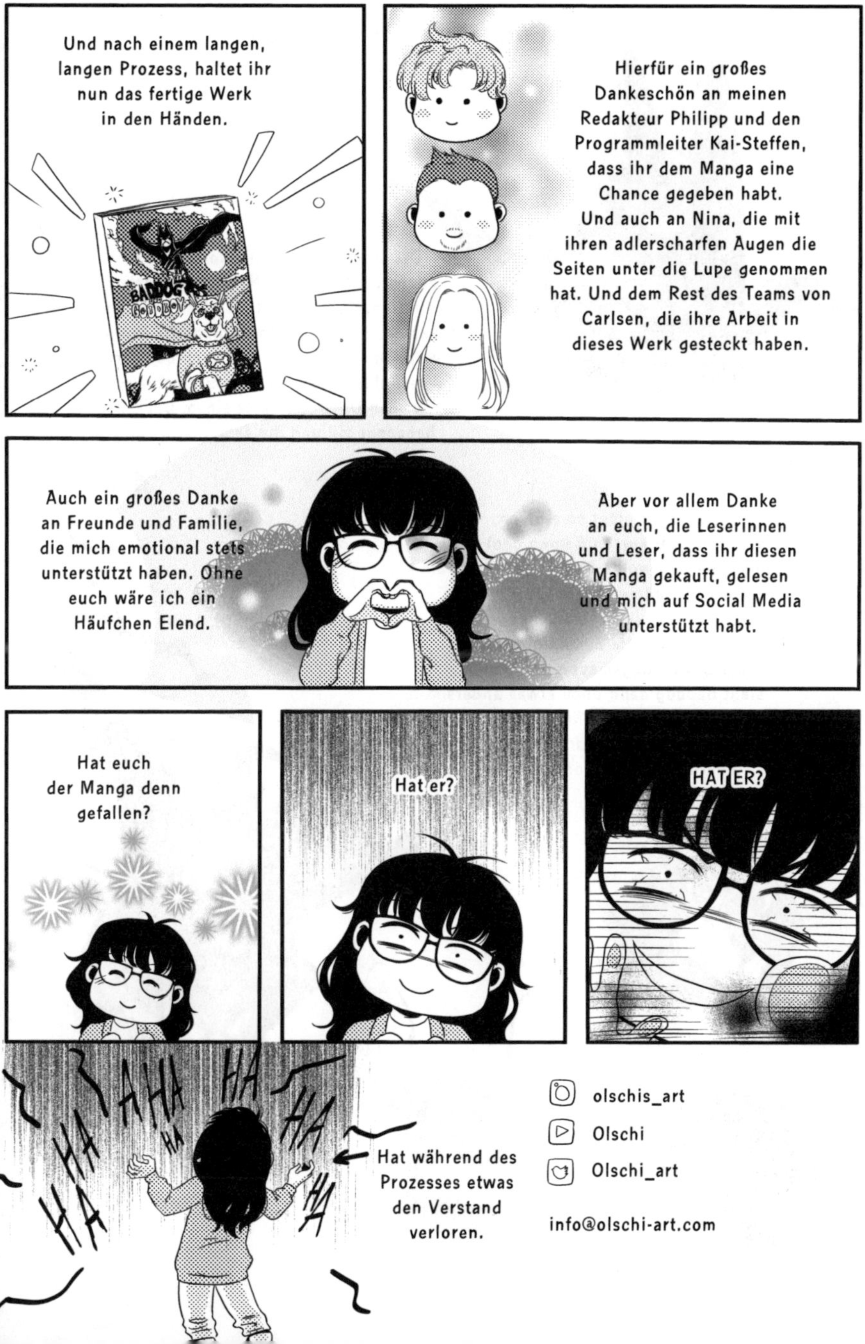
Und nach einem langen, langen Prozess, haltet ihr nun das fertige Werk in den Händen.
Hierfür ein großes Dankeschön an meinen Redakteur Philipp und den Programmleiter Kai-Steffen, dass ihr dem Manga eine Chance gegeben habt. Und auch an Nina, die mit ihren adlerscharfen Augen die Seiten unter die Lupe genommen hat. Und dem Rest des Teams von Carlsen, die ihre Arbeit in dieses Werk gesteckt haben.
Auch ein großes Danke an Freunde und Familie, die mich emotional stets unterstützt haben. Ohne euch wäre ich ein Häufchen Elend.
Aber vor allem Danke an euch, die Leserinnen und Leser, dass ihr diesen Manga gekauft, gelesen und mich auf Social Media unterstützt habt.
Hat euch der Manga denn gefallen?
Hat er?
HAT ER?
HAHAHA HA HA HA HA HA
Hat während des Prozesses etwas den Verstand verloren.
olschis_art
Olschi
Olschi_art
info@olschi-art.com

Entstehung von Baddog

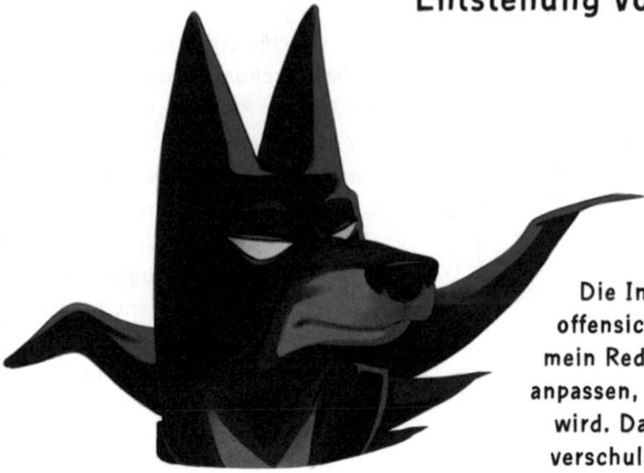

Die Inspiration für Baddog ist wohl offensichtlich, haha. Natürlich mussten mein Redakteur und ich den Namen leicht anpassen, damit er Batman nicht ZU ähnlich wird. Dackel als Rasse ist auch nur dem verschuldet, dass ich beim Brainstormen für den D&D-Charakter einem Dackel begegnet bin und ihn sehr witzig fand.

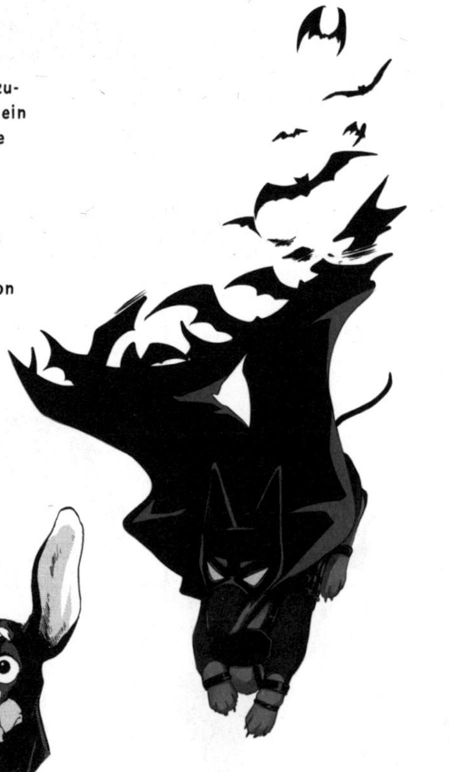

Es ist gar nicht so einfach, einen Hund mit kurzen Beinen cool darzustellen. Aber ich wollte Baddog trotzdem ein paar lässige Momente gönnen. Er sollte nicht immer eine Lachnummer sein. Hier seht ihr die Zeichnungen aus der Bewerbungsmappe. Im Manga sieht Baddog dann doch etwas anders aus, vor allem ohne Kostüm. Gegen Ende des Mangas ging er mir auch schon deutlich leichter von der Hand.

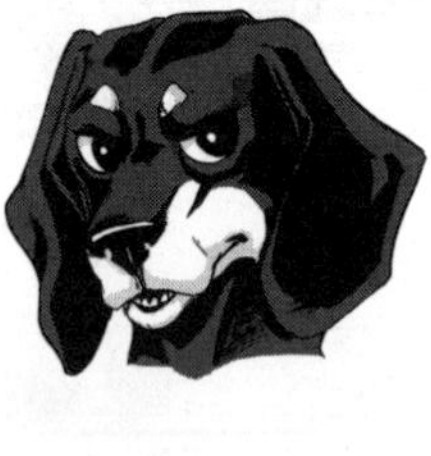

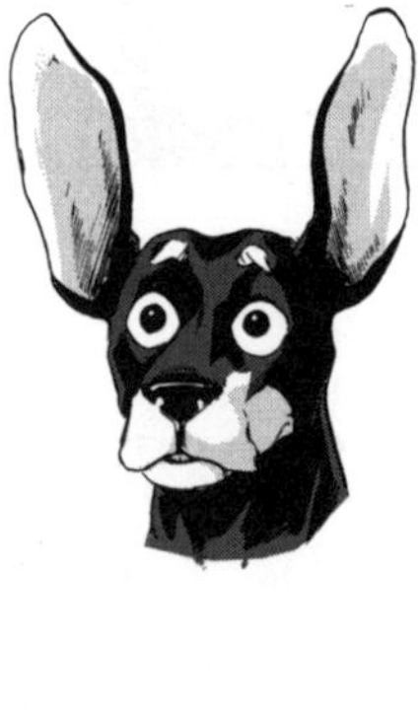

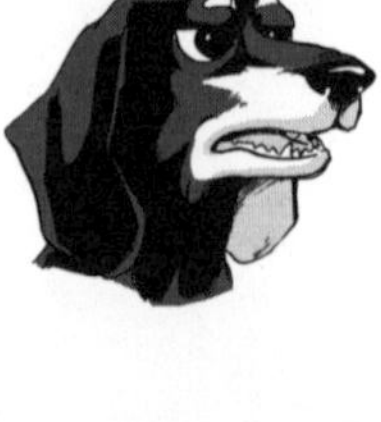

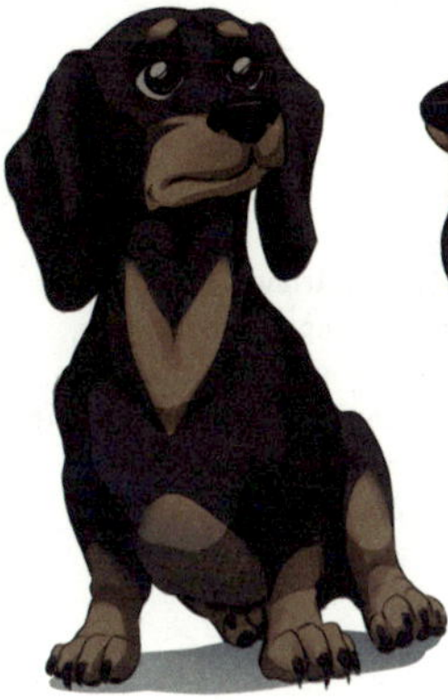

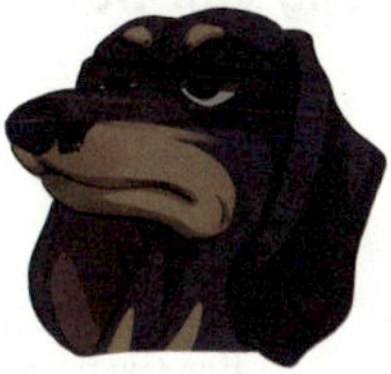

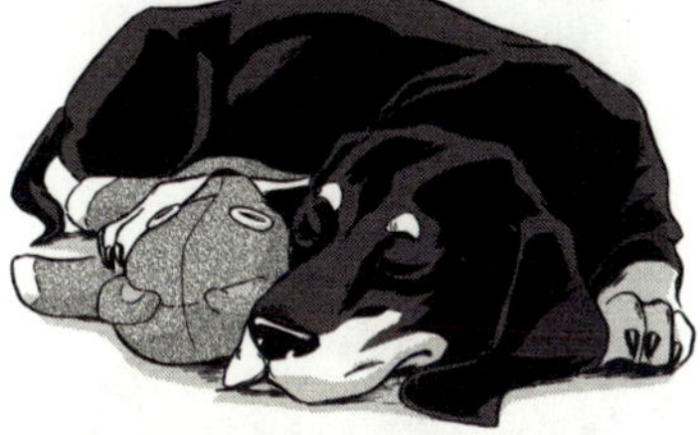

Ich wünschte, es hätte mehr Gelegenheiten gegeben, Baddog in seinem Zuhausemodus darzustellen. Da lässt er oft den inneren Hund heraus. Leider ist der Platz in so einem Einzelband begrenzt und ich musste mich auch so schon zügeln, nicht zu viel einzubauen.

So würde die D&D-Version von Baddog aussehen. Wie gesagt, er wäre dann ein Warlock/Hexer und hätte dann in dem Fall einen Pakt mit Shadow geschlossen. Er hätte starkes Charisma, um die Gegner durch seine Präsenz einzuschüchtern. Hohe Intelligenz ist natürlich auch ein Muss. Hach, jetzt möchte ich ihn wieder spielen.

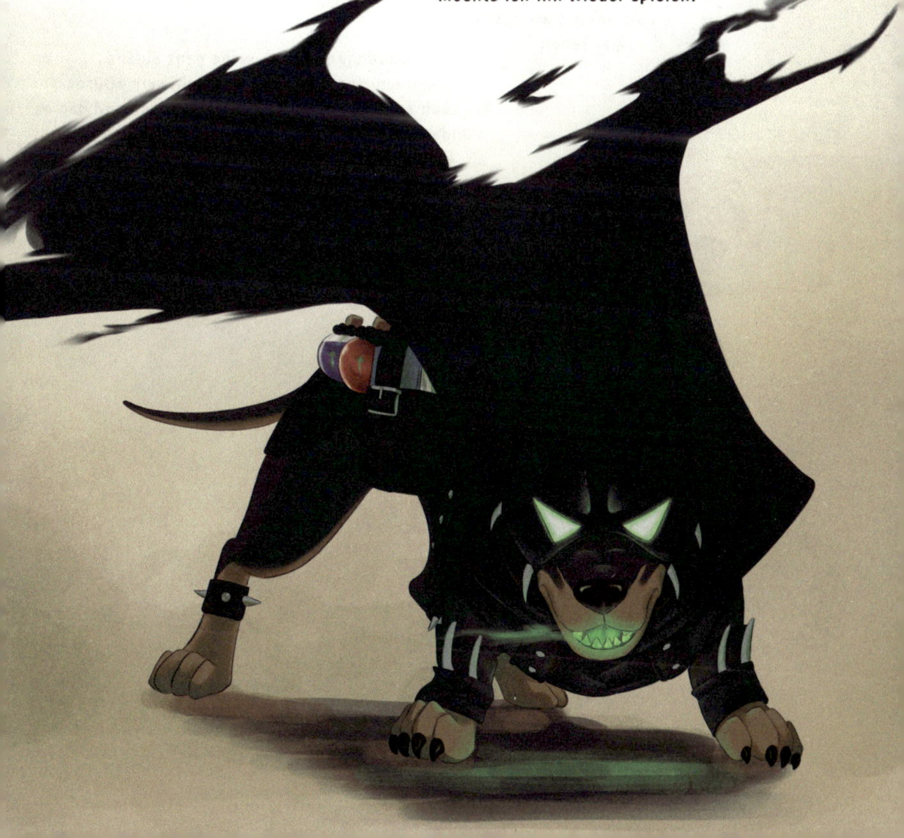

Entstehung von Goodboy

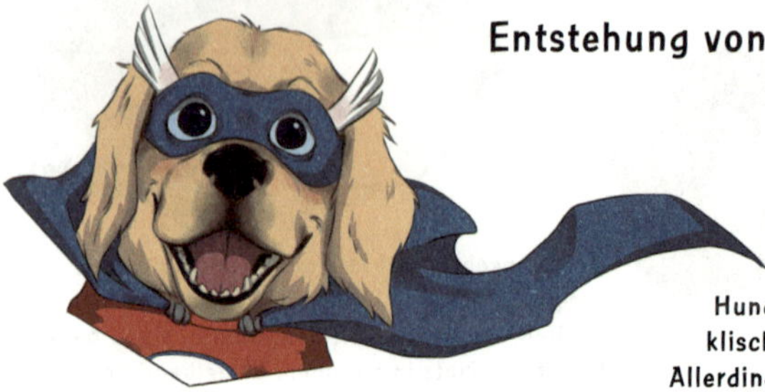

Ein Golden Retriever als Hundeversion von Superman ist sehr klischeehaft, aber einfach zu passend. Allerdings sind Golden Retriever echt nicht so leicht zu zeichnen. Goodboy fiel mir eine lange Zeit sehr schwer.

Auch Goodboy sieht im Manga anders aus als seine ersten Entwürfe. Damals habe ich gezeichnet, wie er ohne Kostüm aussehen würde. Im Laufe des Schreibens habe ich mich entschieden, dass man Goodboy nie ohne Kostüm sieht. Dies hat seine Gründe. Ob diese jemals geklärt werden?
Mal sehen.

Goodboy hat auch seine ganz eigene Hightech-Hundehütte, die sowohl sein »Büro« als auch sein Spielplatz ist. Aber im Einzelband gab es leider keine Gelegenheit, näher darauf einzugehen. Plot ist bei kürzeren Geschichten wichtiger als Worldbuilding, meiner Meinung nach. Also mussten einige Elemente ausgelassen werden.

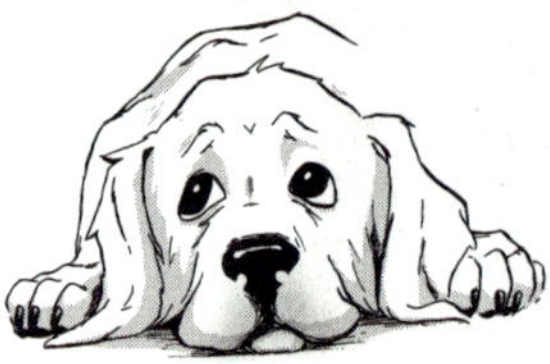

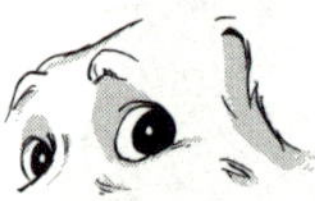

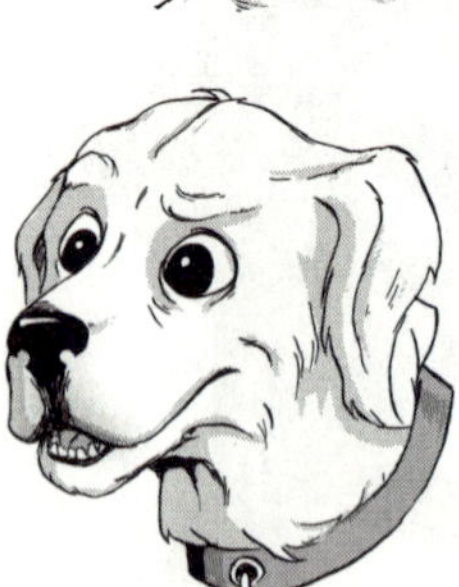

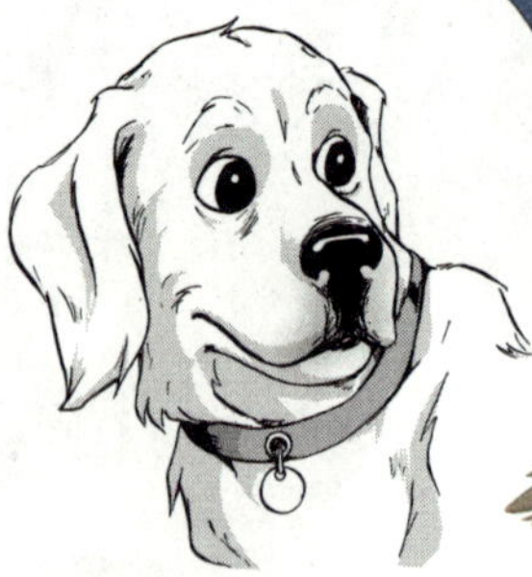

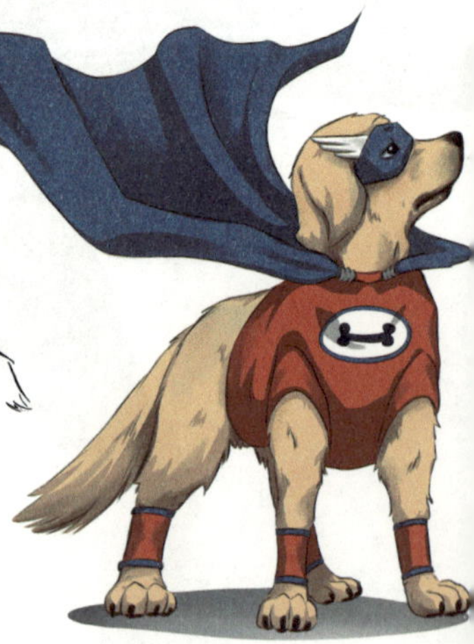

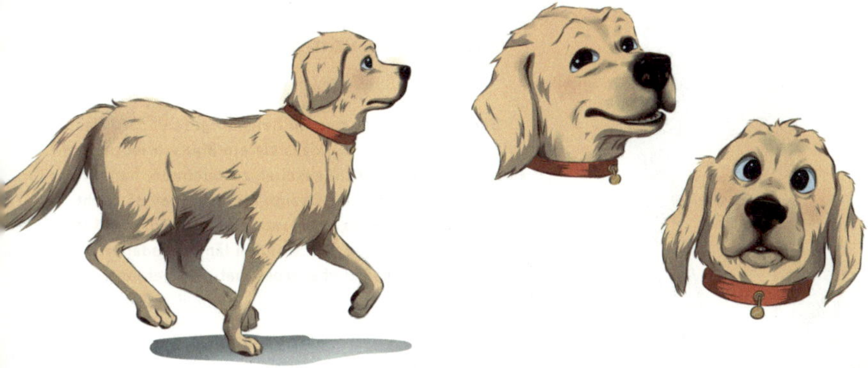

In D&D wäre Goodboy definitiv ein Paladin,
mit der Mission, Schwächere zu beschützen.
Es mag schnell naiv erscheinen, an das Gute in
Menschen zu glauben. Aber ich finde es interessant,
wenn sich ein Charakter bewusst dafür entscheidet,
obwohl er/sie weiß, dass man betrogen werden
kann. Es erfordert eine gewisse Stärke.

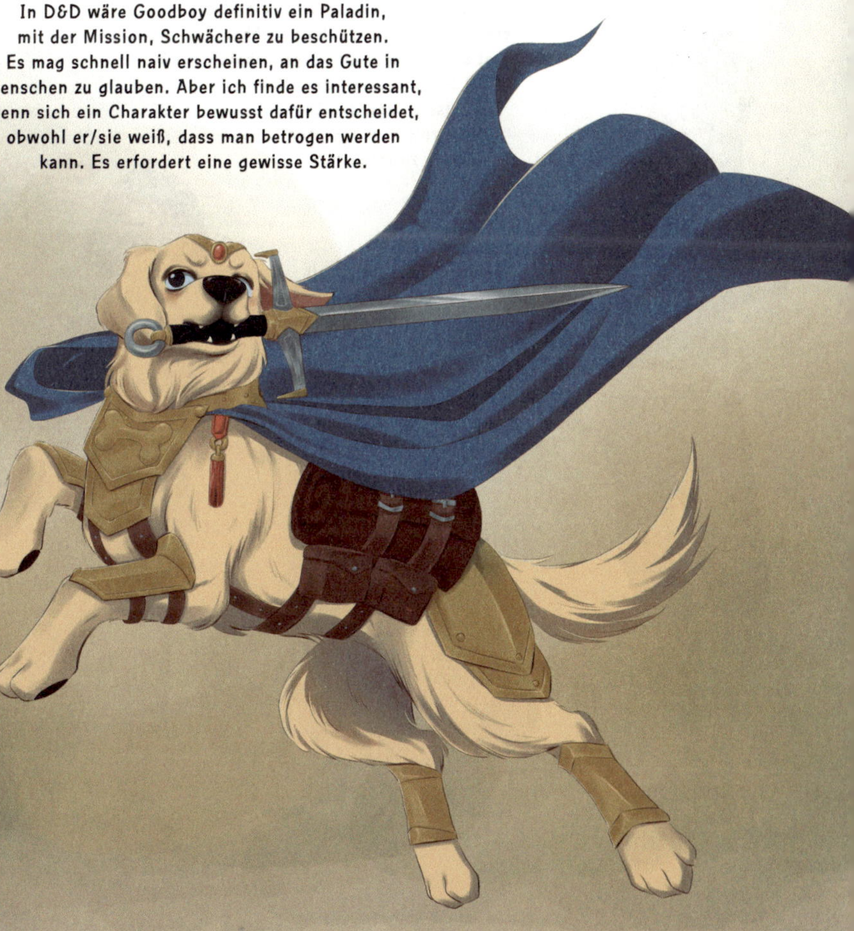

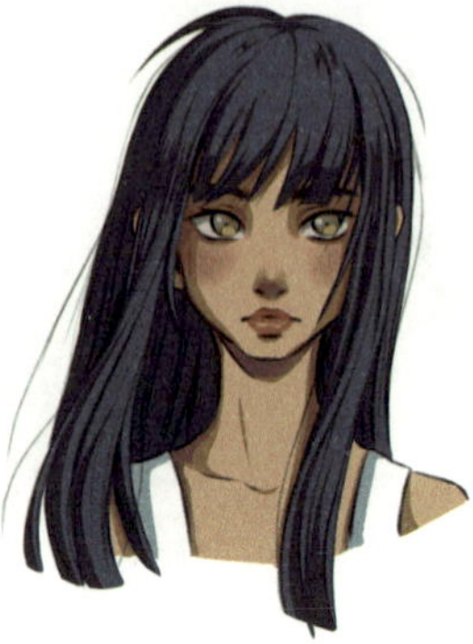

Entstehung von Sarah

Sarah habe ich immer am liebsten gezeichnet. Was nicht zuletzt daran lag, dass sie ein Mensch ist und ich es mehr gewohnt bin, Menschen zu zeichnen, haha. Aber insgesamt hat mir ihr Design einfach Spaß gemacht. Jede Seite, auf der sie drauf war, hat zwar aufgrund ihrer dunklen Haare so 1-2 Stunden länger gedauert, aber die zusätzliche Arbeit hat sich gelohnt.

Wie man im Manga erfährt, kommt Sarah mit den meisten Menschen nicht so gut klar. Darin sind sie und Baddog sich ähnlich. Aber sie hat auch gemeinsame Eigenschaften mit Goodboy. Und zwar ihren Optimismus und den Drang, die Welt zu einem besseren Ort zu machen.

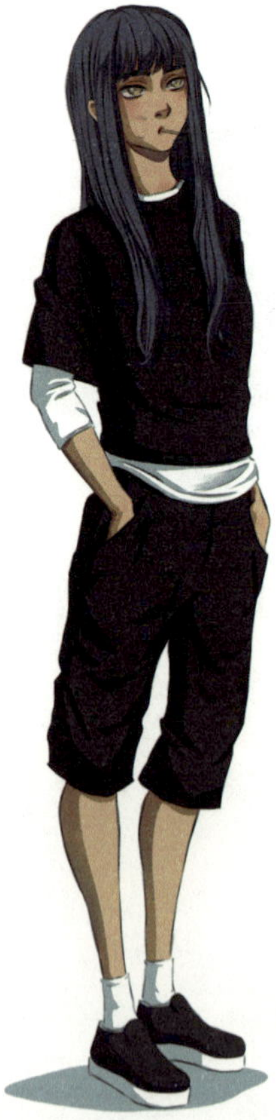

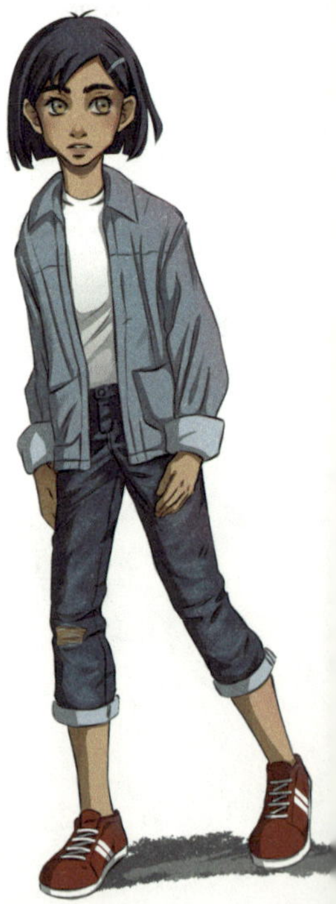

Natürlich sind ihr da oft die Hände gebunden, da sie keine Superkräfte hat und noch jung ist. Verpflichtungen wie Schule nerven sie einfach, aber ihr ist auch bewusst, dass sie da durch muss, wenn sie ihre Ziele verfolgen möchte.

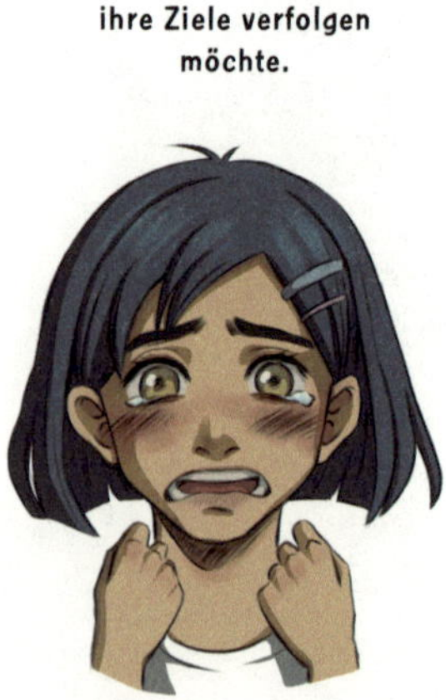

Sarah mag fast alle Sportarten,
aber Basketball macht ihr am meisten Spaß.
Meistens spielt sie allerdings nur mit Goodboy oder
alleine. Durch Sport versucht sie auch ihren
Körper zu trainieren, um besser mit Goodboy
mithalten zu können.

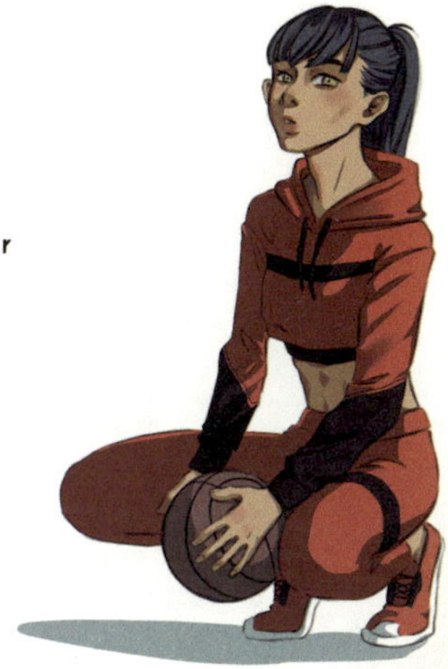

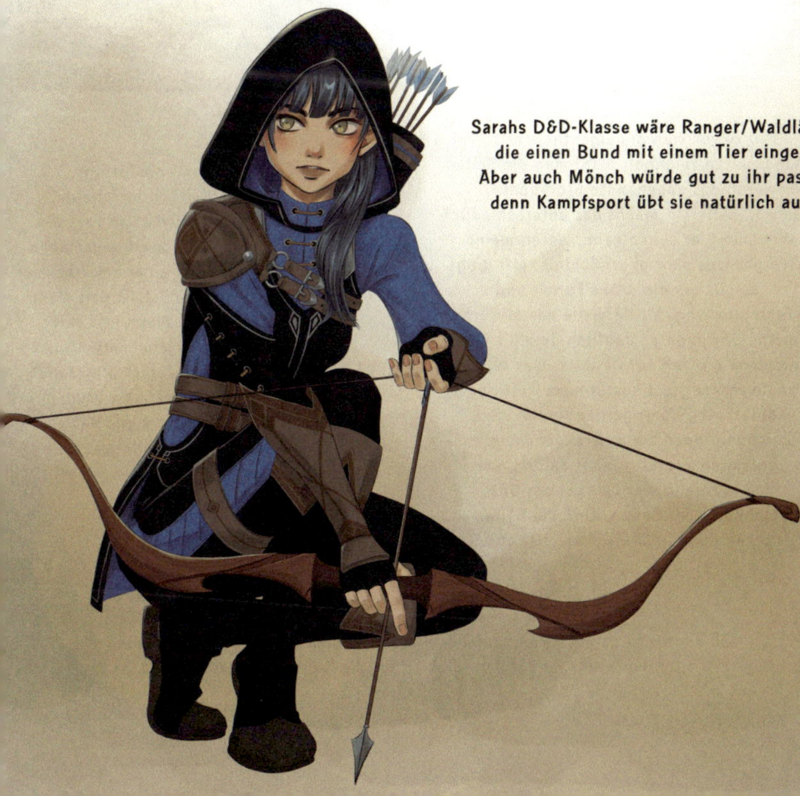

Sarahs D&D-Klasse wäre Ranger/Waldläufer,
die einen Bund mit einem Tier eingeht.
Aber auch Mönch würde gut zu ihr passen,
denn Kampfsport übt sie natürlich auch.

Vom Storyboard zur fertigen Seite

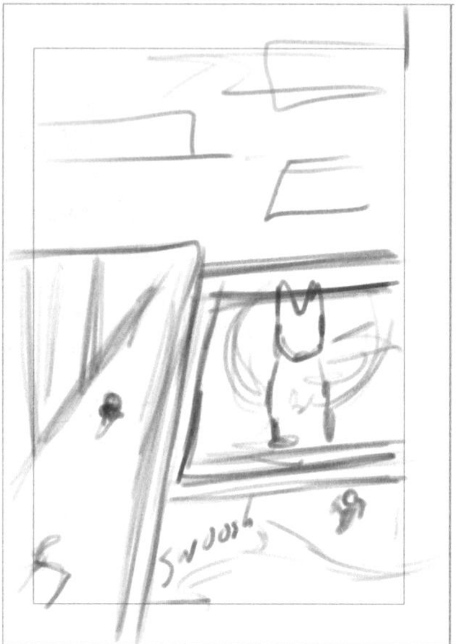

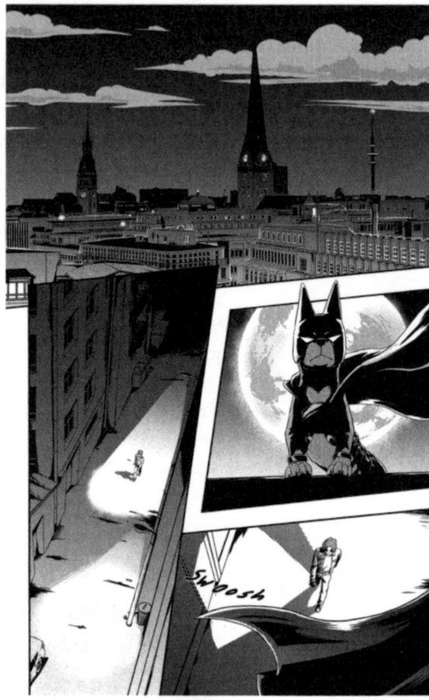

Bevor man die eigentlichen Mangaseiten zeichnet, plant man die Seiten durch das sogenannte Storyboard. Jede*r Künstler*in macht das unterschiedlich. Wie man hier sehen kann, waren meine Storyboards sehr oberflächlich. Mir ging es nur um die grobe Panel- und Texteinteilung. Mittlerweile gestalte ich meine Storyboards deutlich detaillierter und plane einfach sorgfältiger. Das ist zwar aufwendiger und kostet mehr Zeit und Kopfarbeit (Storyboarden finden viele Zeichner*innen am anstrengendsten im gesamten Prozess), aber dafür spare ich mir dann viel Zeit bei der Vorzeichnung der Seiten. Und die Seiten sehen dann auch dynamischer aus.

Und so sieht dann die fertige Seite aus. Diese Seite unterscheidet sich tatsächlich ziemlich stark von der ersten Version aus der Bewerbungsmappe. Da fand die Story noch in einer amerikanisch angelehnten Stadt statt. Jetzt spielt sie in Hamburg/Dogheim. Wenn man mit Redakteur*innen zusammenarbeitet, können diese einen auf Fehler hinweisen, die man alleine übersehen würde. So kann man gemeinsam das Beste aus den Seiten rausholen.

Ich könnte euch noch mehr zulabern, aber mir geht langsam der Platz aus. Ich hoffe, ihr fandet den Blick hinter die Kulissen interessant.

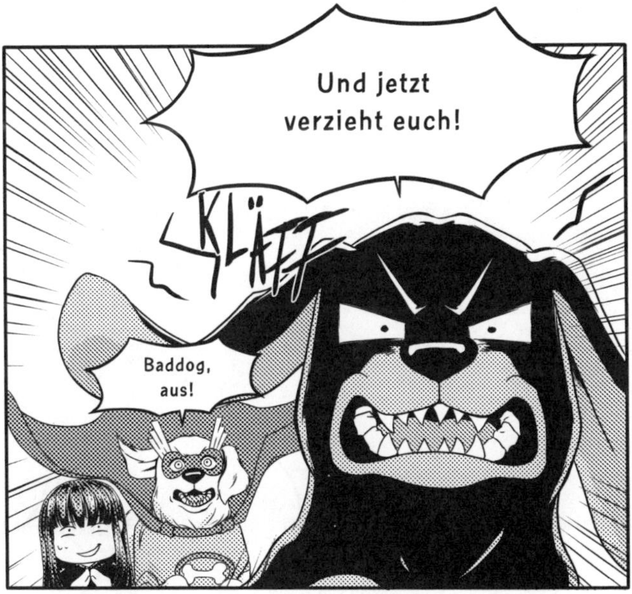
Und jetzt verzieht euch!
KLÄFF
Baddog, aus!

MIX
Papier | Fördert gute Waldnutzung
FSC® C083411

Wir produzieren nachhaltig
- Klimaneutrales Produkt
- Papiere aus nachhaltigen und kontrollierten Quellen
- Hergestellt in Europa

Carlsen Manga! News - jeden Monat neu per E-Mail!
www.carlsenmanga.de
www.carlsen.de

CARLSEN MANGA

ORIGINALAUSGABE

Redaktion: Nina Kroesing, Philipp Nakata
Produktionsmanagement: Björn Liebchen & Carina Schmidt

ISBN 978-3-551-02468-8

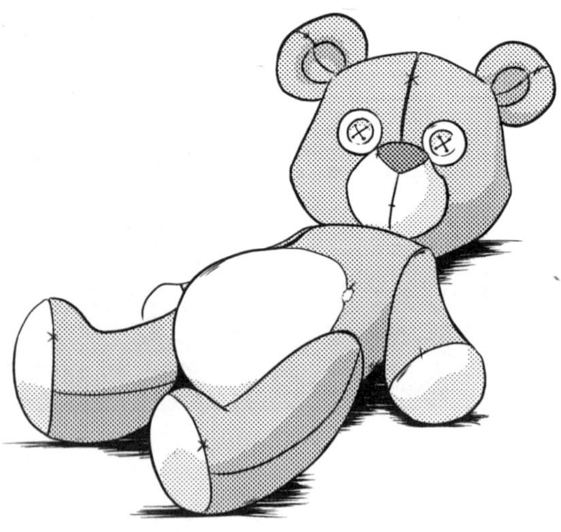